RAE

In meinem Kopf drehte sich alles.

Das war der Räuber.

Das Tier.

Der Mann, der mich verschlingen wollte.

Und alles was ich tun konnte, war es ihn zu akzeptieren.

Meine Arme wickelten sich um seinen Hals, mein Mund öffnete sich für mehr von seinem sinnlichen Überfall, und meine Zunge wagte es nicht, sich seiner zu widersetzen. Er wollte mich, also würde er mich haben.

Gehorche oder stirb.

Er hatte recht.

Ich wollte nicht sterben.

Aber es machte mir auch nichts aus… für das hier zu leben.

„Scheiße", flüsterte er. „Ich kann mich nicht erinnern, wann ich das letzte Mal jemanden so sehr wollte."

Seine Worte verwirrten mich fast so sehr wie seine Fänge, die sich in meine Unterlippe gruben. Ich schrie, dann stöhnte ich.

„Oh…" Das mochte ich viel zu sehr, seine Zunge auf der offenen Wunde. Ich zitterte heftig, der Genuss überwältigte all meine Sinne. „Was…?" Ich konnte den Satz nicht beenden, meine Beine spannten sich um ihn. „Kylan", hauchte ich, unsicher darüber, was hier passierte.

Seine Leiste bewegte sich gegen den sensiblen Punkt zwischen meinen Oberschenkeln und verstärkte die Empfindungen. Ich winselte, mein Kopf fiel auf seine Schulter.

Was machst du mit mir?

In mir formte sich ein Knoten, drehte sich und zerrte an mir, schoss Elektrizität in alle meine Nervenenden.

„Gib nach", flüsterte er, seine Härte streichelte meine Klitoris durch die Jeans.

Wie?

Warum?

Ich wurde dort schon berührt, aber noch nie so wie jetzt. Normalerweise würde ich mich winden, aber er entlockte mir ein Verlangen nach mehr.

„Jetzt, Raelyn." Er ergriff mein Kinn, zog meinen Mund zurück zu seinem und biss mich nochmal. Ich konnte das Stechen kaum spüren, durch die Euphorie, die folgte.

Und dann fiel ich.

KÖNIGLICHER BISS

Die Blutallianz — Buch 2

ÜBERSETZT VON
ANNE MASUR

USA TODAY BESTSELLERAUTORIN

LEXI C. FOSS

Englischer Originaltitel: »Royally Bitten (Blood Alliance Series Book 2)«
Deutsche Übersetzung: Anne Masur für Well Read Translations, LLC 2020

Titelbild entworfen von: Covers by Julie
Fotografie: Lindee Robinson
Models: Sofiya Dmitrievna Vasilyeva & Nick Roberts
Herausgegeben von: Ninja Newt Publishing, LLC

eBook:
ISBN: 978-1-950694-79-2

Taschenbuch:
ISBN: 978-1-950694-80-8

Besuchen Sie Lexi im Netz!
www.lexicfoss.com
www.facebook.com/LexiCFoss
twitter.com/LexiCFoss
www.instagram.com/LexiCFoss
E-Mail: lexicfoss@gmail.com

Für meine Leser, dafür, dass ihr meine dunkle Seite angenommen habt und mir die Möglichkeit gebt, mit dieser gemeinen Welt zu spielen…

Nur eine kurze Warnung, bevor wir anfangen: Kylans Liebe ist
unkonventionell und manchmal grausam. Er ist ein sehr alter
Vampir, der sich nimmt, was er will, wann er will, und das
kann hin und wieder Rae oder auch andere beinhalten.
Menschen haben keine Rechte in dieser Welt und meine
Lykaner und Vampire gehören nicht zu der Art, die man in
Märchen findet.

Es wird Beißereien geben, die Kunst des Teilens und jede
Menge Blut.

Viel Spaß,
Lexi

KÖNIGLICHER BISS

BISS

DIE BLUTALLIANZ — BUCH 2

Es gab eine Zeit, in der die Menschheit über die Welt herrschte, während Vampire und Lykaner im Verborgenen lebten.
Das ist nicht länger der Fall.

Rae

Der Bluttag – der Höhepunkt meiner Ausbildung. Der Tag, der über mein Schicksal entscheidet.

Ich werde nicht schreien. Ich werde nicht flehen. Ich werde ruhig bleiben.

Gefühle bedeuten Schwäche und ich bin nicht schwach.

Mein Name ist Rae und ich werde das hier überleben.

Aber ich hätte niemals erwartet, dass *er* meinen Namen nennt…

Kylan

Jemand möchte mir den Wahnsinn der Unsterblichkeit anhängen? Sei mein Gast, Schätzchen.

Ich habe gerade eine Kämpferin als Köder ausgewählt, eine Gemahlin mit einem Hauch von Trotz in ihrem Blick.

Und wenn der Schuldige versucht zu beißen, bin ich derjenige, der zurückbeißt.
Weil niemand das berührt, was mir gehört. Auch nicht den feurigen Rotschopf an meiner Seite.

Willkommen in Kylan City.
Ich fordere euch alle heraus. Kommt raus und spielt mit.

Es gab eine Zeit,
in der die Menschheit über die Welt
herrschte, während Lykaner und
Vampire im Verborgenen lebten.

Das ist nicht länger der Fall.

Willkommen in der Zukunft, wo die
stärkere Blutlinie die Regeln macht.

WEITERLESEN AUF EIGENE GEFAHR.

DIE BLUTALLIANZ

Internationale Gesetze verdrängen die nationalen Regierungen und werden von der Blutallianz verfochten – einem globalen Rat, der zu gleichen Teilen aus Lykanern und Vampiren besteht.

Alle Ressourcen müssen gleichmäßig zwischen Lykanern und Vampiren aufgeteilt werden, dies beinhaltet auch Land und Blutsklaven. Das gesellschaftliche Ansehen und der Wohlstand liegen allerdings im Ermessen der einzelnen Rudel und Häuser.

Wer ein höher gestelltes Wesen tötet, verletzt oder provoziert, wird mit dem sofortigen Tod bestraft. Alle Streitigkeiten müssen für ein endgültiges Urteil der Blutallianz vorgestellt werden.

Sexuelle Beziehungen zwischen Lykanern und Vampiren sind strengstens untersagt. Geschäftliche Partnerschaften sind jedoch, sofern sie ertragreich und angemessen sind, zulässig.

Menschen werden hiermit als Eigentum eingestuft und haben keine gesetzlichen Rechte. Jeder Mensch wird durch ein Sortiersystem gekennzeichnet und nach Leistung, Intelligenz, Blutlinie, Fähigkeiten und Aussehen bewertet. Die Beurteilung beginnt bei der Geburt und wird am Bluttag abgeschlossen.

Pro Jahr werden zwölf Sterbliche nach Ermessen der Blutallianz ausgewählt, um im Wettkampf um den Status des unsterblichen Blutes gegeneinander anzutreten. Von diesen Zwölf werden zwei gebissen und so Unsterblichkeit erlangen. Die anderen werden sterben. Lykaner oder Vampire außerhalb von diesem Prozess zu kreieren ist nicht rechtens und wird mit dem sofortigen Tod bestraft.

Alle anderen Gesetze unterliegen den Rudeln und der königlichen Familie, dürfen aber nicht mit denen der Blutallianz kollidieren.

Kylan

Bluttag.

Die Menschen standen alle in einer Reihe, wie Vieh vor dem Schlachthaus, und warteten auf die Verkündung ihres Schicksals durch eine Vampirkönigin, die sie für eine Göttin hielten.

Ein paar würden versuchen zu fliehen, andere würden weinen und manche leider ihr Schicksal akzeptieren.

Ich seufzte. Diese Sterblichen waren die Glücklichen unter ihnen – die obersten fünf Prozent unter den Zweiundzwanzigjährigen. Alle anderen Menschen waren auf dem Weg zu den Blutfarmen oder wurden für die monatlichen Mondjagden aufbewahrt.

Es war bei jeder Zeremonie das Gleiche. Ein Machtspiel, um die kleinen Lämmer in Zaum zu halten. Als ob das nötig gewesen wäre.

Ich überflog die elektronischen Akten auf meinem Telefon und sah mir die Eigenschaften der diesjährigen Haremsauswahl an. Nichts Außergewöhnliches. Natürlich konnten Menschen unter diesen Bedingungen nicht unbedingt aufblühen.

„Siehst du etwas, das dich interessiert?", fragte Robyn, ihre manikürten Finger liefen mir über den Anzug am Arm hinauf.

Ich warf einen Blick nach links, auf die blonde Schönheit

in ihrem kleinen, schwarzen Kleid. „Abgesehen von dir, Liebste?"

Ihre roten Lippen kräuselten sich und Interesse leuchtete in ihren blauen Augen auf. „Sollen wir zusammen einen Menschen aussuchen?"

Ah, dieses Spiel. Wir haben es schon oft gespielt. Angenehm, ja. Blutig auch. Und nervtötend langweilig. Dennoch hatte ich bei diesem Tanz einen Ruf zu bewahren. Einen, von dem ich es mir nicht leisten konnte, ihn zu beflecken. Nicht mit den jüngsten Ereignissen, die meinen guten Namen schwarz gefärbt hatten.

„Denkst du an jemanden bestimmtes?", fragte ich und heuchelte so mein Interesse vor.

„Es gibt eine vielversprechende Brünette. Bild einhundertundacht."

Ich blätterte auf dem Bildschirm durch die Nacktbilder auf der Suche nach ihrer Auswahl. Eine Frau mit schmalen Hüften, keinen Kurven und toten Augen. Definitiv Robyns Typ. Sie liebte es, die bereits gebrochenen zu quälen.

„Ich werde sie in Erwägung ziehen", murmelte ich und zwang mich zu einem Grinsen. „Sonst noch jemand?"

Sie zuckte mit den Schultern. „Zwei, achtunddreißig ist nicht schlecht, aber er ist ein bisschen mager."

Was zu erwarten war, wenn die Gesellschaft die Sterblichen dazu zwang, so minimalistisch zu leben. Ein Blick auf das Profil zeigte einen abgemagerten Jungen, der mich nicht im Geringsten interessierte.

„Du hattest schon immer ein Auge für das Schöne", lobte ich sie. Kein Wort davon war wahr.

„Ja", stimmte sie zu und fuhr mit ihren Nägeln über meinen Bizeps. „Das habe ich."

„Flirtest du etwa mit mir?", neckte ich sie, ich kannte sie viel zu gut.

Sie umklammerte meinen Arm. „Flirten setzt eine

Notwendigkeit voraus. Wir wissen beide, dass ich dich mit einem Blick auf deine Knie bringen könnte, Kylan."

Ich lehnte mich zu ihr, meine Lippen fanden ihr Ohr. „Die Einzige, die knien wird, bist zu, Liebchen." Ich kniff hart genug in ihren Hals, um sie zum Bluten zu bringen. Sie wusste es besser, als zu versuchen, mich zu dominieren. „Ich bin keins von deinen Spielsachen, Robyn."

Sie leckte sich über ihre Lippen, die Erregung verdunkelte ihre Augen mit einem Saphirschimmer. „Dann suchen wir jemanden aus, der sich uns beiden unterwirft."

„Diese Vereinbarung akzeptiere ich", murmelte ich und lehnte mich in meinem Stuhl zurück, als Lilith ihren Thron bestieg. „Du gehst besser auf deinen Platz, Liebste. Es sieht so aus, als wäre unsere Königin bereit dafür, zu scheinen." Oder war sie jetzt eine Göttin? Hmm. Politik hat mich schon immer gelangweilt.

„Ich sehe dich später, Geliebter." Robyn küsste mich auf die Wange und glitt von ihrem Stuhl, ließ mich endlich allein.

Andere Könige blickten in meine Richtung, aber niemand von ihnen war mutig genug, sich mir zu nähern.

Ja, haltet mich für verrückt, ermutigte ich sie ohne zu lächeln. *Immerhin habe ich meinen ganzen Harem des Sportes wegen getötet, richtig?*

Das war es, was alle dachte, und trotzdem wollte die Gesellschaft mich mit weiteren Menschen belohnen, um sie abzuschlachten. Weil unsere Welt so funktionierte.

Total gestört. Langweilig und notwendig und unfassbar veraltet.

Sprechchöre rollten durch die Luft und hießen Lilith auf ihrer mörderischen Bühne willkommen.

Arme kleine Lämmer.

Lasst den Bluttag – oder eher das Blutbad – beginnen.

RAE

DAS WEIßE SEIDENKLEID klebte trotz der kühlen Luft an meiner klammen Haut. Meine Beine zitterten und meine Muskeln verspannten sich, als ein weiterer Satz auf dem Podium vor uns vorgelesen wurde.

Willow erstarrte bei dem Urteil, ihr Schicksal war besiegelt. *Das Zuchtlager.*

Mein leerer Magen verkrampfte sich, mein Mund wurde trocken. *Bitte schick mich nicht dahin, Göttin. Bitte.*

Ich habe mich mein ganzes Leben auf diesen Moment vorbereitet. Meine Testergebnisse waren mit unter den besten der Abschlussklasse, aber das waren Willows auch.

Guter Vorrat, hatte der Magistrat gemurmelt.

Was, wenn er das gleiche über mich sagte?

Ich schluckte. *Keine Panik. Sie riechen deine Angst.*

„Na los, geh weiter", drängte der Magistrat und gestikulierte zu dem Bereich, wo sich diejenigen versammelten, dessen Schicksal es war, die zukünftige menschliche Rasse zu zeugen.

Willow schaffte es irgendwie, von der Bühne zu stolpern, ihr Gesicht war kreidebleich.

Ich würde sie nie wiedersehen.

Ihre hellen Augen trafen meine, blinzelten einmal bevor sie gehorsam der Vigilwache den Weg hinunter folgte. Wir hatten uns bereits vor ein paar Stunden im Bus voneinander verabschiedet, aber sie jetzt fortgehen zu sehen, machte es viel realer.

Ich könnte zu den Blutfarmen geschickt werden, für eine Mondjagd eingesperrt oder zu einem kurzen Leben in Knechtschaft verurteilt werden.

Meine Finger wollten sich zu Fäusten ballen. Es gab keine Optionen. Kein Ort, an den man fliehen konnte. Kein Ort, an dem man sich verstecken konnte. Ich musste mich meinem Schicksal stellen oder sterben.

Es wurden bereits einige für ihre unangebrachten Reaktionen bestraft. Colleens Überreste lagen neben der Bühne, ihr Kopf lag in der Nähe der Stufen, wie eine morbide Trophäe, die alle sehen sollten. Verhalte dich wie sie und zahl den Preis.

Einfach atmen, sagte ich mir selbst. *Das hier wird bald vorbei sein.*

Oder anfangen.

„Kandidat siebenhundertzwei, Jahr einhundertsiebzehn", rief der Magistrat. Silas strich mit seinen Knöcheln über meine, sagte mir so Lebewohl, bevor er den Weg zu seinem Schicksal antrat.

Ich bin die Nächste.

Die Worte hallten in meinem Kopf nach und trübten meine Sicht. Das war es. Die letzten Momente, bevor sich alles verändern würde. Kein Unterricht mehr. Kein Training. Nur meine zukünftige Position in dieser Gesellschaft blieb übrig. Wohin würden sie mich schicken?

„Der Cup der Unsterblichkeit", verkündete der Magistrat.

Meine Lippen teilten sich.

Heilige Scheiße.

Silas hat es tatsächlich geschafft.

6

Er ist dabei.

Wir hatten den Großteil des letzten Jahrzehnts darauf hingearbeitet und gehofft, dass einer von uns, Willow, Silas oder ich, es schaffen würden.

Meine Augen wurden glasig. Göttin, das bedeutete, er könnte ein richtiges Leben haben. Ein Glückliches. Ein Unsterbliches. Aber es bedeutete auch, dass ich keine Chance mehr hatte.

„Nur noch zwei Plätze sind übrig", murmelte der Magistrat und klang belustigt. Aber er würde natürlich auch unterhalten werden. Die Lykaner und Vampire liebten den Cup der Unsterblichkeit. Während ich aufwuchs, verfolgte ich sie jedes Jahr, bereitete mich vor, hoffte auf eine Chance.

Spannung lief durch die Reihen, jeder spürte, wie ihnen ihre Chance durch die Finger glitt. Nur zwölf Personen würde die Möglichkeit gewährt, für ihre Unsterblichkeit zu kämpfen. Meine Noten qualifizierten mich, auch unter ihnen zu sein, aber das gleiche hätte Willow von sich behaupten können.

Sie werden mich in die Zucht schicken…

Stopp. Das weißt du noch nicht.

„Kandidat siebenhundertdrei, Jahr einhundertsiebzehn." Bei der mir bekannten Bezeichnung lief mir ein Schauer über den Rücken. Ich war an der Reihe, meinem Schicksal gegenüberzutreten. Alle Blicke richteten sich auf mich, als ich meinen Weg antrat, meinen Kopf ehrfürchtig gesenkt. Blutspritzer färbten das frische Gras ein, die Leichen derer, die nicht gehorcht hatten, waren schon lange verschwunden. Außer Colleens Kopf. Ihre toten Augen beobachteten mich, als ich die Stufen hinaufstieg.

Atme.

Ich atmete langsam ein, wieder aus, und wiederholte den Vorgang, meine Absätze klackerten über die Bühne. Das seidene Kleid schwang um meine Beine, die Vorderseite war weit genug aufgeschlitzt, um zu enthüllen, dass ich nichts darunter trug – eine Voraussetzung für alle Absolventen.

Ich kniete mich vor den Magistrat, den Kopf ehrfürchtig verbeugt. Er ignorierte mich zugunsten seines Buches, seine Klauen strichen langsam über die Seite, mit einer Geduld, die ich leider nicht mit ihm teilte.

„Interessant." Er räusperte sich, das Urteil schwebte zwischen uns. „Kandidat siebenhundertdrei ist ebenfalls für den Cup der Unsterblichkeit vorgesehen."

Mein Herz hörte auf zu schlagen.

Was?

Hatte ich ihn richtig verstanden? Der Cup der Unsterblichkeit?

Träume ich?

„Dadurch bleibt nur noch eine verfügbare Position über", fuhr der Magistrat fort, seine Stimme holte mich zurück in die Gegenwart.

Kein Traum.

Realität.

Ich stand auf, meine Glieder verspannten sich durch den Schock. *Ich werde in den Kampf ziehen und um Unsterblichkeit kämpfen. Mit Silas.*

Meine Beine fanden ihre Stärke mit jedem weiteren Schritt entgegen des wartenden Vigil wieder. Er bemühte sich nicht um eine furchteinflößende Haltung, sondern schlenderte mit sorglosen Schritten an meiner Seite entlang. Niemand würde vor dieser Möglichkeit davonlaufen, selbst wenn man wusste, dass nur zwei überleben würden.

Silas stand an der Seitenlinie, seine Hände hingen locker an seinen Seiten herunter, aber ich konnte seine Freude darüber spüren, dass ich mich zu ihm gesellte. Weil ich das gleich für ihn fühlte. Zwei von uns hatten es an die Spitze geschafft.

Oh, aber Willow. Scheiße. Das musste ihr mehr wehtun, als die Tatsache, dass sie in das Zuchtlager geschickt wurde. Unsere

Testergebnisse waren gleich, unsere Erscheinung wurde als überdurchschnittlich bewertet und unser Körperbau war akzeptabel.

Etwas in ihrer Genetik musste sie für die Eignung zur Zucht vorherbestimmt haben.

Silas' Knöchel streiften meine, als ich den offenen Platz neben ihm einnahm. Ich traute mich nicht, ihn anzuschauen, und ich erkannte auch nicht die Zuneigung in dieser einfachen Berührung. Aber ich verstand ihn.

Ich bin so froh, dass du hier bist, sagte er. *Und das mit Willow tut mir auch leid.*

Wir drei waren unzertrennlich und für unser wettbewerbsfähiges Niveau bekannt. Ich hatte Silas manchmal dafür gehasst, dass er mich immer besiegt hat. Bei der Erinnerung an all die Male, bei denen Willow und ich Pläne geschmiedet hatten, wie wir Silas besiegen könnten, wollte sich ein Lächeln auf meine Lippen schleichen. Dann hat er uns mitten in der Planung erwischt und unsere Leben hat sich für immer verändert.

Ein weiteres Streichen seiner Finger über meine, seine subtile Art mich daran zu erinnern, dass ich mich konzentrieren musste. Er hat mich immer trainiert, selbst jetzt noch.

Ich schluckte meine Gefühle herunter. Willows Schicksal lag nicht in unseren Händen.

Ich werde immer an dich denken, schwor ich. *Es tut mir leid.*

Die Worte webten ein Netz in meinem Herzen, für immer weggesperrt, zusammen mit den Erinnerungen an unser gemeinsames Leben.

Heute wurde ich wiedergeboren.

Ich würde nicht länger Kandidat siebenhundertdrei der Klasse einhundertsiebzehn sein.

Mein Name war jetzt Wettbewerber Elf um den Cup der Unsterblichkeit, Jahr einhundertsiebzehn.

Und wenn ich gewinne, würde ich Rae genannt werden – mein auserwählter Name.

Elektrizität lief über meine Arme, in meine Brust und hinunter in meine Gliedmaßen. Der eigentliche Wettkampf würde direkt im Anschluss an die Zeremonie beginnen. Nur Zehn würden in die nächste Runde kommen. Ich werde unter diesen zehn Sterblichen sein.

Der Magistrat fuhr mit seinem Appell fort und zählte Schicksale auf.

„Königlicher Harem."

„Vigil-Ausbildung."

„Zuchtlager."

„Lykaner-Paarung."

„Bewirtungsindustrie in Lilith City."

„Clan Harem."

Durch jede neue Bezeichnung fühlte ich mich erleichterter. Die Vigil wären meine zweite Wahl gewesen. Nichts anderes hatte mich angesprochen, aber alles war ein besseres Schicksal als die Blutfarmen oder die Mondjagd.

Als Sport während eines Vollmondes von Lykanern gejagt werden… Ich erschauderte. *Nein, danke.*

„Kandidat eintausend", sagte der Magistrat endlich und führt den letzten Menschen zu seinem Schicksal. „Bewirtungsindustrie im Clementer Clan."

Mein Magen zog sich bei dem mir bekannten Namen zusammen. Die Clementer waren als der mächtigste Lykaner Clan bekannt. Ihr Alpha bereitet sich gerade auf seinen Ruhestand vor und sein Sohn Edon wird die Zügel übernehmen. Wer auch immer den diesjährigen Cup der Unsterblichkeit gewinnt, kommt entweder in seinen Clan oder tritt als Vampir unter Jace seinen Dienst an. Der Zuschuss verlagerte sich jedes Jahr und unsere Klasse fiel ihnen zu.

Ich würde Jace' Region bevorzugen. Nicht, dass ich diejenige wäre, die sich das aussuchen konnte.

„Das ist das Ende unseres diesjährigen Bluttages",
verkündete die Göttin und übernahm die Bühne. Wir knieten
uns respektvoll hin und verbeugten uns. „Vigil, bitte geleitet
euer entsprechendes Team zu den Ausgängen. Die Kandidaten
für den Harem und die Teilnehmer des Cups der
Unsterblichkeit bleiben."

Es geht los.

Das war der Teil, den sie uns nie erklärt haben – die erste
Auswahl. Obwohl zwölf Menschen die Möglichkeit gegeben
wurde, gegeneinander anzutreten, überstanden nur zehn den
ersten Wettkampf. Niemand wusste, wie diese Zahl reduziert
wurde.

Ich werde es gleich herausfinden.

„Erhebt euch, meine Kinder", gurrte die Göttin, ihre
Stimme war tatsächlich so wunderschön, wie sie auf den
Tonbändern geklungen hatte. Das war das erste Mal, dass ich
in ihrer majestätischen Anwesenheit war. Ihr figurbetontes,
rotes Kleid war bis zu ihrem Bauchnabel ausgeschnitten und
ihre langen, blonden Haare ergossen sich bis zu ihrer Taille.
Trotz meiner hohen Punktzahl in den physischen Reizen,
wirkten meine rostbraunen Haare und die blasse Haut neben
ihr völlig glanzlos. Ein weiterer Beweis für ihren hohen Status
und meiner armen Menschlichkeit.

Das wird sich ändern, wenn ich gewinne.

Ich stand bei den anderen, meine Augen gesenkt, als ich
über meine Kontrahenten nachdachte. Drei Viertel von ihnen
waren Fremde von anderen Schulen. Aber ich kannte Silas,
Clarence und Daniela. Silas' Schwächen konnte ich nicht zu
meinem Vorteil nutzen. Das Gleiche galt für meine anderen
ehemaligen Klassenkameraden.

Stille breitete sich aus, als die letzten Menschen mit ihren
Vigil-Eskorten gegangen waren.

Leb wohl, Willow, dachte ich und meine Augen schlossen
sich kurz. *Freunde für immer. Niemals vergessen.*

Das Rascheln von Kleidung ließ meine Lider wieder aufspringen, meine Gliedmaßen spannten sich an.

Vampire und Lykaner umzingelten uns – die Könige und Rudelalphas. Ihre eleganten Kleider zeugten von Reichtum und Status, ihre Stille sollte uns einschüchtern. Jahrelanges Studieren half mir, sie allein durch ihr Wappen zu identifizieren. Jeder trug ein Symbol ihres Gebiets oder Clans, normalerweise in Form eines Rings, aber manche trugen auch eine Halskette oder einen Armreif.

Jace.

Robyn.

Alpha des Clementer Clans.

Hazel.

Alpha des Stellares Clans.

Ich beruhigte meinen Puls, indem ich mich auf meine Atmung konzentrierte. Sie wollten nur einen guten Blick auf die Menschen werfen, die sich möglicherweise ihren Reihen anschlossen. Das ist alles.

Claude.

Kylan.

Alpha des Ernester Clans und seine Partnerin.

Naomi.

Sie bewegten sich weiter, ihre Schritte glitten geräuschlos über den Schotter. Einige waren hinter mir, andere vor mir, umkreisten und bewunderten uns, berührten uns aber nicht. Silas blieb neben mir vollkommen still. Ich konzentrierte mich auf ihn, auf unsere mögliche Zukunft, das Schicksal, das wir uns gewünscht hatten. Unsterblichkeit.

„Irgendwelche Ideen?", fragte die Göttin und die Menge bewegte sich, um ihr Zutritt zu gewähren. Sie blieb ein paar Meter von uns entfernt stehen, ihre filigranen Finger waren vor ihrem Körper gefaltet.

„Das sind die Besten?", fragte ein ruppiger Mann, das Knurren in seiner Stimme entlarvte ihn als Lykaner.

„Komm schon, Walter. Siehst du denn gar kein Potenzial?"
Sie klang hoffnungsvoll, aber ein Hauch von Züchtigung lag in
ihrer Stimme. Eine wundersame Kombination, die ihre
Position an der Spitze der Hierarchie unterstrich.

Der Clementer Alpha, Walter, schnaubte als Antwort. „Lass
uns weitermachen, Lilith. Ich habe dieses Spiel satt und es ist
meine letzte Runde."

Der Atem blieb mir im Hals stecken, als er den Vornamen
der Göttin benutzte und nicht ihre formelle Anrede. Ein
Mensch würde für so eine Anmaßung getötet werden. Würde
sie einen Lykaner, vor allem einen Alpha, für diese Beleidigung
bestrafen?

„Hast du es eilig deinen Harem einzufordern?", neckte sie
ihn, ihre Stimme erfüllt von Humor. „Aber natürlich hast du
das. Ihr alle habt das. Vigil, bitte bringt die Kandidaten nach
vorne, die für den Cup der Unsterblichkeit ausgewählt
wurden."

Meine Stirn hätte sich beinahe in Falten gelegt, aber ich
konnte die Linien schnell wieder glätten. Emotionen zu zeigen
war eine Schwäche, die ich mir nicht leisten konnte. Nicht
jetzt. Niemals.

Die Lykaner und Vampire traten zurück, erlaubten es den
Menschen, die für die Harems vorgesehen waren, sich seitlich
von uns aufzustellen und ein U um uns herum zu formen.

„Ausgezeichnet", murmelte die Göttin. „Jetzt können wir
mit dem eigentlichen Auswahlprozess beginnen. Alle von euch,
die hier vor uns stehen, sind die Crème de la Crème der Ernte
und haben die höchsten Eignungswerte in allen Kategorien
erhalten, die wir schätzen. Deshalb bieten wir euch das
Geschenk, in der Gegenwart unserer am höchsten geschätzten
Mitglieder zu sein."

Ich zwang mich zu schlucken. *Das klingt verdächtig...*

„Diejenigen, die für die Harems ausgesucht wurden,
werden eine zweimonatige Ausbildung absolvieren, um zu

lernen, wie ihr am besten unseren physischen Bedürfnissen gerecht werdet. Aber einer Handvoll Auserwählter wird die Möglichkeit zuteil, exklusiv unter einem König oder einem Alpha zu lernen. Oder unter ihrem bereits vorhandenem Harem, falls das gewünscht ist." Das Lächeln in ihrer Stimme passte nicht zu der Bedeutung ihrer Worte.

Wollte sie damit andeuten, dass die Könige und Alphas Kandidaten wählen würden, die ihnen – jetzt sofort – ohne Ausbildung dienen würden? Wir haben Sexualkunde und Einweisungen in der Schule gelernt, aber nicht auf dem Level, das sie fordern würden.

Das betrifft nur die Harems, nicht –

„Wir haben den Brauch, die besten von euch für den Cup der Unsterblichkeit auszuwählen. Etwas, das ein wenig enttäuschend ist, wenn am Ende nur zwei von euch überleben. Da das eine Verschwendung von Potenzial ist, werden alle von euch in dieser Runde betrachtet, um sicherzustellen, dass unsere Könige und Alphas keine anderweitige Möglichkeit verpassen. Nun." – sie klatschte in die Hände – „Vigil? Bitte helft den Kandidaten sich zu entkleiden."

Mein Herz setzte einen Schlag aus.

So verringerten sie die Anzahl auf zehn? Nicht durch einen tödlichen Wettkampf, sondern indem sie den Königen und Alphas die Möglichkeit gaben, einen von uns zu ihrem Harem hinzuzufügen?

Ein Vigil stellte sich vor mich, seine Hand riss das Kleid von meinen Schultern.

Ich kämpfte nicht gegen ihn. Ich schrie nicht und wies ihn auch nicht darauf hin, dass ich es selber ausgezogen hätte, wenn er mir nur einen Moment Zeit gegeben hätte. Stattdessen ließ ich den Stoff fallen und trat ihn mit meinen Pumps weg, bevor er die Möglichkeit hatte, meine Beine zu berühren.

Silas warf seine Kleidung auf den Boden neben meine, seine muskulöse Gestalt war beschämend für die anderen. Ich hatte ihn unzählige Male nackt gesehen und in verschiedenen Vorführungen in der Klasse mit ihm zusammengearbeitet. Zu sagen, dass wir uns ganz gut kannten, wäre eine Untertreibung.

Er blieb nah bei mir, seine Körperwärme strahlte einen Komfort aus, den ich nicht leugnen konnte. Während wir unsere Blicke immer noch gesenkt hielten, traten die Vampire und Lykaner näher und reihten sich vor uns auf.

„Kylan, die Bühne gehört dir", sagte die Göttin und ließ dem Ältesten der lebenden Könige den Vortritt. Sein Name ließ mir einen Schauer über den Rücken laufen. Die Könige waren im Prinzip Götter, die verschiedene Gebiete leiteten und jeder war berüchtigt für irgendwas.

Bei Kylan war es seine Grausamkeit.

Er trat vor und war in einen komplett schwarzen Anzug gekleidet mit dazu passender Krawatte. Mit meinem gesenkten Blick konnte ich sein Gesicht nicht sehen, aber ich kannte seine Gesichtsmerkmale sehr gut – dunkle Haare, dazu passende Augen, scharfe Wangenknochen und einen harten Kiefer, der mit Stoppeln übersät war. Umwerfend, wie alle Vampire, und von Natur aus brutal.

„Hmm, und nur einer ist erlaubt?", grübelte er, wanderte langsam umher und überprüfte gründlich seine Möglichkeiten.

„Deinen Harem zu töten, berechtigt dich nicht dazu, mehr von der diesjährigen Ernte zu bekommen", antwortete eine Frau, ihre Verachtung war offenkundig. „Versuch, sie nicht zu verletzten, bevor wir nicht eine Chance hatten, sie zu probieren."

„Ich habe deine Offenheit schon immer genossen, Naomi." In seiner Stimme lag ein Hauch von Belustigung, die erstarb, als er fortfuhr. „Aber als euer Ältester, rate ich dir, dich daran zu erinnern, mit wem du hier sprichst."

Selbst unter den Königen gab es eine Hierarchie und Kylan saß an der Spitze. Eine plötzliche Kälte lief durch die Luft, verlieh seiner Ermahnung das nötige Gewicht.

Verarsch mich nicht. Ich warne dich, schien er zu sagen.

Und nach den Rückwärtsschritten zu urteilen, wollte niemand auf dieses Angebot eingehen.

„Entschuldigung", brachte Naomi hervor.

„Akzeptiert." Kylan ging näher an den Vampirharem heran, seine Hand hob sich und verschwand aus meinem Blickfeld. „Sie ist hübsch." Das Mädchen schrie als Antwort darauf, was auch immer er ihr angetan hatte, was ihn seufzen ließ. „Nun, das wird sicherlich nicht funktionieren."

Er wiederholte das bei mehreren anderen, alle reagierten ähnlich. Kylan seufzte dramatisch und kam auf uns zu. Er murrte einige Worte in einer alten Sprache, was ein paar seiner Brüder zum Kichern brachte.

Seine Handfläche glitt über eine Frau in meiner Nähe, was sie zusammenzucken ließ. Ich hätte beinahe mit den Augen gerollt. Wenn sie der Berührung eines königlichen Vampirs nicht standhalten konnte, hatte sie in diesen Spielen nicht die geringste Chance.

Als Kylan endlich bei mir angekommen war, zwang ich meine Glieder, sich zu entspannen, und hielt meinen Atem gleichmäßig. *Geh weiter, Vampir. Hier gibt es nichts zu sehen.*

Sein Blick brannte einen Pfad über meine entblößte Haut, ließ Hitze wie einen Wirbelsturm über sie gleiten. Ich kämpfte gegen ein daraus resultierendes Zittern an, mein Körper übermannte meinen Geist.

Lock ihn nicht an, sagte ich zu mir selbst. *Täusch einfach Gleichgültigkeit vor.*

Er strich mit seinen Knöcheln über meine Hüfte, fast, als hätte er mich gehört und wollte mich aus meiner Reserve locken. Ich bewegte mich nicht. Reagierte nicht.

Konzentrier dich.

Nur einatmen, dann ausatmen.

Wiederholen.

Kylan griff nach meinem Kinn und zwang meine

Aufmerksamkeit nach oben, seine dunkelbraunen Augen nahmen meine ein. Ein Funke schoss durch mich hindurch und warf mich aus der Bahn. Ich umfasste seinen Arm, brauchte etwas, um mich festzuhalten. Augenkontakt mit einem Vampir war verboten, ein Zeichen von Ungehorsam. Und dennoch zwang er mich, seinen Blick zu treffen, und hielt mich dort fest, nur wenige Zentimeter von seinem Gesicht entfernt.

Er neigte seinen Kopf leicht zur Seite, sein Ausdruck war neugierig.

Ich schluckte, unsicher. Versuchte er mich dazu zu zwingen, ungehorsam zu sein? Um ihm einen Grund zu geben, mich zu bestrafen?

Nein. So leicht ließ ich mich nicht austricksen.

Meine Nägel gruben sich in sein Jackett, mein Unterarm spannte sich an, bereit zuzudrücken, zu reagieren, *irgendwas.*

Warte mal… Ich berühre *ihn.*

Oh, Scheiße…

Meine Hand verankerte sich, weigerte sich loszulassen, reagierte völlig falsch auf diese Situation. Ich öffnete meinen Mund, hielt eine Entschuldigung bereit, als seine Lippen meine einnahmen.

Ich erstarrte, nicht fähig, das zu verarbeiten.

Es küsst mich.

Warum zum Teufel küsst er mich?

Seine Zunge glitt in mich, erkundete mich.

Oh nein. Das war nicht gut. Ich konnte es mir nicht leisten, dass Kylan Interesse an mir hatte, nicht wenn die Unsterblichkeit mir schon auf den Fingerspitzen tanzte.

Du kannst mich nicht wollen, dachte ich.

Aber wie sollte ich ihm das mitteilen?

Ich… ich…

Mach irgendwas!

Mein Kiefer zog sich frustriert zusammen, wusste nicht, wie ich das hier – *ihn* – aufhalten sollte. Sein Griff um mein Kinn festigte sich schmerzhaft, sein Knurren vibrierte in meiner Brust. Es dauerte zu lange, bis ich realisierte, warum. Bis ich realisierte, was ich getan hatte.

Seine Zunge war zwischen meinen Zähnen gefangen.

Ich habe ihn gerade gebissen.

Ich habe gerade einen königlichen Vampir gebissen.

Und nicht nur irgendeinen königlichen Vampir, sondern Kylan, den ältesten überhaupt.

2

KYLAN

Sie hat mich *gebissen*.

Dem Schock in ihren eisblauen Augen nach zu urteilen, hat diese Reaktion sie genauso schockiert wie mich. Dennoch gruben sich ihre Nägel immer noch in meine Anzugjacke.

Eine Kämpferin. Mutig. Genau was ich brauchte.

Meine Absicht, jemanden aus dem Lykanerharem zu wählen, nur um die Wölfe zu verärgern, löste sich in Luft auf.

Ich wickelte meine Handfläche um die Rückseite vom Hals meines Rotschopfes und drückte zu. „Das war ein Fehler, mein kleines Lamm", flüsterte ich düster. Weil ich sie jetzt haben wollte. Dringend.

Ihre Lippen öffneten sich, aber kein Laut entkam ihr. Nicht mal eine Entschuldigung.

Oh, diese hier würde ich genießen.

Ich trat zurück und zog sie mit mir. „Wenn ich sie umbringe, bevor die Auswahl abgeschlossen ist, darf ich dann einen Ersatz wählen?", fragte ich Lilith, ohne den Augenkontakt mit meiner erwählten Eroberung zu unterbrechen.

„In Anbetracht ihrer Unverschämtheit werde ich es höchstwahrscheinlich erlauben." Die Irritation in Liliths Stimme brachte mich fast zum Grinsen. Natürlich würde sie sich wünschen, dass ich das Mädchen für ihre Reaktion bestrafte. Das machte diese Schönheit mit ihren rostbraunen Haaren nur noch perfekter.

Ich knabberte an ihrer zitternden Unterlippe und festigte meinen Griff um ihren Nacken, während ich sie mit mir zurück in den Kreis der Könige schleppte. Sie machten uns Platz, niemand wollte irgendwelche Blutspritzer riskieren.

Das, was sie von mir erwarteten.

Wie schade, dass ich ihnen keine Show bieten würde.

„Ich sollte dich auf deine Knie zwingen, damit du um Vergebung bettelst", knurrte ich. „Aber ich bin nicht sicher, ob ich deinem Mund trauen kann."

„Walter, wenn ich bitten darf", sagte Lilith und signalisierte dem Clementer Alpha, dass er an der Reihe war. Es würde bestimmt eine Stunde dauern, bis jeder an der Reihe war und seinen Preis gewählt hat. Dann würden die Anwärter für den Cup der Unsterblichkeit neu gemischt werden, um die erforderliche Zahl von zehn zu erreichen.

Was das Lamm nicht wusste, war, dass ich gerade ihr Leben gerettet habe. Denn wenn ich sie nicht gewählt hätte, hätte es jemand von den Lykanern getan. Sie war viel zu schön, um sie bei dem Cup der Unsterblichkeit zu verschwenden, mit ihrem feuerroten Haar, ihren hellblauen Augen und der weichen Haut. Und ihre Kurven waren ebenfalls köstlich perfekt.

Sie schaute nicht weg, ihr Trotz war ihr auf die zusammengepressten Lippen geschrieben. Weil ich gedroht hatte, sie auf ihre Knie zu zwingen? Oder weil ich sie von dem Wettkampf abgezogen hatte? Vielleicht beides.

Ich strich meine Lippen erneut über ihre und lächelte, als sie ihren Kiefer zusammendrückte. „Oh, du hast eindeutig

Todessehnsucht, junges Ding", murmelte ich. „Ich könnte dich einfach nur für den Spaß behalten, dich zu brechen." Die Worte sprach ich mehr für diejenigen um uns herum aus als für sie.

Sie antwortete nicht, aber das Feuer in ihren blauen Augen sagte mir alles, was ich wissen wollte. Diese hier hatte Temperament. So eine Seltenheit in der heutigen Zeit. Die meisten Menschen waren bereits gebrochen, wenn ich sie traf, ihre Geister zersplittert durch die Jahrzehnte der groben Behandlung oder mentalen Misshandlung. Aber in ihr brannte ein Feuer, mit dem ich spielen wollte, anstatt es zu ersticken.

„Wie soll ich dich nennen, kleines Lamm?", fragte ich gegen ihre Lippen.

Ihr Blick verengte sich, erheiterte mich noch mehr. Sie stand vor mir, mit nichts bekleidet außer ein paar High Heels. Ihr Leben lag in meiner Hand und sie blickte mir finster in die Augen.

Ein Schrei vom Feld bestätigte, dass Walter seine Wahl getroffen hatte. Ich ignorierte das zustimmende Geheule und konzentrierte mich auf meinen Preis. Wie hatte ich ihr Profil übersehen? Ich nehme an, ich war zu beschäftigt mit dem Abschaum um mich herum gewesen.

„Jace", rief Lilith, verwies auf den zweitältesten Vampir unter den Königen.

Der Name trübte meine Stimmung erheblich. Jemand hier versucht mich zu verarschen und ich war fest davon überzeugt, dass dieser äußerst Spaß liebende, sorglose König der Schuldige war. Dass er Darius kürzlich zu seinem Herrscher ernannt hat, festigte meinen Verdacht.

Ein Zittern schüttelte die Frau in meinen Armen, die Mitternachtsluft kühlte ihre nackte Haut. Es schien, als würde ihre gespielte Tapferkeit jetzt abklingen und sie sich der Elemente um sich herum bewusst werden.

21

Ich ließ von ihr ab, um meine Anzugjacke auszuziehen. Menschen waren so fragil und anfällig für Krankheiten. Ich konnte nicht zulassen, dass sie zu schnell schwach werden würde.

Ihre Augenbrauen hoben sich, als ich den handgefertigten Stoff um Ihre Schultern legte.

„Was? Überrascht, dass ich das einzige Mitglied meines Harems am Leben erhalten möchte?", fragte ich leise, meine Lippen zuckten. Ich öffnete den Jackenaufschlag, um ihre Brüste zu bedecken, und zog sie zu mir. „Ich habe Pläne für dich, Liebste. Du wirst deine Stärke brauchen."

Sie schluckte, schließlich verließ ihr Blick meinen, um auf meine Lippen zu fallen, bevor sie ihn wieder hob.

Jace traf seine Wahl, während ich mein neues Haustier betrachtete, und Lilith nannte den nächsten Alpha. Seine Wahl endete in einem ohrenbetäubenden Schrei, der mein kleines Lamm nicht im Geringsten störte. Sie hielt meinem Blick über die nächsten paar Runden unerschrocken stand, was mich verdammt nochmal überraschte. Jeder andere Mensch hätte nach wenigen Sekunden ehrfürchtig oder unterwürfig weggeschaut. Aber sie nicht.

„Sag mir deinen Namen", forderte ich, meine Worte waren nur für sie.

Ein weiterer Schrei erklang, als einer der Lykaner sich auf sehr altertümliche Weise mit seinem neuen Spielzeug vertraut machte. Ich könnte das Gleiche tun, diese Frau nach vorne beugen und sie ficken, bis sie mir antwortet, aber das war nicht mein Stil.

„Dein Name", wiederholte ich und zog an meiner Jacke. „Oder ich werde einen anderen, kreativeren Weg finden, um dich zum Reden zu bringen."

Die Grunzer zu unserer Linken unterstrichen meine Drohung. Sie schluckte, ihr eisiger Blick taute mit einem ersten

Anzeichen von Unbehagen auf. Sie wurde sich endlich ihrem Schicksal bewusst. Ich hatte fast Mitleid mit der Frau, aber konnte es nicht. Menschen existierten, um ihren Vorgesetzten zu dienen, und sie würde mir dienen, wie befohlen.

Und auch sie würde es genießen.

Ich schob meine Finger in ihr Haar und spielte mit ihren dicken Strähnen. „Du strapazierst meine Geduld, kleines Lamm. Ich empfehle dir, mit mir zusammenzuarbeiten, bevor du die Ergebnisse meiner Ungeduld am eigenen Leib erfährst."

„Warum? Damit du meinen Namen ändern kannst, bevor du mich tötest?"

Scheiße, aus dieser Frau quoll der Sexappeal geradezu heraus. Aus ihrem Blick, ihren vollen Lippen, diesen köstlichen Kurven, die von meinem Jackett bedeckt wurden, und ihrer temperamentvollen Stimme. Es machte mir nicht einmal etwas aus, dass sie immer noch nicht meine Frage beantwortet hatte. Sie einfach nur sprechen zu hören reichte aus, um den wildesten Sturm zu bändigen.

Ich festigte meinen Griff in ihren Haaren, bis sie zusammenzuckte. „Mach nur weiter." Sowohl eine Drohung als auch eine Aufforderung, versteckt in drei düster geflüsterten Worten.

Kämpf gegen mich.
Unterwirf dich mir.
Gib mir alles.

Meine Hand glitt unter dem Jackett auf ihre nackte Hüfte. Ihre Hände legten sich auf meinen Bauch, als ich sie wieder näher zog. Meine Lippen streiften über ihre Wange, bevor sie an ihrem Ohr Halt machten. „Ich möchte wissen, welchen Namen ich später knurren soll, wenn ich in dir bin."

Ihr Zittern hatte nichts mehr mit der Kälte zu tun, sondern kam von meinem tödlichen Versprechen. Und trotzdem blieb sie angespannt, als wäre sie bereit, mich jederzeit zu schlagen.

Faszinierend.

„Kandidat siebenhundertdrei, Jahr einhundertsiebzehn", brachte sie hervor. „Das wird lustig werden."

Ich musste lachen − laut und genüsslich − was mehrere der anderen in unsere Richtung blicken ließ. Ich ignorierte sie alle, um mich stattdessen weiter auf die aufsässige Frau vor mir zu konzentrieren. „Du bist hinreißend."

Frost überzog ihre blauen Augen, als sie wieder still blieb. Es war zum Verzweifeln.

Mein bereits harter Schwanz pochte bei diesem offensichtlichen Widerstand. Diese hier würde nicht leicht zu brechen sein. Keine Angst, keine Scham, kein Wille sich hinzulegen und es über sich ergehen zu lassen. Ich wusste nicht, dass solche Menschen immer noch existierten.

„Wir werden sehr viel Spaß miteinander haben, kleines Lamm", flüsterte ich, meine Lippen strichen mit jedem Wort über ihre. „Und du wirst mir deinen Namen verraten." Weil ich wusste, dass sie einen hatte. Den hatten sie alle, sie standen nur nicht in unseren Aufzeichnungen.

Die Kampfansage strömte in Wellen von ihr ab, fesselte mich.

Scheiße, das hatte ich vermisst. Eine Frau, die sich wirklich behaupten konnte, die sich weigerte, sich nur wegen meines sozialen Status vor mir zu verbeugen.

Selbst wenn sie von Raubtieren umgeben war, wich sie nicht zurück. Vielleicht weil sie eher wollte, dass ich sie tötete, als sie mit nach Hause zu nehmen? Hmm, ein enttäuschender Gedanke. Einer, den ich nicht gern hatte. Meine Frage an Lilith, ob ich eine andere auswählen könnte, war nur dafür da, mein Image zu wahren. Nein, diese lebhafte Frau wollte ich behalten, und mit ihren kriegerischen Tendenzen würde sie in diesem gefährlichen Spiel, dem Leben, eventuell standhalten können.

Der perfekte Köder.

Ich drehte sie in meinen Armen, drückte ihren Rücken gegen meine Brust und hielt sie mit meinen Armen gefangen. „Sieh hin." Ich sprach die Worte in ihr Ohr. „Sieh, wie dein Schicksal aussehen könnte." Könige und Alphas tauschten ständig Mitglieder ihres Harems. Nicht, dass ich da jemals mitmachen würde, aber das musste sie ja nicht wissen.

Die Menschen, die noch zur Wahl standen, drängten sich jetzt näher zusammen. Die meisten meiner Brüder hatten ihre Wahl bereits getroffen. Robyn hatte den dürren Mann anstatt der Brünetten gewählt. Er kniete bei ihren Füßen, während sie ihre Finger in seinen Haaren vergrub, wie man es bei einem Hund machen würde.

Jace' Wahl war die wunderschöne Brünette, die ich zuerst in Betracht gezogen hatte. Sie erschien mir jetzt nicht mehr so schreckhaft, eingewickelt in sein Jackett. Er traf meinen Blick und hob eine Braue, warnte mich, seine Handlung, die meiner sehr ähnlich war, zu kommentieren. Ich forderte ihn nicht heraus, stattdessen folgte ich dem Blick meines Haustieres zu dem blonden, menschlichen Mann, der unter den Auserwählten für den Cup der Unsterblichkeit stand.

Ich erkannte ihn aus den Akten wieder. Er war in dieser Runde tabu gewesen, markiert als ein Kandidat, bei dem sowohl Walter als auch Jace zugestimmt hatten, dass er einen passenden Unsterblichen ergeben würde. Bei der Art, wie er seine Schultern zurückhielt, seine starken Beine ausgebreitet, sein Ausdruck gelangweilt, musste ich dieser Auswahl zustimmen. Sechs der Menschen wurden favorisiert und von ihnen war er eindeutig am vielversprechendsten.

Aber was fand mein Lamm so faszinierend?

Sein Fokus geriet nie ins Wanken, selbst als Naomi einen Nagel von seinem Brustbein bis zu seinen Leisten zog. Sie liebte es, mit den Rekruten zu ficken. Wenn sie nicht so eine Schlampe wäre, würde ich sie vielleicht sogar mögen.

Oder wahrscheinlich eher doch nicht.

Mein Lamm spannte sich an, als Naomi ihre Lippen gegen das Ohr des Mannes drückte und ihm etwas zuflüsterte. Als Antwort darauf kräuselten sich seine Lippen, faszinierten mich, aber nicht annähernd so sehr wie der unruhige Atem meines Haustiers. Sie entspannte sich erst wieder, als Naomi sich auf ihr nächstes Opfer stürzte.

„Ah, eine Schwäche", flüsterte ich gegen ihr Ohr, leise genug, dass es außer ihr niemand hören würde. Nicht, dass uns irgendjemand seine Aufmerksamkeit schenkte. Sie waren alle zu beschäftigt, ihre neuen Spielzeuge auszuprobieren oder lüstern die verbleibende Ernte zu begutachten.

Wieder verspannten sich ihre Schultern, was mich dazu brachte, gegen ihren Nacken zu grinsen.

„Oh ja, definitiv eine Schwäche." Ich knabberte an ihrer zarten Haut, die ihren donnernden Puls bedeckte. „Wenn ich dich töte, könnte ich stattdessen ihn wählen. Ich fand schon immer, das Männer bei bestimmten Aktivitäten fähiger sind als Frauen." Ich strich mit meiner Nase über ihren Kiefer. „Was denkst du, kleines Lamm? Soll ich dich entsorgen und stattdessen seine Gesellschaft einfordern? Oder vielleicht hast du etwas, das mich vom Gegenteil überzeugt?"

Eine grausame Drohung, die sie neben mir zum Zittern brachte. Ich hasste es beinahe, das hier zu tun, aber ich konnte die Möglichkeit, meine Dominanz zu verstärken, nicht so einfach vorbeiziehen lassen. Meine Brüder hätten sie in der Sekunde getötet, in der sie zugebissen hatte. Ich erwartete keine Dankbarkeit oder Unterwürfigkeit, aber ich wollte ihren Namen. Und ich würde sie so lange drängen, bis sie ihn mir gab.

„Tick tack", stichelte ich und schmiegte mich an ihre Kehle. „Dein Schweigen langweilt mich."

Sie griff nach meinem Unterarm und drückte ihn, als ihr Körper erzitterte. Das war das zweite Mal heute Nacht, dass sie mich als Unterstützung nutzte, ohne es zu bemerken. Das erste Mal hatte es mich so fasziniert, dass ich nicht in der Lage war, zurückzutreten. Dann hatte sie ihr Schicksal mit diesem Kuss besiegelt.

„Rae." Das Wort erreichte bei dem ganzen animalischen Stöhnen, das uns umgab, kaum meine Ohren. Jenkins, der Winter Clan Alpha, hatte sein neues Menschen-Haustier seinem Sohn zum Spielen gegeben und der junge Lykaner verschwendete keine Zeit und lernte es genau kennen.

Meine Frau versuchte sich umzudrehen, was mich überraschte. Ich ergriff ihre Hüften und erlaubte ihr, sich zu bewegen, dann traf ich ihren wütenden Blick.

„Mein Name", sagte sie langsam, ihre Stimme klang wie ein kehliges Schnurren, was meine männlichen Sinne ansprach. „Mein Name ist Rae."

„Rae", wiederholte ich und ließ mir diese einzelne Silbe auf der Zunge zergehen. „Hmm." Ich mochte ihn, aber er schien zu schwach für sie. Zu schnell. *Wie wär's mit…* „Raelyn."

Sie schüttelte ihren Kopf. „Nein, es ist Rae."

„Raelyn gefällt mir besser."

Ihr Blick verengte sich erneut „Wenn du mir sowieso einen neuen Namen gibst, warum hast du überhaupt danach gefragt?"

„Weil ich hören wollte, wie du sprichst."

„Wie ein Hund."

„Ganz genau."

Sie starrte mich so leidenschaftlich an, dass ich meine Lippen nicht daran hindern konnte, sich an den Seiten zu kräuseln. Ich mochte ihre Stimme, aber ich würde es mindestens genauso genießen, diesen Blick von ihr im Bett heraufzubeschwören.

„Dein Geheimnis ist bei mir sicher, kleines Lamm", versprach ich.

Sie runzelte die Stirn. „Welches Geheimnis?"

Ich drückte meine Lippen gegen ihr Ohr, wollte nicht, dass

irgendjemand anderes es hörte. „Welches Geheimnis du auch immer mit diesem Menschen-Mann teilst." Ich knabberte an ihrem Ohrläppchen, atmete langsam aus und wickelte meine Arme um sie. „Aber was auch immer es war, es ist vorbei. Weil du jetzt mir gehörst, Raelyn."

3

RAE

Meine Zunge fühlte sich schwer in meinem Mund an, als hätte Kylan mich gebissen, und nicht umgekehrt. Sein harter Körper hielt meinen, seine Lippen an meinem Ohr flüsterten Worte, die ich nicht hören wollte.

Weil du jetzt mir gehörst, Raelyn.

Wie war das hier mein Schicksal geworden?

In einer Minute wurde ich für den Cup der Unsterblichkeit nominiert und in der Nächsten besaß mich ein König. Alles nur, weil ich meinen Körper nicht unter Kontrolle halten konnte. Nachdem Kylan vor der Göttin angedeutet hatte, mich zu töten, hatte ich aufgehört, es zu versuchen. Denn was machte es noch aus? Wenn er mich sowieso schlachtete, könnte ich genauso gut mit einer intakten Würde untergehen.

Aber dann hatte er Silas gedroht. Meine Schwäche. Die eine Sache mit der Kylan mich dazu zwingen konnte, ihm zu gehorchen. Weil ich nicht zulassen konnte, dass mein Verhalten zu Silas' Untergang führte. Nicht nach allem, was wir zusammen durchgemacht haben. Er verdiente eine Chance. Ich würde alles tun, damit er das zu Ende bringen konnte.

Auch wenn das bedeutete, die Nette bei einem König zu spielen, den ich lieber töten wollte, als ihn zu ficken.

Kylan hatte alles ruiniert.

Nein, das stimmte nicht. Ich hatte es versaut, indem ich ihn gebissen habe. Indem ich auf ihn reagiert habe.

Er drückte mir mit offenem Mund einen Kuss auf den Hals. „Hat dich jemals jemand gebissen, Raelyn?"

Ich biss die Zähne zusammen, als er diesen lächerlichen Namen benutzte. „Spielt das eine Rolle?", konterte ich und ging seiner Frage aus dem Weg. „Du wirst mich sowieso beißen." Und wirst meinen Körper für deine physischen Gelüste benutzen.

Von allen Königen, die mich hätten auswählen können, musste es ausgerechnet der mit der Vorliebe für Gewalt sein. Die kürzliche Schlachtung seines Harems war ein beliebtes Diskussionsthema unter meinen Vampir-Professoren gewesen. Tatsächlich hatte sich niemand für die verlorenen Leben interessiert, nur für das verschwendete Blut und die sehr hohe Wahrscheinlichkeit, dass Kylan verrückt wurde.

Und jetzt besaß er mich.

Seine Schneidezähne strichen warnend über meinen Puls. „Wenn ich dir eine Frage stelle, erwarte ich eine Antwort. Wurdest du schon einmal gebissen?"

Meine Nägel gruben sich in seinen Flachen Bauch.

Für Silas, erinnerte ich mich. *Tu es, um ihn zu beschützen. Dann, wenn er auf dem Weg zur nächsten Etappe ist, könnte ich mich zur Wehr setzen.*

Weil ich auf keinen Fall bereitwillig mit diesem königlichen Vampir schlafen würde. Umwerfend oder nicht, lieber würde ich sterben. Und ich würde kämpfend untergehen.

„Nein", zwang ich mich selbst zu sagen. „Wurde ich nicht."

Er lächelte gegen meinen Hals. „Mmm, ein weiterer Punkt zu seinen Gunsten." Er küsste meinen Hals, dann meinen

Kiefer und bohrte dann seinen dunklen Blick in meinen. „Halt mich nur weiter neugierig, Raelyn, und ich könnte dich einfach am Leben lassen." Er strich mir die Haare hinters Ohr, bevor er seine Hand in meinen Nacken legte. „Wie waren deine Testergebnisse in Sexualkunde?"

Er fragte das, weil es alles war, was Männer in seiner Position noch interessierte. Dennoch fühlte ich mich dazu gezwungen, ihn zu korrigieren. „Meine Wertungen in *allen* Fächern waren an der Spitze meiner Klasse."

„Ich nehme an, das würde dich für den Cup der Unsterblichkeit qualifizieren", murmelte er. „Aber ich möchte deine Wertungen in den sexuellen Künsten im Detail hören. In welchen Handlungen bist du hervorragend und welche Techniken erfordern mehr" – sein Blick fiel auf die Jacke, die meine Brüste bedeckte – „Training?"

„Kylan?", rief die Göttin und zwang ihn, seine Aufmerksamkeit auf sie zu richten. „Hast du eine Entscheidung getroffen? Die anderen sind fertig."

„Hmm." Er blickte auf mich herunter, sein grausamer Blick war unlesbar. „Antworte mir, Raelyn." Das *ansonsten* blieb ungesagt.

Ich schluckte. *Das sind nur Testergebnisse, wie in jedem anderen Fach auch.* „Meine oralen Aktivitäten wurden als ausgezeichnet bewertet und meine Schmerztoleranz liegt weit über dem Durchschnitt. Der einzige Bereich, in dem ich jemals eine negative Bewertung bekommen habe, war die Unterwürfigkeit, aber ich lag immer noch über dem Durchschnitt meiner Klasse." Und der einzige Grund, warum ich diese negative Bewertung bekommen habe, war, weil ich Probleme damit hatte, die Kontrolle abzugeben, wenn Silas unsere Übungen zusammen geführt hat. Es fühlte sich einfach falsch an, sich ihm zu unterwerfen, unabhängig davon, wie geschickt er in der Kunst des Vorspiels war.

Kylans Lippen kräuselten sich. „Dankeschön, Raelyn." Er wirbelte mich in seinen Armen herum, drückte meinen Rücken wieder gegen seine Brust, seine Hand lag auf meinem Hals, während der andere Arm um meinen Unterleib gewickelt war.

Silas' blauer Blick blitzte auf und traf auf meinen, Angst lauerte in seinen Tiefen.

Mir geht's gut, versuchte ich ihm zu sagen. Zeig ihnen nicht, dass du dich sorgst.

Die Stille zog sich in die Länge, Kylans Griff wurde stärker.

Ich werde nicht weinen.

Ich werde nicht betteln.

Ich werde ruhig bleiben.

Schwarze Punkte tanzten vor meinen Augen, aber nicht, bevor ich nicht den Schmerz in Silas Ausdruck erkennen konnte.

Göttin, hoffentlich suchte sich Kylan nicht ihn aus. Aber ich wusste, dass er das tun würde. Das hier war alles ein grausames Spiel, um mich zum Sprechen zu zwingen, und um an mir für mein Verhalten ein Exempel zu statuieren.

Es war alles so falsch gelaufen. So schrecklich falsch.

Es tut mir leid, Silas. Es tut mir so verdammt leid.

Kylans Daumen strich über meinen schwächer werdenden Puls, seine Berührung brannte auf meiner Haut. „Es scheint, als wäre dieses Luftanhalten ein Spiel, das wir später weiter erkunden könnten", flüsterte er gegen mein Ohr. Er lockerte seinen Griff gerade genug, um der Luft zu erlauben, ihren Weg zurück in meine Lungen zu finden. Ich zog sie gierig ein, mein Blick verschwamm durch die Demütigung der nicht abwendbaren Reaktion meines Körpers.

Eine Schwäche.

Ich hasste ihn in diesem Moment mehr als alles andere.

Er spielte mit mir.

Gab vor, mich zu töten, nur um zu zeigen, wie einfach es wäre, und er ließ Silas dabei zusehen.

„Ich denke, ich werde es genießen, diese hier zu brechen, Lilith", sagte Kylan mit einem Grinsen in seiner Stimme. „Danke, dass du mir die Möglichkeit gibst, sie zu behalten."

„Wenn du meinst", antwortete sie. „Es scheint mir, als wäre es die Arbeit nicht wert."

„Oh, ich könnte die Unterhaltung gebrauchen." Er streichelte über meinen Hals, während seine Hand fest an ihrem Platz blieb. Ich konnte atmen, aber auch nur gerade so, und der Arm, der um meinen Unterleib gewickelt war, half auch nicht weiter.

„Nun denn, damit ist unser Auswahlverfahren abgeschlossen. Jetzt ist es für heute Nacht nur noch unsere Aufgabe, uns um die Zahl der Teilnehmer für den Cup der Unsterblichkeit zu kümmern."

Ich zählte die verbleibenden Mitglieder und fand nur sechs wieder. Alle anderen waren ausgewählt worden. Zwei von ihnen lagen auf dem Boden, ihre Brust bewegte sich nicht und ihre unteren Hälften… Ich wendete meinen Blick ab, unfähig zu verarbeiten, was mit ihnen geschehen war. Eine der Leichen war früher Daniela.

Das da unten könnte ich sein…

Kylans Griff löste sich noch ein bisschen mehr, seine Lippen strichen über meine Schläfe, als ob er fühlen konnte, in welche Richtung meine Gedanken gingen.

Aber nein. Das war unmöglich. Wenn er Gedanken lesen könnte, wäre ich bereits eine tote Frau, weil er all die Arten gesehen hätte, auf die ich ihn gerne umbringen würde. Vampire konnten nicht sterben, das sagten sie zumindest, aber ich würde gerne einen Weg finden, ihn fertigzumachen. *Ihn* dazu bringen, *mich* anzubetteln, um atmen zu dürfen.

„Jace, Walter, bitte." Die Göttin machte eine Geste, als würde sie sagen: *Bringt das wieder in Ordnung.*

Jace übergab sein neues Haremmitglied an einen Vampir an seiner Seite. Ein dunkelhaariger Mann, den ich nicht als einen der Könige wiedererkannte. Neben ihm stand eine dunkelhaarige Frau mit dazu passenden Augen, die ein formelles Kleid trug, das aus durchsichtigem Material gefertigt worden war. Ihr Blick lag auf dem Boden.

Ein Mensch. Aber nicht von der Auslese. Sie war mir vorher noch nicht aufgefallen, genau wie ihr Sire, der mich jetzt direkt aus seinen stechend grünen Augen ansah. Ich zuckte zusammen und senkte meinen Blick zum Boden.

Habe ich heute völlig meinen Verstand verloren?

Nein, nur mein Leben.

„Sie ist eine Blutjungfrau", sagte Kylan leise gegen mein Ohr. „Und sie ist vor kurzem die Partnerin von Darius geworden, Jace' neuem Herrscher."

Ich blinzelte. Hatte er mir gerade etwas erklärt?

Und was zum Teufel war eine Blutjungfrau?

Ich blickte erneut zu der Frau. Wunderschön, gut gepflegt und kein Zeichen von Angst. Sie schien gelangweilt, wie ihr Herr, der sich jetzt wieder auf das Event konzentrierte, das vor uns stattfand. Jace hatte zwei neue Menschen ausgewählt, seine Handflächen lagen auf ihren Schultern. Walter hatte einen und schien Probleme zu haben, einen Zweiten zu finden.

Silas regte sich nicht, seine Haltung war selbstbewusst, während sein Blick abgewandt blieb. *Viel Glück,* wollte ich ihm sagen. *Nicht, dass du das nötig hättest.*

Kylans Hand glitt nach oben zu meinem Kinn, zwang meinen Kopf nach hinten, damit ich seinen Blick treffen konnte. „Was habe ich dir gerade gesagt, Raelyn?", fragte er leise, seine Pupillen weiteten sich im Mondlicht.

Mein Nacken schmerzte durch die unbequeme Position, zusammen mit dem Schmerz davon, beinahe erwürgt worden zu sein. Ich versuchte zu antworten, konnte es aber nicht, mein Hals war zu ausgetrocknet. Tränen sammelten sich in meinen Augen, wodurch ich ihn noch mehr hasste. Ich weinte nie. Bettelte nie. Beschwerte mich nie. Und dennoch, nicht einmal eine Stunde in seiner Anwesenheit und ich wollte heulen.

Ich will dich töten, sagte ich ihm mit meinen Augen, da meine Stimme ihren Dienst verweigerte.

Er grinste, bevor er mich entließ und seine Hände auf meine Hüfte fielen, um mich bei ihm zu halten. Seine Erektion drückte sich in meinen Rücken, was bestätigte, dass der Hass zwischen uns nicht auf Gegenseitigkeit beruhte.

Ihn zu ficken wäre wie mein schlimmster Albtraum, der wahr wurde. Denn während mein Verstand ihn verachtete, würde mein Körper positiv reagieren.

Seine Stärke und Macht dienten als ein Aphrodisiakum und sein Gesicht sah aus, als wäre es von Engeln geschnitzt worden. Ein umwerfender Mann, umhüllt von Muskeln und Erfahrung. Ich konnte seine physische Erscheinung nicht leugnen. Und wenn ich es richtig verstanden hatte, enthielten Vampirbisse eine Ekstase, die allem überlegen war, was Menschen sich gegenseitig geben konnten.

Er würde sich von mir nehmen, was er wollte, und ein kranker Teil von mir würde es genießen, während der Rest ihn verabscheute.

Seine Lippen liefen wieder über meinen Hals, sein Atem fühlte sich heiß auf meiner Haut an. „Ich werde dich zerstören, kleines Lamm", flüsterte er düster. „Du wirst nie wieder an ihn denken, wenn wir fertig sind."

Ein Schauer lief mir über den Rücken. Weil er Recht hatte. Wenn er erst einmal meine Seele gebrochen hätte, hätte ich keinen Grund mehr, an irgendjemand anderen zu denken, auch nicht an Silas.

Ich senkte meinen Blick, ein Gefühl der Niederlage breitete sich in mir aus.

So viele, die ich kannte, wünschten sich dieses Schicksal, in Luxus mit den Königen oder Alphas zu leben. Aber wenn ich das Feld um mich herum betrachtete, die bereits gebrochenen Körper, das Gefühl des erregten Mannes in meinem Rücken, der mit meinem Schicksal spielte, realisierte ich, dass das alles nur Schein und Trug war. Ein falsches Gefühl der Hoffnung, das uns bei der Geburt eingeflößt wurde, um uns in Reih und Glied zu halten. Und wofür? Ein paar Minuten, in denen man die Chance auf Unsterblichkeit hatte?

War es das wert?

Silas würde sagen ja. Das hoffte ich.

„Das sind die Kandidaten, die du hinzufügen möchtest?", fragte die Göttin, in ihrer Stimme schwang Überraschung mit.

„Sie werden nicht überleben und sind kein Lykanermaterial. Gib ihnen die Gelegenheit." Walter klang angeekelt, als er die Menschen, die er gewählt hatte, zu den Auserwählten des Cups der Unsterblichkeit schob.

Ich hätte überlebt, dachte ich mit einem geistigen Fauchen. Die zwei, die er gewählt hatte, waren demütig und jetzt schon gebrochen. Jace' Auswahl schien würdig zu sein, aber selbst sie hatten keine Chance gegen Silas oder sogar mich.

Aber ich gehörte nicht länger zur Konkurrenz.

Dass mir das Schicksal, das ich so lange begehrt hatte, nach nur wenigen Minuten wieder aus den Fingern gerissen wurde, in denen ich die potenzielle Ehre gespürt hatte, war wahrhaftig ein grausamer Akt. Und dennoch so passend.

Vampire und Lykaner liebten es mit ihrem Essen und ihren Haustieren zu spielen.

Das hier war nicht anders.

Kylans Arme legten sich wieder um mich, seine Berührung brachte einen Hauch von Komfort, den ich umgehend ablehnte. Er war nicht besser, als der Rest von ihnen. Tatsächlich war er sogar schlimmer.

Worte rollten durch die Luft, die Göttin lobte diejenigen, die für den Cup der Unsterblichkeit ausgewählt wurden, sagte irgendwas über Haremtraining und eine Amtsentlassung, was alles zusammen in meinem Kopf verschwamm. Ich kümmerte mich nicht länger darum. Es gab keinen Grund mehr.

Silas traf meinen Blick, in ihm lag eine Mischung aus Aufregung und Kummer, die mir das Herz brach.

Töte sie alle, sagte ich ihm mit meinem Blick. *Steig auf, mein Freund.*

Er schenkte mir ein subtiles Nicken, bevor er sich umdrehte, um zu gehen, und Kylan seufzte. „Wenn du einen simplen Befehl zum Vergessen nicht befolgen kannst, wie soll ich dich dann jemals dazu ausbilden, mir zu dienen?"

Ich biss mir auf die Zunge. *Reagier noch nicht. Warte, bis Silas sicher ist.*

„Folge mir, Tierchen", befahl er und ließ mich los.

Meine Füße drohten schon, das Gegenteil davon zu tun. Stehen zu bleiben und ihn herausfordernd anzustarren. Aber mein Geist drängte mich dazu, zu gehorchen.

Er führte uns an den Königen vorbei, die eine breite Gasse für ihn bildeten, ihr Unbehagen in seiner Gegenwart war offensichtlich. Die Gerüchte besagten, dass er verrückt wurde, ein uralter Vampir, der seinen Verstand an die Unsterblichkeit verlor.

Ich dachte darüber nach, als wir gingen. Seine Kontrolle über mich und unsere Situation deutete darauf hin, dass sein Geisteszustand gesund und klar war, sogar mächtig. Er könnte nur mit mir spielen, vor allem, weil er erst vor wenigen Momenten angedeutet hatte, mich umzubringen.

Spielt das eine Rolle?, fragte ich mich. *Er wird dich zerstören, erinnerst du dich?*

Bei dem Gedanken lief mir ein Schauer über den Rücken. Mit dieser Aussage konnte er so viele Sachen meinen.

Kylan führte mich zu einem kleinen, schwarzen Auto mit zwei Türen. Ein Piepen ertönte, als er auf einen Knopf drückte, und die Tür sich erhob. „Wenn ich bitten darf, kleines Lamm."

Mehrere Menschen standen in der Nähe der wartenden Autos, die anderen Könige und Alphas machten sich langsam auf den Weg zu uns. Es schien, als hätte Kylan das Rudel angeführt.

Als ich zögerte, hob er eine Braue. „Missachtest du schon wieder meinen Befehl?"

Immer, hätte ich fast geantwortet. Stattdessen rutschte ich in den Sportsitz und starrte geradeaus. Sein Kichern wurde durch die sich schließende Tür gedämpft, aber er trug immer noch sein Grinsen im Gesicht, als er in den Fahrersitz neben mir kletterte.

„Anschnallen", sagte er und lehnte sich über mich, um nach dem entsprechenden Gegenstand zu greifen. „Sicherheit geht vor."

Allein in einem Auto mit einem sadistischen Vampir. Ja. Sehr sicher.

„Stille", sagte er und schnallte sich selber ebenfalls an. „Du langweilst mich schon wieder, Raelyn."

„Hättest du es lieber, wenn ich singe und tanze?", fragte ich, als Jace an unserem Auto vorbeilief, sein Arm war um die Frau gelegt, die Kylan eine Blutjungfrau genannt hatte. Darius ging mit dem neuen Harem-Mitglied an seiner Seite hinter ihnen. „Du hast keine Herrscher", sagte ich und erinnerte mich an meine Lehren über Kylans Territorium. „Das fand ich immer seltsam."

Der Motor erwachte zum Leben, sein kehliger Klang war kraftvoll, wie sein Herr. „Herrscher sind nur anvertraute Lakaien", erwiderte Kylan, als er losfuhr. „Und ich traue niemandem."

Eine Frau tauchte plötzlich vor unserem Auto auf, Hände in die Hüften gestemmt, was Kylan zum Bremsen zwang, bevor wir überhaupt die Parklücke verlassen konnten.

Die königliche Frau legte ihren Kopf zur Seite, was ihn zum Seufzen brachte.

„Richtig." Er zog die Bremse an, aber machte den Motor nicht aus. „Fass nichts an oder ich wäre gezwungen, dich zu bestrafen." Er warf mir einen Blick zu, der sagte, dass er die Drohung ernst meinte. „Jetzt bleib, wie ein gutes, kleines Haustier."

4

RAE

MEINE HANDFLÄCHEN SCHMERZTEN, so hart grub ich meine Nägel in sie hinein. Vampire und Lykaner hatten mich mein ganzes Leben lang kleingeredet, aber sie waren nie so herablassend gewesen.

Kylan stieg aus dem Auto aus, ohne noch einmal zu mir zurückzuschauen, bevor er vor mir auf die Frau – Robyn – traf. Er wickelte seine Hand um ihren Hals und zog sie für einen Kuss zu sich, der mich krank machte.

Vampire waren immer anhänglich. Diese Zwei waren da nicht anders, aber die Art und Weise, wie er mit ihr umging, deutete auf eine Geschichte hin, von der ich nichts wissen wollte.

Robyns Hände liefen über seine Seiten, bevor sie über sein schwarzes Anzughemd zu seinen Schultern glitten, ihn fühlten, als ob er ihr gehören würde. Er lächelte gegen ihren Mund, bevor er ihre Handgelenke mit seiner freien Hand einfing. Welche Verwarnung er ihr auch immer gegeben hatte, erzeugte ein Lächeln, das reine weibliche Zufriedenheit preisgab.

Ich rollte mit den Augen und suchte nach ihrer neuesten Anschaffung. Er kniete mit gesenktem Kopf – immer noch nackt – auf dem Boden. Sie hatte ihm eine Metallkette umgelegt, die mit einer Leine verbunden war, die sie fallen gelassen hatte, um Kylan zu berühren.

Was auch immer er als nächstes zu ihr sagte, ihr Grinsen wurde flach und ihr Blick düster. Dann schaute sie mich im Beifahrersitz direkt an. Pure Unmenschlichkeit lauert in ihren Augen, was mich über Kylans Ruf als den Grausamen nachdenken ließ. Weil dieser Blick nichts der Vorstellung überließ, was sie mit mir machen wollte.

Kylan wollte mich zerstören.

Diese Frau wollte mich in Fetzen reißen.

Ich sollte wegschauen, aber zu welchem Zweck? Mein Schicksal war bereits besiegelt und lag in den Händen eines Monsters.

Robyn kam auf das Auto zu, aber Kylan erwischte sie am Ellbogen und riss sie zu sich zurück, sein vorher eleganter Ausdruck wurde zu dem Raubtier, das unter den schicken Klamotten lauerte.

Ich konnte sie nicht hören, aber ihre Unterhaltung verlief offensichtlich nicht zu ihren Gunsten. Sie starrte ihn finster an, aber senkte dann unterwürfig ihren Blick. Er küsste sie auf den Kopf, als würde er ein Haustier belohnen. Welche Plattitüden er ihr auch immer zuflüsterte, schienen sie leicht zu beruhigen, aber ihre Hände waren immer noch zu Fäusten geballt, als er sich entfernte.

„Wir sehen uns bald wieder, Robyn", sagte er, als er die Tür öffnete.

„Ja", antwortete die Frau, als sie die Leine wieder aufnahm. Sie riss den Menschen mit so einer Kraft zu sich, dass er über den Schotter rutschte.

Bei dem Anblick zuckte ich zusammen, meine Lippen teilten sich, als sie den Mann zwang, hinter ihr herzukriechen, während sie in einem zügigen Tempo davonmarschierte.

Kylan navigierte uns von der Szene weg, was mich

erleichterte, obwohl ich unser zukünftiges Ziel noch nicht kannte. Er hatte mir seine Jacke gegeben und behandelte mich im Gegensatz zu den anderen einigermaßen menschlich. Mein Hals schmerzte immer noch von seiner Aufmerksamkeit, aber das zog ich Leine und Halsband vor.

Und die sexuellen Annäherungen auf dem Feld... Ich erzitterte. Kylan hätte es wesentlich schlimmer machen können. Also warum hatte er es nicht?

Stille breitete sich zwischen uns aus, sowohl beruhigend als auch bedrohlich, als er auf eine leere Straße abbog und uns das Mondlicht den Weg leuchtete. Hier draußen gab es nichts außer Ackerland. Keine Gebäude oder andere Strukturen, keine Anzeichen einer Stadt, nur Sterne vor dem schwarzen Himmel. Es war irgendwie friedlich, ganz anders, als die Umgebung meiner ehemaligen Universität. Scharfschützen, Wachen, mit Stacheldraht verzierte Betonwände und die Stadtlichter waren die Hauptkulisse.

Hmm, ich wünschte, es hätte dort Bäume gegeben. Ich habe vorher noch nie einen gesehen, aber die grasbewachsene Landschaft war selbst in der Nacht wunderschön.

„Robyn genießt es, ihr Spielzeug zu zerbrechen", sagte Kylan mit sanfter Stimme.

Ich wandte meinen Blick von der Kulisse um uns herum ab, um den Teufel neben mir anzuschauen. „Und du?", fragte ich, unfähig mir selbst auf die Zunge zu beißen. „Was genießt du?" *Ich werde dich zerstören,* seine Worte von vorhin geisterten in meinen Gedanken herum, machten sich über mich lustig.

„Ich bewundere Unterwerfung", murmelte er, seine Lippen kräuselten sich. „Aber ich liebe einen Kämpfer."

Unsere Umgebung rauschte an uns vorbei, als er weiter beschleunigte, und mein Magen sich drehte, sowohl durch die ungewohnte Stoßkraft als auch wegen seiner Antwort. Er wollte, dass ich mich ihm widersetzte, nein sagte. Deshalb hatte er mich gewählt. Weil er wusste, dass ich mich nicht leicht unterwerfen würde.

Er will mich zwingen, ihn physisch zu akzeptieren. Mich auf die härteste Art und Weise verletzen, indem er mich nahm, ob ich es mochte oder nicht.

Ein Zittern, das ich nicht verstecken konnte, erschütterte mich bis ins Mark. Ich hatte es unzählige Male gesehen, hatte die Schreie gehört, hatte dem selbst heute Nacht auf dem Feld beigewohnt. Aber zu wissen, dass es das war, was er begehrte, dass er mich mit der Absicht mit nach Hause nahm, um mich in jeder Hinsicht zu verletzten, ließ Galle in mir aufsteigen.

Er wird mich töten, aber erst, nachdem er mich gefickt hat.

Und es gibt nichts, was ich tun könnte, um ihn zu stoppen.

„Ah, da ist sie, die Angst, die ich den ganzen Abend vermisst habe", sinnierte er. „Du warst eine der wenigen, die während des Auswahlprozesses nicht einen Hauch davon gezeigt hat. Das hat mich zu dir hingezogen."

Er bog ab ohne zu bremsen, was meine Innereien dazu brachte, sich schmerzhaft zu verdrehen. Ich drückte die Rückseite meiner Hand auf meine Lippen, weigerte mich, krank zu sein. Nicht hier. Noch nicht. Nicht so leicht.

In der Ferne tauchten Lichter auf, hell und weiß, mit ein paar roten Punkten dazwischen. Sie wuchsen, als wir näher kamen, markierten eine breitere Straße auf der anderen Seite eines Drahtzauns. Dahinter stand etwas, das ich bislang nur in meinen Büchern gesehen hatte.

Ein Flugzeug.

Meine Lippen öffneten sich in Ehrfurcht. Es war so viel größer, als ich erwartet habe. Mehrere Körper standen dort herum, alle in Schwarz gekleidet, einige von ihnen bewachten das Tor, auf das Kylan jetzt mit sehr viel ruhigerem Tempo zusteuerte.

„Eure Hoheit", grüßte ein Mensch, sein Blick fiel kurz auf mich in Kylans Jackett. „Alles ist bereit."

„Dankeschön, Jackson", antwortete Kylan, was mich überraschte.

Er kennt die Namen der Menschen?

Die meisten Vampire nahmen die Sterblichen kaum wahr, nicht mal die Vigil.

Kylan fuhr um das Flugzeug herum zu einer Rampe und manövrierte das Auto mit den minimalen Anweisungen der Menschen, die dort Wache standen, hinein. Nachdem wir das Ende erreicht hatten, schaltete er den Motor aus und wartete, als sich die Rampe hinter uns erhob und uns im Bauch des Flugzeuges einsperrte.

Seine dunklen Augen legten sich auf mich, aber er sagte nichts. Ich wagte es nicht, wegzusehen, musste wissen, was sein Plan war. Er löste seinen Sicherheitsgurt und lehnte sich langsam zu mir.

Meine Handflächen schwitzten. *Das ist es. Er wird mir jetzt wehtun und erwarten, dass ich mich gegen ihn wehre.*

Könnte ich das?

Würde ich das?

Es könnte weniger schmerzvoll sein, wenn –

Das Klicken meines Gurtes ließ mich aus meinen Gedanken hochschrecken. Er schmunzelte und stieg aus dem Auto aus, ging um es herum, öffnete meine Tür und streckte mir seine Handfläche entgegen, um mir zu helfen.

Ich starrte ihn an und stand ohne seine Hilfe auf.

„Es wird als recht unhöflich angesehen, eine formelle Geste eines Vorgesetzten zu ignorieren." Er stieß die Tür mit einer Endgültigkeit zu, die meine Wirbelsäule erzittern ließ. „Ich fange an, deine Ausbildung in Frage zu stellen und mich zu wundern, wie du so lange überleben konntest."

So bin ich. Aber in der Schule hatte ich mich niemals so verhalten. Obwohl die rebellischen Gedanken oft in mir auftauchten, hatte ich sie nie ausgelebt. Ich wusste es besser.

Aber mit Kylan? Ich wollte nicht mehr, als ihm ins Gesicht zu schlagen.

Und jetzt da Silas sicher war, konnte ich das.

Kylan ergriff mein Handgelenk, bevor ich es heben konnte und wirbelte mich in seinem Arm herum, sodass mein Rücken wieder an seiner Brust lag. Er schnalzte gegen mein Ohr. „Ich möchte eine Herausforderung im Schlafzimmer, nicht in der Garage, Liebling."

„Nun, das sieht nach Spaß aus", verkündete eine männliche Stimme hinter uns.

„Du hast ja keine Ahnung", antwortete Kylan, seine dicker werdende Leiste drückte sich in meinen Rücken. „Raelyn, das ist Mikael, meine Blutjungfrau. Mikael, sag Hallo zu meinem neuen Spielzeug, Raelyn." Er stieß mich nach vorne, was mich zum Straucheln brachte, während ich versuchte, mein Gleichgewicht auf meinen Stöckelschuhen zurückzugewinnen. Ich wirbelte herum und stand ihnen beiden gegenüber.

Mikael kam eine Treppe herunter und stellte sich an Kylans Seite, sein Haar war lang und blond und fiel auf seine breiten Schultern. Er trug einen schwarzen Anzug, der zum dem seines Herren passte, nur ohne Krawatte, was seinen Hals entblößt ließ.

„Sie ist hübsch", murmelte er einschätzend, sein heller Blick lief über mich. „Mir gefällt die Geste, sie die Jacke tragen zu lassen, Eure Hoheit."

Kylan schmunzelte. „Ja, ihr steht mein Jackett recht gut, nicht wahr?"

„Mmm."

„Sollen wir sie fragen, ob sie es für dich auszieht?"

Mikael kratzte sich über die Bartstoppeln auf seinem Kiefer, sein Blick erhitzte sich. „Ich würde es genießen, das Gesamtpaket zu sehen, ja."

„Raelyn?", fragte Kylan und hob eine Augenbraue.

Er wollte, dass ich für sein menschliches Haustier strippte?

„Nein." Wenn er wollte, dass ich das Jackett auszog, konnte er es selbst tun.

Mikaels blonde Brauen schossen nach oben, als Kylan kicherte. „Ist sie nicht fantastisch?"

„Hat sie sich dir gerade verweigert?"

„Das hat sie." Kylan legte seinen Kopf zur Seite und ein Lächeln huschte über seine Lippen. „Sollen wir versuchen, sie davon zu überzeugen, für uns zu strippen?"

„Könnten wir", antwortete Mikael und klang verblüfft. „Aber das mussten wir in der Vergangenheit noch nie."

Kylan zuckte mit den Schultern. „Vielleicht sollte ich erklären, wie das hier funktionieren wird."

„Können wir das oben in der Lounge machen? Die Piloten warten darauf, starten zu können, und das tun sie nicht, während wir im Gepäckraum sind." Der Mensch sprach mit Kylan so zwanglos, als ob sie Freunde wären, was mich schockierte und stumm werden ließ.

„Natürlich." Kylan hielt mir eine Hand entgegen. „Komm, Raelyn."

Und mein Schock wandelte sich in Verwirrtheit. „Wuff. Wuff."

Kylan kicherte erneut. „Möchtest du ein Halsband, Liebste? So eins wie Robyn ihrem neuen Haustier gegeben hat? Ich denke, ich würde es genießen, dich kriechen zu sehen."

Das Bild der Königin mit dem armen Mann war immer noch frisch und blitzte klar und deutlich hinter meinen Augen auf. Die Erinnerung ließ mich erschaudern.

„Ich denke nicht", murmelte Kylan, seine Finger winkten ungeduldig. „Komm her, Raelyn, oder ich muss dich an deinen Haaren hinter mir her schleppen."

„Ich würde auf ihn hören", fügte Mikael hinzu und ging auf die Treppe zu. „Der Mann blufft nicht."

Ich biss die Zähne zusammen und ging los, aber ignorierte

Kylans Hand. Er griff mich am Ellbogen und riss mich so hart zurück, dass ich das Gleichgewicht verlor und gegen ihn fiel.

„Das ist das zweite Mal, dass du eine freundliche Geste von mir ignorierst. Hättest du es lieber, wenn ich etwas gröber mit dir umgehe?“, fragte er, seine Hände schlossen sich schmerzvoll um meine Arme, als er mich aufrecht hielt. „Weil ich das durchaus könnte, Raelyn.“

Ich wimmerte unter seinem festen Griff, aber weigerte mich, ihm die Befriedigung einer Entschuldigung zu geben. „Silas ist nicht mehr hier, um ihn gegen mich zu verwenden. Ich habe nichts mehr.“

Seine Lippen zuckten. „Silas. Ein interessanter Name für einen Kandidaten.“ Er zog mich näher, seine Leichtigkeit verschwand unter einem Schatten aus Dunkelheit. „Nur weil *Silas* nicht hier ist, heißt das nicht, dass ich ihn nicht mehr verletzten kann. Er ist jetzt bei dem Wettkampf. Alles, was nötig ist, ist eine Nachricht an die Veranstalter und dein ehemaliger Lover wird einen Unfall haben, von dem er sich nie erholen wird.“

Mein Herz setzte einen Schlag aus. „Du würdest ihm wehtun, nur um mich zu zähmen?“

„Ich würde um einiges mehr tun, als ihm nur wehzutun, Liebste.“ Das Versprechen in seinen Worten durchbohrte meine Brust und brachte die Übelkeit aus dem Auto zurück.

Mein Magen drehte sich, mein Hals arbeitete. *Übergib dich nicht.* Tu es nicht. Ich schluckte, aber das Brennen der Säure ließ Tränen in meine Augen aufsteigen. Oder vielleicht wurde das durch das Gewicht ausgelöst, das sich gerade über mich legte.

Silas' Leben liegt in meinen Händen.

Eine falsche Bewegung und Kylan würde seine Drohung wahr machen. Wie konnte ich mich ihm verweigern, wenn ich die Auswirkungen kannte?

Ich ließ die Schultern hängen. Ich hatte keine Wahl. „Ich mache alles, was immer du willst."

Kylans Augenbrauen hoben sich. „Für einen Mann, den du nie wieder sehen wirst?"

Ich machte mir nicht die Mühe zu antworten. Meine Loyalität gegenüber Silas ging ihn nichts an. „Wünscht du immer noch, dass ich das Jackett ausziehe?" Weil ich das jetzt tun würde. Und ich würde auch kriechen, wenn er es verlangte.

Sein Griff wurde lockerer und seine Augen verengten sich. „Er ist ein Mensch, den du nie wieder sehen wirst, Raelyn. Und wenn er gewinnt, wird er dich komplett vergessen. Warum gibst du dein Feuer für ihn auf?"

Ich traf seinen Blick und seufzte, mein Körper fühlte sich so erschöpft an, wie schon lange nicht mehr. „Weil er wenigstens eine Chance auf eine Zukunft hat. Das würde ich für nichts auf der Welt aufs Spiel setzten, nicht einmal für meine eigene Würde." Ich löste mich aus seinem Griff und ließ das Jackett von meinen Schultern gleiten. „Ich werde tun, was auch immer Ihr verlangt, Eure Hoheit", wiederholte ich jetzt formeller.

Besiegt wandte ich mich der Treppe zu, bereit, meinem Schicksal entgegen zu treten.

Kylan wollte eine Kämpferin im Schlafzimmer.

Nun, er hat soeben mein Feuer gelöscht.

Hoffentlich kam er stattdessen auch mit Unterwürfigkeit zurecht.

KYLAN

Ich beobachtete Raelyn wie sie die Treppe hinaufstieg, an dessen Ende Mikael stand und wartete. Er hob fragend eine Augenbraue und ich nickte, wusste, was er beabsichtigte.

Das Mädchen brauchte eine Dusche, Kleidung und etwas zu Essen. Da Mikael menschlich war, konnte er das alles besser handhaben als ich. Er kümmerte sich immer um meinen Harem und im Gegenzug kümmerten sich die meisten von ihnen um ihn. Wir haben diese Beziehung hergestellt, als ich ihn vor einem Jahrzehnt bei einer Auktion erstanden habe. Manchmal teilten wir die Frauen, aber nur, wenn sie es auch wollten.

Raelyn vermutete viele Sachen, die ich ihr im Auto hätte erklären sollen, aber ich hatte mich dagegen entschieden. Manchmal sprachen Handlungen lauter als Worte. Und bald würde sie realisieren, dass ich nicht die Absicht habe, sie dazu zu zwingen, irgendwas mit mir zu machen. Ich bevorzugte willige Partner und als ich erwähnt habe, dass ich eine Frau mit Mut lieben würde, meinte ich eine Frau, die mich im Schlafzimmer herausfordert und nicht bloß da liegt und es hinnimmt.

Vergewaltigung war etwas für Schwache.

Ich war nicht schwach.

Wenn Raelyn lieber isoliert sein wollte, würde ich es erlauben. Ihre Beziehung mit diesem Menschen, Silas, ging tiefer, als ich anfangs vermutet hatte. Als ich ihn gegen sie benutzte, war das hauptsächlich ein Werkzeug, um sie zu zähmen, damit die anderen sie nicht töteten. Und meine Worte hier sollten sie nur ein bisschen sticheln, aber sie hatten den völlig falschen Effekt erzielt.

Ihren Geist zu töten, war nie meine Absicht gewesen. Ich brauchte sie stark, um die bevorstehenden Prüfungen zu überstehen. Weil mir jemand etwas anhängen wollte, indem er mich als einen Unsterblichen darstellt, der mit dem Alter verrückt geworden war. Sie haben meinen Harem zerstört und mich mit der Wahl zurückgelassen, das Massaker auf meine Kappe zu nehmen, oder zuzugeben, dass jemand in mein Territorium eingebrochen war. Nichts davon war akzeptabel, denn beides war ein Zeichen von Schwäche. Aber ich war lieber als ein verrückter Unsterblicher bekannt, als ein mit Mängeln.

Mit einem Seufzen hob ich mein Jackett auf und folgte Mikael und Raelyn.

Mikael war einer der sehr wenigen, die die Wahrheit kannten. Er war lange genug bei mir, um zu wissen, dass ich meinem Harem nie etwas antun würde, auch nicht aus Langeweile. Und wir hatten ihren Verlust gemeinsam betrauert.

Ich hatte Raelyn wegen ihrer Widerstandsfähigkeit ausgewählt, weil ich wusste, dass ich einen Ersatz brauchte, der auf sich selbst aufpassen kann. Dennoch war ich mir über meine Wahl jetzt nicht mehr so sicher. Sie liebte einen anderen Mann. Etwas, das ich tolerieren konnte, auch wenn ich darüber nachgedacht hatte, wie ich ihn zerstören könnte. Sie war bereit, sich für ihn zu opfern.

Mikael traf mich im Flur neben dem einzigen Schlafzimmer des Jets und hatte ein Glas Champagner mit einem Schuss Blut in seiner Hand. Ich tauschte meine Jacke gegen die Sektflöte ein. „Du bringst mir immer die schönsten Geschenke."

Er grinste, als er mein Jackett in den Schrank neben uns hängte. „Du sahst nach der Vorstellung da unten aus, als könntest du den gebrauchen."

Ich schnaubte und nippte seufzend an der sprudelnden Flüssigkeit. „Ja, ich denke, das habe ich vermasselt."

„Nur ein bisschen", stimmte er zu und seine Grübchen wurden tiefer. „Aber das kriegen wir wieder hin. Sie hat sich hingelegt, weigert sich allerdings, sich zu duschen oder etwas zu essen. Um ihre Worte zu benutzen, sie möchte es einfach nur hinter sich bringen."

Meine Lippen zuckten. „Der arme Schatz erwartet einen schnellen Prozess."

„Scheinbar."

„Ich werde ihr zeigen, dass sie sich irrt, aber nicht heute Nacht." Sie war nicht mal ansatzweise bereit für mich. Ich hätte es lieber, wenn sie mich anfleht, sie zu ficken, als sie in einen so abgestumpften Zustand zu versetzen. „Kannst du die Piloten wissen lassen, dass wir bereit zum Abheben sind? Ich bin mehr als bereit wieder nach Hause zu gehen."

„Nur wenn du in der Zwischenzeit mit ihr redest." Er deutete auf die Tür. „Erklär ihr wenigstens die Regeln."

Ich stellte das Glas zur Seite. „Du bist immer so ein Spielverderber."

„Und du bist ein Arsch", gab er zurück und fürchtete sich kein Bisschen davor, seine Meinung zu äußern. „Zeig ihr, wer du wirklich bist, damit sie aufhört zu schmollen. Das ist unkleidsam."

„Unkleidsam", wiederholte ich und schüttelte den Kopf. „Nur du benutzt solche Ausdrücke."

„Jetzt hör auf, das hinauszuzögern, oder ich halte mein Blut zurück."

Ich hob eine Braue. „Jetzt denkst du, du hättest hier das sagen? Was zum Teufel geht heute mit der Welt vor sich?"

Er kicherte und versuchte, an mir vorbeizugehen, aber ich griff nach seiner Hüfte und zog ihn zu mir. Ich strich mit meinen Lippen über seinen Puls, seine Essenz verzauberte meine Instinkte. Blutjungfrauen waren selten und köstlich und machten süchtig, aber ich hatte mich bei Mikael immer gebremst. Ich hatte eine Männliche ausgesucht, weil ich, obwohl ich keine Probleme hatte, von ihm zu trinken, er nicht meinen sexuellen Vorlieben entsprach. Was bedeutete, dass ich mit ihm nie die Kontrolle verlor, selbst wenn er mich dazu ermutigte.

„Du kannst mir nichts abschlagen", flüsterte ich, meine Zunge fuhr über seine Vene.

Er erzitterte und seine Hände legten sich auf meine Seiten. „Das würde ich niemals wollen."

Ich durchbohrte seinen Hals, gerade genug, um ihn mit meinen Endorphinen zu ärgern. Sein Schwanz verhärtete sich gegen meinen, sein Körper wurde empfänglich für alles, was ich ihm geben wollte, und noch mehr. Frauen mit ihm zu teilen war einfach. Wir genossen es beide, auch uns gegenseitig, aber es gab nie Handlungen nur zwischen uns beiden. Das war weder meine Vorliebe noch seine.

Er stöhnte, als ich von ihm abließ, und ich lächelte. „Wie war das mit dem Blut zurückhalten?"

„Fick dich", knurrte er, seine hellen Augen waren erregt. „Geh und sprich mit ihr."

Ich zuckte mit den Schultern. „Das mache ich nur, weil ich es möchte."

„Bestimmt." Er fuhr mit seinen Fingern durch sein langes Haar und wanderte den Flur hinunter in Richtung des

Sitzbereiches. „Ich borge mir Zelda mal kurz aus. Such nicht nach uns."

Ich schmunzelte. „Hast du deshalb meine Lieblingsköchin mit auf diese Reise genommen?"

„Nein, ich wusste, dass das Mädchen etwas zu Essen brauchen würde, aber jetzt werde ich Zelda benutzen, um etwas anderes zu füttern." Er schaute mit glühendem Blick über seine Schulter. „Ich hoffe, du bist noch nicht hungrig, wir werden nämlich eine Weile beschäftigt sein."

Ich kicherte. „Wir werden selbst für uns sorgen." Wie ich vermutet hatte, hatten entweder er oder Zelda schon etwas zu Essen ins Schlafzimmer gebracht. Ich hatte bei den Feierlichkeiten heute Abend nicht viel gegessen, und das wussten sie.

„Das tust du immer", antwortete Mikael mit einem weiteren Aufblitzen seiner Grübchen und verschwand in dem vorderen Teil des Jets.

Mit einem Kopfschütteln klopfte ich an die Tür des Schlafzimmers. Raelyn antwortete nicht. Ich nahm ihr Schweigen als Erlaubnis einzutreten zu dürfen und fand sie zusammengerollt am Rand des Bettes vor, von wo aus sie an die Wand starrte. Ihre High Heels waren auf dem Boden gegen die Wand gelehnt, was sie vollkommen nackt zurückließ.

Ich lockerte meine Krawatte und entfernte meine Manschettenknöpfe, um mir die Ärmel hochzukrempeln. Raelyn bewegte ihre glatten Beine, blieb ansonsten aber wieder nervenaufreibend still. Meine Sticheleien bezüglich des Jungen hatten sie offensichtlich zu weit getrieben. Wie schade. Ich hatte gehofft, es würde wesentlich mehr brauchen, um den mutigen Geist in ihr zu bändigen.

Menschen waren verletzliche Wesen, die meisten von ihnen zerbrachen schon unter einem einfachen Blick. Aber diese hier war vielversprechend. Ich musste nur wieder ihre trotzige Seite zum Spielen herauslocken.

Ich stellte meine Schuhe neben ihre und stellte mich vor sie, eine Hand auf meinem Gürtel. „Sollen wir zuerst deine oralen Fähigkeiten testen?" Allein der Gedanke daran, ließ mich hart werden, aber ich hatte keine Absichten, dem tatsächlich nachzugehen. Ich wollte bloß irgendeine Reaktion.

Ein Flattern ihrer Lippen war alles, was sie mir gab.

Ich seufzte und ging auf die andere Seite des Bettes, um mich neben sie zu legen. „Du langweilst mich schon wieder, Raelyn."

Nichts. Nicht einmal ein Zucken.

„Muss ich erst wieder Silas ins Spiel bringen, damit zu kooperierst?", fragte ich neugierig. „Kann ich so die Reaktion von dir bekommen, die ich mir wünsche?"

„Was willst du von mir?", fragte sie und drehte sich zu mir um. „Willst du, dass ich deinen Schwanz lutsche? Um meine guten Noten zu beweisen?" Ihre Hand legte sich auf meinen Gürtel. „Weil ich das tun kann, wenn es das ist, was du willst. Sag es mir nur, damit ich es hinter mich bringen kann."

Ich ließ sie die Schnalle lösen, bevor ich nach ihrem Handgelenk griff und sie aufhielt. „Deine Fähigkeiten bezüglich Vorspiel und Bettgesprächen sind eindeutig verbesserungswürdig."

Ich drückte ihre Hand in das Kissen neben ihrem Kopf und drückte sie auf ihren Rücken. Meine Oberschenkel rutschten zwischen ihre Beine, als ich mich über ihr positionierte.

Sie griff mit ihrer freien Hand nach meiner Schulter und drückte. Ich schnalzte und hielt ihre beiden Handgelenke über ihrem Kopf gefangen, während die andere Hand zu ihrer Kehle wanderte. Der blaue Fleck, der sich auf ihrer Haut abzeichnete, zeigte, dass ich vorhin zu hart zu ihr gewesen war. Es sollte eine Demonstration für meine Brüder sein, um ihnen zu zeigen, dass ich sie sehr gut unter Kontrolle hatte, aber diesen Abdruck dort zu sehen, ließ mich mit Unbehagen zurück.

„Hast du Schmerzen?"

„Interessiert dich das?", fauchte sie und brachte mich zum Lächeln.

„Du weißt nichts über mich, kleines Lamm", flüsterte ich. „Nur das, was die Gesellschaft dir gezeigt hat."

„Ich denke, dass die letzten paar Stunden in deiner Anwesenheit, oder wie lange auch immer das war, mir alles gezeigt haben, was ich wissen muss."

„Ist das so?" Ich neigte meinen Kopf und hielt ihren Blick. „Und was weißt du, Raelyn?"

Diese umwerfenden Baby-blauen Augen verengten sich und erregten mich. *Da bist du ja, Liebling. Komm und spiel mit mir. Fasziniere mich.*

„Ich habe dir mein Jackett angeboten, als dir kalt war", murmelte ich und ließ den Abend Revue passieren. „Ich habe dich nicht einfach vornüber gebeugt und gefickt, wie es einige der anderen mit ihren neuen Spielzeugen gemacht haben, und ich habe Robyn dich nicht bestrafen lassen, als du sie so mutig aus dem Auto heraus angestarrt hast. Ich habe dir erlaubt zu leben, während einige der anderen dein ungehorsames Verhalten niemals toleriert hätten. Also, sag mir, Liebste, was sagt das alles über mich aus?"

Das Bett rumpelte unter uns, als der Jet an Fahrt aufnahm, und sich ihr Blick auf das Fenster in der Nähe richtete. Ich gab ihr einen Moment und ließ ihre Hände los, erwartete, dass sie sich vielleicht an dem Kopfteil oder dem Bett festhalten wollte. Stattdessen klammerte sie sich an meine Schultern, ihr Ausdruck war erfüllt von einer Mischung aus Staunen und Besorgnis, als wir in die Luft abhoben.

Die meisten Menschen waren noch nie geflogen, zumindest nicht bei Bewusstsein. Es war viel einfacher, sie zu betäuben und in einem riesigen Frachtflugzeug zu verstauen, wie man es mit Vieh machen würde. Ihre Lippen teilten und ihre Augen weiteten sich.

„Würdest du gerne aus dem Fenster schauen?", fragte ich vergnügt.

Ihr Blick flog zu mir. „Ich, nein, Ich...", sie schluckte, die Stirn war in Falten gelegt. „Ich bin noch nie, ich meine –"

„Ich weiß." Ich schob eine Haarsträhne hinter ihr Ohr, während ich mich auf meinen Ellbogen auf beiden Seiten ihres Kopfes balancierte. „Wenn du aus dem Fenster schauen möchtest, kannst du das tun, aber sei vorsichtig." Ich wollte mich von ihr runter rollen, aber ihr Griff festigte sich, Angst klirrte durch die Luft.

Fliegen machte ihr Angst, aber meine Lippen neben ihrem Hals nicht.

Ich hätte fast gelacht. Die Gesellschaft hatte sie gegen die offensichtliche Bedrohung abgestumpft, die gerade auf ihr lag. Kein Wunder, dass die meisten Menschen schon gebrochen bei mir ankamen.

Sie fing an sich zu entspannen, als das Flugzeug sich stabilisierte und sich die Falten auf ihrer Stirn glätteten. Erst, als sie wieder meinen Blick traf, realisierte sie, dass sie sich die ganze Zeit an mich geklammert hatte, aber anstatt mich loszulassen, erstarrte sie.

„Sag mir, was weißt du noch mal über mich?", stichelte ich. Ich konnte es einfach nicht lassen. Ich drückte meine Lippen sanft auf ihren Hals und knabberte an ihrem Kinn. „Mikael möchte, dass ich dir die Regeln erkläre. Manchmal glaubt er, er hätte hier das sagen, aber das hat er nicht."

Es hatte ein Jahr gedauert, um die Persönlichkeit zu entfesseln, die er unter der indoktrinierten Ausbildung des Coventus versteckt gehalten hatte. Er ähnelte kaum noch dem Mann, den ich bei dieser furchtbaren Auktion gekauft habe. Mikael war jetzt sehr viel stärker und hatte keine Angst mehr, mir die Scheiße, die ich baute, vor Augen zu halten, was ihn zu einem guten Freund und einem noch besseren Partner machte.

„Das ist meine erste Regel", fuhr ich fort. „Das ist mein Hoheitsgebiet, Raelyn. Du gehörst mir und wirst tun, was ich sage, was beinhaltet, dass du Mikael erlaubst, für dich zu sorgen." Das betrachtete ich als die zweite Regel. „Wenn er dir also sagt, dass du duschen und dir etwas anziehen sollte, dann duschst du und ziehst dir etwas an."

Ihr Blick verengte sich. „Du warst derjenige, der mir gesagt hat, ich soll die Jacke ausziehen."

Meine Lippen zuckten. „Nein, ich habe dich gefragt, ob du sie ausziehen möchtest. Du warst diejenige, die entschieden hat, die Jacke fallen zu lassen."

„Nein, das ist nicht –"

Ich drückte meinen Mund auf ihren und ließ ihre Antwort verstummen.

Sie hatte meine Aussage als einen Befehl verstanden, was vielleicht beabsichtigt gewesen war, aber nichts an der Tatsache änderte, dass ich ihr eigentlich nie befohlen habe, das Jackett abzulegen. Ihre Lippen blieben flach unter meinen, gaben nicht nach und waren auch nicht empfänglich für meine, was mich zu meiner nächsten Regel brachte.

Eine Frau im Schlafzimmer zu irgendwas zu zwingen, hielt ich für wenig anziehend.

Eine unwillige Frau allerdings zu verführen, gefiel mir sehr. Vor allem eine, die sich nicht zu mir hingezogen fühlen wollte.

Das war eine unausgesprochene Regel, die Mikael verstand und die ich niemals laut aussprechen würde. Wo bliebe der Spaß, wenn ich Raelyn davon in Kenntnis setzten würde? Ich fand ihre Abwehr und ihren Hass auf mich viel besser. Ihre Unterwerfung würde dadurch so viel süßer schmecken.

Ich rollte uns so, dass ich unter ihr lag. Ihre Beine spreizten sich über meiner Hüfte, und ich verschränkte meine Hände hinter meinen Kopf. Sie setzte sich auf und legte ihre Hände auf meinen Bauch, damit sie das Gleichgewicht halten konnte. Ihre Brust hob sich in schnellen Zügen, erschreckt von unserer schnellen Bewegung.

„Du hast umwerfende Brüste", lobte ich, bewunderte ihre rosigen Gipfel und die Festigkeit ihrer Titten. Die subtilen Kurven ihrer Hüften führten zu dem rasierten Hügel zwischen ihren Oberschenkeln. Wer auch immer sie gezwungen hatte, diese wunderschönen roten Locken zu entfernen, hatte eine ordentliche Tracht Prügel verdient. Ich wette, wenn sie ordentlich zurechtgemacht werden würde, wäre sie wunderschön.

Ich hob meinen Blick langsam wieder zu ihrem und sah, dass ihre Wangen einen hinreißenden rosa Schatten bekommen hatten. Mmm, ja, das genoss ich fast so sehr, wie ihren finsteren Blick.

„Ich… Was willst du von mir, Kylan?"

Mein Name in dem kehligen Schnurren zu hören, dem ihre Stimme glich, schoss mir direkt in die Leiste. Menschen sprachen höhere Wesen nur sehr selten mit ihren richtigen Namen an und die Art und Weise, wie sie jetzt ihre Hand auf ihren Mund legte, zeigte, dass sie ihren Fehler jetzt erst bemerkt hatte. Ihre blauen Augen weiteten sich. „Ich… ich… ich wollte nicht–"

„Du kannst mich Kylan nennen, wenn wir alleine sind. Das finde ich sogar besser." Mikael benutzte immer meinen offiziellen Titel, *Eure Hoheit*. Es konnte ganz angenehm sein, aber es verlor seine Wirkung, wenn mich alle so nannten.

Ihre Schultern entspannten sich und ihre Hand senkte sich wieder auf meinen Bauch. Ihre Nacktheit schien ihr überhaupt nichts auszumachen. Ein Verhalten, das meine Brüder ihr einverleibt hatten. Ich sollte mich deswegen schlecht fühlen, aber so richtig konnte ich es nicht.

„Was willst du von mir?", fragte sie nochmal, ihre Stimme kaum mehr als ein Flüstern.

„Was will ich nicht von dir, Liebste?" Ich griff nach ihr, wickelte meine Handfläche um ihren Nacken und zog sie über mich, sodass ihr Mund nur knapp über meinem schwebte. „Was glaubst du, was ich von dir möchte?"

„D-dass ich dich herausfordere."

Ich zwickte in ihre Unterlippe. „Gutes Mädchen." Ich küsste sie nochmal, weil ich es konnte und weil ich es wollte, und lächelte, als sie knurrte.

„Ich bin kein Hund."

„Nein, das bist du definitiv nicht", murmelte ich und leckte über den Schlitz ihres Mundes. „Öffne dich für mich, Prinzessin."

„Ich werde nicht–"

Meine Zunge unterbrach sie, meine Sehnsucht, sie richtig zu küssen, nahm Überhand. Die Erkundung auf dem Feld war erst der Anfang. Ich begehrte mehr, musste sie richtig schmecken, sie *kennenlernen.*

Sie griff nach meinem Bizeps, ihre Arme spannten sich an, um sich wegzudrücken. Ich festigte meinen Halt an ihrem Nacken und Griff nach ihrer Hüfte, um uns wieder umzudrehen, drückte ihren Rücken gegen die Matratze und legte mich zwischen ihre gespreizten Oberschenkel. Ihre Nägel gruben sich in mein Hemd und brachten mich zum Lächeln. „Das ist es, Raelyn", flüsterte ich. „Protestier weiter. Wir wissen beide, dass du das nicht ernst meinst."

„Ich hasse dich", keuchte sie und ihre Hüfte wölbte sich im direkten Kontrast zu ihren Worten gegen mich.

„Ich weiß." Ich würde mich auch hassen. Diese Welt. Dieses Leben. Zu was die heutige Gesellschaft sie degradiert hatte. Es gab nichts, was ich tun konnte, um es aufzuhalten, aber das bedeutete nicht, dass ich es akzeptiert habe. Mikael war der Beweis dafür. Meine Behandlung von ihr, sogar jetzt, ist auch ein Beweis für den Kern meines Glaubens. Ich erkannte meine Machtposition über ihr, ein Recht, das meine

Art verdiente, indem wir die überlegene Spezies sind. Aber wurde es dadurch richtig? Eine Frage, über die ich oft nachdachte.

Sie stöhnte in meinen Mund, ihre Hand glitt über meinen Arm in meinen Nacken, ihre Finger strichen durch mein Haar, als ihre Zunge endlich auf meine reagierte.

Weil sie das hier wollte? Oder weil sie mich täuschen wollte, damit ich aufhörte?

Cleveres Mädchen. Sie wusste, dass ich eine Herausforderung wollte und gab mir das Gegenteil von dem, was ich begehrte. Obwohl ihre Erregung, die meine Hose durchtränkte, ein Anzeichen für eine Mischung aus beidem, Trotz und Lust, sein könnte. Eine berauschende Einladung, die ich annahm, indem ich unseren Kuss vertiefte, das Kommando über unsere Münder übernahm und ihr zeigte, wie ich es mochte. Sie erwiderte es gleichermaßen, ihre Nippel verhärteten sich zu verführerischen kleinen Punkten gegen meine Brust.

Oh, sie fand es gut, auch wenn ich wusste, dass sie das nicht wollte.

Ich drückte meine Erektion gegen ihre einladende Hitze, tränkte meine Hose mit dem Beweis ihrer Wertschätzung. Meine Lippen strichen über ihre Wange und glitten zu ihrem Ohr. „Für jemanden, der mich angeblich hasst, richtest du hier eine ziemliche Sauerei an." Bei den Worten atmete sie scharf ein, was mich zum Lächeln brachte. „Ich sollte dich meine Hosen sauber lecken lassen, als Bestrafung dafür, dass du gelogen hast, Darling. Dir eine Lektion in Demut und Wahrhaftigkeit erteilen."

„Mein Körper mag es gutheißen", sagte sie während sie ausatmete, „aber mein Geist wird das niemals tun."

Ja, da war die Herausforderung, die ich begehrte. Ich knabberte an ihrem Hals und aalte mich an ihrem aufgeregten

Puls. „Gib mir nur Zeit, kleines Lamm. Ich erobere deinen Geist genauso leicht wie deinen Körper."

„Niemals."

„Vielleicht werde ich mir auch dein Herz holen", flüsterte ich düster. „Hol es dir von Silas." Allein der Name dieses Menschen reichte aus, um meine Begeisterung zu dämpfen. Ein Haustier zu haben, das sich nach jemand anderem sehnte, sagte mir nicht zu. Überhaupt nicht. „Wie habt ihr zwei es geschafft, eure Beziehung geheim zu halten?" Es war illegal für Menschen, Beziehungen zu führen. Verbindungen könnten zu Aufständen führen und Lilith wollte mit Sicherheit nicht, dass etwas ihr Königinnenreich beeinflusste.

Raelyn wurde ganz still unter mir, auch ihre Atmung hatte beinahe aufgehört.

Ich lehnte mich zurück, um ihrem Blick zu begegnen. „Besorgt, dass ich es jemandem sagen werde? Und so seine Chance auf Unsterblichkeit ruiniere?" Weil es das würde. Ein kleines Wörtchen über ihre verbotene Verbindung würde ihn töten. Ein Mensch mit einer Schwäche war nach dem Standard der Unsterblichkeit nicht würdig.

Ihre Unterlippe zitterte, als Tränen ihren wunderschönen Blick verdarben. „Was muss ich für dich tun?", fragte sie mit löchriger Stimme. „Ich möchte nicht… bitte nicht…"

Ah, da war wieder das Opfer, ihr Wille zu tun, was auch immer ich wollte, nur um einen sterblichen Jungen zu beschützen, den sie nie wieder sehen würde. So eine typisch menschliche Reaktion. Unpraktisch und gegensätzlich zu der Mentalität eines Kriegers. Silas bedeutete ihr eindeutig eine Menge, aber aus Erfahrung wusste ich, dass der Mann ihre Loyalität nicht erwidern würde. Überlebende taten das, was nötig war, um am Leben zu bleiben. Etwas, an das ich sie besser erinnern sollte.

Ich drückte mich von ihr weg, bevor ich noch eine Katastrophe anrichten würde. Wie einen Anruf zu tätigen, während sie zuhörte, um zu fordern, dass der Mann gehängt und vor laufender Kamera getötet werden würde. Ich hatte mehr als einen Grund, um ihn zu verurteilen. Cup der Unsterblichkeit hin oder her.

„Kylan", flehte sie, ihre Stimme brach ab.

Definitiv nicht die Art von Betteln, die ich im Schlafzimmer bevorzugte.

Ich würde ihr diesen Augenblick, diese Nacht geben, um darüber hinwegzukommen. Der Bluttag war einschüchternd und emotional, und in mein Bett rekrutiert zu werden, hatte wahrscheinlich nicht ganz oben auf ihrer Wunschliste gestanden.

Aber sie musste verstehen, dass es wesentlich schlimmere Orte gab, zu denen sie hätte geschickt werden können.

Mein Ruf verblasste im Gegensatz zu manchen anderen. Eine Tatsache, die sie bald lernen würde. Besonders dann, wenn Robyn ihrer Forderung nach einem Besuch nachkam.

„Leg dich schlafen, Raelyn. Du wirst deine Stärke brauchen, wenn du in dieser Welt überleben möchtest." Ich legte Druck in meine Worte, weil ich wusste, dass sie sie sonst ignorieren würde. Wir hatten einen langen Flug vor uns. Sie konnte sich genauso gut ausruhen.

Ich blieb an der Tür stehen, die Hand auf dem Knauf.

Scheiße.

Ich konnte es nicht lassen und warf einen Blick über meine Schulter. Raelyn war dem Schlaf erlegen, wie ich es gefordert hatte, aber nicht, bevor diese Tränen gefallen waren. Sie streiften über ihre zarten Gesichtszüge und zerstörten ihre Kriegermaske.

„So eine vergeudete Hoffnung", sagte ich und seufzte.

Ich hätte sie fast verlassen, konnte es aber nicht. Wenn sie in dieser Position schlafen würde, würde sich ihr Hals morgen früh noch schlimmer anfühlen, und ich hatte bereits genug Schaden angerichtet.

Sie fühlte sich zerbrechlich an, als ich sie in die Arme nahm, richtig ins Bett legte und ihre Beine und Oberkörper zudeckte. Ihr rotes Haar ergoss sich über die Kissen und erinnerte mich an frisches Blut. Mein Daumen lief über ihren sich stabilisierenden Puls, während ich mich fragte, ob die Farben wohl gleich wären.

„Wir versuchen es morgen nochmal, Raelyn." Sie konnte mich nicht hören, aber die Worte waren sowieso mehr für mich als für sie.

Normalerweise würde ich sie Mikael übergeben und es ihm überlassen, sie zu pflegen. Aber als das einzige Mitglied meines Harems fühlte ich mich verpflichtet, sie zu beschützen. Da war eine Zielscheibe auf ihrem Rücken, nicht wegen etwas, das sie getan hatte, sondern weil mich irgendjemand als verrückt darstellen wollte. Bis ich dieses Problem gelöst hatte, lag ihr Leben ziemlich wortwörtlich in meinen Händen.

Ich hatte mein Land immer aufs Schärfste beschützt und Raelyn stellte keine Ausnahme dar. Das bedeutete, dass wir mehr Zeit miteinander verbringen würden, als ich es sonst mit meinen Menschen tat. Wir mussten Spaß zusammen haben, was schwierig wäre, wenn sie nur lebte, um jemand anderen zu beschützen.

An ihrer Existenz musste mehr hängen als nur ein Junge. Ich musste nur herausfinden, wie sie tickt. Zum Glück fand ich Gefallen an Herausforderungen.

Ich drückte die Decke um ihren Schultern fest und drückte ihr einen Kuss auf die Schläfe. „Süße Träume, kleines Lamm."

6

RAE

Licht umgab mich. Matt, weiß und fremdartig.

Ich blinzelte, mein Blick fiel auf die wandhohen Fenster und die weiße Landschaft, die dahinter lag.

Berge, erklärte mir mein Verstand. *Echte Berge.*

„Nicht möglich", hauchte ich, rollte aus den Flanelldecken und ging auf die verschlossenen Türen zu, die zu einem Balkon führten. Ein Drehen des Griffs erlaubte einem kalten Windzug hereinzukommen, aber das war mir egal.

Da. Draußen. Waren. Berge.

Und Bäume.

Echte. Bäume.

Ich schritt über die Schwelle und zuckte zusammen, als meine Füße eine kalte Textur berührten, die den Boden bedeckte.

Schnee.

Mein Mund öffnete sich automatisch, als ich mich auf die Knie fallen ließ und meine Hände in das fluffige Weiß steckte und sie ganz kühl wieder herauszog. „Oh!" Das war so kalt, aber auch so wunderschön. Ich wiederholte alles nochmal, fasziniert von dem Phänomen, über das ich bisher nur in Büchern gelesen hatte.

Der Mond zeichnete ein lebhaftes Gelände ab und erhellte jedes silbrige Detail. Das war der Grund für die fremdartige Helligkeit. Der klare Nachthimmel und der fast volle Mond tanzten über der Winterlandschaft.

Meine Lippen teilten sich ehrfürchtig, selbst als meine Glieder anfingen zu zittern. „Es ist so wunderschön", wiederholte ich mich schockiert.

„Ja", antwortete eine tiefe Männerstimme.

Ich stolperte rückwärts gegen etwas Hartes. Warme Arme legten sich um mich und verbannten umgehend die Kälte von draußen. Erst jetzt realisierte ich, dass mir jemand eine Pyjamahose und ein Hemd angezogen hatte.

Kylan.

„Willkommen in meinem Zuhause, Raelyn."

Ich blinzelte. Das hier war sein Haus. Sein Zimmer. Weil er mich besaß. Weil ich für seinen Harem auserwählt worden war, um gefickt zu werden, wie auch immer er es wollte, bis ich sterben würde.

Das war jetzt mein Leben.

Meine Aufregung erstarb von einer Sekunde auf die andere. Es würde keine Erkundung geben und ich würde auch nicht die Landschaft genießen können. Mich nur dem König hinter mir unterwerfen.

„Du musst etwas essen", murmelte er, seine Lippen lagen auf meinem Hals.

Mein Magen grummelte zustimmend und erinnerte mich daran, dass es Stunden, vielleicht sogar Tage her war, dass ich etwas gegessen hatte. Mikael hatte es im Flugzeug versucht und auf einen Teller mit Essen gezeigt, der auf dem Nachttisch gestanden hatte. Ich hatte ihn nicht beachtet, weil ich nicht wollte, dass mir danach schlecht werden würde, wenn Kylan mich berührte.

Aber jetzt hatte ich keine Wahl. Nichts zu essen würde mich nur schwächen und das konntc ich mir in Kylans Anwesenheit nicht leisten. Dass ich so lange geschlafen hatte, sagte schon viel über meinen schwächer werdenden Zustand aus.

„Noch mehr Schweigen", sagte er und seufzte. „Wie monoton." Er drehte mich um und meine Füße rutschten über den kalten Boden. Seine Hände legten sich um mein Gesicht, seine dunklen Augen glühten. „Du wirst etwas essen."

„Ich habe nie gesagt, dass ich das nicht tue", entgegnete ich, verärgert darüber, wie grob er mich behandelte. „Und wenn du mir mehr als zwei Sekunden gegeben hättest, um mich zu akklimatisieren, hätte ich auch geantwortet."

Seine Augenbrauen hoben als, als ob er beeindruckt wäre. „Viel besser."

Ich hätte beinahe mit den Augen gerollt. Beinahe. „Du musst eine sehr langweilige Existenz haben, wenn dich das hier schon unterhält." Ich konnte nicht glauben, dass ich diese Worte laut ausgesprochen habe. Es musste dieser Ort sein, der meine Sinne überwältigte, weil ich es besser wusste, als mit einem Vampir, vor allem mit einem königlichen, auf diese Wiese zu reden. Aber verdammt, dieser Mann machte mich wütend.

Sein Mund verzog sich zu einem wilden Grinsen. „Du hast ja keine Ahnung, Schätzchen."

Und ich hatte keine Lust, es herauszufinden. „Ich dachte, du willst, dass ich esse."

„Das tue ich."

„Warum hältst du mich dann hier so fest?"

„Weil ich es möchte." Er festigte seinen Griff. „Und weil ich es kann."

„Schön", fauchte ich.

„Schön", fauchte er zurück.

Wir versuchten uns gegenseitig mit unseren Blicken in die

Knie zu zwingen, seine dunklen Augen vor meinen hellen, und meine Füße im kalten Schnee. Ich wollte mich verzweifelt umdrehen, um noch einmal die Berge zu bewundern, aber seine Daumen hielten mein Kinn an seinem Platz. Das Eis breitete sich über meine Zehen in meinen Gliedern aus und schickte ein Zittern durch meinen Körper. Obwohl der Schnee sehr schön war, war er auch extrem kalt. Meine Zähne fingen an zu klappern, wodurch ich meinen Kiefer protestierend zusammenpresste.

Kylan ließ seine Hände auf meine Hüfte fallen und hob mich hoch, bevor er die Tür mit seinem Stiefel schloss. Er trug Jeans und einen schwarzen Rollkragenpullover, was, wie ich widerwillig zugeben musste, gut an ihm aussah.

Er setzte mich in einem begehbaren Kleiderschrank voller Klamotten wieder ab. „Lass uns dir etwas Passendes anziehen und nach dem Essen gehe ich mit dir raus."

„Für einen Spaziergang?", fragte ich mit einem Hauch Sarkasmus in der Stimme.

Sein Grinsen war wölfisch. „Ja, kleines Haustier. Für einen schönen, langen Spaziergang. Willst du, dass ich auch ein Halsband und eine Leine hole?"

Ich schenkte ihm meinen besten Knicks. „Wenn es das ist, was Ihr wünscht, *Eure Hoheit*."

Er lachte laut los und schüttelte seinen Kopf. „Wenn Schlafen dich so lebhaft macht, werde ich dich oft zum Träumen zwingen."

„Mich zwingen…" Mein Kiefer verspannte sich, als mir der Grund, warum ich so gut geschlafen hatte, mehr als klar wurde. „Du hast mich zum Schlafen genötigt."

Er schenkte mir einen boshaften Blick. „Ich habe einiges mehr getan als das." Er packte mich an den Schultern und drehte mich zu einem Regal mit femininen Outfits. „Such dir was aus."

„Warum? Du scheinst mich sehr gut anziehen zu können."

„Dann wirst du nackt gehen."

Ich zuckte mit den Schultern, das kümmerte mich überhaupt nicht. „Wenn das *Eure* Wahl ist."

„Du wirst draußen erfrieren."

Ich zuckte erneut mit den Schultern. „Das tut dir mehr weh als mir."

„Ach ja?" Er wickelte seine Arme um meine Taille, sein Kinn lag auf meiner Schulter. „Erklär mir deine Logik."

„Ein erfrorenes Spielzeug ist ein totes Spielzeug." *Was zur Hölle stimmt nicht mit mir?* Ich provozierte das Monster tatsächlich mit der Idee, mich draußen zu Tode frieren zu lassen.

Sein Kichern vibrierte in meinem Rücken. „Oh Raelyn, du bist wirklich ein Leckerbissen."

Nun, wenn ich schon einen Lauf hatte, konnte ich genauso gut sagen: „Rae." Ich drehte mich in seinen Armen um und verengte meinen Blick. „Raelyn ist ein lächerlicher Name."

„Das Gleiche könnte man über Rae sagen."

„Nun, darauf antworte ich aber. Entweder kommst du damit klar, oder du kannst damit rechnen, dass ich dich ignoriere."

Seine Augenbrauen erhoben sich. „Wo kommt dieses ganze Selbstvertrauen her, mein liebstes Lamm?"

„Ich weiß nicht. Vielleicht habe ich realisiert, dass ich nichts zu verlieren habe, und bevor du etwas sagst, nein. Du kannst mich mit Silas nicht mehr ärgern." Die Worte flossen einfach so aus meinem Mund heraus, als mein Verstand ein entscheidendes Stück in meinem Schicksalspuzzle zusammengesetzt hatte. Es hatte einfach Klick gemacht, wie es so oft passierte, und ich konnte mir das Lächeln, das folgte, nicht verkneifen. „Du kannst es nicht."

Kylan sah eindeutig viel zu belustigt aus. „Oh, kann ich nicht? Und warum ist das so?"

„Weil du es nicht kannst", wiederholte ich und war begeistert von der Entdeckung meiner Selbsterkenntnis.

Er wickelte seine Hand um meinen Hals und führte mich rückwärts gegen die Wand neben den Klamotten. „Das ist keine befriedigende Erklärung, Raelyn. Versuch's nochmal."

Ich ließ ihn mich nicht einschüchtern. „Wenn du Silas los wirst, hast du kein Druckmittel mehr gegen mich in der Hand, Kylan. Ich wäre eine Hülle, ein kaputtes Spielzeug, und was dann?" Er hätte nicht länger Interesse an mir und die Art, wie er mich anstarrte, bestätigte es.

Ein Schatten aus Respekt lauerte in seinem scharfsinnigen Blick. „Wie konntest du so lange in dieser Welt überleben?"

„Indem ich die Beste in meiner Klasse war." Und meine Gegner besser verstand, als sie sich selbst.

„Weil du dir Unsterblichkeit gewünscht hast."

„Oder ein Vigil zu werden."

Sein Kopf neigte sich zur Seite, sein Ausdruck beinahe böse. „Und dennoch bist du stattdessen in meiner Hölle gelandet."

Ich versuchte, diesen letzten Punkt davon abzuhalten, mich zu verletzen, aber das tat er. „Nur, weil du mich gewählt hast."

„Wenn ich es nicht getan hätte, hätte es jemand anderes."

„Das kannst du nicht wissen."

„Oh doch, das kann ich wissen. Du wurdest als Freiwild markiert. Einer der Lykaner hätte dich sofort gewählt und dieser tapfere Geist, der in dir steckt, wäre noch auf dem Feld erstickt und getötet worden, damit es alle miterleben können." Er ließ so plötzlich von mir ab, dass ich fast hingefallen wäre. „Das ist ein grausames Spiel, Raelyn, aber du warst nie dafür bestimmt, um die Unsterblichkeit zu kämpfen. Die Zeremonie gab es nur, um dich für eine Sekunde glauben zu lassen. Um dir ein falsches Gefühl von Hoffnung zu geben und es dir für unser adeliges Vergnügen wieder zu entreißen. So funktioniert unsere Gesellschaft."

Er drehte sich um und fing an, durch die Regale zu gehen, während ich ihn anstarrte.

Um dir ein falsches Gefühl von Hoffnung zu geben, und es dir für unser adeliges Vergnügen wieder zu entreißen. Deutete er an, dass das alles nur inszeniert war? Dass ich nie wirklich ausgewählt wurde, um am Wettkampf teilzunehmen? Nur ein menschliches Haustier, das vorgeführt und mental missbraucht wurde, für die grausame Unterhaltung von jemand anderem?

Das passte zu dem, was ich über Vampire und Lykaner wusste. Und dass Kylan mir das jetzt alles erzählte, vergrößerte nur die Qual.

„Hier." Er hielt mir einen purpurfarbenen Pullover mit V-Ausschnitt und eine Jeans entgegen. „Das sollte passen."

Ich nahm sie nicht entgegen. „Ich war nie für den Cup der Unsterblichkeit bestimmt."

Sein sündiger Blick ergriff meinen. „Nein, du warst für mein Bett bestimmt, was genau der Ort ist, an den ich dich bringe, wenn du nicht anfängst, dich umzuziehen."

„Und Silas?"

Seine Pupillen weiteten sich. „Der verdammte Mensch schon wieder. Wie oft habe ich dir jetzt schon gesagt, dass du ihn vergessen sollst? Drei, vier Mal?"

„Sag mir, was mit ihm passieren wird", forderte ich und ignorierte die Wut in seiner Stimme. „Ist es bei ihm auch nur ein Psychospiel?"

Kylan ließ die Klamotten fallen und drückte mich wieder gegen die Wand, seine Hände lagen neben meinem Kopf. „Du strapazierst meine Geduld, die, ich sollte dich warnen, nur zu deinen Gunsten vergrößert wurde. Treib mich nicht zu weit."

„Dann sag mir, was mit ihm passieren wird." Ich griff nach seiner Taille, sein seidiger Pullover lag weich unter meinen Händen. „Ich muss wissen, ob er eine Chance hat."

„Keiner von euch hat eine Chance."

„Nein." Ich schüttelte den Kopf, weigerte mich, das zu glauben. „Er hat eine. Sag mir, dass er eine hat."

In seinen braunen Augen schimmerte Gewalt. Er hatte das Raubtier versteckt gehalten, aber jetzt sah es mich mit unverhüllter Wut an. Ich wäre einen Schritt zurückgegangen, wenn ich nicht schon mit dem Rücken zur Wand gestanden hätte.

Das ist der echte Kylan.

Der älteste noch existierende König.

Und ich hatte ihn wütend gemacht.

Ich schluckte, mein Mund versuchte, eine Entschuldigung zu formen, aber mein Herz weigerte sich. Ich hatte das Recht, es zu wissen, oder nicht? Wenn das alles nur ein Trick war, der meinen ältesten Freund quälen sollte. Mich. Uns alle. Dann wollte ich, dass er es zugab. Ich *brauchte* eine Antwort.

Seine Wangenknochen verspannten sich zu brutalen Linien, als er knurrte: „Ich bin weder dein Freund noch hast du das Recht, Fragen zu stellen oder Befehle zu erteilen, Raelyn."

Er würde es mir niemals sagen. Weil er mich als ein Haustier ansah. Ein Mensch ohne Rechte.

Keiner von uns war würdig.

Ich verneigte meinen Kopf in Ehrerbietung.

Einen Moment zu lange hatte ich vergessen, wer hier vor mir stand. Kein Mann, keine einfach irgendeine Person, sondern ein königlicher Vampir mit einer sehr langen Geschichte, in der er die, die unter ihm standen, schlachtete.

Und gerade jetzt sah es so aus, als ob er mich töten wollte.

Ich hatte mich voll und ganz verloren. Ich stelle mich einem wesentlich höher gestellten Wesen in den Weg… *Wer bin ich?* Ich hatte mich verbal mit ihm auseinander gesetzt, wie ich es mit Silas oder Willow getan hätte. Ich wusste es besser. Das hier war kein Mensch, sondern ein übermenschliches Wesen, das mich mit einer Handbewegung töten könnte, und niemanden würde es interessieren.

Weil ich niemanden habe.

Keine Freunde.

Keine Verbündeten.

Keine Wahl.

Kylan *besaß* mich und ich hatte es gewagt, mich gegen ihn zu erheben. Nein, ich hatte ihm etwas abverlangt, hatte den Komfort von Kleidung und jede andere Höflichkeit verweigert. Warum? Weil ich ihm die Schuld daran gegeben habe, mir die Chance auf Unsterblichkeit genommen zu haben.

Ich hatte nie eine Chance.

Wie hatte er mich genannt? Freiwild? Es war alles nur ein mentales Unterhaltungsmittel gewesen. *Sieh dir die Sterbliche an, die denkt, sie sei würdig; Ist sie nicht reizend?*

All meine Kurse, all meine Bewertungen, nichts davon spielte eine Rolle. Es hatte mich nur dahin gebracht, sein herrliches Haustier zu sein, solange er mit mir spielen wollte.

„Er ist einer der bevorzugten Kandidaten", sagte Kylan, in seiner Stimme war seine Verärgerung deutlich zu hören. „Wenn dein ehemaliger Liebhaber gewinnt, wird er unsterblich werden und dich vergessen, Raelyn. Aber es scheint, als würdest du selbst während deines Todes noch an ihn denken."

Er drückte sich weg, seine Schritte waren stumm.

„Er ist nicht mein Liebhaber", flüsterte ich, unsicher, warum ich ihn mit einer Erklärung nervte. „Nur mein bester Freund, wie Willow."

Ich schloss meine Augen, unterdrückte die Tränen, die zu fallen drohten. Wir wussten immer, dass unser Schicksal uns trennen würde, dass wir uns nach unserem zweiundzwanzigsten Jahr nie mehr wiedersehen würden. Aber die Realität *schmerzte*.

Meine Knie zitterten, mein Körper war schon wieder komplett erschöpft. Ich brauchte wirklich etwas zu essen. Aber was spielte es für eine Rolle? Ich dachte, ich wollte vor Kylan stark sein, aber ich hatte mehr als bewiesen, dass das unmöglich war. Ein paar streitsüchtige Worte waren nichts im Vergleich zu seiner übermenschlichen Stärke und Macht.

Ich würde meine verbleibenden Tage damit verbringen, ihm zu dienen, und sterben, wenn er keine Lust mehr auf mich hatte, oder zu einem seiner Diener degradiert, damit er neue, jüngere Liebhaber nehmen konnte.

Eine vorübergehende Belustigung.

Was für ein Vermächtnis.

Seine Handfläche wog mein Gesicht und sein Daumen strich eine Träne weg, von der ich nicht bemerkt hatte, dass ich sie vergossen hatte. Ich hatte nicht einmal gehört, wie er zurückgekommen war und vor mir stand. „Es ist eine grausame Zeit", flüsterte er, seine Lippen lagen auf meiner Stirn. „Nimm dir einen Moment für dich, Raelyn. Geh duschen, zieh dir was an und dann triff mich im Flur. Wir werden etwas essen und dann gebe ich dir eine Führung durch das Anwesen."

7

KYLAN

Nur mein bester Freund.

Ihre Worte hatten mich in einem Augenblick mit Zorn überflutet und dann verwirrt zurückgelassen. Warum war ich anfangs so wütend geworden? Weil sie einen menschlichen Geliebten hatte? Wen zur Hölle interessierte das? Ja, sie gehörte jetzt zu mir, aber warum sollte ich mich um ihre Vergangenheit oder ihre jetzigen Gefühle kümmern?

Ich wischte mir mit der Hand übers Gesicht.

„Du musst dich rasieren", sagte Mikael als Begrüßung und zeigte zielgerichtet auf meinen Drei-Tage-Bart. „Oder ich werde wirklich Blut zurückhalten."

„Warum denken alle Menschen in meinem Haus, dass sie mir etwas zu sagen haben?" Erst Raelyn und jetzt meine Blutjungfrau. „Ich fange an zu glauben, dass ich ein bisschen Vernunft in euch alle ficken muss."

Mikaels Blick erhellte sich. „Bitte, tu das."

Ich schnaubte. Er würde das Angebot sofort akzeptieren. Der Mann bevorzugte Frauen, aber würde mich nicht ablehnen, wenn ich mir einen kleinen Wechsel wünschte.

Leider kam das nur selten vor. Seinen Mund genoss ich hingegen sehr.

Aber im Moment begehrte ich eher etwas Weibliches und Lebhaftes.

Raelyn zum Schweigen zu bringen, indem ich meinen Schwanz tief in ihren Hals schob... Mmm, ja, das klang göttlich.

Mikael lehnte neben mir an der Wand, seine blau-grünen Augen leuchteten vor Neugierde. Er trug sein Haar heute in einem niedrig hängenden Pferdeschwanz, was seinen Hals entblößte, genau so, wie ich es mochte. „Du lässt sie in deinem Zimmer schlafen."

„Ja."

„Das ist neu."

„Ja", wiederholte ich. Der Harem hatte seinen eigenen Flügel. Dort fickte ich sie, aber nie in meinem privaten Quartier. „Die aktuellen Umstände erfordern einen Wechsel."

„Du hast Angst, dass sich sie jemand holt."

„Kannst du es mir verübeln?" Ich warf ihm von der Seite einen Blick zu. „Du weißt, dass sie ein Ziel ist."

Er nickte. „Sie zu töten würde deinem Image weiter schaden."

„Sie werden sie nicht nur töten, Mikael. Sie werden es in Szene setzen." Nach ihrer Trotzreaktion beim Bluttag, würde mich niemand wirklich dafür verurteilen, eine Todesstrafe zu verhängen. Was bedeutete, dass der Mord spektakulär und öffentlich sein müsste, um mir meinen Wahnsinn zu unterstellen.

„Bist du der Identität des Schuldigen schon näher gekommen?"

Ich schüttelte meinen Kopf. „Nein, aber ich habe eine Liste von Kandidaten, die ich vorhabe einzuladen, jetzt wo ich eine neue Gemahlin erworben habe, die ich als einen Köder vor sie halten kann."

Jace stand ganz oben auf der Liste.

Seine Ernennung eines neuen Herrschers lieferte die perfekte Möglichkeit. Ich kannte Darius bereits, aber eine offizielle Vorstellung eines neuen regionalen Führers entsprach durchaus der Vampirpolitik.

Und da Jace' Land an meins grenzte, schien es naheliegend, dass er, oder einer seiner Lakaien, die Schuldigen am Untergang meines Harems waren. Denn wenn ich als unfähig eingestuft werden würde, zu führen, könnte Darius als der Erbe eines ehemaligen Königs möglicherweise mein gesamtes Territorium übernehmen.

Das positionierte Jace ganz oben auf der Liste meiner Verdächtigen. Dieser hinterhältige König hatte irgendwas vor. Ich spürte es jedes Mal, wenn ich ihn sah.

„Klingt austrocknend", sagte Mikael und kräuselte seine Lippen bei dem Wortspiel.

Ich lehnte mich zu ihm, meine Hand ging an seine Hüfte. „Du gehörst mir, um dich zu teilen oder nicht zu teilen."

Sehnsucht verdunkelte seine Augen zu einem dunkleren Türkis. So ein wunderschöner Mann, mit diesen scharfen Wangenknochen und dem delikaten Kinn. Als ob ich irgendjemanden ihn ohne meine Erlaubnis anfassen lassen würde.

„Ich weiß", murmelte er, seine Hand erhob sich an meine Wange. „Du passt immer auf mich auf."

„Und das wird sich niemals ändern", schwor ich leise, als die Tür sich öffnete.

Anstatt auf Raelyn zu achten, zog ich Mikael näher zu mir und strich meine Lippen über seine. Er erwiderte den Kuss, sein Körper schmolz gegen meinen, auf die vertraute Art und Weise, durch die ich mich fühlte wie ein König. Ich ließ meine Zunge in seinen Mund gleiten und genoss das daraus resultierende Stöhnen.

Einen Mann zu dominieren, vor allem einen, der so stark

war wie Mikael, war ein Rausch. Anders als alles andere. Ich liebte das Gefühl, meine Herrschaft klarzustellen, meinen Besitz zu brandmarken und ihn meinem Willen zu beugen.

Das war es, was ich mir von Raelyn wünschte, das völlige Vertrauen, das Mikael mir entgegenbrachte, wenn ich ihn verschlang. Seine Finger glitten in mein Haar, hielten mich bei ihm, als mein Griff an seiner Hüfte sich warnend festigte. Er liebte es, meine Grenzen zu überschreiten, zu versuchen sich zu nehmen, was ihm nicht gehörte, mich auf jede Art und Weise herauszufordern.

Ich drückte ihn gegen die Wand, meine Lippen ließen von seinem Mund ab, um sich stattdessen seinem Hals zuzuwenden und durchstachen seine Vene ohne Vorwarnung. Raelyn hatte mir schlechte Laune bereitet mit all ihrem Gerede über diesen Menschen. Zum Glück konnte Mikael für sie mit den Konsequenzen umgehen. Er liebte den Schmerz, auch wenn ich ihn zu weit trieb.

„Mehr", stöhnte er, sein Körper erzitterte durch die Lust, die ich mit meinem Biss losgelassen hatte.

Ihn kommen zu lassen, wäre grausam, besonders vor Raelyn. Es wäre so leicht, einfach die Endorphine zu erhöhen und sie direkt in seine Leiste schicken. Der Fluch, der seine Lippen verließ, zeigte, dass es funktionierte, dass ich ihn an einen Punkt gebracht hatte, an dem es kein Zurück mehr gab, ohne ihn anderweitig berührt zu haben. Oh, das hasste er noch mehr. Mich, wenn ich ihn zwang zu explodieren, ohne ihm die Freundlichkeit meiner Berührungen zu schenken.

Aber die schlimmste Qual wäre es, ihn jetzt hängen zu lassen, damit er eines der Dienstmädchen oder nochmal Zelda, aufsuchen musste, um Erleichterung zu finden.

Seine süße Essenz brannte in meinem Hals und erinnerte mich daran, warum ich so viel für ihn bezahlt hatte. Blutjungfrauen wurden für ihr seltenes Blut gezüchtet, daher ihr nicht unerheblicher Preis. Die meisten wurden ein Mal gefickt und dann entsorgt, aber ich hatte mich entschieden, meine als Gesellschaft zu behalten, und, ehrlich gesagt, weil ich ihn mochte.

„Du bringst mich um", zischte er, meinte damit nicht, dass ich zu viel von ihm trank, sondern die Ekstase, die durch seine Venen floss.

Ich kicherte, schluckte aber weiter, während er seinen harten Schwanz gegen meine Hüfte rieb.

„Scheiße, Kylan", knurrte er.

Sein Gebrauch von meinem Namen sagte mir, wie weit er mit meinem Biss gegangen war, und ich grinste gegen seinen Hals. „Und du wolltest dein Blut zurückhalten." Ich leckte die Wunde, schloss sie, und traf seinen glühenden Blick. „Du hältst nicht mal einen Tag durch."

„Arschloch", sagte er, seine Stimme tief und stinksauer und getränkt mit Erregung.

Ich schloss meine Hand um seine Erregung. „Ich habe versucht, dir diese Peinlichkeit vor Raelyn zu ersparen."

„Trotzdem bist du noch ein Arschloch."

Ich lächelte, rieb ihn auf die Weise, von der ich wusste, dass er sie am liebsten hatte. Dieselbe Art und Weise, die ich selbst auch sehr genoss. „Soll ich es zu Ende bringen oder würdest du Zelda bevorzugen?"

Er griff nach meinem Handgelenk, sein Orgasmus war offensichtlich nicht mehr fern. „Ich hasse es, wenn du das tust."

„Ich weiß."

„Und trotzdem tust du es."

„Ja." Ich zwickte hart genug in seine Unterlippe, um sie zum Bluten zu bringen und leckte die Wunde, was ihn erneut zucken ließ.

„Kylan", knurrte er.

„Sag mir, dass du mehr willst."

„Du weißt, dass ich das tue."

Ich blickte auf eine sehr rot gewordene Raelyn. Ihr Mund

stand offen, als sie darum kämpfte, ihre Atmung zu beruhigen. „Möchtest du sehen, wie er kommt? Das ist wirklich herrlich." Ich fügte mehr Druck hinzu, was ihn dazu brachte, lauter zu stöhnen und Halt suchend nach meinen Armen zu greifen. „Nun, Raelyn? Soll ich ihn kommen lassen? Für dich?"

Ihre Augen weiteten sich, ihr Gesicht nahm einen noch dunkleren Purpurton an.

„Ich bin nicht sicher, ob sie bereit ist, Mikael", murmelte ich, meine Augen immer noch auf sie gerichtet, während ich ihn qualvoll durch seine Jeans massierte.

Sein Kopf viel auf meine Schulter und ein Fluch verließ seine Lippen. „Scheiße…"

Ich neigte meinen Kopf zur Seite. „Raelyn?"

Sie leckte über ihre Lippen, ihre Augen sprangen von mir zu Mikael und wieder zurück. Sie musste die Qual in Mikaels Ausdruck oder Haltung gesehen haben, weil sie langsam nickte.

„Sag es", ermutigte ich sie.

„Ja", flüsterte sie.

Mikael zitterte gegen mich, seine Erleichterung war greifbar. Er wusste, dass wenn sie es abgelehnt hätte, ich ihn auch abgelehnt hätte.

Ich öffnete seine Jeans und zog den Reißverschluss herunter, um seinen angeschwollenen Schaft zu befreien. Er stieß ihn vorwärts, als er in meiner Hand landete. Sein Atem war schwer, als ich ihn von der Basis bis zur Spitze mit groben, schnellen Bewegungen streichelte. Er fand es immer besser, wenn ich grob mit ihm umging, anstatt sanft. Sein Verlangen, beherrscht zu werden, war in Momenten wie diesen offensichtlich.

Anstatt ihn warten zu lassen, was ich sonst gerne tat, gab ich ihm was er brauchte und durchbohrte seinen Hals ein weiteres Mal.

Er kam mit einem kehligen Schrei, sein Körper explodierte

durch meinen Biss und meine Berührung. Ich wickelte meine Arme um ihn, hielt ihn fest bei seinen gewaltigen Spasmen. Seine Empfindungen würden sowohl schmerzen als auch befriedigen, die Kraft seines Orgasmus wurde durch meine Fänge in seinem Hals noch verstärkt. Er flüsterte meinen Namen, gleichzeitig ein Fluch und eine Gebet, seine Muskeln traten hervor und zuckten gegen meine.

So viel Stärke in einem Menschen.

So viel Schönheit.

Ich trank meinen Anteil, befriedigte meinen Durst und schloss sanft die Male an seinem Hals. Raelyn stand neben uns, ihr Atem hallte laut durch den Flur, ihr sexuelles Interesse war mehr als offensichtlich. Verschwunden war das gebrochene Mädchen aus dem Schrank, sie wurde ersetzt von einer Frau, die das Potenzial ihrer Situation erkannte.

Weil sie das hier in meinen Armen sein könnte und das ließ ich sie durch meine Augen wissen.

Mikaels Kopf ruhte auf meinen Schultern, als er darum kämpfte, seine Kontrolle zurückzugewinnen, seine Hose war durch die ungestüme Anstrengung ganz mitgenommen.

Ich hielt ihren Blick, ließ sie die Leidenschaft des Augenblicks fühlen. Durch die Art, wie sie ihre Oberschenkel zusammendrückte, wusste ich, dass sie die Vorstellung genossen hatte, vielleicht sogar mitmachen wollte.

Aber sie war noch nicht bereit, für keinen von uns.

Ich strich meine Lippen über Mikaels Schläfe, als ich mich von ihm zurückzog, sein verbrauchter Schwanz lag immer noch hart in meiner Hand. Er hatte eine Sauerei auf meinem Pullover hinterlassen, genau wie auf seinem eigenen auch, aber sein befriedigter Ausdruck vermittelte, dass er nichts bereute.

„Dankeschön", flüsterte er.

„Ich denke, das hast du gebraucht." Besonders, wenn man bedenkt, dass er die letzte Nacht mit Zelda verbracht hatte.

„Du wusstest das", antwortete er und schaute aus

schweren Augen zu mir hoch. „Ich würde ja den Gefallen erwidern, aber das ist nicht wirklich das, was du gerade willst."

Manchmal kannte er mich einfach zu gut. Anstatt das zu bestätigen, zog ich meinen Pullover über meinen Kopf und gab ihm ihn. „Lass den reinigen."

Er drückte ihn auf seine Leiste und benutzte ihn, um sich selber damit sauber zu machen. „Sicher."

Raelyns stärker werdende Erregung verdickte die Luft, was mich dazu brachte, meinen Blick auf sie zu richten. Sie waren fest auf meinen nackten Oberkörper gerichtet. „Ich denke, es gefällt ihr, Mikael."

„Sie müsste blind sein, wenn es nicht so wäre", gab er zurück und blickte schmunzelnd über seine Schulter. „Sei ein gutes Haustier und vielleicht lasse ich dich ihn anfassen."

Ich würde ihr weit mehr erlauben, als nur das zu tun. „Beweg dich nicht vom Fleck, Raelyn. Ich brauche einen neuen Pullover."

Sie nickte sprachlos, ihr Blick war auf meine Leiste gefallen. Ihr jetziges Schweigen machte mir nicht halb so viel aus wie vorhin. Sie befeuchtete ihre Lippen, was meinen Schwanz hinter dem Reißverschluss zum Pulsieren brachte.

Wir werden definitiv diese oralen Fertigkeiten austesten, und zwar schon bald.

Ich fuhr mir mit den Fingern durchs Haar und betrat meine Suite. Mehrere schwarze Pullover lagen aufgereiht in meinen Regalen, was mir die Wahl leicht machte. Ich zog einen Rollkragenpullover über den Kopf und schnappte mir einen Schal für Raelyn, den sie tragen konnte, wenn wir rausgingen.

„Es ist eine einzigartige Blutlinie", erklärte Mikael „Blutjungfrauen besuchen keine Universitäten, wie du es getan hast. Wir werden im Coventus erzogen und versteigert, sobald wir zweiundzwanzig werden."

„Versteigert?", wiederholte sie, klang fasziniert. „Ähnlich wie beim Bluttag?"

„Nein, nicht wirklich. Das Magistrat liest euch euer Schicksal vor. Wohlhabende Vampire kaufen meinesgleichen und glücklicherweise fand Kylan mich würdig genug, um das höchste Gebot für mich abzugeben."

Glücklicherweise, dachte ich und hätte beinahe mit den Augen gerollt. Er hatte nicht unrecht, aber richtig war es auch nicht.

„Also hat er dich gekauft."

„Ja."

„Und wie lange lebst du schon bei ihm?"

„Über zehn Jahre."

Ich wählte diesen Moment, um wieder zu ihnen zurückzukehren, hauptsächlich, weil ich ihren Gesichtsausdruck sehen wollte, und ich wurde nicht enttäuscht. Ihr Kiefer fiel bis auf den Boden. „Sei nicht so überrascht, Liebling", neckte ich sie und schloss die Tür. „Mikael ist ein Beispiel dafür, was passiert, wenn ich einen Menschen mag. Ich lasse ihn leben. Kannst du dir das vorstellen?"

Mikaels Blick verengte sich. „Hör auf, so ein Arsch zu sein."

„Wie du heute Nacht schon mehrfach betont hast, ist das meine Spezialität."

Er schüttelte nur mit dem Kopf. „Ich gebe es auf, dir helfen zu wollen."

„Man könnte denken, dass du mich besitzt."

„Ich habe meine Schulden mit Blut beglichen", erwiderte er scharf und drehte sich mit einem letzten spitzen Blick um. „Viel Spaß bei eurem Ausflug. Ich mache ein Nickerchen."

Ich grinste und schaute ihm hinterher. „Hat dich irgendwas erschöpft, Mikael?"

Als Antwort hielt er einen Finger hoch, was mich zum Lachen brachte. Himmel, er war jetzt so viel lustiger als damals, als wir uns zum ersten Mal begegnet sind. All die

Filme und Fernsehshows hatten ihm beigebracht, wieder ein richtiger Mensch zu sein, inklusive schmutzigem Vokabular und allem.

Raelyn starrte ihm mit einem verwirrten Ausdruck hinterher. „Ich verstehe nicht, was das bedeutet."

Natürlich tat sie das nicht. Die meisten meiner Art verachteten unhöfliches Verhalten und entsprechende Wortwahl. „Er sagt mir, dass ich mich verpissen soll."

Ihr Blick weitete sich. „Und du erlaubst das?"

„Du hast vorhin auch in meiner Anwesenheit geflucht, ohne gemaßregelt zu werden. Warum sollte es bei ihm anders sein?" Was mich zu einer guten Frage brachte. „Wer hat dir diese Wörter beigebracht?"

Sie erstarrte. „Welche Wörter?"

„Scheiße. Verdammt. Ficken."

„Machst du Witze? Die Lykaner benutzen solche Wörter die ganze Zeit."

Ah, ja, das tun sie. „Das ergibt Sinn."

„Hättest du es lieber, wenn ich diese Wörter nicht benutzen würde?"

„Im Gegenteil. Ich hoffe, du tust es.", ich kam näher, drängte sie gegen die Wand. „Vor allem im Schlafzimmer. Der Satz ‚Fick mich' ist mein persönlicher Favorit. Sag ihn ruhig so oft, wie du willst." Ich wickelte den Schal um ihren errötenden Hals und drapierte die langen Enden langsam zwischen ihren Brüsten. „Mmm, die Farbe steht dir umwerfend."

Sie schluckte, ihre blauen Augen erhitzen sich. „D-Dankeschön."

Ich hätte sie beinahe geküsst, als ihr Magen so laut knurrte, dass er mich an ihre sterblichen Bedürfnisse erinnerte.

Essen.

Ja.

Dann gehen wir nach draußen, um mein Haustier zu unterhalten. Meine Lippen kräuselten sich, als ich an ihre

Reaktion von vorhin dachte. Während ich ihre Kommentare über Silas nicht guthieß, hatte mir ihr Necken sehr gefallen.

Ich strich meine Knöchel über ihre Wange, runter über ihren Hals und ihre Brüste, und verschränkte dann meine Finger mit ihren. Dann führte ich ihr Handgelenk an meine Lippen. „Zeit für die Bedürfnisse der Sterblichen."

8

RAE

Ich hatte über die Jahre mehrfach Situation beigewohnt, in denen Vampire Menschen genommen hatten, aber nichts davon war vergleichbar mit Kylan und Mikael. Normalerweise waren die Schreie schmerzerfüllt, nicht voller Leidenschaft. Aber Mikael hatte Kylans Aufmerksamkeit ganz offensichtlich genossen.

Meine Oberschenkel verkrampften sich schon allein bei dem Gedanken daran.

„Alles okay, Tierchen?", fragte Kylan mit einem verschlagenen Glitzern im Blick. Er konnte wahrscheinlich meine Erregung riechen.

„Es geht mir gut." Ich zwang mich zu einem weiteren Bissen von dem Essen, das er mir gegeben hatte. Eine Art cremige Paste mit viel zu viel Geschmack. Als ich nach Proteinen und Grünzeug gefragt habe, hatte er gelacht und mir stattdessen das hier gegeben und es eine Gaumenfreude genannt. Alles, was ich spürte, war das Gefühl, dass mir später sehr schlecht sein würde.

Ich schob die halb aufgegessene Schüssel von mir weg. Kylan schmunzelte und nahm den Löffel, um selbst etwas zu essen. „Zu reichhaltig, stimmt's?", fragte er, nachdem er geschluckt hatte. „Die Universitäten, wie du sie nennst, versorgen euch nur mit den nötigsten Nährstoffen. Aber mach dir keine Sorgen, ich werde deine Geschmacksnerven schon neu ordnen, und irgendwann wirst du mir dafür danken."

„Warum?", fragte ich. „Essen ist dazu da, Energie zu liefern. Sonst nichts."

„Oh, Liebling." Er schaute mich an. „Essen liefert Genuss. Vertrau mir."

„Wie?"

„Erinnere mich daran, dir später Schokolade vorzustellen." Er leerte die Schüssel und stellte sie in die Spüle. „Wir werden nach unserem Spaziergang noch mehr essen."

Ich legte eine Hand auf meinen Bauch und schüttelte den Kopf. „Ich denke nicht, dass ich das kann."

„Glaub mir. Du wirst." Er griff nach meiner Hand und zog mich von meinem Hocker am Tresen. „Komm, kleines Lamm. Zeit, rauszugehen und zu spielen."

„Du legst es wirklich drauf an, dass ich dich schlage", murrte ich.

„Ich würde es lieben, wenn du das versuchst, ja." Seine Aufmerksamkeit richtete sich auf meine Füße, als er seine Stirn in Falten legte. „Du brauchst Schuhe."

Ich wusste nicht, was er wollte, das ich zu der Hose trug, also hatte ich auf Schuhe verzichtet. Der Großteil meiner Garderobe in der Schule bestand aus Pumps und Kleidern, was dort die angemessene Garderobe für Frauen war. Ich wich nur während des körperlichen Trainings von der Norm ab, wobei ich normalerweise gar nichts trug.

„Richtig", murmelte er, ließ meine Hand los und verschwand innerhalb eines Wimpernschlags.

Ein buchstäblicher Wimpernschlag.

Als hätte er sich vor meinen Augen aufgelöst.

Ich hatte an der Universität schon gesehen, wie Vampire das taten, aber nichts davon war so beeindruckend gewesen.

Er ist wirklich alt. Über fünftausend Jahre, wenn die Lehrbücher Recht hatten. Aber er verhielt sich nicht so, wie ich erwartet hatte. Er war geradezu… verspielt.

„Hier", sagte Kylan, als er mit Stiefeln und Socken in der Hand wieder vor mir auftauchte. „Zieh die an. Jetzt."

Er sagte das so, als würde er erwarten, dass ich wieder mit ihm stritt. Ich akzeptierte sie mit einem süßen Lächeln und zog alles ohne Widerworte an, nur um ihn vom Gegenteil zu überzeugen.

Ich stand auf und zwinkerte ihn an. „Ich bin bereit, draußen zu spielen, Eure Hoheit."

Belustigung erhellte seine fast schwarzen Augen zu einem satten Braunton. „Also kannst du dich wie ein braves, kleines Haustier benehmen. Daran werde ich mich später erinnern."

Er zog mir eine Strickmütze über Kopf und Ohren, bevor ich etwas erwidern konnte, und führte mich durch ein riesiges Esszimmer auf eine Reihe von Glastüren zu.

Mein ganzer Ärger verflog bei der umwerfenden Aussicht, die sich uns bot.

Berge. Schnee. Bäume.

Mein Herz setzte einen Schlag aus und meine Lippen öffneten sich ehrfürchtig. Nicht einmal der kalte Windstoß konnte meine Begeisterung vertreiben. Ich trat über die Türschwelle und meine Aufmerksamkeit richtete sich auf die in der Ferne liegenden Berge.

Umwerfend.

Ich wollte ihnen näher sein, sie erkunden. Ich fing an zu rennen, begierig darauf –

Ich stolperte über meine eigenen Füße und landete direkt in einer Schneebank. Ich drückte mich hoch, verwirrt, rutschte mit einem Stöhnen zur Seite, bevor ich mich auf meinen Rücken rollte und hoch zu den Sternen starrte.

Oder vielleicht waren das nur die Lichter, die vor meinen Augen tanzten.

Autsch.

„Also, das war graziös." Kylan tauchte auf, sein Ausdruck war amüsiert, als er mir eine Hand entgegen hielt. „Wie wär's, wenn wir das nochmal versuchen, aber anstatt gleich über den Schnee zu rennen, lernst du erstmal, wie du durch ihn hindurch gehst."

Ich blinzelte. Durch die Kälte, die durch meine Kleidung auf meine nackte Haut sickerte, fingen meine Zähne an zu klappern. Er wedelte mit seinen Fingern und ich griff nach ihnen, da ich nicht wusste, wie ich mich sonst bewegen sollte. Mit einem Ruck stellte er mich wieder hin, seine Handfläche strich die weichen weißen Flocken von meinen Armen.

„Mach einen Schritt", drängte er.

Ich tat es und wäre beinahe wieder hingefallen, sein Arm um meiner Taille war das einzige, was mich aufrecht hielt. Ich griff nach seinem Pullover und zog ihn näher, um das Gleichgewicht halten zu können.

Das war nicht annähernd so spaßig, wie ich erwartet hatte.

Er kicherte, seine Hände fielen auf meine Hüften. „Ich habe das plötzliche Bedürfnis, dich mit zum Skifahren zu nehmen, nur um zu sehen, wie du damit fertig wirst."

Ich runzelte die Stirn. „Was?"

„Das ist eine Sportart, eine meiner Liebsten. Ich zeig es dir irgendwann."

Eine Sportart? „Wie ein Spiel?"

Er schüttelte den Kopf, sein Ausdruck wurde trauriger. „Während ich die Verteilung von Gleichgewicht und Macht verstehe, werde ich die Zerstörung deiner Kultur niemals gutheißen."

Ich starrte ihn an. „Was meinst du?"

„Du glaubst, dass die Welt immer schon so geführt wurde, aber das ist eine Lüge, kleines Lamm. Einst haben die

Menschen geherrscht und wir haben uns versteckt." Er legte seine Handflächen auf meine Wangen. „Es hat sich alles verändert, nachdem ein Lykaner die falsche Frau genommen hat. Deine Art hat versucht, sein Rudel als Waffe einzusetzen, und wir haben uns gerächt."

Meine Atmung wurde schneller. *Einst haben Menschen geherrscht? Was? Wie war das überhaupt möglich?*

„Ihr wart uns zahlenmäßig überlegen", fügte er hinzu, als er seine Arme um meine Taille wickelte und mir einen Stups gab. Ich machte einen Schritt, nur weil er mich gezwungen hatte, und noch einen, nachdem er mich erneut angestupst hatte. „Na bitte", lobte er und hielt mich an seiner Seite. „Hier ist es gut zwanzig Zentimeter tief. Wenn du ein langsames Tempo beibehältst, kriegst du das hin."

Irgendwie bezweifelte ich das. Während der Schnee jeder meiner Bewegungen Platz machte, drohte er auch meine Glieder gefangen zu nehmen, indem er an meinen Stiefeln klebte.

„Wie auch immer, um auf meine Geschichte zurückzukommen. Ihr wart uns zahlenmäßig erheblich überlegen, aber eine Herde Schafe weicht vor einem angepissten Wolf zurück. Und neunzig Prozent deiner Rasse auszurotten, mehr oder weniger, machte es wesentlich einfacher, euch zu kontrollieren."

Meine Beine bewegten sich langsam, zusammen mit seinen, während mein Verstand darum kämpfte, seine Worte zu verarbeiten. Menschen waren zerbrechlich und hatten eine kurze Lebenserwartung. Wie konnten wir jemals über diesen höheren Wesen regiert haben? Warum sollten sie ich die Mühe machen, sich zu verstecken?

Kylan erhöhte unser Tempo, sein Arm war wie ein Gurt um meinen unteren Rücken.

„Es ist das einhundertsiebzehnte Jahr dieser neuen Welt, Raelyn." Sein Seufzer vermischte sich mit der Nachtluft, offenbarte die Kälte. Ich bewunderte es und auch seine Worte. All die Jahre waren meine Nächte warm und schwül gewesen, nur selten wurde es am Abend kalt, und nie war die Luft so frisch und voller winterlichen Freuden gewesen.

Das hier ist mein neues Leben.

Es war weit davon entfernt, perfekt zu sein.

Aber ich hätte es auch schlechter treffen können.

„Ich vermisse die alte Welt", fuhr er mit leiser Stimme fort. „Wesentlich öfter als ich sollte."

Ich blickte neugierig zu ihm hoch. „Was vermisst du daran?"

Seine Augen lagen auf den Sternen, während wir gingen, sein Ausdruck distanziert. „Ich habe meinen Frieden und meine Ruhe immer genossen, aber ich konnte auch immer darauf zählen, dass die Menschen mich unterhielten. Es entwickelte sich über Jahrhunderte, änderte sich von Generation zu Generation, es gab immer neue Veränderungen in der kulturellen Evolution. Bis wir diese entschlossenen Seelen zerstört haben und nur die Kleinlauten am Leben gelassen haben, um sie neu zu trainieren und für unsere persönliche Ablenkung zu züchten."

Bei dieser harten Aussage lief mir ein Schauer über den Rücken.

„Es gibt keine Jagd mehr", murmelte er. „Keine Aufregung. Eine einstündige Fahrt bringt mich nach Kylan City, ins Zentrum einer Metropole, wo ich alles haben kann, was ich möchte, wann auch immer ich möchte, ohne auch nur mit der Wimper zu zucken. Wie soll man das genießen?" Endlich wendete er sich vom Himmel ab und sein Blick traf wieder auf meinen. „Menschen diskutieren und kämpfen nicht mehr. Man beugt sich nur und lässt es über sich ergehen. Ich vermisse die Herausforderung, Raelyn."

Wir blieben stehen, vor uns fing der Wald an und das Anwesen lag hinter uns. Seine Pupillen pulsierten, das Raubtier in ihm wartete unter der Oberfläche. Ich sollte mich unterwerfen, nach unten schauen, irgendwohin, nur nicht direkt zu ihm, aber ich war wie hypnotisiert von seiner Schönheit.

Ihn in seiner wahren Form mit Mikael zu sehen hatte etwas in meinem Innern geweckt, etwas Hungriges, was natürlich genau der Punkt gewesen war. Ich war klug genug, um das zu merken. Aber ich konnte seine mysteriöse Anziehungskraft nicht leugnen.

„Wie hast du überlebt?", staunte er und wiederholte seine Frage von vorhin. „Du solltest nur noch die Hülle einer Frau sein, so wie die anderen, aber du trägst kein bisschen Angst in dir. Wie konnten deine Lehrer dein Potenzial nicht bemerken?"

„Möchtest du, dass ich dich fürchte?" Weil der logische Teil von mir das tat. Und dennoch regte er mich dazu an, zurück zu beißen, anstatt zu weichen.

Er legte seine Hand in meinen Nacken, unter mein Haar, und zog mich zu sich. „Ich möchte wissen, warum du stehen bleibst, wenn jeder andere blind weiterläuft. Wie hast du es geschafft in dieser Gesellschaft ungesehen zu bleiben, in der jedes kleinste Anzeichen einer Rebellion dafür sorgt, dass man direkt auf die Blutfarmen geschickt wird?"

Ich erzitterte, als er die berühmten Fabriken erwähnte, in die Menschen geschickt werden, um zu Tode zu Bluten. So viele meiner Klassenkameraden wurden über die Jahre dorthin geschickt, und einige sogar noch diese Woche, anstatt an der Bluttag-Zeremonie teilzunehmen.

Nur eintausend wurden weltweit ausgewählt.

Von wie vielen insgesamt, wusste ich nicht.

„Selbst jetzt machst du keine Anstalten, mir so zu antworten, wie du solltest", flüsterte er. „Ich könnte dich töten, ohne mit der Wimper zu zucken, Raelyn, und trotzdem traust du mir, dass ich es nicht tue."

„Vielleicht habe ich keine Angst vor dem Tod", flüsterte ich zurück.

Sein Griff wurde fester. „Lüg mich nicht an. Du willst leben. Warum sonst würdest du dich nach Unsterblichkeit sehnen?"

Bei dem Wort hatte er mich. „Ich sollte Angst vor dir haben."

„Solltest du", stimmte er zu.

„Habe ich aber nicht."

„Ich weiß. Jetzt erzähl mir, wieso."

„Kann ich nicht." *Weil ich es nicht weiß.*

Er zog eine Braue hoch. „Vielleicht muss ich dich für eine bessere Antwort begeistern."

„Das –"

Seine Lippen brachten meine zum Schweigen, während er mich nach hinten schob. Etwas Hartes traf auf meinen Rücken – ein Baum, vielleicht? – wodurch die Luft aus meinen Lungen gepresst wurde. Ich klammerte mich an seinen Pullover, brauchte seine Stärke, um mich zu halten. Seine Handfläche wanderte zu meiner Kehle, hielt mich dort, wo er es wollte, während seine Zunge in meinen Mund glitt und mich dazu anstachelte, mich zu rächen.

Aber das konnte ich nicht.

Nicht nach dem, was ich gesehen hatte.

Nicht nach dem, wie mein Körper auf seinen reagierte.

Stattdessen schmolz ich geradezu gegen ihn, meine Abwehr war in weniger als vierundzwanzig Stunden in seiner Anwesenheit matt und zerstört. Ich wollte mich nicht zu ihm hingezogen fühlen, ihn nicht begehren, ihn nicht *brauchen*. Aber ich tat es, mehr als jeden anderen, nach dem ich mich je gesehnt hatte. War es sein Alter? Seine Erfahrung? Die Tatsache, dass er an der Spitze seiner Blutlinie stand?

Trotz der Kälte, die uns umgab, kroch Wärme durch

meine Venen, als seine Zunge Endorphine entfesselte, von denen ich nicht wusste, dass sie existierten.

Göttin, so etwas hatte ich noch nie zuvor gefühlt, als ob er von innen heraus meine Seele entzündet hätte. Warum er? Warum jetzt? Warum hier?

Das konnte nicht halten. Das würde es nicht. Ich werde innerhalb eines Wimpernschlags seiner Lebenszeit sterben, weg und vergessen.

Aber zumindest würde mein Leben sinnvoll und erfüllt sein.

Wäre es das?

Seine Hüfte wiegte sich gegen meine und ließ meine Gedanken entgleiten. So fordernd, so *groß*. Ich zitterte gegen ihn, sowohl erschrocken als auch aufgeregt über sein Potenzial. Die Hand um meinen Hals glitt nach unten auf meine Brust. Ein Schock traf mich bei der Berührung in meinem Zentrum.

Oh, das gefällt mir…

Silas hatte mich dort früher berührt, aber nur innerhalb des Klassenraums. Ich war seine Versuchsperson bei einer Prüfung. Er wurde darin bewertet, wie schnell er mir zu einem Orgasmus verhelfen konnte, wobei ich ihm geholfen habe, indem ich ihn vortäuschte. Er hatte den Gefallen eine Stunde später bei meinem eigenen Test erwidert.

Aber Kylans Berührung war anders, roher, viel realer und realistischer. Er zwickte mich durch den Stoff in meinen Nippel und brachte mich zum Stöhnen.

Ich wusste nicht mehr, worum es in dieser Demonstration ging, oder warum er angefangen hatte, aber ich wollte nicht, dass es aufhört.

Er hob mich hoch, sodass sich meine Beine um seine Taille wickelten und balancierte mich gegen die harte Oberfläche hinter mir. Jetzt fing er an, mich richtig zu küssen. Das vorher war nur eine Geschmacksprobe von dem, was er tun konnte. Eine Einführung. Ein Test. Ich musste ihn bestanden haben, weil er jetzt alles entfesselte und mich bis in meinen innersten Kern dominierte.

In meinem Kopf drehte sich alles.

Das war der Räuber.

Das Tier.

Der Mann, der mich verschlingen wollte.

Und alles was ich tun konnte, war es ihn zu akzeptieren.

Meine Arme wickelten sich um seinen Hals, mein Mund öffnete sich für mehr von seinem sinnlichen Überfall, und meine Zunge wagte es nicht, sich seiner zu widersetzen. Er wollte mich, also würde er mich haben.

Gehorche oder stirb.

Er hatte recht.

Ich wollte nicht sterben.

Aber es machte mir auch nichts aus… für das hier zu leben.

„Scheiße", flüsterte er. „Ich kann mich nicht erinnern, wann ich das letzte Mal jemanden so sehr wollte."

Seine Worte verwirrten mich fast so sehr wie seine Fänge, die sich in meine Unterlippe gruben. Ich schrie, dann stöhnte ich.

„Oh…" Das mochte ich viel zu sehr, seine Zunge auf der offenen Wunde. Ich zitterte heftig, der Genuss überwältigte all meine Sinne. „Was…?" Ich konnte den Satz nicht beenden, meine Beine spannten sich um ihn. „Kylan", hauchte ich, unsicher darüber, was hier passierte.

Seine Leiste bewegte sich gegen den sensiblen Punkt zwischen meinen Oberschenkeln und verstärkte die Empfindungen. Ich winselte, mein Kopf fiel auf seine Schulter.

Was machst du mit mir?

In mir formte sich ein Knoten, drehte sich und zerrte an mir, schoss Elektrizität in alle meine Nervenenden.

„Gib nach", flüsterte er, seine Härte streichelte meine Klitoris durch die Jeans.

Wie?

Warum?

Ich wurde dort schon berührt, aber noch nie so wie jetzt. Normalerweise würde ich mich winden, aber er entlockte mir ein Verlangen nach mehr.

„Jetzt, Raelyn." Er ergriff mein Kinn, zog meinen Mund zurück zu seinem und biss mich nochmal. Ich konnte das Stechen kaum spüren, durch die Euphorie, die folgte.

Und dann fiel ich.

Taumelte.

Dunkelheit nahm meine Sicht ein, gefolgt von hellen Lichtern.

Ein Schrei, den ich kaum als meinen eigenen erkannte.

Und ein zufriedenes Kichern, das Kylan gehörte.

Die Explosion ging weiter und weiter, meine Glieder zitterten unkontrolliert, als Wohlgefallen jedes andere Gefühl überschattete.

Ein Orgasmus. Ein Echter.

Ich dachte, ich hätte sie schon vorher gespürt, aber nein. Nichts im Vergleich zu dem hier, zu Kylan, zu der Art, wie er mich so meisterhaft einnahm.

Kein Wunder, dass Mikael so erschöpft gewesen ist. Ich konnte Kylan kaum weiter küssen, geschweige denn ihn wegstoßen. Wenn seine Arme mich nicht aufrecht gehalten hätten, wäre ich fallen.

„Ich muss mich korrigieren", murmelte er gegen meine Lippen. „*Das* war herrlich." Er nahm meinen Mund wieder ein, jetzt gröber, als sein Körper hart wie Stein gegen meinen lehnte.

Es dauert einen Moment, um seiner Anspielung zu folgen, und mich an seine Worte zu erinnern, bezüglich Mikael und wie er kommt.

„Möchtest du sehen, wie er kommt? Das ist wirklich herrlich."

Ich fragte mich, wie das ablief, die Beziehung zwischen

ihnen. Sie war offensichtlich sexueller Natur, aber Kylan hatte sich keine Befriedigung geholt. Erwartete er, dass ich den Gefallen jetzt für uns beide erwiderte? Ein Bild davon, wie ich ihn in den Mund nahm, blitzte hinter meinen Augen auf. Ich kannte die Mechanik, konnte sie gut ausführen. War ich jetzt an der Reihe, ihm etwas zu bieten? Mich in den Schnee zu knien? Seine Hose aufzumachen und seinen Schwanz zu schlucken?

„Immer noch keine Angst", sagte er und lächelte gegen meinen Mund. „Das ist erstaunlich."

Seine Pupillen verschlungen seine Iris, ein erstaunlicher Anblick in der Nacht, vor allem, weil ich im Mittelpunkt seiner unverhüllten Lust stand. „Warum sollte ich danach Angst vor dir haben?", fragte ich.

Er kicherte düster und fuhr mit seiner Nase über meine Wange. „In der Tat, warum?" Die Worte waren tief, verführerisch und unheimlich kontrolliert. „Ich könnte dich zerstören, Raelyn."

„Du sagtest schon, dass du das würdest."

„Ja", flüsterte er, seine Lippen glitten über meinen Hals. „Das habe ich. Und trotzdem klammerst du dich an mich, als wäre ich die Quelle deines Lebens."

„Weil du das bist", antwortete ich, schmiegte mich gegen ihn. „Du besitzt mich."

Er hielt inne, sein Mund schwebte über meinem Puls. „Tue ich das?"

„Ja." Ich fühlte mich erschöpft. Obwohl ich heute kaum etwas getan hatte, war mein Körper auf eine seltsame Weise gesättigt.

„Und du hast keine Angst vor mir." Keine Frage, sondern eine Aussage.

„Das sollte ich, aber nein, habe ich nicht." Zumindest nicht wirklich. Nicht auf die Art, wie ich sollte. „Wenn ich sterbe, werde ich in Würde sterben." Diese Entscheidung hatte er nur kurz entgleisen lassen, als er mir mit Silas gedroht hat, aber das fand nicht länger Anwendung.

Ich würde sterben, wenn Kylan fand, dass es an der Zeit war.

Ich würde nicht um ein anderes Schicksal betteln, noch würde ich mich nur auf meinen Rücken legen und es akzeptieren.

Aber das Unausweichliche zu fürchten, schien mir nicht länger logisch. Was passieren würde, würde passieren. Mit oder ohne meiner Zustimmung.

„Warum gehorchen, wenn das Endresultat immer das gleiche ist?", fragte ich und lehnte mich zurück, um seinen geschützten Blick zu treffen. Kein Anzeichen von Emotionen verweilte in seinem Ausdruck. Keine Wut. Keine Neugierde. Nur Kylan, wie er mich unergründlich beobachtete.

„Und das Endresultat ist welches?"

„Mein Tod."

„Ich verstehe." Er neigte den Kopf, seine Hände fielen auf meine Hüften. „So schnell unterstellst du mir, dass der Tod alles ist, was ich für dich geplant habe?"

„Hast du nicht? Das ist deine Methode, oder nicht? Die Mitglieder des Harems ficken und sie dann töten?"

Ich bereute die Worte sobald ich sie ausgesprochen hatte. Sie waren aggressiv und herausfordernd, und sie brodelten in seinem Blick, als er mich anstarrte. Ich hatte einen Nerv getroffen, einen der uns zu lange in unheilvolle Stille einhüllte.

Erlebte er die Momente in seinen Gedanken wieder? Genoss er das, was er getan hatte? Stellte er sich vor, wie er mich eventuell schlachten könnte? Weil sein düsterer Ausdruck andeutete, dass er das jetzt wollte, sowie sein Griff, der sich verstärkte und beinahe schmerzvoll war.

„Du solltest vorsichtig sein, Raelyn", sagte er mit gedämpfter Stimme. „Bis zu einem gewissen Punkt bin ich verständnisvoll, aber wenn du von Dingen sprichst, von denen du keine Ahnung hast, handelst du dir eine Strafe ein, die dir nicht gefallen wird."

Er hob mich von sich, zwang mich zu stehen und ließ mich so plötzlich los, dass ich beinahe hingefallen wäre.

Der Verlust seiner Körperwärme, in Verbindung mit seinen frostigen Gesichtszügen, schickte ein Zittern über meine Wirbelsäule. „Das war erleuch–" Er drehte sich knurrend um, als eine dunkelhäutige Frau mit einem unglaublichen Tempo über die Anlage rannte.

Ein Vampir.

Nein, nicht nur irgendein Vampir.

Angelica.

Der Mensch, der den Cup der Unsterblichkeit gewonnen hat, als ich fünfzehn war. Sie war eine Inspiration für mich, der Beweis, dass Frauen die Unsterblichkeit genauso gewinnen konnten wie Männer.

Ich schnappte nach Luft, als sie zu Kylans Füßen auf ihre Knie fiel und sich ihre braunen Haare um sie herum ausbreiteten. „E-eure Hoheit. Ich kam so schnell, w-wie ich konnte."

„Was ist los?" Kylan kniete sich neben sie, seine Hand legte sich auf ihren Pullover.

Blut, realisierte ich. Sie war bedeckt damit.

„Was ist passiert?", drängte er, als sie nicht sofort antwortete.

„T-Tremayne", flüsterte sie, ihre Schultern zitterten.

„Was ist mit Tremayne?", fragte er und kannte offensichtlich den Namen, ich hingegen nicht. Meine Studien hatten sich auf die Könige konzentriert, nicht auf ihr Gefolge. „Was hat er gemacht?"

Angelica zitterte, ihre Angst war greifbar, als er sie zwang ihren Kopf zu heben und seinen Blick zu treffen.

Sie hat Panik. Nicht vor der Situation, sondern vor ihm, realisierte ich.

Kylan legte seine Hände auf ihr Gesicht, seine Stimme war weich. „Ich werde dich für diese Handlung nicht disziplinieren, Angelica. Jetzt sag mir, was er gemacht hat."

Sie schluckte, Zweifel huschte über ihr Gesicht. Kylan war bekannt für seine boshaften Bestrafungen, seine Herrschaft war keine von der netten Sorte. Dennoch war er zu mir fast immer sanft gewesen, selbst als ich ganz offensichtlich eine Grenze überschritten hatte.

Welche Version ist der echte Kylan?

„Er hat sie alle getötet, Eure Hoheit", flüsterte Angelica.

„Sie alle", wiederholte er. „Alle wovon?"

„Jeden einzelnen Menschen, der unter ihm im Tremayne Tower gearbeitet hat." Ihre Pupillen weiteten sich. „Es war ein Blutbad. Ich bin hergekommen, um es Euch zu sagen, Euch zu warnen, dass er jetzt in Kylan City ist, und ich denke er wird das Gleiche im K-Hotel machen. Er sagt...", sie erschauderte, ihr Gesichtsausdruck verlor sich. „Er erzählt jedem, dass Ihr ihm diesen Auftrag gegeben habt."

9

RAE

KYLAN WURDE UNHEIMLICH STILL.

Angelica winselte und ließ ihren Kopf wieder sinken, während ich wie erstarrt hinter ihnen stand.

Er erzählt jedem, dass Ihr ihm diesen Auftrag gegeben habt.

Um Menschen abzuschlachten, wie er es mit seinem Harem getan hatte?

Basierend auf seinem Ruf schien es plausibel, dass er sowas tat, aber die Anspannung in ihm ließ anderes vermuten.

Er stand langsam auf, seine Hände zu Fäusten geballt. Als er sich zu mir umdrehte, sah ich den König in voller Größe; majestätische Stirn, angespannter Kiefer, kalte Augen.

Sein Ausdruck forderte Unterwerfung.

Ich versuchte, mich seiner Dominanz zu beugen, aber meine Knie weigerten sich, mir zu gehorchen. Selbst mein Hals verweigerte sich diesem Gedanken.

Du hast keine Angst vor mir. Seine Worte verspotteten meinen Verstand, sie versuchten, einen Grund dafür zu finden, aber versagten.

Ich sollte. Ich weiß, dass ich es sollte. Aber du hast Recht; Ich tue es nicht und ich habe keine Ahnung, warum.

Er nahm meine ungehorsame Form mit einem flüchtigen Blick in sich auf, bevor er sich wieder auf die andere Frau konzentrierte.

„Steh auf, Angelica", forderte er. „Wir haben viel Arbeit vor uns", er blickte wieder zu mir. „Ich brauche dich oben in meiner Suite. Jetzt."

Ich diskutierte nicht, nicht mit der kaum zu bändigenden Wut, die in seinen Augen loderte. Er sah aus, als wäre er bereit, zu töten, und ich wollte nicht das Ziel dieser Wut sein.

Ich zog meine Jacke fester um mich und hastete ins Haus, die Treppen rauf, und ging direkt in sein Zimmer.

Und jetzt was?, fragte ich mich und kaute auf meiner Lippe herum. Wollte er mich wieder nackt haben? Plante er überhaupt, auch hierher zu kommen? Oder hatte er mich gerade für den Rest des Abends verlassen?

Ich zog meine Stiefel aus und stellte sie auf die Matte im Schrank. Dann folgte meine Jacke, die ich an einem Haken zum Trocknen aufhing. Was als nächstes? Meine Klamotten?

Die Tür öffnete sich, bevor ich die Möglichkeit hatte, mich auszuziehen. Kylans plötzliche Anwesenheit hinter mir wirkte unheilvoll. Ich drehte mich langsam um, erschrocken vor dem, was ich in seinem Ausdruck finden würde, aber gleichzeitig musste ich ihn einfach ansehen.

Er starrte mich einfach nur an, seine dunklen Augen versteckten alle Einzelheiten.

Macht es ihm nichts aus?

Ist er nur gelangweilt?

Aber als ich ihn studierte, blitzte ein Schimmer von irgendwas in den Tiefen seiner Augen auf. Es kam und verschwand so schnell wieder, dass ich es fast nicht gesehen hätte, vielleicht hatte ich es mir auch nur eingebildet. Aber nein, es war definitiv da.

Verwüstung.

„Wir müssen einen Ausflug nach Kylan City machen",

sagte er flach und kam näher. Er hielt mein Kinn zwischen Daumen und Zeigefinger, sein Blick wurde intensiver. „Ich brauche dein bestes Verhalten, Raelyn. Das bedeutet, du musst dich verbeugen und allen Formalitäten Folge leisten." Seine Brust traf auf meine, als er mich gegen die Wand drückte. „Wenn du nicht gehorchst, muss ich dich in der Öffentlichkeit bestrafen, und du willst ganz sicher nicht, dass ich das tun muss."

Die Dringlichkeit in seinen Worten schickte einen Schauer über meinen Rücken. Nein, das wollte ich definitiv nicht. „Ich verstehe", flüsterte ich und schluckte.

„So wollte ich unsere erste Woche zusammen nicht verbringen, aber Tremayne lässt mir keine andere Wahl. Wenn ich könnte, würde ich dich hierlassen." Er klang fast, als würde es ihm leid tun, was keinen Sinn ergab. Könige nahmen ihre liebsten Haremmitglieder überall mit hin. Dass ich seine einzige Gattin war, ließ ihm kaum eine Wahl. „Ich meine es ernst, Raelyn. Du musst dich benehmen."

„Ich sagte, ich habe verstanden", wiederholte ich und fügte schnell „Eure Hoheit" hinzu, um den Tonfall meiner Stimme abzumildern.

Er schüttelte missbilligend den Kopf. „Kein guter Start, Raelyn."

„Wir sind ja noch nicht in der Stadt", murmelte ich.

Er hob beide Augenbrauen, seine Geduld war offensichtlich am Ende. „Ich liebe deinen Mut, aber jetzt ist nicht die Zeit dafür, es sei denn du möchtest, dass ich dir den Arsch versohle, bis er rot ist, und dich dann vor einem Raum voller Untertanen ficke. Und wenn du wirklich ungehorsam bist, werde ich gezwungen sein, sie mitmachen zu lassen. Ist es das, was du willst?"

Meine Lippen teilten sich, schockiert von seiner ungenierten Beschreibung und der aufgebrachten Art und Weise, wie er es sagte, als ob selbst der Gedanke daran ihn wütend machen würde. Ich räusperte mich, versuchte, meine Nerven wiederzufinden, um zu antworten. „Ich… Nein. Natürlich will ich das nicht." Wer zu Hölle würde das schon?

Sein Griff an meinem Kinn wurde fester, sein Blick verengte sich. „Mein Ruf ist das, was mein Territorium am Leben erhält. Du musst mich nicht fürchten, aber andere schon, und ich muss dafür sorgen, dass das so bleibt. Verstehst du das?"

Ich blinzelte.

Hat er sich mir gerade… anvertraut? Erklärt, warum ich mich benehmen muss? Im Grunde zugegeben, dass die Maske, die er trug, nur für die Öffentlichkeit war? Weil das zu dem passen würde, was ich bislang gesehen habe… dass der Kylan aus meinen Lehrbüchern nicht zu dem Kylan passte, der vor mir stand.

Der König, über den ich gelesen habe, hätte kein Problem damit, mich in der Öffentlichkeit zu ficken – auch nicht während dem Bluttag – und würde es wieder tun, ohne sich darum zu kümmern, was Angelica ihm gerade mitgeteilt hatte.

Aber er kümmerte sich.

Genug, um einen Ausflug nach Kylan City für nötig zu halten.

Was bedeutete, dass er nie den Auftrag gegeben hatte, diese Menschen zu töten.

Ich studierte ihn, sein düsterer Blick, die schmalen Linien seiner Lippen, die Spannung in seinen Wangenknochen und seine angespannte Haltung, während er mein Kinn fest zwischen Daumen und Zeigefinger hielt.

Er wollte nicht nur, dass ich seine Forderung verstand, sondern auch die Wichtigkeit dahinter. Er musste wissen, ob ich mich fügen würde. „Du möchtest mich nicht bestrafen." Das waren nicht die Worte, auf die er gewartet hatte, aber es waren die ersten, denen mein Mund es erlaubte, ihn zu verlassen.

„Nicht auf die Art und Weise, die die Gesellschaft verlangt, nein", stimmte er zu. „Aber ich werde es tun, wenn du irgendetwas machst, wodurch es erforderlich wird."

„Wie mit dir in der Öffentlichkeit zu diskutieren." Etwas, von dem ich nie gedacht hätte, es laut aussprechen, geschweige denn tun zu müssen, aber mein Verhalten gegenüber Kylan war seit dem Moment, in dem er mir auf dem Feld gegenüber gestanden hatte, nicht annähernd vernünftig gewesen.

„Ja, oder mit irgendjemand anderem", antwortete er. „Ich brauche deine Angst, Raelyn."

„Und wenn ich dir das nicht geben kann?"

„Dann werde ich dazu gezwungen sein, dafür zu sorgen, dass du mich fürchtest."

Die Worte allein ließen mich bereits erzittern. „Das möchte ich nicht."

„Ich genauso wenig."

„Warum ein Bild von Quälerei aufrecht erhalten, wenn du es nicht genießt?", fragte ich, ernsthaft neugierig.

„Weil es den Frieden erhält. Irgendjemand muss der Böse sein, Raelyn. Das ist eine Last, die ich seit Jahrhunderten trage, und meine Leute gedeihen unter ihr. Oder das haben sie zumindest, bis vor kurzem."

„Bis vor kurzem?", wiederholte ich.

Er schüttelte den Kopf. „Ich habe schon mehr gesagt, als ich vorhatte." Er trat zurück, ließ von meinem Kinn ab, um sein eigenes zu kratzen, und erlaubte mir einen kurzen Blick auf den erschöpften Mann hinter der Scharade zu werfen. Ein Mann, der unter einem Schleier von Brutalität herrschte, weil er glaubte, das sei die beste Führungsmethode, und vielleicht hatte er Recht. Diese Gesellschaft gedieh durch Gewalt und er war ein berüchtigter König, der Älteste von allen, außer der Göttin selbst.

„Sag mir, dass du dich benehmen wirst, Raelyn."

Das habe ich doch schon getan, wollte ich sagen, aber er musste die Worte offensichtlich nochmal hören, um mir zu glauben. Also tat ich das Einzige, wodurch ich ihn beruhigen konnte. Ich kniete mich hin, meinen Kopf zum Boden geneigt, während ich ihm die höchste Form des Respekts gab, die ein Mensch einem Vorgesetzten geben konnte, indem ich mich ihm beugte und vollständig seiner Gnade auslieferte.

„Ja, mein Prinz", sagte ich und würde mich nicht bewegen, bis er mich wieder freigab.

Er sagte so lange nichts, dass ich dachte, er wollte mich testen, aber dann kniete er sich vor mich und seine Finger hoben mein Kinn „Ich mag dich in dieser Position", murmelte er. „Es könnte nur noch besser werden, wenn du nackt wärst."

Viel Glück dabei, wollte ich sagen. Stattdessen flüsterte ich: „Was immer Ihr wünscht, Eure Hoheit."

Seine Lippen zuckten. „Das hätte ich dir fast geglaubt, Raelyn. Aber deine Augen erzählen etwas anderes." Er fuhr mit seinem Daumen über meinen Mund und stand wieder auf. „Du brauchst ein neues Outfit. Ich werde Mikael bitten, sich darum zu kümmern." Er blickte mich an. „Ich würde mich ja dafür entschuldigen, aber das wäre eine Lüge, weil ich definitiv jede Minute davon genießen werde."

Ich runzelte die Stirn.

Was für ein Outfit würde ich tragen?

Spitze.

Das meinte Kylan, als er sagte, ich bräuchte ein neues Outfit. Das tiefrote, durchsichtige Kleid, wenn man es so nennen konnte, entblößte alles, was unter ihm lag, und endete dort, wo meine Oberschenkel anfingen. Kylan hatte für die Reise seine Jacke über meine Schultern gelegt, aber ich wusste, dass ich sie ablegen müsste, sobald wir ankamen.

Er saß neben mir, hinten in einer Limousine, seine

Handfläche lag auf meinem Oberschenkel, während er aus dem Fenster auf die heller werdenden Stadtlichter schaute. Mikael saß uns in einem schwarzen Hemd und einer dazu passenden Hosen gegenüber und nippte an einem Glas Rotwein, sein Gesicht lag unheilvoll im Schatten.

Der Mond erhellte die verschneite Landschaft, die an einer harten, mit Flutlichtern überzogenen Absperrung endete. Bei den vertrauten Strukturen und Umrissen lief mir ein Schauer über den Rücken – Wachtürme. Die Vigil kümmerten sich um diese Hütten, die einzig und allein dazu dienten, die Menschen in Reih und Glied zu halten. Ich wollte mich ihren Reihen anschließen, weil ihnen gewisse Privilegien gewährt wurden, die andere nicht hatten. So wie anständige Schlafquartiere und gutes Essen.

Die meisten würden sagen, in einem königlichen Harem oder Clanharem zu enden, war sogar noch ein besseres Schicksal, aufgrund des Luxus, der denen gewährt wurde, die ihrem Herren sexuell dienten. Nachdem ich gesehen hatte, wie einige der sterblichen Gemahlinnen am Bluttag behandelt wurde, hatte ich mich heftig nach etwas anderem gesehnt.

Aber Kylan war gut zu mir. Bis jetzt.

Sein Griff auf meinem Oberschenkel wurde fester, als die Limousine langsamer wurde und das Haupttor der Stadt erreichte. „Zieh die Jacke aus und setz dich auf mich, Raelyn." Keine Frage, sondern ein Befehl.

Diskutieren war keine Option, nicht mit den Umrissen von militärisch gekleideten Männern und Frauen, die auf einen Grund warteten, einen trotzigen Sklaven zu verletzen. Sie wurden aus einem guten Grund dazu ausgebildet, zu fangen und nicht zu töten.

Vampire und Lykaner liebten es, fehlgeleitete Menschen zu bestrafen.

Ich hatte keine Lust, mich ihrer Liste der Ungehorsamen anzuschließen.

Die Wolle fiel von meinen Schultern, als ich auf Kylans Schoß glitt, mein zu kurzes Kleid sammelte sich an meiner Hüfte. Mikael gab ein anerkennendes Geräusch von sich, mein Arsch war offensichtlich deutlich zu sehen.

„Sie ist wunderschön, nicht wahr?", murmelte Kylan, seine Handfläche wickelte sich um die Rückseite meines Halses.

„Umwerfend", stimmte Mikael zu.

„Und sie schmeckt auch hervorragend." Kylan sagte die Worte gegen meinen Mund. „Aufmachen, Raelyn."

Ich teilte meine Lippen für seine Zunge und erzitterte, als er in mich eintauchte, um sein Territorium auf eine sehr heiße Art und Weise zu markieren.

Verdammt, ich wollte ihn nicht mögen, aber der Mann wusste, wie man küsst. Er war nicht mein Erster, aber definitiv der Beste. So viel Leidenschaft, Erfahrung und Hitze, gepaart mit einer Technik, die meine Zehen zusammenrollen ließ.

Er zog mich näher, um die harte Erektion genau an meinen sensiblen Punkt zu legen. Ein Hieb von ihm nach oben machte mich feucht und bereit, trotz seiner Hose zwischen uns. Ich hasste fast seine Fähigkeit, meinen Körper davon zu überzeugen, ihn zu nehmen, selbst wenn mein Verstand sich widersetzte, aber ich konnte nicht genug Wut aufbringen, um mich ernsthaft zu kümmern, weil er sich wieder in mich drückte.

Von einem so mächtigen Mann begehrt zu werden, mit so einem Vertrauen behandelt zu werden, war ein berauschendes, süchtig machendes Gefühl.

Ich sollte das hier nicht lieben.

Sollte es nicht genießen.

Aber verdammt, wenn ich mich nur davon abhalten könnte, zustimmend zu stöhnen.

Seine Zähne bissen scharf in meine Unterlippe, ob als Tadel oder aus Erregung, wusste ich nicht. Er stach zu und ließ

Tränen in meine Augen steigen, während er sich von mir zurückzog, um die mir zugefügte Wunde zu begutachten.

Das Fenster schwirrte neben uns herunter, aber sein Fokus verließ nie meinen Mund. „Ja?", fragte er mit einer so schneidenden Stimme, dass ich hoffte, er würde sie nie gegen mich richten.

„Vergebt mir, Eure Hoheit. Wir haben Ihre Ankunft nicht erwartet und –"

„Brauche ich etwa eine Einladung in meine eigene Stadt?", fragte er mit Nachdruck.

„N-nein, mein –"

Das Fenster schloss sich wieder, bevor der Mensch antworten konnte. Kylan verfolgte das Blut, das über mein Kinn lief, mit seiner Zunge nach oben bis zu meinem Mund. Sein anerkennendes Gemurmel fand seinen Weg direkt in mein Herz und ließ es in einen chaotischen Rhythmus gegen meinen Brustkorb schlagen. Er hatte mich vorhin schon leicht gebissen, aber das hier war anders, intimer, zielgerichteter.

Eine Markierung.

Er küsste mich zu einem Zweck, seine Lippen dominierten meine und ließen keinen Raum für Fragen oder Argumente. Ich gehörte zu ihm, zum Küssen, zum Ficken, was immer er sich wünschte, und er wollte, dass jeder, inklusive mir, das wusste.

Mein Kopf drehte sich durch den Ansturm von Empfindungen und Emotionen, die mich sofort zermalmten. Ich verstand nicht, was er gerade getan hatte, oder wie er es getan hatte, aber es zwang mich dazu, mich seinem Willen zu beugen.

Sein Blick glitzerte, als er meinen Mund frei ließ, seine Pupillen weiteten sich mit zügellosem Hunger. „Du könntest das hier überleben, kleines Lamm."

KYLAN

Ich hasste die Stadt, besonders bei Mitternacht. Vampire übersäten die Bürgersteige und Straßen, machten Besorgungen oder holten sich in ihrer Pause etwas zu Essen. Einige trugen Führungsroben, die ihre Rollen bei der Beaufsichtigung der verschiedenen menschlichen Angestellten der Stadt anzeigten. Niemand wollte sich verknechten lassen und die notwendigen Arbeiten übernehmen, die unsere Gesellschaft am Leben erhielt, deshalb die Sterblichen.

Eine grausam Welt, aber eine praktische.

Geld floss, wie es schon immer getan hatte, allerdings in anderen Währungen und um sinnvollere Dinge zu kaufen, wie zum Beispiel Blut.

Und ich saß an der Spitze der Nahrungskette in diesem Gebiet, was bestimmte Protokolle erforderte. Zum Beispiel, Mikaels Anwesenheit geheim zu halten.

Ich behielt Raelyn auf meinem Schoß für den Fall, dass wir nochmal angehalten werden würden, und auch, weil sie mir dort gefiel. Sie hielt sich an meinen Schultern fest, ihr rotes Haar breitete sich um uns aus, als ich sie erneut küsste, dieses Mal sanfter.

Ob sie es bemerkte oder nicht, sie lernte bereits meinen Geschmack und meine Vorlieben kennen. Ihre Lippen öffneten sich für meine Zunge, akzeptierten, wonach ich mich sehnte, und gewährten mir ungehinderten Zutritt.

Meine Finger verknoteten sich in ihren seidigen Strähnen, hielten sie dort, wo ich sie wollte, als mein Fahrer unsere Ankunft ankündigte, indem er die Schlösser entriegelte. Raelyn bemerkte es nicht, war zu verloren in unserer Umarmung, ihre süße Erregung sang zu meinem Schwanz und bettelte mich an, mehr zu tun, als sie nur zu küssen.

Zur richtigen Zeit würde ich das.

Aber nicht jetzt.

Ich beruhigte sie mit einem sanften Ziehen an ihren Haaren. Sie blinzelte mich an, als wäre sie in einem Nebel gefangen, was mich zum Lächeln brachte. „Ich habe mich kaum von dir ernährt und du bist schon trunken vor Leidenschaft."

Dieser kleine Biss meiner Fangzähne an ihrer Unterlippe war genug, um sie als meinen Besitz zu kennzeichnen, aber nicht annähernd genug für eine richtige Verkostung. Dennoch hatte sie die Einführung offensichtlich genossen.

Ich schlug mit den Knöcheln gegen das Fenster, um anzuzeigen, dass es jetzt sicher war, mich zu stören.

Judith verschwendete keine Zeit und begrüßte mich mit einer formellen Verbeugung, noch bevor sie die Tür ganz geöffnet hatte. „Mein Prinz."

Gavin und Karl taten es ihr gleich und warteten darauf, dass ich ihnen erlaubte, sich zu erheben.

Die drei gehörten zu denjenigen aus meinem Sicherheitsteam, denen ich am meisten vertraute, und Judith war ihre Vorgesetzte.

Ich hob Raelyn von meinem Schoß auf ihren Platz neben mir und glitt aus dem Auto. „Komm, kleines Lamm." Ich hielt ihr eine Hand entgegen, um sich zu mir zu gesellen, und strich meine Lippen über ihre Schläfe, als sie ohne Widerworte gehorchte.

Sie zitterte, die Heizung in der Garage half nur wenig, um ihre entblößte Haut gegen das winterliche Wetter draußen zu schützen. Ich richtete ihr Kleid, zog es wieder bis zu ihren Oberschenkeln herunter und seufzte, als ich sah, wie meine drei Sicherheitsangestellten immer noch knieten. „Steht auf", sagte ich. „Status, Judith?"

Mein Lieblingslieutenant streckte ihre Wirbelsäule durch und begegnete meinem Blick. „Wir sind hier sicher, Eure Hoheit. Ich habe die Sicherheitsstufe bereits hochgesetzt, bis nach oben zur Suite."

Ich lächelte. „Ausgezeichnet. Mikael, würdest du dich zu uns gesellen?"

„Natürlich, Eure Hoheit", murmelte er und verließ den Rücksitz mit einem Grinsen, das meinem Sicherheitspersonal galt. „Judith."

Ein leichter Rotschimmer legte sich auf ihre Wangen, als sie antwortete: „Mikael."

Meine Blutjungfrau verzauberte alle, die seinen Weg kreuzten, was bewies, dass er meine Zeit und die Investition mehr als wert war. Deshalb versteckte ich ihn. Die Zielscheibe auf seinem Rücken war fast so groß wie meine, jeder wusste, was er mir bedeutete. Ich habe seinen Aufenthaltsort nie bekannt gegeben. Dieser Ausflug stellte keinen Unterschied dar.

Ich holte meine Jacke aus der Limousine und wickelte sie um Raelyns zitternde Schultern. „Führ uns den Weg, Judith."

Sie neigte ihren blonden Kopf und drehte sich um, Mikael tat es ihr gleich. Ich folgte ihnen, meine Hand auf Raelyns Rücken, um sie bei mir zu halten, während Gavin und Karl das Schlusslicht bildeten. Die Fahrt in dem Aufzug ging schnell vorbei und führte uns in eine meiner Lieblingswohnungen. Einem üppigen Penthouse mit sieben en-suite Schlafzimmern, zwei Küchen, mehreren Lounges und raumhohen Fenstern mit Blick auf die Stadt.

Perfektion, Überfluss, Zuhause.

Zelda erschien im Flur, die blauen Augen nach unten gerichtet, ein Lächeln umspielte ihre Lippen. Einige meiner menschlichen Angestellten waren schon vor uns angekommen, um die Wohnung vorzubereiten. Es schien mir verschwenderisch, in all meinen Häusern unterschiedliches Personal einzustellen, also verlangte ich, dass sie mit mir reisten.

„Das Mitternachtsessen ist fertig", kündigte sie an, während sie einen Knicks machte.

Mikael verschwendete keine Zeit und folgte der blonden Köchin, während Raelyn pflichtbewusst an meiner Seite blieb. Hier konnte sie sie selbst sein, ohne eine Bestrafung fürchten zu müssen, aber ich sah davon ab, ihr das zu sagen. Das hier war unsere Proberunde. Wenn sie bestand, würde ich sie mitnehmen, um Tremayne zu treffen. Wenn sie versagte, würde sie mit Mikael hier unter der Aufsicht von Judith bleiben.

Es gab nur sehr wenige, denen ich meine wertvollen Besitztümer anvertraute, und Judith war eine von ihnen.

Ich nahm meine Jacke von Raelyns Schultern und gab sie Gavin. „Bist du hungrig, kleines Lamm?", fragte ich sie. Sie hatte seit der Pasta im Anwesen nichts mehr gegessen und das war Stunden her.

„Ja, Eure Hoheit", antwortete sie, ihre Stimme war leise und heißblütig.

So weit, so gut. „Dann lass uns Mikael folgen, hmm?" Ich stupste sie mit meiner Handfläche im Rücken an und schickte sie in die Richtung, aus der Zelda gekommen war.

Raelyns Schritte waren gleichmäßig, aber ihr Herz hämmerte in meinen Ohren. Es schien sehr viel länger als vierundzwanzig Stunden her zu sein, dass ich sie für meinen

Harem ausgewählt hatte, was komisch war. Die Lebensspannen verstrichen normalerweise schnell, nicht langsam, aber ich schien meine Zeit mit ihr zu genießen, als ob mit jeder Minute ein Jahr verging.

Mikael blickte auf, als ich eintrat, sein Ausdruck veränderte sich nicht im Geringsten dafür, dass ich ihn erwischt hatte, wie er zwischen Zeldas Beinen stand. Sie saß auf dem Tresen, ihre Wangen rot, die Lippen geöffnet.

„Ich sehe, du hattest eine andere Mahlzeit im Sinn", murmelte ich, und Raelyn erstarrte an meiner Seite.

Meine Blutjungfrau zuckte mit den Schultern. „Nach eurer Vorstellung in der Limousine, kannst du es mir verübeln?"

Ich hob eine Braue. „Möchtest du damit andeuten, ich hätte dich vorhin nicht gründlich genug bearbeitet?"

Seine Grübchen blitzten auf. „Das war vor dem Nickerchen."

„Unersättlich", sagte ich und gab sein Grinsen zurück, bevor ich mich auf die erstarrte Frau neben mir konzentrierte. „Raelyn, iss etwas und zieh an, was Mikael dir gibt. Wir fahren in einer Stunde ab." Ich drehte mich um, blickte aber noch einmal scharf zu meiner Blutjungfrau. „Mikael, richte in meiner Küche keine Sauerei an."

Sein Schnauben folgte mir, als ich auf direktem Weg in mein Büro ging, um die erforderlichen Anrufe zu tätigen.

Mittlerweile dürfte sich meine Anwesenheit in der Stadt schon rumgesprochen haben, Worte reisten schnell. Niemand mochte meine Überraschungsbesuche, was genau der Grund war, weshalb ich sie machte.

Judith kam zu mir, das Telefon in der Hand. „Wo geht es hin, mein Prinz?"

Ich grinste meinen stets vorbereiteten Lieutenant an. Sie würde helfen, die Sicherheitsvorkehrungen zu treffen. „Du möchtest dich vielleicht setzen, Judith. Ich habe eine Liste von Verabredungen für unseren Besuch." Wir würden für ein paar

Wochen bleiben, um dieses Durcheinander wieder aufzuräumen, und währenddessen konnte ich genauso gut ein paar Könige einladen.

Welchen besseren Weg gab es, um die Liste der Verdächtigen zu schmälern, als eine Party zu schmeißen? Alkohol lockerte die Zungen und lieferte neuen Nährboden für verdächtiges Verhalten. Es würde mir auch die Möglichkeit geben, mich wieder als ältestes Lebewesen der königlichen Linien zu behaupten.

Ja, Vampirpolitik war ein hinterhältiger Tanz, den ich über die Jahrhunderte gemeistert hatte.

Raelyn würde mein Köder sein.

Und der Täter würde versuchen zuzubeißen.

Willkommen in Kylan City. Ich fordere euch alle heraus. Kommt raus und spielt mit.

„Mmm, du siehst äußerst genießbar aus, kleines Lamm."

Raelyn stand im Foyer und trug ein schwarzes Kleid, ihr rostbraunes Haar auf den Rücken geworfen, um ihren Hals zu entblößen. Spitze floss über in Seide, was sie an genau den richtigen Stellen sehr verführerisch machte. Ich folgte dem tiefen Ausschnitt mit meinem Finger. Ihre Brustwarzen reagierten darauf, die rosige Farbe war versteckt, aber die Umrisse wurde perfekt hervorgehoben.

Die Schlitze an ihren Beinen machten das Ausziehen des Kleides unnötig, aber ich würde mich der Annehmlichkeit sehr wahrscheinlich trotzdem später hingeben.

Ich küsste ihren donnernden Puls und fuhr mit meiner Nase über ihren Hals bis zu ihrem Ohr. „Mikael sagt, du warst das perfekte Bild der Gehorsamkeit." Ich hatte in seinem Zimmer angehalten, bevor ich sie im Foyer getroffen habe. „Leider, anstatt dich zu belohnen, musst du mich bei etwas begleiten, was sehr wahrscheinlich ein unangenehmer Besuch werden wird."

Ich hob ihr Kinn, zwang ihren Blick meinen zu treffen.

„Ich weiß, dass deine Universitätsausbildung dich mit den richtigen Protokollen ausgestattet hat, aber dieses Treffen lässt deine magere Vorbereitung verblassen. Daher möchte ich dir ein Safeword anbieten. Falls du dich zu irgendeinem Zeitpunkt nicht mehr in der Lage fühlst, dem Anstand Folge zu leisten, nenn mich ‚Eure Hoheit' und ich werde tun, was ich kann, um die Situation zu retten. Anderenfalls nennst du mich ‚Mein Prinz', um mich wissen zu lassen, dass alles in Ordnung ist. Verstehst du das?"

Es war die einzige Nachsicht, die ich ihr gewähren konnte, und selbst dann garantierte es nicht, dass ich ihr helfen konnte. Die Vampirgesellschaft hielt bestimmte Anforderungen an die Menschen und obwohl ich sie nicht alle mochte, verstand ich sie.

Menschen waren niedere Wesen, ihr Platz ganz unten in der Nahrungskette hatte sich so etabliert. Aber im Gegensatz zu vielen meiner Art, hatte ich entschieden, mich daran zu erinnern, wie wir angefangen haben – als Sterbliche.

Raelyn schluckte, ihre Pupillen weiteten sich. „Ich verstehe, mein Prinz."

„Kylan", korrigierte ich sie. „Privat nennst du mich Kylan."

„Kylan", wiederholte sie. „Ich versuche zu gehorchen", fügte sie hinzu, die leichte Schnittigkeit in ihrer Stimme zwang meine Lippen zum Zucken.

„Da ist meine leidenschaftliche Frau", murmelte ich und fuhr mit dem Daumen über das Mahl, das ich auf ihrer Lippe hinterlassen hatte. „Verlier sie heute Nacht nicht, Raelyn. Ich hoffe, später noch mehr mit ihr spielen zu können."

„Du möchtest, dass ich mich in dem einen Moment unterwerfe und im nächsten rebelliere." Ihr Blick verengte sich.

„Würde ich bestraft werden, wenn ich dich sprunghaft nenne, Kylan?"

Ich lachte.

Ich wurde eindeutig schon wesentlich schlimmer beschrieben.

„Oh, kleines Lamm, wir fangen gerade erst an." Sie hatte meine grausame Maske noch nicht gesehen, aber das würde sie gleich. „Los geht's."

RAE

KYLANS HANDFLÄCHE BRANNTE sich in meinen Rücken, als er seine Autoschlüssel an einen Menschen übergab. Er hatte darauf bestanden, selbst zu fahren und einen schlanken, schwarzen Zweisitzer aus der Garage ausgesucht, der dem Fahrzeug ähnelte, in dem wir nach der Auswahl am Bluttag gefahren sind.

War das erst letzte Nacht?

Es fühlte sich an, als wäre es schon Jahrzehnte her.

Eine Frau, gekleidet in einem maßgeschneiderten Anzug, öffnete die Tür für uns mit einem tiefen Knicks, ihr Zittern offensichtlich.

Kylan führte uns über die Türschwelle und ignorierte die Frau, seine Schritte waren sicher.

Mehrere Vampire liefen drinnen umher, manche saßen auf den Sitzgarnituren aus Leder, andere in der Lounge oder an der Bar mit den überdimensionalen Fernsehern, und eine Handvoll stand in einer Reihe vor dem hölzernen Empfangstisch.

Ich folgte Kylans Bewegungen, als er uns zu dem Aufzug

im hinteren Teil des Raumes führte, sein Daumen drückte gerade den Knopf, als ein Mensch auftauchte.

„Kann ich Ihnen helfen, Sire?"

Die Handfläche auf meinem Rücken spannte sich an, als Kylan sich dem Mann zuwandte. „Hast du irgendeine Ahnung, mit wem du hier sprichst?"

Mir lief bei der totbringenden Schwingung in Kylans Ton ein Schauer über den Rücken. Einen König anders als mit *Mein Prinz* oder *Eure Hoheit* anzusprechen, war eine schlimme Beleidigung, vor allem von einem Menschen.

„I-Ich… Nein… E-Eure –"

Pumps klackerten laut über den Marmorboden, kamen von links auf uns zu und brachten den armen menschlichen Jungen zum Schweigen, der auf seine Knie gefallen war. „Eure Hoheit, bitte entschuldigt. Ich habe nicht mit Eurer Anwesenheit gerechnet, sonst hätte ich mein Personal entsprechend informiert. Bitte vergebt mit." Eine Frau kniete sich neben den Mann und verbeugte ihren dunklen Kopf.

Der Aufzug wählte genau diesen Moment, um anzukommen.

Stille fiel über uns, jeder wartete auf eine Antwort. Kylan war schließlich bemerkt und erkannt worden.

Anstatt ihnen eine Show zu bieten, führte er mich über die Schwelle, drückte einen Knopf und die Türen schlossen sich. Ich wagte es nicht, zu sprechen, oder nach einer Erklärung zu fragen. Der Junge hatte seine Stellung beleidigt, das musste wehtun. Allen Menschen wurde schon in jungen Jahren beigebracht, die Könige zu erkennen. Wie der Mensch darin versagen konnte, denjenigen zu erkennen, der für sein eigenes Gebiet zuständig war, konnte ich mir nicht erklären.

Kylan drückte seinen Daumen gegen meinen Rücken, massierte mich mit sanften Kreisen.

Versucht er, mir Mut zu machen? Mich zu beruhigen?

Eine Klingel kündigte unsere Ankunft an und die Bewegung an meinem Rücken hörte auf.

Die Türen schwangen auf, um zwei bewaffnete, mit Anzügen bekleidete Männer zu enthüllen, die beide in unsere Richtung zielten. Ich zwang meinen Blick auf den Boden, wollte sie nicht zu einem Gegenschlag ermutigen, aber es war nicht nötig. Sie fielen auf ihre Knie und murmelten Entschuldigungen, sobald sie Kylan erkannt hatten.

Er ignorierte sie und eskortierte mich zu einer kunstvollen Suite mit Fenstern, die die gesamte Stadt überblickten, ähnlich wie in seinem eigenen Zuhause. Es kostete mich einige Anstrengung, mich davon abzuhalten, meine Umgebung genau anzuschauen, mit der eleganten Einrichtung, die unter der Beleuchtung glitzerte.

Gold, realisierte ich.

Es säumte den Boden, schlängelte sich durch die Marmorsteine und versprühte Reichtum.

Kylan schien weder fasziniert noch beeindruckt zu sein. Seine Hand lag fest auf meinem Rücken, während er uns ein paar Stufen hinunter in einen Wohnbereich führte, der mit mehreren weichen Sofas gefüllt war, die um einen riesigen Metalltisch standen – aus Gold.

Zwei menschliche Frauen lagen darauf, nackt, und befriedigten sich gegenseitig.

Kylan ließ von mir ab, um sie zu umrunden, ließ mich alleine und kalt zurück.

„Eure Hoheit", grüßte ein Mann, als er den Raum betrat, während er sein Anzughemd zuknöpfte.

Dass seine Schuhe und Socken fehlten, deutete darauf hin, dass er sich sehr eilig angezogen hatte. Er verneigte seinen blonden Kopf, kniete aber nicht wie die anderen, was auf seine höhere Stellung in der Gesellschaft hindeutete. Ich wendete meinen Blick ab, wusste es besser, als Augenkontakt herzustellen.

„Was verschafft mir die Ehre?"

„Ich hörte, du hattest einen recht ereignisreichen Abend, Tremayne." Kylan fuhr mit seinem Finger über die Wirbelsäule der Frau, die oben lag, seine Stimme klang fasziniert. „Ich kam vorbei, um mehr zu erfahren, und habe mein neues Haustier für eine potenzielle Lektion mitgebracht."

Deshalb hat er mir das Safeword gegeben.

Mein Magen zog sich bei dieser Realisation zusammen, meine Handflächen wurden plötzlich klamm.

Wenn er mich bitten würde, bei den Frauen auf dem Tisch mitzumachen... Oh Göttin, ich konnte es mir nicht einmal vorstellen. Diese Art des Trainings war ein optionaler Kurs in der Schule gewesen, den ich zugunsten des Fechttrainings ausgelassen hatte. Meine Qualifikationen für Oralsex bezogen sich nur auf Männer.

„Sie ist wunderschön", sagte Tremayne, das Gefühl, das sein Blick hinterließ, kroch über meine Haut. „Eine seltene Rothaarige. Blutgruppe?"

„B positiv." Kylan kam zu mir zurück, stellt sich hinter mich und legte seine Hände auf meine Schultern. „Möchtest du sie dir genauer anschauen?"

„Immer."

Kylan hakte seine Daumen unter die Riemen meines Kleides und sie rutschten von meinen Schultern, über meinen Bizeps und tiefer, bis er meine Brüste entblößte. Meine Nippel wurden in der kalten Luft sofort hart, Gänsehaut lief meine Arme hinunter, bis zu meinen Ellbogen, wo seine Hände lagen.

„Reaktionsfreudig", lobte Tremayne, seine Stimme hatte sich um eine Oktave vertiefte, was mein Innerstes gefrieren ließ. Er kam mir so nah, dass ich seinen alkoholgetränkten Atem riechen konnte. „Und auch rosig. Bemerkenswerte Wahl, wie immer, mein Prinz."

Kylan küsste meine Schläfe und zog meine Ärmel wieder

nach oben, um meine Brust zu bedecken. „Dem stimme ich zu",
murmelte er, seine Hände fielen auf meine Hüfte. „Jetzt, sag mir
was passiert ist." Er zog mich zurück und setzt sich auf eine
Couch, seine Hände führten mich auf das Polster neben ihm.

Tremayne setzte sich uns gegenüber, wodurch die Frauen
auf dem Tisch jetzt zwischen uns lagen. „Ich nehme an, Ihr
bezieht Euch auf meine Säuberung von nutzlosen
Mitarbeitern?"

„Das tue ich." Kylan spielte mit dem Schlitz meines
Kleides, während er sprach, seine Handfläche rutschte nach
innen, um auf meinem nackten Oberschenkel zu ruhen.
„Haben sie dir in irgendeiner Art Unrecht getan?"

„Sie haben mich gelangweilt." Sein Ton klang so, als wäre
das Grund genug für ihre Vernichtung. Kylan musste ihm
einen Blick geschenkt haben, der mehr Informationen
einforderte, weil Tremayne dramatisch seufzte. „Ich brauchte
mal einen Tempowechsel, neues Fleisch zum Spielen. Diese
beiden haben gerade ein Vorsprechen als Ersatz in meinem
Haushalt, sowie die drei, die in meinem Schlafzimmer sind."

„Der Gewinner bekommt eine Einstellung", übersetze
Kylan, seine Hand brannte auf meiner Haut. „Und der
Verlierer?"

„Verdient es nicht, zu leben." Tremayne schlug er Frau, die
oben war, auf ihren Arsch. „Diese hier liegt momentan vorne,
hat die kleine Schlampe schon zwei Mal zum Orgasmus
gebracht. Aber ehrlich gesagt bin ich mit keiner von ihnen
zufrieden, deshalb habe ich sie hier gelassen, um miteinander
zu üben. Die Universitäten brauchen eindeutig bessere Lehrer,
Eure Hoheit."

Kylan antwortete nicht sofort, seine Berührung glitt über
mein Bein weiter nach oben, um den Kern zwischen meinen
Oberschenkeln zu erreichen. „Ist das wahr, Raelyn? Fühlst du
dich unzureichend vorbereitet, um mir oral zu dienen?"

Seine Finger strichen über meinen intimsten Punkt und schickten einen Stoß durch mein System.

Ich wollte nicht, dass mir das gefiel.

Nicht hier.

Nicht jetzt.

Aber mein Körper schien fest entschlossen, meine Vernunft zu unterdrücken, die Erinnerung an seine frühere Berührung ließ die Flamme wieder aufleben, die nur für ihn gedacht war.

Ich schluckte, unterdrückte die Gefühle und konzentrierte mich auf seine Frage. „Meine Studien", fing ich an, dachte über jedes Wort genau nach, bevor ich es stotterte, „haben mich dazu erzogen, Männer sexuell zu befriedigen, mein Prinz. Daher fühle ich mich in meinen oralen Fähigkeiten zuversichtlich." Das wusste er bereits, seit er mich nach meinen höchsten Bewertungen gefragt hatte.

Er folgte leicht der Naht meines Geschlechtsteils. „Dadurch, dass ich Raelyn erst einen Tag lang besitze, bin ich noch nicht in den Genuss ihres Mundes gekommen, aber ihre Noten waren recht gut. Sollen wir unsere Theorie einem Test unterziehen, Tremayne? Sehen, ob Raelyn meinen Standards gerecht wird? Weil ich dir versichern kann, dass sie recht hoch sind."

Hier?

Vor Tremayne?

Trotz des Eises, das über meine Wirbelsäule kroch, schwitzten meine Hände. *Was, wenn ich versagen würde?*

„Und wenn ich Recht habe?", fragte Tremayne.

„Dann werde ich mich persönlich mit Raelyn als meine Star-Schülerin zu Demonstrationszwecken befassen." Er ließ einen Finger in mich gleiten, unterstrich sein Argument und ließ mein Herz in einem chaotischen Rhythmus schlagen. Ich wusste nicht, was ich von diesem Besuch erwarten sollte, hatte keine Ahnung, wohin er mich bringen wollte, und genau das war der Punkt.

Er besaß mich.

Um zu tun, was er wollte, einschließlich mich vor einem untergebenen Vampir mit dem Finger Ficken zu lassen.

Ich hatte keine Wahl.

Keine Argumente.

Keinen Willen.

Keine Rechte.

Ich bin Kylans Eigentum.

Die Erkenntnis brach so heftig über mich hinein, dass meine Atmung aussetzte. Ich hatte mich die letzten vierundzwanzig Stunden selber angelogen und mir eingeredet, ich hätte eine Chance gegen einen König. Ich hatte buchstäblich den Verstand verloren, hatte meine Position in dieser Welt vergessen, und Kylan brachte mich mühelos zurück auf den Boden der Tatsachen.

Sein Kuss während der Auswahlzeremonie hatte mich erschüttert.

Nein, mein unbeabsichtigter Biss hatte mich auf seinen Weg geführt. Das versehentliche Zucken meines Kiefers hatte ein aufsässiges Gen offenbart, das tief in mir verborgen war. Der unverkennbare Drang zu kämpfen. Ich wollte mit aufrechter Würde sterben.

Mein größter Fehler war es, zu glauben, dass Kylan mich dafür umgehend töten würde.

Aber natürlich tat er das nicht. Das wäre zu einfach gewesen.

Nein, er wollte zuerst die Lichter in mir löschen, bevor er mir den Tod gewährte.

Es würde keine Würde übrig bleiben, wenn er mit mir fertig war.

Ein weiterer mentaler Trick, so wie die Auswahl zum Cup der Unsterblichkeit.

Ein weiterer Weg, die Geister der Menschen zu brechen.

Das erklärte sein seltsames Verhalten. Er wollte, dass ich

gegen ihn kämpfte, weil das seine Unterhaltung in die Länge zog, aber ich musste auch seine Befehle befolgen, damit er seine Macht über mich beweisen konnte. Nur dass niemand jemals seine Überlegenheit in Frage stellen würde, nicht einmal ich.

„Aber wenn sie das Gegenteil beweist", fuhr er fort, seine Stimme wurde leiser, „dann werden wir ein sehr ernstes Gespräch über das menschliche Potenzial führen und darüber, wie unerwünschte Mitarbeiter angemessen entsorgt werden können."

„Angemessen entsorgt?", wiederholte Tremayne und schnaubte. „Ich habe sie verbrannt, so wie Ihr es mit Eurem Harem gemacht habt."

Die Erinnerung daran ließ meine Beine anspannen, was dazu führte, dass Kylan einen zweiten Finger in mich gleiten ließ, *tief*. Eine Bestrafung dafür, dass ich reagiert hatte? Ich klammerte mich um ihn, meine Muskeln waren an das Eindringen nicht gewohnt. Meine Ausbildung beinhaltete nur oberflächliche Penetration, eine Möglichkeit, meine Unschuld intakt zu halten. Etwas, dem er gerade gefährlich nahe kam.

Einige Menschen entschieden sich, ein tiefer greifendes, erotisches Training zu absolvieren, einschließlich Geschlechtsverkehr, hauptsächlich, weil sie gerne in einem Harem leben wollten.

Ich wollte nie in einem Harem sein oder für sexuelle Befriedigung missbraucht werden.

Ein Vigil werden oder im Cup der Unsterblichkeit antreten, das waren die Wege, die ich gewählt hatte.

„Habe ich?", fragte Kylan mit schneidender Stimme. „Ich erinnere mich nicht –"

Ein Stöhnen vom Tisch unterbrach ihn, als dir Frau, die unten lag, sich krümmte. Beide Männer bewunderten die Show, während in meinem Hals die Galle hochstieg.

Tremayne schlug dem oberen Menschen erneut auf den

Arsch, dessen Haut sich rot färbte. „Das sind drei, Baby. Weiter so."

Die untere Frau wand sich, ihr Stöhnen wurde zu einem Laut des Protests, ihr Körper war offenbar nicht bereit für mehr.

„Erkennst du mein Problem?", fragte Tremayne und stand auf. „Wechselt die Position. Jetzt."

Ein Paar panische grüne Augen trafen auf meine, als die Menschen sich beeilten zu gehorchen. Es kostete mich einige Anstrengung, nicht darauf zu reagieren. Mich nicht zu ihnen gesellen zu wollen, war eine gute Motivation dazu, still zu bleiben.

Kylan streichelte mich weiter, als ob nichts geschehen wäre, als ob die Frau, die jetzt oben lag, keine roten Streifen auf ihrer Haut hatte, vom Liegen auf der harten Oberfläche.

Tremayne drückte ihren Unterkörper runter auf die andere Frau, wodurch sie aus Protest jammerte. Seine Hand knallte so hart auf ihren Arsch, dass ich zusammenzuckte.

„Mach deinen Job, Schlampe", knurrte er und unterstrich seine Worte mit einem weiteren Schlag.

Kylan kicherte.

Er lachte, verdammt.

Aber natürlich tat er das. Das hier war genau sein Spielplatz, nur eine kleine Version davon. Er befürwortete Schmerz. Bestrafung. Kränkung.

„Raelyn kommt wunderschön, das habe ich heute am frühen Abend gesehen." Die Bewegung zwischen meinen Beinen verlagerte sich, sein Daumen glitt nach oben, um meine Klitoris zu streicheln. „Vielleicht sollte sie eine Vorstellung davon geben, wie man Befriedigung angemessen zeigt. Dann könnte sie den Gefallen erwidern, indem sie ihren oralen Wert beweist. Vorausgesetzt natürlich, du bist an dem Angebot interessiert, deine Theorie einem Test zu unterziehen."

„Ich möchte mich Euch anschließen, um die Universitäten zu überprüfen."

„Eine mutige Forderung."

„Es war meine Erkenntnis", drängte er.

Kylans Berührungen hielten inne, sein Daumen pausierte auf meinem empfindlichen Kernpunkt. „In Ordnung. Wenn Raelyn sich als unbefriedigend herausstellt, werden wir uns zusammen an die Universitäten wenden. Aber ich habe selbst auch noch eine Voraussetzung, Tremayne."

„Fahrt fort."

„Wenn sie sich tapfer schlägt, dann werden wir nicht nur über die Entsorgung von Angestellten diskutieren, du wirst mir auch erklären, warum jeder in der Stadt den Eindruck hat, dass ich den Erlass zu ihrer Vernichtung gegeben habe."

RAE

Die Luft im Zimmer kühlte sich merklich ab.

Von Kylan strahlte Missbilligung aus, die Hand zwischen meinen Beinen war unbeirrt.

„Ihr… Ihr habt keinen Erlass gegeben?", fragte Tremayne mit einem ersten Anzeichen von Unbehagen in der Stimme.

„Nein, habe ich nicht." Er ließ von mir auf und hob seine Hand an meinen Mund. „Aufmachen, Raelyn."

Ich teilte meine Lippen, erlaubte seinen Fingern in mich zu tauchen und meine Zunge in meine eigene Erregung zu hüllen. Ein neuer Geschmack. Einer, den ich noch nicht kannte und der mir einen erneuten Hitzesturm zwischen die Oberschenkel schickte, trotz der Spannung, die sich um uns herum aufbaute.

„Spiel keine Spielchen mit mir, Tremayne", sagte Kylan gelangweilt. „Ich lasse Erlässe nicht indirekt verordnen. Etwas, dessen du dir sehr wohl bewusst bist, also kannst du erahnen, was ich denke?" Er zog sich aus meinem Mund zurück, um seine feuchten Finger über meine Wange und meinen Hals gleiten zu lassen. „Ich denke, du verbreitest Gerüchte, die auf Unterstellungen basieren. Überzeug mich vom Gegenteil." Er schlug seine Beine übereinander und legte einen Arm um meine Schultern.

Tremayne stand auf. „Wenn Ihr mir einen Moment gestattet, ich brauche mein Telefon."

Kylan machte eine herablassende Geste mit der Hand. „Ich warte."

„Eure Hoheit." Er verbeugte sich, bevor er aus dem Zimmer flüchtete, und ließ uns mit den noch trainierenden Frauen allein. Sie mussten völlig erschöpft sein und dem Mangel an Stöhnen nach zu urteilen, genossen sie es auch nicht besonders.

„Auf deine Knie, Raelyn", murmelte Kylan. „Zwischen meine Beine."

Mein Herz setzte einen Schlag aus.

Er wollte doch nicht…

Er konnte nicht wirklich wollen, dass ich…

Nicht nachdem…

Sein Arm bewegte sich, seine Handfläche legte sich auf meinen Nacken und drückte zu. „Jetzt, Raelyn."

„Ja, mein Prinz", brachte ich mit trockener Kehle hervor.

Ich schob mich auf den Boden, meine Knie missbilligten sofort die Marmorfliesen. Mit gebeugtem Kopf und meinen Händen auf seinen Oberschenkeln wartete ich auf seinen nächsten Befehl.

„Beweise deinen Wert, kleines Lamm. Zeig mir, dass du diese Testergebnisse verdient hast." Herausforderung unterstrich seine Worte.

Glaubte er meinen akademischen Aufzeichnungen nicht?

Oder lag es an Tremaynes Kommentaren zu den Universitäten?

Eine Kombination aus beidem?

Ich zog meine Nägel über seine starken Oberschenkel zu seinem Gürtel und öffnete ihn ohne zu zögern. Wenn er wollte, dass ich meine Fähigkeiten bewies, meine Ausbildung bestätigte, dann sollte es so sein. ·

Ich war ausgezeichnet, wenn es um Tests ging.

Das hier wäre nicht anders.

Knopf aufmachen.

Erledigt.

Jetzt der Reißverschluss.

Ich schluckte, als meine Dienste seinen mehr als beeindruckenden Schwanz enthüllten. Silas war mein einziger Vergleich und ich kann mich nicht daran erinnern, dass er so… ausgeprägt war.

Kylan entspannte sich, seine Arme waren über die Sofalehne ausgebreitet. „Ich bin jetzt schon gelangweilt, Raelyn. Vielleicht hat Tremayne Recht, hmm? Muss ich dich hier bei den anderen Spielzeugen lassen, da ich keinen eigenen Harem habe, der es dir vernünftig beibringen könnte?"

Mein Blick verengte sich. Nein. Ich wollte wirklich nicht hier gelassen werden. Und das wäre auch nicht nötig.

Außer, ich versaue das hier.

Was ich nicht tun werde.

Hoffe ich.

Tu es einfach, Rae. Stell dir vor, es wäre Silas.

Außer, dass das definitiv *nicht* Silas war. Nicht in der Größe, Statur und Macht.

Nein, Kylan war größer, länger und sehr viel einschüchternder.

Ich legte meine Hand um seinen Schaft. Der wird niemals in mich hinein passen.

Er wird. Er muss.

Meine Oberschenkel verspannten sich bei der Vorstellung, dass er meine Unschuld nehmen würde. Ein fremdes Gefühl brannte in meinem Unterleib und ließ mich ein wenig schwindelig werden.

Er würde hart sein. Fordernd. Vielleicht sogar grausam.

Als ob er meine Gedanken gelesen hätte, fuhr er mit seinen Fingern durch mein Haar und zog grob meinen Kopf zurück, um seinem glühenden Blick zu begegnen.

„Habe ich mich nicht klar ausgedrückt?", fragte er, sein Griff wurde fester. „Lutsch meinen Schwanz, Raelyn."

„Ja, mein Prinz." Die Heiserkeit in meiner Stimme verriet meine Nerven und die Art, wie er seine Brauen hob, bestätigte, dass er es auch gehört hatte. Oder eher gesagt, war das seine Art, Verwirrung zu zeigen.

Was ist los mit dir? Du weißt, wie das geht.

Aber es ist Kylan…

Tu es verdammt nochmal einfach!

Ich strich über seinen Schaft, lernte das seidige Gefühl von ihm kennen. So lang, weich, *hart.* Ich beugte mich nach vorne und verfolgte den Pfad meiner Hand mit meiner Zunge, von der Basis bis zur Spitze. Seine Finger verknoteten sich noch fester in meinen Haaren, seine Ungeduld war greifbar. Meine Lippen teilten sich über ihm, glitten nach unten, soweit es mein Hals erlaubte, und lutschten an ihm.

„Eure Hoheit, mein Telefon", sagte Tremayne und erschien neben mir.

Ich wollte mich zurückziehen, aber Kylan drückte mich wieder runter, wodurch sein Schwanz noch tiefer glitt als zuvor. Mein Training hielt meinen Würgereflex in Schach, erlaubte mir, mit dem harten Stoß fertig zu werden, aber meine Atmung stockte.

Er streckte seine andere Hand aus. „Wonach suche ich?", fragte er und klang dabei völlig unbeeindruckt.

Mein Hals arbeitete, als ich versuchte zu atmen, und daran scheiterte. Seine Hand hielt mich an meinem Platz und verweigerte meinen Versuch, mich zu bewegen.

Merkt er, dass ich nicht atmen kann?

Ich konnte das Safeword nicht benutzen, um es ihm zu sagen, nicht dass ich erwartete, dass er zuhörte.

„Der zweite Eintrag", sagte Tremayne. „Er zeigt Euch als den Absender an."

Meine Augen flackerten nach oben zu Kylans Gesicht, aber er war zu beschäftigt damit, das Gerät in seiner Hand zu studieren, um mich zu bemerken. Tränen vernebelten meine Sicht, meine Lungen brannten bei dem Bedürfnis nach Luft. Ich schluckte, oder versuchte es zumindest, wodurch sich meine Kehle um ihn herum verengte. Sein Griff verlagerte sich gerade genug, um mir zu erlauben, einzuatmen, was mein Inneres sofort abkühlte.

„Hmm, ich verstehe", murmelte er und lockerte seinen Griff noch mehr. „Weitermachen, Raelyn", sagte er leise, seine Konzentration galt immer noch dem Gegenstand in seiner anderen Hand.

Ich lutschte hart an ihm, bis an die Schmerzgrenze, und meine Wangen legten sich um ihn. Sein Mangel an äußeren Reaktionen hätte mich beinahe verärgert. Er schien zu sehr von dem ausgebeutet zu werden, was auch immer er mit Tremaynes Gerät machte, dass er meine Anstrengungen hier unten nicht einmal zu bemerken schien. Ich versuchte es erneut, griff mit meiner Hand um seine Basis und schluckte ihn ganz, bis zu meiner Hand.

Der leichte Druck auf meinem Kopf, das leichte Zucken seiner Finger, bestätigten, dass es funktionierte, trotz seines gleichgültigen Ausdrucks.

Nochmal, entschied ich und perfektionierte den Zug, indem ich einen Wirbel meiner Zunge an seine Spitze hinzufügte. Ein Hauch seiner salzigen Essenz sickerte aus seiner Krone und trieb mich weiter.

Sein Griff in meinem Haar wurde wieder fester, seine Oberschenkel spannten sich an.

„Ich werde das behalten." Er steckte Tremaynes Telefon in seine Tasche und ließ seine Handfläche wieder in meinen

Nacken gleiten. „Mein Techniker muss die Nachricht zurückverfolgen, da ich sie nicht verschickt habe."

„Das wusste ich nicht, Eure Hoheit. Ich dachte –"

„Nein, Tremayne", knurrte er, seine Hand drückte meinen Nacken, als er die Kontrolle meines Rhythmus übernahm. „Du möchtest wissen, warum ich dich nicht zu meinem Herrscher ernenne? Weil du verdammt nochmal nicht nachdenkst. Du denkst verdammt nochmal nie nach." Kylans Kopf fiel zurück auf das Sofa. „Guter Gott, sie beweist gerade, dass du Unrecht hattest."

Fast hätte ich gelächelt, aber er schob sich wieder meinen Hals hinunter.

„Die Nachricht kam von Euch", fauchte Tremayne. „Wie zum Teufel hätte ich wissen sollen, dass sie nicht echt ist?"

„Weil ein guter Untergebener seinen König kennt", antwortete Kylan, als er scharf ausatmete, seine Beine spannten sich um mich. „*Scheiße*, Raelyn."

Hitze erblühte in mir, als ich hörte, wie er wegen *mir* die Kontrolle verlor. Dieser mächtige Mann war so verloren in meinem Mund, den subtilen Bewegungen meiner Zunge gegen seinen sensiblen Kopf, und die Art, wie ich tief an ihm saugte und er genau die richtige Stelle in meinem Hals erreichte.

„Deine Beurteilung der Universitäten…" Er verlor sich in einem dunklen Knurren, ein räuberischer Laut, der mein Wesen erschütterte. „Ist falsch." So doll, wie er mich jetzt festhielt, schmerzte meine Kopfhaut und mein Herz schlug laut in meinen Ohren.

Ich hatte es immer als einen Akt angesehen, der einzig und allein für Männer da war, aber es war genauso sehr für mich. Zu sehen, wie sein Kiefer sich anspannte, zu fühlen, wie seine Hände mich stärker umfassten, und den Orgasmus zu fühlen, der sich in ihm aufbaute. Es war ein aufregender Rausch, nach dem ich süchtig werden könnte.

Er mag meinen Körper besitzen, aber in diesem Moment, besaß ich ihn.

„Eure Hoheit –"

„Genug." Kylans Schwanz pulsierte in meinem Mund, seine Finger umklammerten fest meine Haare. „Schluck, Raelyn. Alles davon." Er schob sich tief hinunter und zwang seinen Samen direkt in meinen Hals, als seine Befriedigung mit einem Stöhnen explodierte.

Ich verzehrte seine salzige Essenz, ohne auch nur mit der Wimper zu zucken. Meine Augen lagen auf seinem Gesicht, versuchten sich jeden Zentimeter seiner Ekstase einzuprägen.

So ein wunderschöner Mann.

Das war mir schon früher aufgefallen, aber jetzt wurde es noch deutlicher. Seine vollen Lippen öffneten sich, seine aristokratischen Züge wirkten irgendwie weniger streng und seine dunklen Augen hatten sich in ein geschmolzenes Braun verwandelt, mit Begierde und Zustimmung, die in ihren Tiefen schwammen. Er starrte auf mich herab, ein Grinsen umspielte seine Lippen.

Ich brauchte einen Moment, bis ich bemerkte, wieso.

Ich starrte ihn ohne Erlaubnis an.

Und ich hatte komplett mein Bedürfnis zu atmen vergessen.

Sein Griff lockerte sich, als ich mich zurück zog und weiter an ihm saugte, um sicher zu gehen, dass ich auch jeden Tropfen von ihm in mir aufnahm, bevor ich meinen Blick auf seinen immer noch stehenden Schwanz richtete.

Selbst dieser Teil von ihm war bewundernswert.

Natürlich. Weil alle Vampire umwerfend waren.

„Oh, Liebling, du hast deine guten Noten zweifellos verdient." Kylan strich seinen Daumen gegen meinen Puls und seine Handfläche über meinen Nacken, während die andere auf seinen Bauch fiel. „Deine Theorie könnte nicht falscher sein, Tremayne. Was bedeutet, dass wir jetzt deine unangebrachte Entsorgung menschlichen Eigentums diskutieren."

Tremayne schnaubte. „Warum glaubst Ihr, habe ich dem Erlass geglaubt, Kylan?" Sein vertrauter Gebrauch des Namens ließ Kylan unter mir erstarren. „Ihr habt Euren Harem abgeschlachtet. Warum können wir das nicht auch tun? Das sind nur Menschen."

Ein quieken vom Tisch endete in einem Schrei, als etwas Warmes und Glitschiges auf meinem Rücken landete. Gurgeln erfüllte die Luft, der Klang von jemandem, der darum kämpft, zu atmen, gefolgt von heftigem Schlürfen.

Weder bewegte Kylan sich noch reagierte er. Seine Haltung wurde entspannter, als er seine Hand von meinem Hals zu meinem Kopf hob und anfing, sanft mein Haar zu streicheln.

Ein weiterer Schrei ertönte und ließ mich zusammenzucken.

Er reißt sie auseinander.

Ich konnte es nicht sehen, aber ich konnte es *fühlen.*

Das ist Blut, was da über meinen Rücken sickert.

Blut von den Frauen.

Und Kylan tut nichts, um es aufzuhalten.

„Bist du fertig mit deinem Wutanfall, Tremayne?", fragte er nach einer Weile gelangweilt.

„Habt Ihr so nicht auch Eure Menschen getötet?", schnaubte er. „Warum demonstriert Ihr es mir nicht mit der Neuen? Zeigt mir, wie Ihr es bevorzugst, da ich es ja anscheinend falsch mache."

Meine Schultern spannten sich an, mein Herz geriet aus dem Takt.

Das wird er nicht.

Das könnte er aber.

Kylan streichelte mich weiter, seine Finger liefen durch meine Strähnen. Dann seufzte er. „Steh auf, Raelyn."

Steine legten sich auf meine Brust, machten es mir

unmöglich zu atmen. *Was wird er tun? Mich schlachten? Mich Tremayne übergeben?*

Ich schloss meine Augen, weigerte mich, sie die Tränen sehen zu lassen, die drohten meinen Blick zu verschwimmen, und kletterte langsam auf meine Füße. Nicht einmal der Schmerz in meinen Knien konnte mich von dem Hämmern in meinen Ohren ablenken.

Kylan stand ebenfalls auf, seine Körperwärme half nur wenig gegen den Frost, der mich zu verschlingen drohte.

Das Geräusch von ihm, wie er seinen Reißverschluss und Gürtel zu machte, ließ mich auf meine Unterlippe beißen, meine Augenlider weigerten sich, sich zu öffnen. Dann legte er seine Hände auf meine Wangen und gab mir einen Kuss auf die Stirn.

„Warum sollte ich eine Frau mit so fantastischen oralen Fähigkeiten töten, Tremayne?", fragte er gegen meine Haut. „Ich habe sie noch nicht annähernd in vollem Umfang genossen."

Ich wäre ihm fast erleichtert in die Arme gefallen, aber er hatte mich schon wieder zur Seite abgestellt.

„Das ist es, was du nicht begreifst", fuhr er fort und trat auf den anderen Mann zu. Ich blickte auf den Boden.

Blutspritzer auf Gold.

Menschliches Blut.

Von den beiden Frauen.

Ihre Leichen lagen beide auf dem Tisch, die Kehlen weit aufgeschlitzt, in ihren Gesichtern stand nun für immer der Horror geschrieben.

Mein Magen rebellierte, drohte, meine frühere Mahlzeit abzustoßen. Ich biss meine Zähne zusammen, weigerte mich, was wiederum meinen ganzen Körper zum Zittern brachte.

„Du verstehst es einfach nicht", fuhr Kylan fort und steckte die Hände in seine Taschen. „Ein Mensch kann dir nicht länger von Wert sein, aber das bedeutet nicht, dass der

Sterbliche auch nutzlos für andere ist. Du kannst Eigentum ein- und verkaufen, Tremayne. Das habe ich dir schon mehrfach erklärt."

„Wer würde gebrauchte Waren kaufen wollen?", erwiderte er, seine Haltung war fast aggressiv. „Habt Ihr nicht deshalb Euren Harem getötet? Weil sie kein Profit mehr eingebracht haben?"

Kylan rutschte aus seiner Jacke und legte sie auf die Couch.

„Eine weitere Sache, die du nicht verstehst, Tremayne, ist, dass das gesamte Eigentum innerhalb meiner Region mir gehört. Das schließt alle Besitztümer, materielle oder anderweitige, der Vampire mit ein, die unter meiner Obhut stehen. Was bedeutet, diese Menschen, die du gerade abgeschlachtet hast, diejenigen, die zur Bewerbung hier waren und noch nicht einmal dein Eigentum waren, mir gehörten. So wie alle anderen Menschen, die du heute schon umgebracht hast."

Er schnaubte verächtlich. „Ihr wollt mich ernsthaft wegen ein paar sterblichen Leben züchtigen, nach der Vorführung, die Ihr gegeben habt? Das ist lächerlich."

„Und schließlich", Kylan machte eine Pause und fing langsam an, die Ärmel seines Anzughemdes hochzukrempeln, „scheinen dir deine Taten kein Bisschen leid zu tun."

„Ihr möchtet, dass ich mich dafür entschuldige, das Gleiche gemacht zu haben, wie Ihr?" Tremayne lachte tatsächlich, klang ernsthaft amüsiert. „Also was, nur der königliche Kylan darf Sklaven töten, wenn er keine Lust mehr auf sie hat? Der Rest von uns muss um Erlaubnis bitten?"

„Menschen mögen Eigentum sein, aber durch ihr Leben können wir erst gedeihen. Sie ohne Grund zu töten ist inakzeptabel und wird in meinem Territorium nicht geduldet."

„Also wurde Euer Harem aus einem bestimmten Grund getötet?"

„In der Tat." Kylans Unterarme waren entblößt und seine Arme hingen wieder an seinen Seiten herab. „Aber bei einem Schlüsselelement irrst du dich, Tremayne."

„Ach ja? Und was wäre das, *Eure Hoheit*?", fragte er und neckte ihn mit der formalen Anrede.

„Ich habe meinen Harem nicht getötet."

Kylans Arm bewegte sich mit enormer Geschwindigkeit, als er Tremayne ins Gesicht schlug, gefolgt von einem weiteren Schlag in den Unterleib und einem Dritten auf seine Brust, alles innerhalb eines Wimpernschlags. In der Zwischenzeit geisterten seine Worte in meinem Kopf herum.

Ich habe meinen Harem nicht getötet.

Tremayne stürzte sich mit wütendem Gebrüll auf Kylan, aber der König war zu schnell für ihn. Sicherheitspersonal eilte in den Raum, aber ein Blick von Kylan hielt sie alle auf Abstand.

Ich legte eine Hand auf meinen Mund, als Tremayne die Ablenkung zu seinem Vorteil nutzte und seine Faust auf Kylans Kiefer traf.

Der König kicherte und schüttelte seinen Kopf.

„Du magst einer der Ältesten in meinem Gebiet sein, Tremayne, aber ich bin dir immer noch fast zweitausend Jahre voraus."

Seinen Worten folgte das Aufblitzen einer Klinge, die im Licht schimmerte, als sie auf Tremaynes Schädel herabsegelte. Er fiel mit einem lauten Rums zu Boden, nur um von Kylan aufgehoben und zu den Fenstern getragen zu werden.

„Du wirst hiermit exkommuniziert, bis ich dich wieder in meinem Land dulde. Genieß den Fall."

Klirr.

Mir fiel die Kinnlade herunter.

Er hat Tremayne gerade durch das Fenster geworfen.

Aus dem obersten Stockwerk des Hotelgebäudes.

KYLAN

RAELYNS KEUCHEN WURDE von dem Wind verschluckt, der durch das gebrochene Glas heulte. Ich strich mir die Scherben vom Hemd, rollte meine Ärmel wieder herunter und hob meine Jacke von dem Sofa auf.

Sie stand dar und starrte auf die Zerstörung, ihre Schultern steif und mit Blut überzogen, dank Tremaynes lächerlicher Vorführung seiner Aggressionen. Dieses Ende war schon lange vorhersehbar. Er testete ständig meine Grenzen aus und suchte immer nach einer Möglichkeit, mich zu übertreffen.

Wer auch immer meine Identität angenommen und ihm diesen Erlass geschickt hat, wusste, dass er die Gelegenheit sofort nutzen würde. Was bedeutete, es war jemand, der mein Hoheitsgebiet kannte. Das deutete immer noch auf Jace hin, in Anbetracht unserer Nähe. Es sei denn, der Täter arbeitete mit jemand internem zusammen.

Ich würde Judith das Telefon geben und ihr Team etwas graben lassen, um herauszufinden, ob noch jemand anderes eine ähnliche Nachricht bekommen hatte.

Nach dem, was Angelica gesagt hatte, klang es so, als hätte

Tremayne das Gerücht über meine angebliche Meldung in die Welt gesetzt. Nun, das würde ich beheben. Jetzt gleich.

„Komm, Raelyn", rief ich gegen den Wind und streckte meine Hand aus. Sie manövrierte vorsichtig um das Blut auf dem Boden herum, ihre Arme waren bedeckt von Gänsehaut.

Wir drehten uns um, standen einem halben Dutzend bewaffneter Wachen gegenüber, die alle knieten und ihre Köpfe gebeugt hielten, während sie auf Anweisungen warteten.

Richtig.

Tremaynes ehemalige Mitarbeiter.

„Räumt die Sauerei auf", forderte ich. „Ihr werdet bald einen neuen Vorgesetzten haben. Stellt sicher, dass die Mädchen im Schlafzimmer leben und besorgt ihnen etwas zu Essen und Kleidung. Wenn ihr sie auf irgendeine Weise verletzt, werde ich euch eigenhändig töten."

Es hatte heute Nacht schon genug sinnlose Tote in diesem Gebäude gegeben. Ich würde diese Frauen nicht zu der Liste hinzufügen, selbst, wenn sie sich nach dem, was Tremayne ihnen angetan hatte, den Tod wünschten.

Kranker Scheiß.

„Ja, mein Prinz", sagte der Anführer von ihnen mit immer noch gesenktem Kopf.

Da ich sonst nichts mehr zu sagen hatte, zog ich Raelyn mit mir zu den Aufzügen und stieß sie hinein, sobald einer angekommen war. Ihr Rücken traf auf die Wand und ihre Lippen zitterten, während sie ihren Kopf gebeugt hielt.

Bitte sei nicht gebrochen.

Als sich die Türen zischend geschlossen hatten, drückte ich die Stopp-Taste des Aufzugs.

Raelyn bewegte sich nicht, als ich mich ihr näherte, zuckte nicht, als ich meinen Körper gegen ihren lehnte, Oberschenkel an Oberschenkel, Becken an Becken, und ihr Kinn mit

Daumen und Zeigefinger ergriff. Ich neigte ihren Kopf zurück, um ihr richtig in die Augen sehen zu können.

Helle Augen legten sich direkt auf meine, ihre Pupillen weiteten sich.

Ich lächelte. Das Zittern kam durch die Kälte.

Gut.

„Da ist eine Kamera über meine Schulter, aber die nimmt keinen Ton auf. Du kannst frei sprechen, Raelyn."

„Um was zu sagen?", fragte sie, ihre Stimme war heiser von der Art und Weise, wie ich ihren Hals gefickt hatte. Mmm, das musste ich reparieren.

„Was immer du möchtest", hauchte ich und strich meine Lippen über ihre. „Aber zuerst…" Ich schnitt meine Zunge an meinen Fangzähnen auf und ließ sie in ihren Mund gleiten. Sie erbebte, ihre Hände umklammerten meinen Bizeps, als ich den Kuss vertiefte und mein Blut in ihren hübschen, talentierten Hals schickte.

Nach der vorsichtigen Art, wie sie meinen Schwanz gestreichelt hatte, hatten meine Erwartungen an ihre mündlichen Fähigkeiten drastisch abgenommen. Aber diese Frau hatte mich überrascht. Nein, sie hatte mich betäubt. Es ist lange her, dass jemand meine Vorlieben so schnell gelernt und angewendet hat, und das auch noch unter diesem Druck.

Verdammte Perfektion.

Ich dankte es ihr mit meinem Mund, überwältigte sie mit meiner Zunge und schwor, den Gefallen später zu erwidern, und zwar gründlich.

Sie stöhnte, verlor sich in den Endorphinen meiner Essenz.

Blutaustausch mit Sterblichen war eine seltene Aktivität, die normalerweise jenen vorbehalten war, die ein Vampir versprochen hatte, zu beschützen. Es gewährte bessere Heilung und Kraft und verstärkte ihre Sinne. Vorübergehende Macht sozusagen, nach der man leicht süchtig werden könnte. Aber wenn Raelyn so reagierte, indem sie ihren Körper gegen meinen rieb, dann konnte sie von mir trinken, wann immer sie wollte.

Ich leckte über ihre Unterlippe, das Mahl, das ich dort hinterlassen hatte, heilte jetzt dank meines Blutes. Mmm, das spielte keine Rolle. Jeder Vampir, der sie wittern würde, würde meine Essenz auf ihrem ganzen Körper riechen.

Meins.

Und ich würde nicht teilen.

Ich bewunderte ihren Lust-getriebenen Blick und rieb meine Nase gegen ihre. „Fühlst du dich besser?"

„Was hast du mit mir gemacht?", fragte sie ehrfürchtig.

„Deinen Geist mit einer kleinen, unsterblichen Fackel wiederbelebt." Ich küsste sie nochmal, liebte den Geschmack von ihr vermischt mit meiner Essenz, sowohl Blut als auch Sex. Ein Hauch von Angst strömte durch die Luft, ein Zeichen, dass meine Brüder begannen, auf die Botschaft zu reagieren, die ich auf dem Bürgersteig unten überbracht hatte.

Sie würden wissen wollen, warum.

Und das würde ich auf meine eigene Art und Weise erklären.

„Wir sind noch nicht fertig", warnte ich und zog meinen Mund von ihrem zurück. „Ich habe hier noch mehr Arbeit zu tun."

Sie blinzelte mich an. „Okay."

Ich suchte in ihrem Ausdruck nach einem Anzeichen von Angst. Die ersten Regungen davon hatten ihren Puls mehrere Male in die Höhe schnellen lassen, vor allem, als Tremayne mir so barbarisch vorgeschlagen hatte, sie zu töten. Aber sie starrte einfach nur zurück zu mir, ihr Herzschlag war gleichmäßig und stark, ihre Wangen hatten einen rosafarbenen Ton angenommen. „Du hast immer noch keine Angst vor mir", staunte ich.

„Du musst schon mehr machen, als ein Arschloch aus dem Fenster zu werfen, um mich zu verängstigen", flüsterte sie.

Dann wurden ihre Augen ganz rund, als sie bemerkte, was sie soeben laut ausgesprochen hatte. „Ich meine –"

Ich kicherte und legte einen Finger auf ihre Lippen. „Du darfst immer offen und frei sprechen, wenn wir unter uns sind, Raelyn. Vor allem, wenn es beinhaltet, Tremayne ein Arschloch zu nennen, was er ist."

„Ist?", wiederholte sie und erstarrte. „Bedeutet das, er ist nicht…?"

„Tot?" Beendete ich den Satz für sie. „Nein, er wird leben. Es braucht schon etwas mehr als so einen Sturz, um einen Vampir zu töten, aber es wird eine Weile dauern, bis er geheilt ist. Hauptsächlich, weil ich jedem verbieten werde, ihm zu helfen. Er hat seine Qualen und die Exkommunizierung verdient. Soll er selbst hinter sich aufräumen, ohne andere mit sich zu reißen."

Grausam, vielleicht, aber notwendig, um die Botschaft zu überbringen. Ich würde dieses sinnlose Töten in meinem Gebiet nicht dulden, selbst wenn sie mein Verhalten als Beispiel nahmen.

Ich drückte meine Stirn gegen ihre. „Was uns zu der nächsten Aufgabe des heutigen Abends bringt. Bereit?"

„Brauchst du wirklich meine Einwilligung?"

„Nein."

„Warum dann fragen?"

„Ich darf mich doch zumindest ein bisschen kümmern, Raelyn", sagte ich und drehte mich um, um den Knopf für das Erdgeschoss zu drücken. Der Fahrstuhl fing an sich zu bewegen, während ich sie immer noch gegen die Wand gedrückt hielt. „Ich habe sie nicht getötet."

Sie schluckte, ihr Blick hielt meinem stand. „Wer dann?"

„Das ist es, was ich versuche, herauszufinden, und bis ich das getan habe, wirst du mich überall hin begleiten. Weil ich annehmen muss, dass wer auch immer dafür verantwortlich ist, an dir ein gewalttätiges Exempel statuieren will."

Endlich geriet ihr Puls ins Wanken. „W-was?"

Der Fahrstuhl klingelte und kündigte unsere Ankunft an. Raelyn blieb starr, ihr Gesicht aschfahl.

Nun, wenigstens wäre ihre Reaktion jetzt angemessen.

Auch wenn es ein bisschen grausam war, ihr die Wahrheit so unverblümt zu verraten.

Ich hielt ihr Kinn, als sich die Tür öffnete. „Weich nicht von meiner Seite und erinnere dich an den Anstand." Ich strich meine Lippen über ihre und ließ von ihr ab. „Komm."

Mein Zorn webte mit jedem Schritt eine bedrohliche Wolke in der kalten Luft. Die Vampire unter meinem Schutz würden meine Wut spüren, auch wenn ich sie alle mit einem sorgfältig leeren Ausdruck beobachtete. Einige hörten auf zu sprechen und fielen auf ihre Knie. Andere, die ältesten im Zimmer, verneigten ihre Köpfe respektvoll, während die Menschen wimmerten und flehend auf den Steinboden fielen, indirekt um ihr Leben bettelten.

Ich bewegte mich langsam, Hände in meinen Taschen, und untersuchte sie alle. Raelyn folgte mir an meiner Seite, den Blick nach unten gerichtet, ihre Haut immer noch bleich.

Gut. So sollte sich ein Haremmitglied verhalten, nachdem es das gesehen hat, was oben passiert ist.

Myers brach durch die Eingangstüren hinein. „Er sieht verdammt…" Der langhaarige Vampir trat direkt zur Seite, als er mich in der Mitte des Raumes stehen sah, und seine Knie knickten ein, um ihn auf den Boden zu bringen.

„Beende deinen Satz, Myers", drängte ich neugierig. „Er sieht verdammt was?"

Die gebräunte Haut des Mannes wurde bleich, sein Schrecken war spürbar. „Schrecklich aus, Eure Hoheit."

„Wer?"

Sein Hals bewegte sich ruckartig, als er es schaffte zu antworten: „Lord Tremayne."

„Lord?", wiederholte ich und kicherte. „Nein, sicherlich

nicht. Er wird allerdings ins Exil verbannt, bis ich etwas anderes sage. Jeder Vampir, der ihm in irgendeiner Weise hilft, wird sich vor mir verantworten müssen. Versteht ihr das?"

Ein Chor aus „Ja, mein Prinz" und „Ja, Eure Hoheit" ertönte im ganzen Raum, niemand traute sich Widerworte zu geben oder mir in die Augen zu schauen.

„Für diejenigen, die es interessiert, das Verbrechen, das ihm diese Strafe eingebracht hat, war die Verbreitung von falschen Informationen. Ich habe nicht und ich werde auch nie die wahllose Tötung von Sterblichen in meinem Territorium dulden. Wenn ihr euch nach einem Blutbad sehnt, bestellt euch einen Menschen aus der Gastronomie oder der Unterhaltungsindustrie."

Ich winkte mit einer Hand in Richtung des Essensbereichs des Hotels, der genau für diesen Zweck vorgesehen war. Mehrere mit Ketten geschmückte Menschen lagen auf den Tischen, manche tot, andere atmeten noch schwach. Das war ihre Bestimmung. Den Hunger der Vampire zu stillen. Ob ich damit einverstanden war oder nicht, war fraglich. Wir waren Vampire. Menschen waren Nahrung.

Niemand traute sich eine Bemerkung zu machen oder eine Frage zu stellen, also fuhr ich fort.

„Tremayne brauchte eine Erinnerung daran, dass alles in dieser Region mir gehört, einschließlich eurer Menschen. Verletzt nicht sinnlos mein Eigentum, nur weil ihr gelangweilt seid. Das ist inakzeptabel und verboten."

Mehr Schweigen, aber ein Hauch von Missfallen unterstrich ihre Akzeptanz.

„Tremayne hat argumentiert, dass die Tötung meines Harem ein Anzeichen dafür war, dass ihr alle es genauso machen könnt. Ich werde nur zwei Punkte ansprechen. Erstens sind Haremmitglieder sexuelle Diener, die Unterhaltung liefern. Sie in vollem Umfang zu genießen, ist akzeptabel, genauso wie es euch erlaubt ist, eure Käufe zur Unterhaltung zu verwöhnen. Zweitens, da es mein Eigentum war, ist es mir erlaubt zu tun, was zum Teufel auch immer ich will. Wenn irgendjemand etwas gegen diese Punkte einzuwenden hat, kann er das jetzt sagen."

Natürlich tat das niemand. Und der Hauch von Missbilligung war ebenfalls verschwunden.

Nein, ich verliere nicht meinen Verstand aufgrund meines unsterblichen, langen Lebens.

Ja, ich bin immer noch euer König.

Und das ist mein verdammtes Land. Wenn euch nicht passt, wie ich es führe, haut ab.

„Nun, da ich keine Fragen höre, habe ich eine Ankündigung zu machen. Erhebt euch."

Die Vampire im Raum befolgten rasch meinen Befehl, während die Menschen auf dem Boden verblieben, was Raelyn zu der einzigen stehenden Sterblichen machte. Ich fragte mich, ob sie die Symbolik darin erkannte, dass es Vorteile gab, in einem königlichen Harem zu sein. Das hier war eins davon.

„Die Position des Geschäftsführers von K-Hotel Enterprise ist offiziell zu vergeben. Ich werde Bewerbungen im Laufe dieser Woche annehmen und meine Entscheidung in einem Monat fällen." Wen auch immer ich auswählte, derjenige würde nicht nur dieses Hotel übernehmen, sondern auch mehrere andere im ganzen Land, inklusive einem im Herzen von Lilith City. Der Wettkampf um diese Position würde unterhaltsam werden, da mehrere Vampire in dieser Region alt genug waren, um Tremaynes ehemaliges Imperium zu übernehmen.

„Verbreitet die Kunde", forderte ich, sowohl auf meine Warnung als auch auf die Anstellungsmöglichkeit bezogen.

Geplapper breitete sich aus, als meine Untertanen taten wir befohlen, Nachrichten an ihre Kontakte schickten und sich gegenseitig Vermutungen zumurmelten. Manche der erwähnten Namen gehörten zu denen, die ich direkt kontaktieren würde.

„Eure Hoheit." Cherise machte zum Gruß mit gebeugtem Kopf einen Knicks und ihre Unterbrechung war unausstehlich. Hatte sie ihre Lektion nicht gelernt, als ich die Türen des Fahrstuhls direkt vor ihrer Nase geschlossen hatte? „Wegen vorhin, ich wollte −"

Ich brachte sie mit einer kleinen Bewegung meiner Hand zum Schweigen. „Was hast du mit dem Menschen gemacht, der es nicht fertig gebracht hat, mich zu erkennen?"

Die Stimmen um uns herum wurden leiser, abwartend.

Sie schluckte. „I-ich habe ihm den Küchenpersonal gegeben, um ihn auf die Karte zu setzen."

Nun, ich nehme an, das war besser, als dass sie ihn selbst tötete. „Die Bestrafung deutet an, dass du ihn für sein Versagen verantwortlich machst, richtig?"

„Er sollte seinen Prinzen kennen, Eure Hoheit." Sie hob ihr Kinn, war sich ihrer Sache offenbar sicher.

„Dem stimme ich zu. Und wer glaubst du, ist dafür verantwortlich, ihnen das beizubringen, Cherise?"

Ihre Nasenlöcher flatterten. „Die Universitäten, mein Prinz."

„Zu Anfang, ja. Aber wer ist dafür verantwortlich, dieses Wissen aufrechtzuerhalten und die Menschen auf die Interaktion von Angesicht zu Angesicht mit ihren Königen vorzubereiten?"

Angst strömte durch die Luft und versüßte sie, ihre Wangen verloren ihre Farbe.

Zu wenig, zu spät, Cherise. Du hast damit angefangen.

„Ihre V-vorgesetzten, Eure Hoheit."

„Was in diesem Fall bedeutet, dass *du* das als Empfangsleiterin bist", übersetzte ich. Ich hätte es dabei belassen, da es wichtigere Dinge gab, die meine Aufmerksamkeit erforderten, aber leider musste Cherise die vorherige Auseinandersetzung erwähnen. Und das vor allen Anwesenden. „Du hast den Menschen zur Schlachtung in die Küche geschickt. Das ist Maeves Abteilung." Ich suchte nach dem blonden Vampir und fand sie teilnahmslos an der Wand lehnend. „Komm zu uns."

Sie zögerte keine Sekunde, ihre Lederstiefel klapperten mit jedem Schritt auf den Steinen. Ihre Jeans und ihr Pullover schienen aus dem letzten Jahrhundert zu sein, was auf ihr junges Vampiralter hindeutete. Die meisten aus dieser Generation bevorzugten Komfort vor Stil.

„Mein Prinz", grüßte sie und verbeugte sich, anstatt einen Knicks zu machen.

„Lebt der Mensch noch?"

Sie deutete mit ihre rotlackierten Nägeln auf einen braunhaarigen Mann auf einem der Tische im Essbereich, sein nackter Körper lag dort in der Fötusstellung und zitterte.

Also ja, immer noch atmend und wie es aussah unberührt. Ausgezeichnet.

„Was hältst du von der Empfangsverwaltung, Meave?"

Ihre haselnussbraunen Augen leuchteten. „Es wäre eine willkommene Abwechslung zu der Küchenaufsicht, mein Prinz."

„Ich habe zufällig eine neue Stelle offen, falls du Interesse hast. Allerdings unter einer Voraussetzung."

Cherise war schockiert. „Eure Hoh–"

„Habe ich mit dir geredet?", fragte ich und schenkte ihr meinen finstersten Blick. „Hinknien, Cherise, und wag es nicht aufzustehen oder zu sprechen, bis ich etwas anderes sage."

Raelyns Puls sprang bei meinem Tonfall in die Höhe und erinnerte mich an ihre Anwesenheit neben mir. Ich legte meine Hand auf ihren Rücken und drückte ihr einen Kuss auf den Hals, mehr aus Gewohnheit als mit irgendeiner Absicht, was mir mehrere überraschte Blicke bescherte. Anscheinend wurde nicht erwartet, dass ich meinem Harem Zuneigung zeigte. Gut.

„Wie gesagt, ich habe eine Voraussetzung und die beinhaltete diesen Mann. Ich will, dass du ihn von dem Tisch holst und neu trainierst. Betrachte es als eine Art Vorsprechen für diese Position. Ich komme später in dieser Woche zurück, um seinen Fortschritt zu beurteilen. Wenn er besteht, kannst du den Job behalten. Wenn er das nicht tut, gehst du mit dem Jungen zusammen zurück in die Küche."

Ihre Lippen kräuselten sich. „Vielen Dank für diese Möglichkeit, mein Prinz. Ich werde Euch nicht enttäuschen."

Nein, das hatte ich auch nicht erwartet. „Ausgezeichnet. Bitte hol den Menschen zurück und fang heute Nacht an."

„Eure Hoheit." Sie verbeugte sich und ging zielstrebig in Richtung des Essbereichs.

Jetzt musste ich mich um den Vampir zu meinen Füßen kümmern. Ich seufzte, mein Daumen fuhr in kreisenden Bewegungen über Raelyns Rücken. „Cherise, ich bin enttäuscht, nicht nur von deinem Mangel an Führungsqualitäten sondern auch von deinem Mangel an Aufrichtigkeit und Respekt. Vielleicht hilft eine neue Rolle in der Küchenführung dabei, deinen Blick auf das Leben aufzufrischen, hmm? Triff die entsprechenden Vorkehrungen um mit Maeve zu tauschen und wenn ich in einer Woche wiederkomme, höre ich besser nicht von irgendwelchen Problemen."

Sie sagte nichts, den Kopf immer noch verneigt.

Sehr gut. Sie hatte meinen Befehl bezüglich des Aufstehens und Redens ernst genommen. Es gab noch Hoffnung für sie.

„Dann geh jetzt." Ich machte eine Geste, damit sie verschwand. „Ich habe deine Gesellschaft satt."

Ich wickelte meine Arme um Raelyn und küsste sie sanft. Das zeigte allen Anwesenden, dass ich meine Begleitung Cherise vorzog, weil ich sie zugunsten eines Menschen links liegen ließ. Ebenso zeigte es ihnen, dass ich mit meinem Eigentum zärtlich umgehen konnte, wenn ich es wollte.

Raelyns Mund öffnete sich für meinen, erlaubte mir, sie so zu nehmen, wie ich es begehrte. Ich ignorierte Cherise' Bewegungen und Worte, als sie ging, ignorierte jeden, der uns zusah, und weidete mich an ihrem süchtig machenden Geschmack.

Mein Schwanz drückte hart gegen ihren Bauch, brauchte mehr.

Ich könnte sie zwingen, allen hier eine Vorstellung zu geben, zu demonstrieren, wie geschickt sie mit ihrer Zunge war, aber das erschien mir eher wie eine Bestrafung als eine Belohnung. Und mein liebes, gehorsames, kleines Lamm hatte mein Lob verdient, nicht meinen Zorn.

„Der Diener hält hoffentlich meine Schlüssel bereit", murmelte ich gegen ihre Lippen. Ich küsste sie ein letztes Mal leidenschaftlich, bevor ich mich an die anderen im Raum wandte. „Genießt die Morgenstunden und erwartet in Kürze eine Einladung in den Kylan Tower zum Ende des Monats."

Einige Grinsen blitzten auf, die Vorstellung einer Feier begeisterte das Publikum. Es waren genug Vampire anwesend, um die Gerüchteküche anzukurbeln, aber Judith würde dabei helfen, am frühen Abend einen offiziellen Tagesbericht an meine Untertanen zu verschicken. Es gab fast fünftausend davon in meiner Region, eine der Größten der Welt. Nur etwa fünfzig davon waren heute Abend hier, was mich nicht schockierte. Das war ein Hotel, keine Wohnstätte, und es hatte auch niemand mit meiner Ankunft gerechnet.

Ich führte Raelyn zu dem wartenden Diener und zupfte meine Schlüssel aus seiner Hand, ohne ihn eines Blickes zu würdigen. Die Beifahrertür öffnete sich, und als ich Raelyn hineinhalf, fielen mir die Spritzer von Tremaynes Blut auf dem Bürgersteig und der Hotelwand auf.

„Myers", rief ich.

Der schlaksige Mann kam umgehend zu mir nach draußen,

seine haselnussbraunen Augen nach unten gerichtet. „Mein Prinz."

„Sorg dafür, dass die Sauerei aufgeräumt wird und verfrachte Tremaynes Überreste nach Osten zur Grenze des Calgary Clans. Hilf ihm in keinster Weise."

Myers verbeugte seinen Kopf, seine Lippen kräuselten sich, da er eine Aufgabe bekommen hatte. „Ja, Eure Hoheit. Dankeschön."

Ich ließ ihn mit einem letzten Nicken allein und gesellte mich zu Raelyn in das warme Innere meines Zweisitzers. Nicht das Beste für verschneite Straßen, aber die extra dafür entwickelten Reifen halfen mir bei der Steuerung auf dem glatten Boden. Und die Menschen hatten beim Pflügen und Freischaufeln einen guten Job gemacht.

Ich beugte mich rüber und schnallte Raelyn an, bevor wir losfuhren und uns vom Hotel entfernten. „Du kannst wieder du selbst sein, liebstes Lamm."

Sie blieb weiter still. „Ich bin nicht sicher, ob ich weiß, was das bedeutet."

Ich kicherte. „Wir sind allein, was bedeutet, Bestrafungen sind weniger wahrscheinlich."

„Aber immer noch eine Möglichkeit."

„Immer, ja." Ich hatte Standards. Wenn sie diese brach, würde sie es wissen. Ich schaltete in einen höheren Gang, um an Geschwindigkeit aufzunehmen, wollte es für jeden schwieriger machen, uns zu folgen. Da ich die halbe Stadt besaß, würde es schwer werden, meinen Aufenthaltsort zu erraten. So gefiel es mir. Die unterirdischen Tunnel würden dabei helfen. Meine Ingenieure hatten sie quasi in ein Labyrinth verwandelt, während sie die zerstörte Stadt, die früher Vancouver genannt wurde, in Kylan City verwandelten.

Ich fuhr über eine Rampe, die uns in eine steinerne Höhle führte und legte meine Hand auf Raelyns Oberschenkel. „Du warst heute Abend bemerkenswert, kleines Lamm. Hast bewiesen, dass irgendwo tief in dir ein gut trainierter Mensch steckt."

„Ich kenne die Regeln, habe sie mein ganzes Leben lang befolgt. Bis du mich geküsst hast." Sie schien darüber frustriert zu sein.

Meine Lippen kräuselten sich. „Denkst du, es war der Stress des Augenblicks?"

„Vielleicht. Ich wollte einfach nicht, dass du mich wählst, und, naja, habe dich gebissen."

„Die meisten Menschen wollen für einen Harem ausgewählt werden, weil sie denken, ihnen würde Zugang zu einem luxuriösen Leben gewährt." Was sie dabei nicht beachteten, waren die Kosten dafür. Mehrere der Könige und Alphas bevorzugte Schmerz über Genuss. Ich bevorzugte einen Mix aus beidem.

„Ich wollte an dem Wettkampf teilnehmen."

„Ja, ich weiß, mein nach Unsterblichkeit strebendes Lamm." Ich drückte sanft ihren Oberschenkel, als ich die Lichter des Wagens ausmachte, um unsere Spuren zu verstecken.

Sie spannte sich an, ihre sterblichen Augen gewährten ihr nicht die gleiche Nachtsicht wie mir. Ich beschleunigte zum Spaß und genoss, wie ihr Herzschlag in die Höhe schoss.

„Lilith spielt die Unsterblichkeit als eine Kontrollmaßnahme vor euch aus. Anstatt zusammenzuarbeitet, streitet ihr euch, wegen der winzig kleinen Möglichkeit auf eine bessere Zukunft. Obwohl es scheint, als ob du und Silas euch verbunden wart." Ich vermutete, dass das zu ihrer temperamentvollen Reaktion auf mich beigetragen hatte. „Hast du *ihn* jemals geneckt?"

Sie schnaubte. „Wir haben als akademische Rivalen angefangen und immer gekämpft, bis Willow uns zusammen gebracht hat. Sie hat hervorgehoben, dass wir im Grunde die gleiche Person waren, nur in weiblicher und männlicher

Form." Ein Hauch Nostalgie lag in ihrer Stimme, ihre Liebe zu ihrem alten Leben war deutlich spürbar.

„Wohin wurde Willow geschickt?" Ich kannte niemanden aus ihrer Klasse beim Namen, außer Raelyn und Silas. Meine Art bevorzugte Nummern. Einfacher zu handhaben und zu merken.

„Zu den Zuchtfarmen", flüsterte sie.

Ah ja, das war ein trauriges Schicksal. Erzwungene Reproduktion von Menschen. Es war notwendig, um ihre Anzahl hoch zu halten, und wir wollten nur, dass diejenigen, mit qualitativ hochwertigen Blutlinien fortbestanden. „Sie muss hochwertige Testergebnisse gehabt haben."

„Die Gleichen wie ich."

Ich nickte. „Wahrscheinlich, ja." Weil Raelyn auch gutes Zuchtmaterial gewesen wäre, aber das Losglück hatte sie stattdessen in die letzte Auswahlrunde gesteckt. Das Magistrat behauptet, dass das alles auf Wissenschaft zurückzuführen sei. Realistisch gesehen tippt er einen Haufen Werte in seinen Computer ein und verteilt alle zufällig nach Rasse und Klasse.

Silas war aufgrund seines Potenzials schon vor Jahren für den Cup der Unsterblichkeit ausgewählt worden, von Jace und Walter, so wie ich ein Jahrzehnt davor eine Handvoll ausgesucht hatte. Die Spitze der Klasse wurde regelmäßig überwacht und geprüft, ihre Fähigkeiten und Eigenschaften setzten sie von der Masse ab.

Ich bog in einen weiteren Tunnel ein, schlängelte mich unter der Stadt entlang und benutzte die Technologie, die in meinem Auto installiert worden war, um die Videoverfolgung zu stören.

Judith war zauberhaft.

„Was wird mit ihr passieren?", fragte Raelyn leise.

„Möchtest du wirklich, dass ich das beantworte?"

Sie blieb für einen langen Moment still, ihr Puls beruhigte

sich, während sie langsam ein- und ausatmete. „Wie viele Kinder wird sie gebären?"

„Das kommt auf ihre Biologie an. Sicherlich kann sie nur eine Schwangerschaft pro Jahr haben, manchmal sogar weniger. Unsere Wissenschaftler haben gelernt, den Zeugungsprozess voranzutreiben, aber Mutter Natur weigert sich, vollständig zu kooperieren. Und da das menschliche Leben für unsere Art heilig ist, da euer Leben notwendig für unser Überleben ist, tun wir, was wir können, um diejenigen im Zuchtlager gesund zu halten, bis sie für uns nicht länger von Nutzen sind."

„Und dann?"

„Gehen sie zu den Blutfarmen oder in die Dienstleistungsindustrie." Zelda war ein Beispiel für jemanden, der früher für die Zucht genutzt wurde und jetzt in einem Haushalt diente. Sie war in Vilheims Besitz in der Stadt übergegangen, um in der Küche zu helfen, und ich hatte schnell von ihren Fähigkeiten durch ihren Vorgesetzten und Vilheim erfahren. „Einige von ihnen landen in vernünftigen Unterkünften."

„Aber nicht alle."

Nur die Wenigsten. Ich drückte ihr Bein noch einmal, bevor ich meine Hand zurück auf die Gangschaltung legte. Eine Entschuldigung lag mir auf der Zunge, etwas, das nur sehr selten passierte. *Ein Wolf entschuldigt sich nicht bei einem Lamm; Er frisst es einfach.*

Ich räusperte mich und wechselte das Thema zu etwas Sichererem. „Wir bleiben für mehrere Wochen in der Stadt, vielleicht sogar Monate. Und bei der Feier, die ich erwähnte habe, werden auch andere Könige anwesend sein, was bedeutet, dass ich dein sexuelles Training verbessern muss. Sie werden erwarten, dass du auf dem gleichen Level bist, wie ihre Gemahlinnen, und sollte ich dich mit einem teilen müssen, musst du entsprechend vorbereitet sein."

Bei der Erwähnung des Teilens stotterte ihr Puls. Nicht sehr überraschend. Sie nahm vermutlich an, ich würde sie Robyn übergeben. Bevor nicht die Hölle zugefroren ist, würde ich das niemals ohne Aufsicht zulassen. Ich war mir nicht einmal sicher, ob ich Raelyn überhaupt teilen und ihr Leben so einer möglichen Gefahr aussetzen wollte, aber nichtsdestotrotz musste ich ihr die Regeln erklären.

„Wir werden sofort anfangen." Warum Zeit verschwenden, wenn die Sonne in den nächsten zwei Stunden noch nicht aufgehen würde?

Gott, ich liebte den Winter.

Lange Nächte, kurze Tage und endlose Stunden Zeit, um im Bett zu spielen.

Was wir tun würden.

Beginnend heute Nacht.

RAE

„ZIEH dich aus." Kylan verschwendete keine Zeit, nachdem er mich über die Schwelle des Schlafzimmers seiner Suite geführt hatte, sein kurzer Befehl war wie eine warme Liebkosung gegen mein Ohr.

Sexuelles Training.

Mit dem Zweck mich mit anderen Königen zu teilen.

Und Königinnen, wie Robyn.

Mein Magen erhob Einspruch und verdrehte sich. Ich wollte weder Halsband noch Leine, noch wollte ich über den Asphalt gezogen werden.

Gab es noch andere wie sie? Waren sie schlimmer?

Spielt das eine Rolle? Vorher muss ich noch Kylan überleben.

Ich erzitterte bei dem Gedanken, wie er Tremayne und dann die anderen im Foyer behandelt hatte. Das war der Kylan gewesen, den alle fürchteten, derjenige, der Macht und Autorität ausstrahlte und Ungehorsam nicht auf die leichte Schulter nahm.

Dennoch behandelte er mich –

„Raelyn." Der leicht ermahnende Ton sagte mir, dass er mein Zögern nicht sehr schätzte.

Richtig, ich musste mich konzentrieren.

Und mich ausziehen.

Ich schob die dünnen Träger über meine Schultern und ließ den Stoff zu meinen Füßen fallen, sodass ich bis auf die Pumps nackt war. Ich bückte mich, um sie auszuziehen, aber seine Hand in meinem Nacken zog mich wieder nach oben.

„Die können bleiben." Er knabberte an meinem Ohr und drückte seine mit einem Anzug bekleidete Brust gegen meinen nackten Rücken. „Leg dich aufs Bett und spreiz deine Beine. Ich möchte dich sehen, Raelyn, und besonders jeden Zentimeter von deiner heißen kleinen Fotze."

Seine vulgären Worte trieben Hitze zwischen meine Oberschenkel.

Göttin, was wird er mir antun?

War es wirklich noch der gleiche Abend, an dem er mich gegen diesen Baum gedrückt hatte? Und erst letzte Nacht hatte er mich ausgewählt?

Ein Wunder, dass meine Glieder zitterten, als ich auf das überdimensionale Bett kletterte. Das waren die längsten vierundzwanzig Stunden meines Lebens.

Oder vielleicht war es sein Blut, dass durch meinen Körper floss. Ich fühlte mich lebendiger, aufmerksamer, seit er mich im Aufzug geküsst hatte. Als ob mein Wesen von innen entzündet worden wäre. Meine Sinne waren schärfer, mein Körper wachsamer. Ich konnte Kylans verlangen beinahe *fühlen*, nur durch seinen räuberischen Blick, als ich mich rücklings auf das Bett legte.

Reiner, unverfälschter Hunger.

Ich schluckte.

Das war der Blick eines Mannes, der sich entweder nach Sex oder Gewalt sehnte, oder vielleicht nach einer Mischung aus beidem.

Meine Beine bebten, als ich sie auseinanderzog, und meinen intimsten Punkt für seine Begutachtung offenbarte.

Sein Fokus wanderte nach unten, suchte sich langsam seinen Weg, bevor er sich auf das Zentrum zwischen meinen Beinen legte.

Sein erhitzter Blick rührte etwas in mir. Etwas Heißes und Intensives und Fremdes.

Ich erschauderte, das Verlangen, meine Beine zu schließen, setzte fast meinen Verstand außer Kraft. *Er will sie geöffnet. Aber oh, ich muss… Ich muss…*

Kylan schlüpfte aus seiner Jacke und legte sie auf einen Stuhl neben dem Bett. Als nächstes folgte seine Krawatte. Er kam näher, seine geschickten Finger knöpften sein Hemd auf, einen Knopf nach dem anderen, und enthüllten langsam die Muskeln darunter.

Ich hatte ihn schon oben ohne gesehen, wusste, was mich erwartete, aber dabei zuzusehen, wie er sich auszog, mit der Absicht mich zu berühren, machte es noch intensiver.

Vampire waren alle perfekt. Es schien eine Voraussetzung für ihre Unsterblichkeit zu sein.

Aber Kylan? Er definierte die Bedeutung von Perfektion neu.

All seine harten, klaren Linien waren eingewickelt in weiche Haut.

Nur durch seinen Anblick schoss mir schon Speichel in den Mund.

Seine Lippen kräuselten sich, als er sein Hemd auf seine Jacke legte. „Deine Erregung ist berauschend, Raelyn", murmelte er und schlich auf mich zu. Meine Glieder spannten sich an, als er mit offensichtlicher Absicht zwischen meine Beine auf das Bett kroch.

Er gab mir nicht einmal eine Sekunde, um zu reagieren, nicht mal das, bevor er einen Pfad über mein Geschlecht leckte. Ich schnappte nach Luft, meine Finger gruben sich zu beiden Seiten meiner Hüfte in die Bettlaken.

Scheiße…

Silas hatte das mehr als einmal getan, aber es hatte sich nie annähernd so angefühlt, wie *das*.

Kylan wiederholte den Vorgang, dieses Mal mit mehr Druck, was meinen Körper unkontrolliert zucken ließ. Er lächelte gegen meine Klitoris, seine Zähne berührten meine sensible Haut und ließen noch mehr Krämpfe durch mich hindurch laufen.

„Du hast mich vorhin so schön geschluckt, kleines Lamm. Erlaube mir, den Gefallen zu erwidern."

Wa–

Oh Göttin…

Ich wölbte mich mit einem Stöhnen vom Bett auf, nur um von seiner Hand auf meinem Unterleib wieder zurückgedrückt zu werden. Seine andere Hand legte sich auf meine Hüfte, um mich festzuhalten, während er mich mit seiner Zunge verschlang.

Heftige Wellen voller Energie strömten über mich hinweg, durch mich hindurch, und nahmen mich voll und ganz ein. Ich konnte nicht atmen, konnte nicht denken, mich nicht bewegen; Ich konnte nur noch fühlen.

Ich hatte keine Ahnung, dass diese Art von Genuss überhaupt möglich war. Es schmerzte fast in seiner Schwere, brannte in meinen Venen und versengte meine Nervenenden

„Kylan", winselte ich, unsicher, ob ich ihn wegstoßen oder nach seinem Haar greifen sollte. „Es… es…"

Seine Schneidezähne kratzten über meine sensible Haut.

Er würde doch nicht –

Ich schrie, dieser Genuss war zu viel. Mein Körper erzitterte, meine Glieder zuckten unkontrolliert, während Kylan meine Sinne auslöschte.

Er hat mich gebissen.

Da unten.

Oder vielleicht hat er mich nur gekratzt. Es spielte keine Rolle. Er hatte meine Essenz in Brand gesteckt

Aber, Göttin, das sollte nicht erlaubt sein. Ekstase gemischt mit Schmerz, als er mit seiner Zunge über die Wunde strich. Er saugte, knabberte, zog mich unter eine Wolke aus Wahnsinn, der es an Vernunft fehlte, sodass man sich nur auf das Fühlen konzentrieren konnte.

Meine Glieder kribbelten.

Mein Herz raste.

Meine Lungen schrien nach Luft.

„Du sträubst dich dagegen", murmelte er mit Zustimmung in seiner Stimme. „Aber du wirst nicht gewinnen, Liebste." Ein weiteres Lecken, das in meinen Adern kribbelte. „Gib auf, Raelyn. Unterwirf dich den Gefühlen. Unterwirf dich mir, Liebling."

Er kratzte mich erneut und ich griff nach seinen Schultern, meine Nägel gruben sich in seine Haut.

„Kylan." Es war sowohl Segen als auch Fluch, ein Verlangen nach mehr und das Bedürfnis, dass er aufhörte. Ich konnte nicht aufhören zu zittern, die Flammen brannten weiter in mir und rissen mich fast auseinander.

Das war in keinster Weise so wie das, was er mir an dem Baum angetan hatte. Das könnte sich kaum als Einleitung qualifizieren.

„Raelyn." Sein Knurren vibrierte an meinem Kern, ließ Funken über meine Wirbelsäule tanzen. „Ich möchte dich fühlen, wie du auf meiner Zunge kommst." Ich erzitterte, mein ganzes Wesen ergab sich seinem Willen und den Bewegungen seines Mundes. „Jetzt."

Sein Befehl sickerte durch mich hindurch, erreichte die Tiefen meiner Seele und zwang mich, zu gehorchen. Die Welt um mich herum zersplitterte, malte meine Sicht in Schwarz und Weiß. Kylans Name rollte über meine Zunge, gefolgt von weiteren unzusammenhängenden Worten.

Ich fühlte mich zerstört.

Deplatziert.

Flüssig.

Meine Brust brannte, als Euphorie meine Gliedmaßen vibrieren ließ.

„Deine Befriedigung macht süchtig, Raelyn", murmelte Kylan gegen mein feuchtes Fleisch. „Ich brauche mehr." Seine Zunge drang tief in mich ein und stieß mich über eine Klippe der Vergessenheit.

Wie war das überhaupt möglich?

War es, weil ich sein Blut getrunken hatte?

Oh, es spielte keine Rolle. Nicht mit der Möglichkeit, *das* zu tun.

Ich wölbte mich gegen seinen Mund, sein Kneifen und Lecken schickte mich in einen Nebel aus orientierungsloser Glückseligkeit. Mein Verstand war zerbrochen, denken nicht mehr möglich.

Nur Gefühle.

Hitze.

Sex.

Scheiße.

Ich bemerkte kaum, wie Kylan seine Hose auszog, zu eingenommen war ich von dem sternenklaren Abgrund, der vor meinen Augen verschwamm. Meine Schuhe waren ebenfalls verschwunden.

Wie?

Wann?

Was hat er gerade mit mir gemacht?

Sein Schwanz presste sich gegen mich… *dort.* Meine Klitoris pochte und protestierte, als sein dicker Kopf daran rieb und seine Hitze meine Sinne auslöschte.

„Kylan", flüsterte ich.

Ich habe nie—

Seine Lippen nahmen meine ein, ließen das, was ich sagen wollte, verstummen, während sein Schaft sachdienlich durch meine Erregung glitt. Ich zitterte unter ihm, erschrocken und aufgeregt, alles zur selben Zeit. Aber anstatt in mich einzudringen, rutschte er nur durch meine glatten Falten und beschichtete seine Härte mit meiner heißen Feuchtigkeit.

„Aufmachen", murmelte er, seine Zunge lief über meine Lippen.

Ich gehorchte, gewährte ihm Zugang zu jedem Teil von mir. Er machte weiter und tränkte sich selbst in meiner Essenz, während er meinen Mund in die Folgen meines Orgasmus hüllte.

„Schmeckst du dich selbst?", fragte er leise. „Deine süße Muschi ist über meine ganze Zunge gekommen, Liebste." Er unterstrich das, indem er mich nochmal küsste, dieses Mal tiefer. Sein Besitzanspruch war mehr als deutlich. „Einige meiner Art genießen es nicht mehr, Befriedigung zu schenken, aber ich finde es, wenn es richtig ausgeführt wird, sehr erfreulich." Sein Schwanz glitt tiefer, fand meinen Eingang.

Ich spannte mich an, wartete.

Er würde wehtun.

Doll.

Aber ich musste es hinnehmen.

Als mein Besitzer war das sein Recht.

„Mmm, eine Jungfrau." Er lächelte. „Das eröffnet uns viele faszinierende Möglichkeiten, kleines Lamm."

Ich erschauderte, als er sich zwischen meinen Knien zurück auf seine Fersen hockte und seine Hand sich um seinen Schaft legte.

„Scheiße, deine Erregung auf meinem Schwanz fühlt sich göttlich an, Raelyn." Er ließ seine Handfläche rauf- und runtergleiten, sein Griff war hart und hypnotisch. Seine Bauchmuskeln richteten sich nach seinen Bewegungen und spannten sich an, als er das Tempo erhöhte.

Ich leckte über meine Lippen, lehnte mich fasziniert auf meine Ellbogen, um mehr zu sehen.

War das nicht meine Aufgabe?

Und was meinte er mit „faszinierenden Möglichkeiten"?

Oder besser noch, woher wusste er, dass ich eine Jungfrau war?

„Bleib genau so für mich", sagte er mit leiser, tiefer Stimme.

Er schob sich vorwärts, umringte meine Hüfte mit seinen Knien, lieferte mir einen noch besseren Blick auf seine Fürsorge. Dieses süchtig machende Gefühl regte sich wieder, pochte und verspannte sich in meinem Unterleib.

Ich war nicht einmal ansatzweise bereit für eine weitere Welle der Befriedigung, aber ich konnte nicht leugnen, dass es stimulierend war, ihm zuzusehen. Sein Unterarm beugte sich.

„Öffne deinen Mund, Raelyn." Sein Befehl wurde von einem Knurren unterstrichen, das mir direkt in den Spannung zwischen meinen Oberschenkeln ging.

Ich teilte meine Lippen und hielt seinem Blick stand.

„Scheiße." Er ergriff meine Haare mit seiner freien Hand und zog mich vorwärts. Sein Orgasmus brach in heißen, dicken Spritzern über meiner Zunge aus, bis in meinen Hals, und zwang mich, zu schlucken.

Sein Gesicht verzerrte sich in so schöner Qual, dass ich nicht verhindern konnte, mir jedes Detail einzuprägen, seinen gestrafften Kiefer, den Fächer seiner langen Wimpern über seinen Wangenknochen, die Art, wie mein Name von seinen schönen Lippen fiel.

„Lutsch mich sauber", forderte er, sein Griff in meinen Haaren zerrte mich vorwärts.

Ich nahm ihn so tief in den Mund, wie mein Hals es erlaubte, der Rest seiner Ekstase, gemischt mit meiner, lag auf meiner Zunge. Sein Griff wurde nur fester, hielt mich an meinem Platz, als meine Wangen sich um ihn schlossen.

„Auch den letzten Tropfen, Raelyn. Ich möchte, dass du voll bist mit meinem Sperma, meiner Essenz, damit jeder weiß, dass du mein bist."

Ich erschauderte bei seinem besitzergreifendem Ton. Vampire und Lykaner waren notorisch besitzergreifend.

Dennoch plant er, mich mit anderen Königen zu teilen.

Ich ignorierte den Gedanken und konzentrierte mich wieder auf meine Aufgabe. Kylans Griff wurde schließlich lockerer, seine Finger fuhren durch mein Haar, als er mit einem beinahe erstaunten Blick auf mich hinab starrte.

„So siehst du so umwerfend aus", murmelte er. Seine andere Hand legte sich auf meinen Kiefer. „Dein Mund, wie er um meinen Schwanz gewickelt ist." Er drückte sich tiefer, ein verschlagenes Glitzern lag in seinem Blick. „Dein Mangel eines Würgreflexes bestätigt dein orales Training auf fortgeschrittenem Level und dennoch wurdest du niemals gefickt. Das ist faszinierend."

Ich schluckte um ihn herum, meine Augen fingen an, sich durch das grobe Eindringen mit Tränen zu füllen. Er glitt zurück, rutschte mit einem befriedigenden plop aus meinem Mund.

Er blickte herab, ein Lächeln umspielte seine Lippen. „Makellos. Wundervoll, Raelyn."

Sein Mund nahm meinen ein, bevor ich antworten konnte, sein Körper drückte meinen auf das Bett. Er platzierte seine Ellbogen auf beiden Seiten meines Kopfes und senkte seine Leiste auf den weichen Bereich zwischen meinen Beinen.

„Ich könnte dich stundenlang küssen", flüsterte er. „Dich sogar noch länger ficken. Ein Jahrhundert lang zwischen deinen Schenkeln dinieren." Er liebkoste meine Nase. „Aber ich kann deine Erschöpfung spüren. Es war ein sehr langer Abend und du wirst dich für unsere nächsten Experimente ausruhen müssen."

„Experimente?", wiederholte ich.

„Sexuelles Training." Er küsste meinen Kiefer, seine Lippen fanden einen Pfad zu meinem Ohr. „Jetzt, da ich weiß, dass du eine Jungfrau bist, müssen wir erfinderisch sein. Das ist eine

Spielkarte, die ich in der richtigen Situation gerne ausspielen möchte."

Ich schluckte, unsicher was er damit meinte.

Hatte er vor, meine Unschuld zu verschenken? Im Austausch gegen etwas, das für ihn von höherem Wert sein könnte?

Trotz ihrer besitzergreifenden Art denken Vampire auch praktisch und sind bekannt dafür, mit ihrem Eigentum zu handeln. Es hielt sie davon ab, zu sehr an etwas zu hängen. Indem sie ihre Besitztümer regelmäßig tauschten, blieben ihre besitzergreifenden Instinkte nur oberflächlich.

Sehr wenige behielten ihre Menschen über einen längeren Zeitraum.

Aber er hatte Mikael schon ein Jahrzehnt lang…

„Wir reden später darüber." Er küsste mich sanft, seine Zunge überredete meine, zu antworten. „Ich bin sehr zufrieden mit dir, liebstes Lamm. Du wirst eine ausgezeichnete Gemahlin sein."

Ein Schmerz formte sich in meiner Brust, eine Erinnerung daran, was ich für ihn war.

Für einen Moment hatte ich es fast vergessen, zu verloren war ich in den Gefühlen, die er heraufbeschworen hatte.

Aber das hier war alles vorübergehend.

Eine Freude, die er mit einem Wimpernschlag genießen und wieder vergessen würde.

Währenddessen war es für mich meine gesamte Existenz. Geboren, nur um im Schlafzimmer eines königlichen Vampirs zu dienen. Und bald würde es andere geben, wenn er seinen Harem erweiterte, dann vergisst er mich und konzentriert sich auf die anderen…

Das sollte nicht wehtun.

Es *konnte* nicht wehtun.

Gefühle gehörten den Schwachen und ich war nicht schwach.

Mein Name ist Rae und ich werde das hier überleben.

Es gab keine andere Wahl, keine andere Option, keinen anderen Weg.

Leben oder sterben.

Meine Wahl wird immer das Leben sein.

15

KYLAN

ICH FUHR mit den Fingern durch Raelyns rote Strähnen. Die Farbe stand in so wunderschönem Kontrast zu ihrer cremefarbenen Haut.

So ein umwerfender Mensch.

Und auch gebildet.

Und definitiv eine Jungfrau.

Die Art, wie sie sich angespannt hatte, hatte ihre Unschuld angedeutet, und ihre Akte hatte es bestätigt.

Sie hatte nie einen Kurs zum sexuellen Verkehr belegt. Faszinierend. Die meisten Menschen taten das, aber sie hatte sich stattdessen für Sport entschieden. Wahrscheinlich aufgrund ihrer Neigung zu den Vigil. Hmm, dieser Weg hätte ihr gut gestanden. Aber das tat ihr Weg in meinem Bett auch.

Ich streichelte ihren Hals, während ich mit meiner freien Hand durch ihre Universitätsunterlagen blätterte und ihre Kurswahl betrachtete.

Die ersten Jahre waren für alle Menschen gleich. Indoktrinierungskurse sollten eine strenge Einführung über die Ansprüche unserer Gesellschaft liefern. Diejenigen, die bestanden, erreichten die nächste Ebene und wurden unter anderem in den grundlegenden Wissenschaften geschult. Der Elite aus dieser Gruppe, in der Raelyns Ergebnisse beeindruckend waren, wurde bestimmte Freiheiten gewährt, um ihre Studien zu fördern.

Und hier kamen die Wahlfächer ins Spiel.

Den Menschen wurde erlaubt, ihren eigenen Weg zu wählen, aber das war nur ein cleverer Test. Ein Weg, ihre natürlichen Neigungen zu beobachten. Raelyns Aufzeichnungen zeigten ein breit gefächertes Interesse, ihre Kurse zeigten keine spezielle Richtung auf.

Fechten.

Französisch.

Ein politikwissenschaftlicher Kurs, der die Clanführung im letzten Jahrhundert untersuchte.

Religion.

Dieser letzte Punkt ließ mich abfällig schnauben. Lilith genoss es definitiv, die Menschen dazu zu zwingen, sie anzubeten. Wenn sie nur wüssten, dass sie lediglich ein Vampir war, wie der Rest von uns auch, und nicht viel älter war als ich.

Cam war der Älteste unserer Art.

Ich seufzte die Decke an und fragte mich zum tausendsten Mal, was tatsächlich mit ihm passiert ist. Lilith hatte seinen Tod verkündet, aber ich kannte sie gut genug. Sie hatte den alten Vampir irgendwo eingesperrt. Am gleichen Ort, wo ich landen würde, wenn irgendjemand es schaffte, zu beweisen, dass ich dem unsterblichen Wahnsinn verfallen war.

Was nicht passieren würde.

Ich hatte Tremaynes Telefon bei Judith gelassen und erwartete jede Minute eine Rückmeldung von ihr. Aber ich konnte mich noch nicht dazu überreden, Raelyn alleine zu lassen. Sie faszinierte mich, ihre Unschuld, ihr Trotz, ihre Unterwerfung.

Sie ist eine Jungfrau.

Meine Lippen kräuselten sich triumphierend. Das stellte

mich in den perfekten Winkel und gab mir die Möglichkeit, die Könige zu manipulieren. Sie würden sie noch mehr begehren und mit ein bisschen Training, würde sie der perfekte Köder für denjenigen werden, der es wagte, mich zu seinem unsterblichen Feind zu machen.

Normalerweise würde ich erwarten, dass meine anderen Gemahlinnen Raelyn die formalen Verfahren erklären, ihr Warnungen geben und sie richtig in die Welt eines königlichen Harem einweihen. Aber sie existierten nicht länger.

Sie hatten Mikael als den einzigen verfügbaren Lehrer zurückgelassen.

Seine Erfahrungen waren ähnlich und er war schon lange genug bei mir, um meine üblichen Protokolle zu verstehen, wenn es um das Teilen ging.

Ja. Er würde das gut machen.

Diese Aufgabe würde ich ihm übergeben, solange ich mich um die Vorbereitungen für die Festlichkeiten kümmerte. Persönliche Einladungen waren nötig und ich musste bestimmte Unterkünfte reservieren.

Ich seufzte. Andere zu Unterhalten war eine der Aktivitäten, die ich am wenigsten mochte, aber es war die beste Möglichkeit. Stell sie alle unter das gleiche Dach, führ Raelyn als Köder vor und sieh zu, wer sich auf sie stürzt.

Mein Telefon vibrierte, Judith bestellte mich aus dem Bett.

Ich bin im Wohnzimmer, schrieb sie.

Bin in fünf Minuten da.

Ich war noch nicht wirklich bereit, Raelyn alleine zu lassen. Sie kuschelte sich an mich und benutzte meine Brust als Kissen, sodass mein Arm um ihre Schultern und meine Finger in ihren Haaren lagen. Sie passte dort so perfekt hin, ihre Beine schlangen sich sogar um meine.

Faszinierend, was Schlaf alles offenbarte. Ihr Körper vertraute meinem bereits. Eine gefährliche Ankündigung, wenn man bedachte, was ich ihr antun könnte, aber der Frau fehlte es an Angst. Das musste ein Ergebnis ihrer illegalen Freundschaft mit Willow und Silas sein, die in ihren Akten weder bestätigt noch bestritten wurde.

Es gab allerdings mehrere Videos von ihren oralen Prüfungen mit diesem Mann, bei denen sie ihre Orgasmen ganz offensichtlich vorgetäuscht hat. Allein das bestätigte ihren Mangel an sexuellen Gefühlen für ihn, was mir mehr gefiel, als es sollte.

Ich mochte sie. Und durch ihre Akte gefiel sie mir nur noch besser. Mein lebhaftes kleines Lamm wäre eine ausgezeichnete Gemahlin und könnte sich durchaus als mein Favorit erweisen.

Sie drückte sich gegen mich, als ich mein Telefon auf den Nachttisch legte.

Ich küsste ihre Stirn, während ich sie vorsichtig auf die Kissen legte. „Schlaf, Liebling. Ich lasse Mikael dir Frühstück ans Bett bringen." Es wird ihn freuen, sie nackt vorzufinden. Mein Geschenk an ihn.

Nur mit einer Jogginghose bekleidet traf ich ihn und Judith im Wohnbereich. Mikael übergab mir eine Tasse Kaffee, schwarz und versetzt mit seinem Blut.

„Du liebst mich", murmelte ich, bevor ich einen Schluck nahm. „Ich habe für dich ebenfalls etwas im Schlafzimmer gelassen. Sie braucht eine Schulung in der Verführung Adeliger und der allgemeinen Erwartungen. Ich nehme an, du bist der Aufgabe gewachsen?"

Seine blonden Brauen hoben sich. „Ist das deine Art zu sagen, dass sie deine Erwartungen letzte Nacht nicht erfüllt hat? Weil ihre Schreie etwas anderes vermuten ließen."

Meine Lippen zuckten. „Im Gegenteil, sie ist sogar recht begabt. Aber sie muss angemessen über bestimmte gesellschaftliche Anforderungen informiert werden, was ein paar praktische Tutorials erforderlich machen könnte."

Sein heller Blick schimmerte. „Du gibst mir die Erlaubnis zu spielen?"

„Ich gebe dir die Erlaubnis zu unterrichten", antwortete ich und grinste über den Rand meiner Kaffeetasse. „Viel Spaß."

„Zuerst braucht sie etwas zu Essen." Er machte sich auf den Weg in die Küche. „Dann fangen wir mit der Arbeit an, Eure Hoheit."

„Ich erwarte Erfolge", rief ich ihm nach und setzte mich auf das Sofa neben Judith, die keine Miene verzog. Ihr ernster blonder Dutt und der weiße Anzug standen in hartem Kontrast mit meiner lässigen Kleidung. Ich legte meinen Knöchel auf mein Knie und entspannte mich auf dem Lederpolster. „Sag mir, dass du etwas gefunden hast, Judith."

„Das habe ich." Ihre grauen Augen trafen meine. „Es wird dir nicht gefallen."

Ich nahm einen weiteren Schluck Kaffee und stellte ihn zur Seite. „Ich höre."

Sie überreichte mir ein Tablet, auf dem Bildschirm war eine Reihe von Linien und Zahlen. „Die Nachricht hat eine Reihe von Koordinaten durchlaufen, aber nach einer Stunde habe ich endlich den Ursprung und die Zeit des Sendens ausfindig gemacht." Ihr Zeigefinger wischte über den Bildschirm. „Sie stammt aus deinem Flugzeug, Eure Hoheit. Während der Zeremonie am Bluttag."

Der Beweis starrte mich von dem Gerät aus an. „Wie ist das möglich?"

„Ich habe ein paar Theorien, am wahrscheinlichsten ist es, dass sich jemand in dein System gehackt hat, während sich ein Platz am Flughafen geteilt wurde. Es waren einige Flugzeuge nahe genug, um das zu tun, und einmal durchbrochen, wäre es ein Leichtes von einem der vielen Geräte, die an Bord waren, eine E-Mail zu verschicken."

„Du hast gerade zugegeben, dass dein Team meine Sicherheit nicht unter Kontrolle hat", bemerkte ich trocken.

„Weshalb ich bereits mit der Untersuchung des scheinbaren Verstoßen begonnen habe."

Die Frau bewies fortwährend ihren Wert und ihre Loyalität. „Gut."

„Ich habe auch eine Liste der Könige und Alphas aufgestellt, die den gleichen Flughafen genutzt haben und ihre Flugzeuge in unmittelbarer Nähe zu deinem hatten." Sie drückte etwas auf dem Bildschirm, was eine Liste an Namen offenbarte. „Sie sind nach der Entfernung sortiert, die am nächsten zuerst, obwohl dieses Detail nicht wichtig ist. Jeder von ihnen hätte aufgrund seiner Nähe auf das System deines Flugzeugs zugreifen können.

Naomi.

Walter vom Clementer Clan.

Niklas vom Stellares Clan.

Robyn.

Claude.

„Jace ist nicht auf der Liste", bemerkte ich.

„Nein, er war nicht mit dem Flugzeug da. Er war für ein paar Tage mit Darius und Darius' neuer *Erosita* in Hazel City, bevor sie zu der Zeremonie gefahren sind. Die Überwachungskameras haben bestätigt, dass er nach der Auswahl am Bluttag nach Hazel City zurückgekehrt ist und immer noch dort ist."

„Was bedeutet, er ist nicht nach Hause geflogen."

„Noch nicht."

„Aber er könnte mit jemandem zusammenarbeiten." Natürlich würde das bedeuten, dass mehr als ein König versuchten, meinen Namen zu zerstören. Oder vielleicht ein Clanführer. „Wo waren Brandt und Luka?" Ich teilte meine Grenzen mit dem Calgary Clan und dem Majestic Clan. Sie wären ideale Partner in diesem Spiel, da sie beide gleichermaßen an meinem Land interessiert waren.

Sie nahm ihr Tablet und fing an, durch ihre Notizen zu blättern, während ihre Lippen sich zur Seite verzogen. Mikael nutzte diesen Augenblick, um mit zwei Tellern aufzutauchen, einen davon reichte er mir.

„Iss", forderte er.

Ich hob eine Braue. „Ihr Menschen scheint es zu mögen, mir Befehle zu erteilen."

„Das würde mir nicht mal im Traum einfallen, Eure Hoheit." Er verbeugte sich neckisch, bevor er mit einem kleinen Sprung seinen Weg zu meiner Suite antrat.

Raelyn würde sich entweder freuen oder schämen.

„Sie sind beide auf der anderen Seite des Zeremonienplatzes gelandet", sagte Judith und tippte weiter auf den Bildschirm. „Wenn sie keine Lykaner im Tarnmodus losgeschickt haben, ist es höchst unwahrscheinlich, dass sie dein System infiltriert haben."

Ich nahm ein Stück Speck vom Teller und genoss den herzhaften Geschmack, während ich über diese neuen Informationen nachdachte. „Das lässt Jace unschuldig erscheinen."

„Was genau das sein könnte, was er wollte", murmelte sie und spielte immer noch mit ihrem Tablet. „Obwohl, wenn das der Fall sein sollte, macht er einen großartigen Job. Es gibt absolut nichts, was darauf hindeutet, dass er der Täter ist."

Ich nickte. „Stimmt." Er war in Naomi City, als mein Harem massakriert wurde. „Natürlich hätte er jemanden anheuern können, um seine Aufträge auszuführen." Ich aß einen weiteren Streifen Speck, als ich darüber nachdachte. „Gab es irgendwelche verdächtigen Vorgänge auf meinem Grundstück?"

Nach dem Vorfall hatte Judith mehrere zusätzliche Sicherheitsmaßnahmen ergriffen. Ich hatte mich meiner Führung sicher gefühlt, habe angenommen, niemand wäre töricht genug, mich in meinem eigenen Revier anzugreifen.

Das war ein Fehler, den ich so bald nicht wieder machen würde.

Sie schüttelte ihren Kopf. „Nichts, und obwohl es

unmöglich ist, deuten alle Anzeichen darauf hin, dass es gar keinen Einbruch gab."

„Ja, weil derjenige, wer auch immer meine Gemahlinnen getötet hat, möchte, dass es so aussieht, als wäre ich es gewesen."

„Und sie haben einen ausgezeichneten Job gemacht", murrte sie.

Ich könnte ihr nicht mehr zustimmen. „Nun, es wäre ja ein langweiliges Spiel, wenn der Täter offensichtlich wäre."

„Spiel", wiederholte sie mit einem Schnauben.

„Wie soll ich es deiner Meinung nach sonst nennen?"

„Ein Selbstmordkommando?", schlug sie vor.

„Ja, da ist was dran", stimmte ich zu. Weil wer auch immer mich zu diesem Duell herausgefordert hat, sterben würde. Da war ich mir sicher. „Lad sie alle zu der Feier ein, einschließlich Jace, Brandt und Luka."

Ihre Flugpläne und ihr Verhalten mögen Unschuld vermitteln, aber mein Bauchgefühl sagte mir immer noch, dass Jace etwas verbarg. Ich kannte den König schon sehr lange. Er spielte auf der politischen Bühne fast so gut wie ich. Was bedeutete, wenn er es nicht war, könnte er mir bei meiner Suche helfen.

„Jace werde ich sogar persönlich anrufen."

Ihre Augenbrauen hoben sich. „Wirst du?"

„Werde ich." Ich werde ihn zusammen mit seinem neuen Herrscher zu einem früheren Treffen einladen und ihnen die Möglichkeit geben, Raelyn kennenzulernen. Ihre Reaktionen werden entweder ihre Unschuld beweisen oder meinen Verdacht stärken. Ich nahm einen weiteren Bissen von meinem Teller und stellte ihn auf den Tisch. „Sonst noch was, Judith?"

„Ja." Sie tippte ein paar Mal auf ihrem Bildschirm herum, bevor sie mir zwei identische Nachrichten zeigte. „Zion und Vilheim haben ebenfalls Kopien deines angeblichen Erlasses erhalten."

Ich verzog meine Augenbrauen. „Und du bist nicht darauf gekommen, damit anzufangen?"

„Sie werden beide überwacht. Keiner von ihnen hat auf die Nachricht reagiert."

„Noch nicht", fügte ich flach hinzu. Nun, es schien, als wäre der Besuch von zwei der ältesten Vampire in meiner Region gerade zu meiner Top-Aufgabe des Tages aufgestiegen. Ich würde Jace aus dem Auto aus anrufen müssen. Prioritäten und so weiter. „Gibt es noch irgendetwas, das du mir sagen musst?"

„Nur eine letzte logistische Klarstellung, mein Prinz. Ich nehme an, wir veranstalten die Party im K-Hotel?"

Ich nickte. „Scheint angebracht. Und Tremaynes ehemaliges Quartier hätte ich ebenfalls gerne komplett renoviert."

„Das Projekt wurde bereit an Bethany übertragen."

„Ausgezeichnet." Die Frau besaß ein Auge fürs Detail und hatte bereits einige meiner anderen Immobilien renoviert. Ich stand auf und erinnerte mich an eine letzte Sache. „Du musst Angelica befördern."

Der junge Vampir hatte ihr Leben und ihre Position riskiert, indem sie mein Gelände ohne Erlaubnis betreten hat, und sie hatte es irgendwie geschafft, meine Sicherheitsmaßnahmen zu umgehen, um mich zu erreichen. Alles beeindruckend, wenn auch ein bisschen selbstzerstörerisch. Aber sie hatte höchste Loyalität gezeigt, indem sie mich nicht nur über Tremaynes Taten informierte, sondern auch wusste, dass ich diese Nachricht nie senden würde.

Sehr wenige würden den Erlass in Frage stellen. Das machte Angelica sehr wertvoll.

Judiths Augen blitzten zu meinen auf. „Den Frischling?"

„Dieser Frischling, wie du sie nennst, ist diejenige, die mich vor Tremaynes Verhalten gewarnt hat. Sie mag der jüngste

Vampir in meiner Region sein, aber sie hat Potenzial, Judith. Ich möchte, dass dieses Potenzial gefördert und belohnt wird."

Sie hielt meinen Blick noch einen Moment länger und nickte dann. „Ich werde sie deinem Trupp hinzufügen."

„Gut." Ich vertraute ihr noch nicht uneingeschränkt, aber das würde mir eine Möglichkeit geben, ihren Wert angemessen einzuschätzen. „Danke, wie immer, für deine sorgfältige Prüfung, Judith."

„Mein Prinz." Sie verneigte ihren Kopf, als ich aufstand.

Zion und Vilheim würden mir einen anstrengenden Abend bescheren. Beide wollten aufgrund ihres Alters und ihrer Macht in eine Führungsposition befördert werden. Zion war der einzige, den ich dafür je in Betracht gezogen hatte, und dennoch hatte er sich nicht die Mühe gemacht, mich nach dem angeblichen Erlass anzurufen. Alleine das disqualifizierte ihn.

Ich seufzte und ging zurück in mein Schlafzimmer, um mich umzuziehen.

Liebliche Töne von Raelyn begrüßten meine Ohren und ließen mich lächeln.

Der Spaß hatte angefangen.

Zu schade, dass ich nicht bleiben und mitspielen konnte.

16

RAE

„RAELYN." DIE MÄNNLICHE, irgendwie vertraute Stimme wehte über mich. „Ich habe dir dein Abendfrühstück gebracht."

Ich rollte mich in dem Berg aus Decken umher, mein rotes Haar bedeckte mein Gesicht. Eine warme Hand half mir dabei, die Strähnen aus meinen Augen zu streichen, sodass ich Mikael sehen konnte, wie er auf mich herablächelte. Ich setzte mich auf und hätte beinahe den Teller aus seiner Hand geschlagen.

Sein Blick fiel auf meine Brüste und ließ mich erstarren.

Ich bin nackt.

Richtig.

Ich riss die Decke hoch und wich zurück, bis ich auf das Kopfteil des Bettes stieß. Meine Knie hoben sich an meine Brust und dienten so als Schutzschild.

Seine Lippen zuckten. „Du forderst Kylan heraus, aber vor mir rennst du weg. Das ist faszinierend, Raelyn."

„Ich heiße Rae und ich kenne dich kaum."

„Kylan kennst du auch noch nicht wirklich", wies er mich

darauf hin. „Ich bringe dir ungesalzene Eier, gedämpften Brokkoli und einen Donut."

Ich betrachtete die Gegenstände und runzelte die Stirn. „Einen Donut?"

„Hmm, eines meiner Lieblingsessen zum Frühstück. Ich dachte, vielleicht willst du dir einen teilen." Er setzte sich auf das Bett, den Teller auf seinem Schoß. „Es ist schlicht, da deine Geschmacksnerven noch nicht bereit für mehr sind, aber es wird dir trotzdem eine gute Einführung liefern." Er nahm einen runden, brotartigen Gegenstand hoch und hielt ihn mir entgegen, damit ich ihn begutachten konnte. „Probier mal."

„Das möchte ich lieber nicht."

„Wie du meinst." Er nahm einen Bissen und stellte den Teller mit einer Gabel neben mir ab. „Fang an und iss."

Der Brokkoli war mir vertraut, aber die Eier waren anders als alle, die ich bis jetzt gesehen hatte.

„Das sind medium gebratene Eier, anstatt diesem zusammengerührten, verpackten Mist. Vertrau mir, dir wird der Unterschied gefallen." Er schob das Essen näher zu mir. „Jetzt, iss, Rae."

Er hatte tatsächlich *meinen* Namen benutzt. Der Schock musste mir im Gesicht gestanden haben, weil er kicherte.

„Ich mag durch das Coventus trainiert worden sein, aber ich bin immer noch genauso menschlich wie du, Rae. Ich liefere Blut und du lieferst Sex. Beide Dinge sollen seine Königlichen Hoheit zufriedenstellen und niemanden sonst." Er zuckte mit den Schultern und genoss einen weiteren Bissen von seinem Donut. „Mein Schicksal war nur etwas definierter als deins, das ist alles."

Das war ein gutes Argument.

Ein anderer Mensch, nur männlich. Wie Silas.

Ich hob den Teller und balancierte ihn auf meinen Knien. Eier und Brokkoli. Normale Dinge. Ich konnte das essen. Außerdem brauchte ich nach der letzten Nacht die Energie.

Die Wirkung von Kylans Blut hatte nachgelassen und ließ mich irgendwie schwach zurück. Nicht erschöpft, eher unglücklich. Oder vielleicht lag es daran, aufzuwachen und einen anderen Mann im Zimmer vorzufinden und nicht ihn.

Der Brokkoli lieferte meinem Körper die nötigen Nährstoffe, wohingegen die Eier ein bisschen reichhaltig waren. Ich aß sie langsam, während Mikael zuschaute, sein Donut war schon lange verschwunden.

„Zelda kommt auch von einer Universität", murmelte er. „Sie weiß, woran Menschen dort gewöhnt sind, und wie man sie langsam an neue Geschmäcker gewöhnt. Du wirst sehen. Sie ist fantastisch in der Küche."

Ich hatte die Blondine letzte Nacht kurz getroffen, ihre Wangen waren knallrot, nachdem wir sie mit Mikael erwischt hatten. Sie schien freundlich zu sein.

„Wie ist es letzte Nacht gelaufen?", fragte Mikael. „Im Hotel?"

Ich schluckte den Bissen Eier in meinem Mund herunter. „Welcher Teil?"

„Allgemein, meine ich. Gab es irgendwelche Probleme? Irgendwas, bei dem du nicht wusstest, wie du damit umgehen sollst?" Er neigte seinen Kopf zur Seite. „Kylan sagt, du brauchst Training, und ich möchte wissen, wo genau ich anfangen muss."

Ich legte die Gabel nieder. „D-du trainierst mich?" Ich hasste es, dass es so unsicher klang, aber Kylan hatte nicht erwähnt, dass Mikael derjenige wäre, der mich trainieren würde. Ich dachte er alleine würde meine sexuelle Unterweisung fortführen. Und nicht, dass er sein menschliches Haustier auch zum Spielen einladen würde.

„Das ist Kylans Anweisung, ja." Sein heller Blick hielt meinen. „Es kann praktisch oder theoretisch sein, Rae. Ich bin hier, um dich zu trainieren, nicht um dich zu irgendwas zu zwingen."

Ich runzelte die Stirn. „Wie kannst du mich angemessen einweisen, ohne mich zu berühren?"

„Nicht jede Ausbildung erfordert physischen Kontakt, Raelyn." Kylan betrat das Schlafzimmer und trug dabei nichts außer einer Jogginghose, die tief auf seinen Hüften saß. Er ließ seine Muskeln spielen, während er sich bewegte, was meine Augen nach unten zu der beeindruckenden Wölbung darunter zog. Mein Mund wurde bei dem Gedanken an seinen Orgasmus feucht. Ich sollte ihn nicht begehren. Nicht so. Aber ich konnte nichts dagegen tun. Allein in seiner Nähe zu sein, ließ meine Beine bei dem Bedürfnis nach *mehr* spannen.

Was hat er mit mir gemacht?

Es musste sein Blut sein. Ich dachte, es hätte seine Wirkung verloren, aber das hatte es offensichtlich noch nicht.

Seine Lippen kräuselten sich. „Sie ist genauso unersättlich wie du, Mikael. Vielleicht könnt ihr zwei ein Arrangement treffen." Er hauchte einen Kuss auf meine Schläfe, der Eis durch meine Adern schoss.

So eine beiläufige Bemerkung übers Teilen. Würde es ihm wirklich nichts bedeuten, wenn ein anderer Mann mich berühren würde?

Aber natürlich würde es das nicht. Kylan würde in ein paar Monaten einen Harem haben, oder sogar eher, und ich wäre nur noch eine von vielen. Ein Spielzeug zum Herumreichen zwischen seinen adeligen Freunden, wie Robyn.

Das ist mein Leben.

Wie hatte es so lange dauern können, bis ich das realisierte? Schock?

Hoffnung auf etwas mehr?

Ein Wunsch, den Platz mit Silas zu tauschen.

Ich könnte Willow sein. Der Gedanke ließ mich erzittern. Es könnte schlimmer sein.

Kylan griff nach meinem Kinn und hob meinen Blick zu seinem. Was auch immer er sah, ließ ihn die Stirn runzeln.

„Fang mit den Formalitäten an, Mikael. Erläutere ihr deine Erfahrungen, damit sie weiß, was sie zu erwarten hat."

„Ja, Eure Hoheit."

„Es gibt zwei Dinge, die meine sofortige Aufmerksamkeit fordern." Er fuhr mit seinen Fingern durch meine Strähnen und riss mich hoch auf meine Knie, wodurch sowohl der Teller als auch die Decken hinunterfielen. „Wenn ich zurück komme, werde ich für den praktischen Teil deines Trainings sorgen."

Er strich seine Lippen über meine, ließ die Flammen in mir wieder entfachen, und das mit einer Leichtigkeit, die mich erschreckte. Beinahe.

Seine nackte Brust brannte auf meiner, was meine Nippel in schmerzhafte Punkte verwandelte.

Ich wusste, dass mein Körper mich betrügen würde, dass er sich ihm anbieten würde, aber ich hätte nie erwartet, dass ich es genießen würde.

Kylan hat mich davor gewarnt, dass er vor hatte, mich zu zerstören. Ich hatte dieses Schicksal akzeptiert, weil ich angenommen hatte, er meinte physisch.

Nein.

Dieses Wesen würde mich zerschmettern, noch bevor er fertig wäre.

Er wird meine Seele sprengen.

„Ich möchte, dass du feucht und bereit bist, in dem Moment, in dem ich durch diese Tür komme, Raelyn." Kylan fuhr mit seiner Nase über meine Wange, sein Atem war berauschend und mitreißend. „Enttäusch mich nicht." Er drückte einen Kuss auf meinen donnernden Puls. „An den meisten Abenden werde ich dich bei mir in der Dusche auf deinen Knien erwarten. Leider verdrängen aktuell dringende Maßnahmen die Freuden des Lebens. Du wirst dich später zu mir gesellen."

Die Beule in seiner Hose war deutlich gewachsen, als er zurücktrat und mich kalt und nackt und kniend zurückließ.

„Sie ist exquisit, nicht wahr?", fragte er.

„In der Tat", antwortete Mikael, jetzt mit tieferer Stimme.

Er starrt mich an, starrt auf meine Brüste.

Ich schluckte.

Ich war schon vorher nackt vor Männern gewesen.

Das hier ist nicht anders.

Ja, nein, es ist extrem anders, weil ich tatsächlich einen von ihnen wollte.

Kylans Mund krümmte sich. „Ja, kleines Lamm. Feucht und wartend, genau wie du jetzt bist. Ich werde bald zurück sein, um dich zu schmecken." Er zwinkerte und ging ins Badezimmer, ließ mich zurück, wie ich mit einem Unbehagen zwischen den Beinen hinter ihm her starrte. Ich setzte mich langsam zurück auf meine Hacken, meine Atmung war ein wenig unregelmäßig.

„Er macht süchtig, nicht wahr?", Mikael klang beinahe traurig, seine Stimme weich. „Versuch, dich nicht in ihn zu verlieben, Rae. Dich daran zu erinnern, wer und was er ist, hilft. Zumindest ein bisschen."

Ich traf seinen hellen Blick und fing einen Hauch von dem Mann ein, der unter der selbstbewussten Maske lauerte.

Schmerz.

Er blinzelte ihn weg und seine Lippen kräuselten sich wieder. „Nun, sollen wir damit anfangen, die Liste der Gäste durchzugehen? Ich kann Judith nach einer Kopie fragen und wir können uns die Eigenarten von jedem anschauen."

„Du warst mit allen zusammen?"

Er zuckte mit einer Schulter. „Mit einigen, aber nicht allen."

„Weil Kylan dich geteilt hat."

Wieder legte sich ein trauriger Glanz über seinen Ausdruck. „Ich tue, was auch immer ihm gefällt, genau wie du es tun wirst."

Ich starrte ihn an, *sah* ihn endlich.

Er ist wie ich.

Er hatte so etwas vorhin schon erwähnt, dass sein Körper für Blut benutzt würde und meiner für Sex, aber jetzt *sah* ich es.

Ein Verbündeter.

„Tut es weh?", flüsterte ich.

„Kommt auf die Aufgabe an", antwortete er leise. Dann hellte sich sein Blick wieder auf und seine Augen warfen an den Seiten kleine Falten. „Ich weiß. Wie wäre es, wenn du dir ein Kleid anziehst, und wir einen Spaziergang durch das Penthouse machen. Es ist groß und hat in einigen Zimmern Überraschungen, die du mir nicht glauben wirst, bis du sie nicht selbst gesehen hast."

„Wie was?"

Mikael schüttelte seinen Kopf, glitt vom Bett und nahm meinen Teller mit sich. „Folge mir und finde es selbst heraus." Ein Paar entzückende Grübchen zeigten sich nach dieser Äußerung. „Aber zieh dir zuerst was an. Wir treffen uns im Flur. Ich bringe das Geschirr weg und sag den Dienstmädchen, dass sie das Bett machen sollen, wenn Kylan gefahren ist." Er winkte über seine Schulter. „Da sind Gewänder im Badezimmer und Kleider in dem Schrank."

Beides erforderte, dass ich in die Nähe von Kylan und der Dusche ging.

Großartig.

Mikael ging ohne ein weiteres Wort und ließ mich alleine mit einer Entscheidung zurück. Entweder wartete ich bis Kylan herauskam oder ich trat ihm im Badezimmer gegenüber.

Keine dieser Optionen sagte mir zu.

Beide endeten in dem gleichen Ergebnis. Kylan wiederzusehen.

Wenigstens hätte ich bei einer Option Kleidung an.

Mit der Entscheidung, rollte ich mich vom Bett. Wenn ich mich beeilen würde, wäre Kylan noch –

Seine harte, nasse Brust traf auf mein Gesicht, als ich um die Ecke bog und direkt auf ihn traf.

Er griff nach meiner Hüfte und hielt mich fest, als ich zurückweichen wollte.

„Konntest nicht warten, bis ich wiederkomme, hmm?", neckte er mich, seine dunklen Augen nahmen meine ein.

„Ich, ähm, nein. Ich, nun, ich brauche Kleidung." Wieso hörte ich mich plötzlich wie ein wortkarger Tölpel an?

Seine Lippen krümmten sich nach oben. „Da bin ich anderer Meinung, Raelyn. Mir gefällst du ohne Kleidung wesentlich besser." Er ließ seine Hand auf meinen Rücken gleiten und drückte mich gegen ihn. Nur ein Handtuch trennte uns voneinander, seine beeindruckende Erregung drückte heiß durch den Stoff. „Ich erwarte dich nackt in meinem Bett, jede Nacht, bis ich etwas anderes sage." Sein Mund legte sich über meinen. „Verstanden?"

„Ja", flüsterte ich.

„Gut." Er küsste mich sanft. „Die Dusche gehört dir, wenn du sie brauchst."

Mikael hatte nur gesagt, dass ich Klamotten suchen sollte, aber mich zu waschen klang besser. Ich würde mich beeilen. Dann könnte er mir zeigen, was auch immer er so aufregend fand, dass sich seine Grübchen zeigten.

RAE

EIN FERNSEHER.

Aber nicht nur irgendein Fernseher, einer der *Menschen* zeigte.

Ich hatte sie bislang nur genutzt, um Aufnahmen des Cups der Unsterblichkeit oder eine übertragene Ankündigung der Göttin anzuschauen.

Niemals war es so wie das.

Jeden Tag in dieser Woche nahm Mikael mich mit in den Kinosaal und zeigte mir einen neuen Film. Heute war es irgendein verrückter Film, in dem ein Mensch durch Portale an andere Orte reiste.

Mikael überreichte mir einen Eimer Popcorn, ein neues Essen, das ich nur in Maßen vertrug. Ich nahm die unabwendbaren drei Bissen und gab ihn ihm zurück. Wir hatten den frühen Abend damit verbracht, uns die Könige und Alphas nochmal anzuschauen. Er wählte jeden Tag zwei Stück aus, um sie nochmal durchzugehen, und mir etwas über seine persönlichen Erfahrungen mit ihnen zu erzählen, sowie ihre Vorlieben im Schlafzimmer und ihre möglichen Forderungen.

Heute waren Robyn und Luka dran. Letzterer war in einer

glücklichen Partnerschaft und daher keine Bedrohung. Robyn hingegen genoss sowohl Männer als auch Frauen und würde höchstwahrscheinlich eine Nacht mit mir einfordern. Mikael erklärte mir ihre Neigungen ausführlich, was seine intime Vertrautheit mit dieser sadistischen Frau bestätigte.

Ich schauderte.

Kylan war jede Nacht fordernd gewesen, seine Leidenschaft schien zu eskalieren, sobald er mich berührte, aber er hatte nichts von dem getan, was Mikael beschrieb.

Robyn liebte Schmerz. Etwas, das ich durch seinen grausamen Ruf ursprünglich von Kylan erwartet hatte. Dennoch schien er mehr daran interessiert zu sein, mir Freuden zu bereiten, anstatt mir wehzutun.

Ich hatte mich in meinem ganzen Leben noch nie so übersättigt und erschöpft gefühlt und es gab Kurse in der Schule, die darauf abzielten, meine Art zu töten. *Wortwörtlich.* Aber das war nichts im Vergleich zu dem, wie der König meinen Körper beherrschte.

Letzte Nacht hatte ich fünf Orgasmen.

Fünf.

Das sollte gar nicht möglich sein, aber Kylan erzwang sie von mir, weigerte sich damit aufzuhören, meine Klitoris mit seiner Zunge zu bearbeiten, bis mir Tränen über die Wangen liefen.

Dann hatte er mich wieder mit seinem Blut geheilt, was zwischen Menschen und Vampiren ausdrücklich verboten war. Trotzdem zwang Kylan mich weiterhin kleine Mengen von ihm zu trinken.

Er war offensichtlich ein Regelbrecher.

Und ein leidenschaftlicher Liebhaber.

Ein Unfall auf dem Bildschirm legte meinen Fokus zurück auf den Film. Mikael kicherte und sprach die Worte zusammen mit den Menschen auf dem Bildschirm aus.

Schauspieler, hatte er erklärt.

Aus einer früheren Welt.

In der die Menschen regierten.

Anscheinend waren diese Filme verboten, aber Kylan hatte sie trotzdem behalten. *Ja, definitiv keiner, der Regeln gutheißt oder befolgt.*

Ich nippte an meinem Wasser und nahm einen weiteren Krümel aus dem Eimer. Mikael hatte dieses Mal mehr Butter genommen. Sein Ziel war es, mich Stück für Stück an geschmackvollere Mahlzeiten zu gewöhnen. Heute habe ich schließlich nachgegeben und einen Donut probiert. Die Süße hatte es auf zwei Bisse beschränkt, aber ich musste widerwillig zugeben, dass er gut war. Morgen hatten wir vor, Schokolade zu probieren.

Die Tür öffnete sich und Kylan erschien in einem Anzug in der Tür, schaute sich suchend um.

Meine Lippen teilten sich. *Er ist früh.*

Wir waren in eine Routine verfallen. Kylan verschwand vor dem Abendfrühstück, um sich um seine Arbeit zu kümmern, und ließ Mikael die Verantwortung für meine Schulung über die Könige und Alphas. Nach dem Mitternachtsessen schauten wir einen Film und Kylan kam immer während, oder eher gesagt *zum* Abendessen zurück.

Mikael blickte zu Kylan. „Ich stelle ihr die Popkultur vor."

„Das sehe ich." Er schloss die Tür hinter sich und zog sein schwarzes Jackett aus, sein Blick wanderte zum Bildschirm. „Das ist einer meiner Liebsten."

„Ich weiß."

Kylan faltete seine Jacke, legte sie über die Lehne der Couch und setzte sich auf das Polster neben mich. „Komm her." Er zog mich auf seinen Schoß und legte seine Arme Halt geben um mich. „Ich bin enttäuscht, dich angezogen vorzufinden."

„Ich habe dich noch nicht erwartet", gab ich zu.

Er schnaubte. „Du solltest immer auf mich warten",

flüsterte er gegen mein Ohr. Seine Handfläche glitt an meinem Oberschenkel nach oben und zwischen meine Beine, zwang sie auseinander. „Und du hättest wenigstens einen Rock für mich anziehen können."

„Sie mag lieber Jeans." Mikael hielt ihm das Popcorn entgegen. „Willst du was?"

„Warum, glaubst du, bin ich hier?" Er knabberte an meinem Hals.

„Ich meinte das Popcorn."

„Ich meinte Raelyn."

„Und du nennst mich unersättlich." Mikael hielt ein Stück Popcorn vor meine Lippen und ich nahm es mit den Zähnen an. „Sie mag es."

„Sie mag viele Dinge", antwortete Kylan, seine Lippen auf meinem Puls. Sein Daumen lief über mein Zentrum und öffnete den Knopf an meiner Hose. „Ich möchte, dass du die ausziehst, Raelyn." Bei den Worten zog er den Reißverschluss nach unten und entblößte meinen Intimbereich.

In dem Schrank, den er mir zugeteilt hatte, gab es keine Unterwäsche. Nicht, dass ich sie sonst getragen hätte. Vampire und Lykaner hatten eine Vorliebe für menschliche Nacktheit.

„Ausziehen", wiederholte er und zerrte hart an ihnen.

Mikael schnaubte und schüttelte seinen Kopf. „So ungeduldig."

Kylan griff Mikael am Kragen seines Hemdes und zog ihn näher heran. „Nein, Mikael. *Das* ist ungeduldig." Er stieß so schnell zu, dass ich schrie, als seine Zähne sich tief in Michaels Hals versanken, und dass Popcorn sich überall verteilte.

Mikael stöhnte und verdrehte die Augen. Kylan hatte eine Hand auf meiner Jeans gelassen und gab ihr einen weiteren scharfen Ruck. Ich kämpfte darum, sie auszuziehen, seine heiße Handfläche auf meiner frisch freigelegten Haut machte es nicht einfacher.

Meine Füße halfen und traten den Stoff von meinen Beinen.

Kylans Finger liefen über meinen Hügel und dann tiefer, wo zwei auf einmal in mich eindrangen.

Scheiße. Ich atmete tief durch die Nase ein und durch den Mund wieder aus. Normalerweise ging er etwas vorsichtiger vor, aber heute Nacht lauerte etwas Ruheloses unter seiner Haut. Ich konnte es in den angespannten Fasern seines Körpers spüren, in der Art und Weise, wie sein Arm meinen Unterleib umwickelte und mich an meinem Platz hielt.

War er wütend, weil er uns im Kino vorgefunden hatte und nicht beim Lernen?

Wir hatte noch zwei Wochen Zeit bis zur Feier und ich hatte so gut wie alle Portfolios durch und seine sexuelle Ausbildung über mich ergehen lassen.

Was wollte er noch?

„Kylan", hauchte Mikael, dessen Nägel sich in die Polster gruben. „Scheiße!"

„Du brauchst eine längst überfällige Erinnerung, Mikael", knurrte Kylan gegen seinen Hals. „Du dienst mir."

„Ja, mein Prinz." Sein Gesicht verzog sich gequält, seine Augen fielen zu. „Immer."

„Und im Gegenzug passe ich auf dich auf", fuhr Kylan fort, seine Zunge verfolgte die Konturen von Mikaels Kehle. „Nicht wahr?"

„Ja", stimmte er mit leiser Stimme zu. „Tust du."

„Tue ich." Kylan ließ mich los. „Steh auf, Raelyn. Jetzt."

Meine Beine zitterten, als ich gehorchte. Hinter mir lief immer noch der Film und warf seltsame Schatten durch das Zimmer. Sie verliehen Kylan einen dunkleren, unheimlicheren Schein, der seine wahre Natur offenbarte.

Räuber.

Vampir.

Alt.

Ich schluckte. Sein Blick war hart und unberechenbar. Was wollte er jetzt von mir? Gäbe es eine weitere Lektion? Eine Bestrafung? War es Zeit zum Spielen?

Kylan schlug seine Beine übereinander und legte einen Knöchel auf seinem Knie ab, seine Arme breitete er über die Lehne der Couch und hinter einem lusttrunkenen Mikael aus. „Zieh deinen Pullover für uns aus, Raelyn."

Ein Schauer suchte sich seinen Weg über meinen Rücken. Ich leckte meine Lippen, sein unheilvoller Blick verfolgte die Bewegungen, während er wartete.

Er zog eine Braue hoch. „Gibt es ein Problem, Raelyn?"

Damit, dass die beiden mich nackt sehen würden? Nein, nicht wirklich, außer, dass ich so etwas noch nicht vor Mikael getan hatte. Er war in der letzten Woche mehr oder weniger zu einem Freund geworden. Aber wir sollten nie nur platonisch miteinander umgehen. Nicht, wenn wir beide auf Kylans Sexspielplatz lebten.

Es ist nur ein Pullover, sagte ich zu mir selbst. *Nacktheit ist der einfache Teil.*

Ich zog den Stoff über meinen Kopf und meine Nippel erhärteten sich in der kalten Luft.

Mikael schien sich zu entspannen, seine hellen Augen liefen langsam über meine Gestalt, während Kylan mit einer Locke seines blonden Haares spielte. „Ist das nicht besser?", fragte Kylan im Plauderton und benutzte die Fernbedienung, um den Film zu pausieren.

„Als die Jeans?", Mikael schmunzelte. „Ja."

„Ich sollte sie aus ihrem Kleiderschrank entfernen und ihr stattdessen kurze Kleider geben, um ihre Beine zu zeigen." Sein Fokus legte sich auf den Hügel zwischen meinen Beinen. „Vielleicht auch ein paar Dessous."

„Rote", fügte Mikael hinzu.

„Unbedingt. Ich werde das mit Taylor besprechen. Raelyn benötigt sowieso zusätzliche Outfits für unsere zukünftigen

Dinners." Er streichelte weiter über Mikaels blondes Haar, während er sprach, sein Ausdruck war undurchschaubar. „Oder vielleicht sollte sie nackt gehen."

Ich hatte schon schlimmeres gesehen, wie Sterbliche, die mit Metallpiercings und Ketten geschmückt waren. *Halsbänder, Stacheln, bedeckt mit Blut.* Ich erschauderte. *Nein danke.*

„Nervös, kleines Lamm?" Seine dunklen Augen glühten. „Weil das genau das ist, was ich mit meinen königlichen Freunden mit dir machen werde. Sie dich sehen lassen, dich streicheln lassen, dich vielleicht sogar von ihnen ficken lassen."

Mein Magen drehte sich bei diesen letzten beiden Worten um. *Fick dich.* Er hatte die ganze Woche nichts anderes gemacht, als meinen Mund zu nehmen. Würde er wirklich jemand anderem erlauben, mir die Unschuld zu nehmen?

Eine Spielkarte, hatte er es genannt.

Ich wusste immer noch nicht, was er damit meinte.

„Ist das nicht unterhaltsamer, als ein alter Film?", fragte Kylan.

Mikael blickte ihn von der Seite aus an. „Ist das der Grund, warum du das tust? Du bist unzufrieden mit meinen Trainingsmethoden und hast das Bedürfnis, eine Szene zu machen?" Sein Ton bescherte ihm einen scharfen Ruck an seinen Haaren ein, der ihn nicht mal Zucken ließ.

„Im Gegenteil, ich bin recht zufrieden. Ich denke eher, dass es an der Zeit ist, Raelyn in das nächste Level einzuführen. Sie befriedigt mich hervorragend, aber ich frage mich, wie sie bei anderen abschneidet?" Er beugte sich vor, um die Wunde an Mikaels Hals zu lecken, langsam, zweckmäßig. „Möchtest du, dass sie deinen Schwanz berührt, Mikael?", fragte er leise, seine Zunge zeichnete einen feuchten Weg über seine Haut. „Dass sie auf ihre Knie geht und dir mit ihrem hübschen Mund einen bläst?"

Meine Lippen teilten sich, mein Mund wurde trocken.

Kylan wollte, dass ich Mikael befriedigte.

Während er zusah.

War es das, was er mit seinen königlichen Freunden machen würde? Mir sagen, ich soll auf meine Knie gehen und sie oral befriedigen, während er das beobachtete?

Mikael hatte mir erklärt, dass die Haremmitglieder ein zweimonatiges Training absolvierten und komplett erfahren in den sexuellen Künsten wären, bevor sie Kylans Harem beitraten.

Es war Kylans Job mich mit demselben Training zu versorgen.

Und auch Mikaels.

Seine hellen Augen hoben sich und trafen meine, seine Pupillen glühten unheimlich in dem matten Licht hinter mir. Wissen und Verständnis spiegelten sich in seinem Ausdruck wieder. Er wusste, dass das nicht leicht für mich wäre, aber verstand auch, dass ich keine Wahl hatte.

So war das Leben mit Kylan. Leben mit einem König. Leben mit einem Vampir.

Wir beide existierten, um zu dienen, und das war es, was unser Vorgesetzter forderte.

Er nickte mir kurz zu, ein geteilter Moment des Leidens, bevor er sagte: „Ich will ihren Mund."

Kylan grinste. „Eine ausgezeichnete Wahl. Raelyn, ich glaube, du bist mit den Anforderungen vertraut?" Er zog eine Braue hoch.

„Das bin ich, mein Prinz." Nicht *Eure Hoheit*, nur für den Fall, dass unser Safeword immer noch fortbestand. Weil ich das hier konnte. Es war nur Mikael.

Ein Hauch von Anerkennung huschte über sein Gesicht. Weil ich nicht darüber diskutierte? Könnte ich das überhaupt, wenn er in so einer Stimmung war? „Gut, kleines Lamm. Dann geh auf deine Knie." Er strich weiter durch Mikaels Haar, sein dunkler Blick lag auf mir, während ich mich zwischen die gespreizten Beine seiner Blutjungfrau kniete. „Du weißt, was du zu tun hast."

Ich legte meine Handflächen behutsam auf Mikaels Oberschenkel und ließ sie nach oben zu der wachsenden Beule unter seinem Reißverschluss gleiten. Meine Finger drohten zu zittern. Es fühlte sich falsch an, einen Mann anzufassen, der nicht Kylan war.

Es ist okay. Er will mich auch.

Aber ich will ihn nicht.

Was du willst, spielt keine Rolle. Das ist für ihn, nicht für dich.

Als ob er mein Zögern gespürt hätte, strich er mit seinen Knöcheln über meine Wange, erinnerte mich an seine Anwesenheit. Sein Verlangen. Seinen Befehl.

So bei einem anderen König zu zögern, würde mir die Todesstrafe einhandeln.

Sie würden Selbstvertrauen und verführerisches Geschick erwarten, nicht dieses zitternde Durcheinander, nachdem ich gerade mal die Oberschenkel eines anderen Mannes berührt hatte.

Ich bin nicht die richtige Frau für das hier.

Doch, bist du. Du bist eine Überlebende.

„Ich denke, sie braucht die richtige Motivation", murmelte Kylan, legte seine Lippen wieder an Mikaels Hals und suchte sich seinen Weg zu seinem Mund. Ihr darauf folgender Kuss ließ mein Herz einen Schlag aussetzen.

Animalische Hitze versenkte die Luft.

So männlich.

So erotisch.

So süchtig machend.

Meine eigenen Lippen öffneten sich, meine Zunge schoss heraus, um sie zu befeuchten, als wäre ich diejenige, die geküsst würde.

Ich hatte sie schon vorher zusammen gesehen, aber nicht ganz so wie jetzt… so viel Hunger und pure Energie und

Bedürftigkeit. Kylan griff nach meiner Hand und legte sie über Mikaels Erregung, zwang mich, ihn durch die schwarze Hose hindurch zu streicheln. Ich konnte mich kaum darauf konzentrieren, meine Aufmerksamkeit galt ganz den beiden, wie sie sich gegenseitig verschlangen, und dem Duell ihrer Zungen.

Ich will das...

Die Hingabe.

Die Intensität.

Das Vertrauen.

Mikael gab sich Kylan voll und ganz hin, sein Körper war eine Puppe, mit der sein Herr spielen konnte.

Wie sahen Kylan und ich zusammen aus? Genauso passend? Genauso heiß? Genauso wild?

Der Druck gegen meine Hand wurde stärker, die Aufgabe deutlich. Ich öffnete die Hose und entließ Mikaels Erregung. Kylan führte meine Finger, schloss sie um die Basis und führte meine Stöße hoch und zurück, seine Anleitung genau und unmissverständlich.

Ich folgte seiner Führung und ließ ihn das Tempo vorgeben. Mikael stöhnte, seine Erregung pulsierte, als Kylan hart genug in seine Lippe kniff, um sie zum Bluten zu bringen.

„Arschloch", knurrte er.

Kylan festigte seinen Griff um meiner Hand, brachte mich dazu, Mikaels Schaft zu drücken. „Vorsichtig. Sie mag diejenige sein, die dich berührt, aber ich habe immer noch die Kontrolle."

„Du hast immer die Kontrolle."

„Ja, die habe ich." Kylan nahm wieder seinen Mund ein, mit einer Intensität, die mir den Atem raubte. Er hörte nicht auf, meine Hand zu führen, seine Bewegungen sicher und erfahren, seine Lippen sogar noch geübter.

Ich presste meine Oberschenkel zusammen, der Schmerz, der sich zwischen ihnen aufbaute, war beinahe unerträglich.

Ich wollte, dass Kylan mich so küsste, während Mikael zwischen meinen Beinen kniete.

Um zwischen ihnen zu sein.

Sie zu teilen.

Um mich teilen zu lassen.

Die fremden Gedanken erweckten eine Flamme in meinem Zentrum, die Wärme durch meine Adern verbreitete, meine Nerven berührte und meinen Kern zum Leben erweckte.

Ich bewegte jetzt selbst meine Hand, benötigte nicht länger Kylans erfahrene Berührung. Seine Hand strich über meine Wange, glitt nach oben in mein Haar und zwang mich nach unten, Mikaels Schwanz entgegen.

Er war nicht so lang wie Kylan, sein Kopf ein wenig runder, aber genauso proportioniert und schön. Ich verfolgte seine pulsierende Ader mit meiner Zunge und grinste, als er zusammenzuckte, und ließ seine Krone zwischen meine Lippen gleiten.

„Scheiße", knurrte Mikael, seine Muskeln spannten sich an, als ich ihn bis zu meiner Faust schluckte und nach oben hin saugte.

„Ich habe dir gesagt, sie ist begabt", murmelte Kylan, seine Finger hatten sich in meinen Haaren verknotet und drückten mich, um Mikael noch tiefer zu nehmen. „Ich hoffe, du bist bereit zu schlucken, Raelyn. Ich erwarte, dass du alles nimmst, was er dir gibt, und noch mehr."

Meine Augen begannen sich mit Tränen zu füllen, durch seinen harten Griff und den Schwanz, der an die Rückseite meines Halses schlug. Mikael mag nicht genauso gut bestückt sein, aber er war mit Sicherheit lang genug.

Ich traf seinen Blick, seine Lider waren schwer. Alle Anzeichen von Entschuldigung und Verständnis waren verschwunden und durch einen Mann ersetzt, der tief in den Schmerzen seiner Leidenschaft versunken war. Kylan bewegte sich zu seinem Hals, sein Biss beschwor einen leisen Fluch bei seiner Blutjungfrau hervor. Die gewalttätigen Züge seines Blutes in Kylans Mund sandten Schockwellen von Energie durch Mikael, sein Körper spannte sich unter meiner Berührung und sein Schwanz schwoll in meinem Mund an.

Er wurde unmöglich größer.

Meine Kehle zog sich zusammen, meine Lungen protestierten.

Luft…

Kylan gab nicht nach, sein Griff in meinem Haar erlaubte mir nicht, mich zu bewegen.

„Scheiße!" Mikael stöhnte, sein Orgasmus schoss durch ihn hindurch und ergoss sich mit so einer Kraft in meinen Mund, dass ich rückwärts gefallen wäre, wenn Kylan mich nicht festgehalten hätte. Ich schluckte, weil ich keine andere Wahl hatte, sein Samen war heiß und reichlich, als er über meine Zunge glitt.

Es hörte nicht auf.

Eine zweite Welle der Ekstase ließ ihn aufschreien, als er nochmal kam. Meine Nägel gruben sich in seine Oberschenkel, als mein Sichtfeld begann, hinter schwarzen Punkten zu verschwinden. Ich konnte nicht… Ich musste… Aber verdammt, ich nahm ihn trotzdem in mir auf, seine Essenz, zwang sie nach unten, während meine Lungen schmerzten.

Er zog mich für den Bruchteil einer Sekunde zurück, öffnete meine Atemwege und ich saugte die Luft dankbar ein. Ich sehnte mich nach mehr, einer Pause, aber sobald ich meine Lungen mit Luft gefüllt hatte, stieß er mich gerade rechtzeitig für eine weitere Explosion nach vorne.

„Kylan…" Der Name verließ Mikael beim ausatmen, zog meine verschwommenen Blick wieder nach oben. Er war blass geworden, seine Lippen hatten einen Blauton angenommen, der nicht richtig aussah.

Wegen meinen Augen?

Der Macht seines Ergusses fehlte es an der Hitze und

Macht von vorher, in seinem Körper war viel weniger Spannung, er war beinahe schlapp.

„Bitte", flüsterte er, seine Hand legte sich auf Kylans Bein. „Ich…" Er hörte auf und winselte, seine Augen blitzten auf. „Kylan…"

Nein.

Er würde doch nicht…?

Seine Hand blieb in meinem Haar, aber die Begeisterung war verschwunden, ersetzt durch eine kalte Haut, die mir das Herz in die Hose sinken ließ.

Ich erstarrte auf meinen Knien, nicht fähig zu sprechen, zu handeln, zu reagieren.

Mikael wurde kälter, seine Haut bekam einen tödlichen Schatten, den ich nur allzu gut kannte.

Seine hellen Augen sprangen zu meinen, echter Schmerz starrte zurück zu mir.

Und dann schlossen sich seine Lider.

Eine Träne flüchtete aus meinem Augenwinkel.

Ich kannte ihn kaum, aber er war nett zu mir. Wie konnte ich einfach hier sitzen und zusehen, wie das passierte? Warum würde Kylan ihm das antun? Mir? Uns?

Ich drückte mich weg, Mikaels Erektion war schon lange verschwunden, aber Kylan hielt mein Haar fest und zwang mich, zwischen den Beinen des sterbenden Mannes zu bleiben, während er sich weiter nährte.

„Versuch, dich nicht in ihn zu verlieben, Rae. Dich daran zu erinnern, wer und was er ist, hilft. Zumindest ein bisschen."

Mikaels Worte geisterten als unheimliche Erinnerungen in meinen Gedanken umher.

Ich hatte seine Warnung nicht ernst genug genommen.

Weil ich, nur für eine Minute, angefangen hatte, Kylan zu vertrauen. Ihn vielleicht sogar ein bisschen zu mögen.

Das war der König, den ich gefürchtet habe.

Derjenige, über den ich gelesen hatte.

Der grausame Herr, der grundlos tötet.

Derjenige, der behauptete, seinen Harem nicht abgeschlachtet zu haben.

Ein Lügner.

Ein Vampir.

Ein Monster.

18

KYLAN

MIKAELS HERZSCHLAG GERIET INS WANKEN, die letzten Züge seiner Sterblichkeit riefen warnend zu mir.

Ich ließ von ihm ab, verschloss die Wunde mit meiner Zunge, aber zog mich noch nicht sofort zurück.

Raelyns wachsende Angst erweckte das Raubtier in mir, flehte mich an, mich auf sie zu stürzen. Wenn ich sie jetzt ansehen würde, würde ich sie nehmen, hart. Und dafür war sie noch nicht bereit.

„Du bist böse", flüsterte sie, Hass strömte in Wellen von ihr herab.

Meine Augenbrauen hoben sich. „Entschuldigung?"

„Du hast mich verstanden." Ihre heisere Stimme faszinierte mich. Ich würde gerne hören, wie sie meinen Namen mit dieser Stimme sagt, besonders, wenn sie wegen mir kommen würde. „Er hat dir vertraut."

„Ich weiß." Es war einer von Mikaels größten Makeln und eine Eigenschaft, die ich bewunderte. Er liebte es, meine Grenzen auszutesten, ohne Angst vor dem zu haben, was ich ihm antun könnte. Zu seinem Glück hatte er noch nie eine Grenze zu weit überschritten. Schließlich traf mein Blick auf

Raelyns blaue Augen und fiel dann nach unten, um sich auf ihre geschwollenen Lippen zu konzentrieren. „Du hast so einen guten Job gemacht, kleines Lamm. Ich schulde dir eine Belohnung."

Ich versuchte, sie auf die Couch zu ziehen, aber sie wehrte sich, riss ihren Kopf zu Gunsten ein paar ihrer roten Haare aus meinem Griff frei. Sie stand auf und stolperte rückwärts, bis ihr Rücken gegen die Wand des Kinozimmers traf. „Ich will gar nichts von dir, *Eure Hoheit*."

Mein Herz stockte bei dem Gebrauch ihres Safewords. Ich hielt beschwichtigend meine Hände hoch und lehnte mich auf der Couch zurück, verdammt verwirrt. „Rede mit mir, Raelyn. Sag mir, was dich zu weit getrieben hat."

„Willst du mich verarschen?" Sie klang aufgebracht, ihr Ton anders als alles, was ich bislang von ihr gehört habe, und unfassbar respektlos.

„Hast du vergessen, wer ich bin?", fragte ich schockiert.

Sie lachte bitter. „Oh, offensichtlich habe ich das, aber vielen Dank für die blutige Erinnerung. Ich werde es nie wieder vergessen. Da bin ich mir verdammt sicher."

Ich blinzelte. Wovon zum Teufel redete sie?

„Hast du so deinen Harem getötet?", fragte sie und zeigte auf Mikael. „Oder hast du ihnen einfach ihre Kehlen aufgeschlitzt, wie das Monster, das du bist?"

„Ich habe meinen Harem nicht getötet, Raelyn." Etwas, dass sie eigentlich wusste. „Warum benimmst du dich so? Was habe ich getan?"

Sie starrte mich an. „Was du getan hast?" Ihre schrille Stimme klingelte in meinen Ohren. „Das!" Sie zeigte wieder auf Mikael. „Du hast ihn getötet, während ich… Göttin, er hat dir vertraut und du hast ihn getötet. Hast ihn ausbluten lasse, als würde er dir nichts bedeutet, was er natürlich auch nicht tat. Keiner von uns tut das. Ihr seid alle nur verdammte Monster, die die Schwachen ausbeuten und uns dazu zwingen, uns zwingen…" Sie brach ab, ihre Beine gaben nach und schickten sie mit einem Schluchzer zu Boden.

Etwas brach in mir, ein Gefühl, das ich schon sehr lange nicht mehr gefühlt hatte.

Bedauern.

Ich hatte unabsichtlich diese wunderschöne, kämpferische Seele verletzt.

„Raelyn", flüsterte ich und setze mich neben sie auf den Boden. Sie zog ihre Knie an, versuchte sich, von mir abzuwenden, aber ich hob sie mit Leichtigkeit in meinen Schoß. „Raelyn."

„Ich hasse dich." Ihre Faust traf auf meinen Kiefer, mit wesentlich mehr Stärke, als ich erwartet hatte, und schickte eine Schockwelle durch meinen Körper. Sie kletterte von mir herunter und feuerte einen weiteren Schlag auf mich ab, den ich abfangen konnte, bevor er Bekanntschaft mit meiner Nase machen konnte.

„Raelyn", wiederholte ich mit Nachdruck und schob ihre Hand weg. „*Hör auf.*"

„Nein!" Sie versuchte ernsthaft gegen mich zu kämpfen, Tränen liefen aus ihren Augen, während sie erneut versuchte, mich zu schlagen. Ihre Faust traf auf meine Handfläche, aber ihre andere schaffte es, mich in der Seite zu treffen. Das tat verdammt nochmal weh.

„Das reicht!", fauchte ich, hatte genug von diesem Unsinn. Ich drückte sie flach auf den Boden, hielt ihre Handgelenke in einer Hand über ihrem Kopf zusammen, während sie ihre Hüfte vergeblich unter mir aufbäumte. Ich hätte es wesentlich mehr genossen, wenn sie mir nicht wütend ins Gesicht gespuckt hätte.

„Töte mich", schrie sie, immer noch kämpfend, trotz meines undurchdringbaren Griffs. „Lieber sterbe ich, als hier noch eine Sekunde länger bei dir zu sein. Ich werde dich beißen, dich anschreien, ich werde-"

„Scheiße, Raelyn, er ist nicht tot", knurrte ich. Als ob ich jemals Mikael töten würde. Ich verehrte diesen Mann. „Er ist nur ausgetrocknet." Ziemlich wortwörtlich. Aber das Blut, dass ich ihm in den Mund hab gleiten lassen, würde ihn wieder heilen.

Endlich beruhigte sie sich und atmete unregelmäßig. „W-was?"

„Er wird in ein paar Tagen mit einem Kater aufwachen und ein paar auserlesen Worte für mich haben, aber ansonsten wird es ihm gut gehen." Ich wischte mir mit der freien Hand den Speichel vom Kinn. Nicht sehr ansprechend. „Ich brauche ihn ruhig, um ihn zu beschützen."

Ihre feuchten Augen legten sich fest auf meine. „Ich… Ich verstehe nicht."

„Jace wird morgen hier ankommen, zusammen mit Darius und Darius' neuer *Erosita*. Dass Mikael unpässlich ist, bestätigt meinen Ruf und markiert sein Blut als Tabu." Obwohl ich Mikaels Aufenthaltsort normalerweise geheim hielt, würde jeder erwarten, dass er jetzt bei mir war. Das bedeutete, die Könige, die zu Besuch kamen, könnten einen Bissen einfordern, etwas, das ich mich weigerte zu erlauben.

Territoriales Verhalten wurde unter Meinesgleichen als Schwäche angesehen. Und ich konnte es mir nicht leisten, vor irgendjemandem, als schwach angesehen zu werden. Nicht mit den Gerüchten vom Wahnsinn der Unsterblichkeit, die mich umgaben.

„Du möchtest ihn nicht teilen", sagte sie leise.

Es gab keinen Grund, sie anzulügen. „Nein, das möchte ich nicht."

„Aber du wirst mich teilen."

Ich zuckte mit den Schultern. „Nun, es ist üblich, die Gemahlinnen zu tauschen." Obwohl ich sie nicht wirklich teilen wollte. Ich hatte es fast genossen, Mikael außer Gefecht zu setzen, und das war vorher noch nie vorgekommen. Normalerweise warnte ich ihn und trocknete ihn langsam aus, aber ihn zu sehen, wie er von Raelyns Aufmerksamkeit profitierte, hatte mein Blut in Flammen gesetzt. Was seltsam war, wenn man bedachte, dass ich meinen Harem immer mit ihm und auch anderen geteilt hatte.

Aber Raelyn, naja, ich hatte es nicht genossen, mit anzusehen, wie sie ihm diente. Überhaupt nicht.

Unsere Umstände waren anders, ein Resultat es Wahnsinns dieser letzten paar Monate. Sie hatte jede Nacht bei mir geschlafen, eine Freude, die ich früher nie wertgeschätzt hatte. Normalerweise hatte ich meine Gemahlinnen in ihren eigenen Räumlichkeiten aufgesucht und immer zwischen ihnen gewechselt, hatte nie wirklich einen Favoriten. Manchmal verging sogar ein Monat, ohne dass ich irgendeine von ihnen gesehen hatte.

Und ich hatte nie eine Gemahlin mehrere Nächste hintereinander besucht.

Bis Raelyn kam.

Sie hatte mich die ganze Woche unterhalten und dennoch sehnte ich mich nach mehr von ihr. Ihre Jungfräulichkeit war nur ein weiteres Stück vom Kuchen. Ich freute mich darauf, sie zu sehen, die Flamme in ihren Augen zu finden, die sich in meiner Anwesenheit immer zu entzünden schien.

Meine furchtlose, kleine Füchsin.

Sie hatte mich nicht nur ein Mal, sondern mit zwei Schlägen getroffen. Eine eigentlich unmögliche Leistung für einen Menschen, selbst, wenn er unter Schock stand. Ihre tägliche Einnahme meines Blutes hat ihr vielleicht auch dabei geholfen, aber ich war trotzdem beeindruckt von ihren flinken Bewegungen.

„Du weißt, dass einen Vampir zu schlagen, ganz zu schweigen von einem König, mit dem Tod bestraft wird, ja?", fragte ich vergnügt.

Ihr Blick verengte sich, selbst als Schmerz aus ihren blauen Tiefen hinaufstieg. „Es tut mir nicht leid."

„Nein, das tut es nicht." Ich legte meinen Kopf zur Seite. „Und du bist immer noch sauer auf mich."

Sie biss sich auf die Lippe, sagte nichts.

„Wieder das Anschweigen?" Meine Brauen hoben sich. „Sicher kannst du einfallsreicher sein als das."

„Ich würde dich nochmal schlagen, aber du hältst meine Hände fest."

„Sag mir, warum du sauer bist."

„Weil ich dich hasse."

„Mehr Wort, Raelyn. Ich will eine Erklärung."

„Warum?", entgegnete sie scharf. „Es ist ja nicht so, als würde dich das interessieren."

Ich lachte. „Wenn es mich nicht interessieren würde, würde ich nicht fragen." Ich habe vor langer Zeit gelernt, mir nicht die Mühe zu machen, meine Meinung preiszugeben oder Worte für nutzloses Geschwätz zu verschwenden.

Sie sagte immer noch nichts.

„Ich habe dir gesagt, Mikael wird es gut gehen." Ein leichter Schmerz baute sich bei diesen Worten in meinem Bauch auf. Verehrte sie ihn wirklich schon so sehr? Nach dem, was ich gesehen hatte, waren sie nie romantisch miteinander geworden, nur Freunde. Aber offensichtlich störte der Gedanke an seinen Tod sie ungemein. Oder lag es daran, dass ich ihn so achtlos entsorgt hatte? „Rede mit mir, Raelyn."

„Schön. Was wirst du mich mit Jace tun lassen?"

Von all den Dingen, die ich von ihr erwartet hatte, hatte ich an diese nicht mal einen Gedanken verschwendet. „Du folgst dem Anstand, wie immer."

„Ich meine als deine Gemahlin." Sie sprach die Worte mit so einer Verachtung aus, dass ich fast zusammengezuckt wäre. Keine meiner Gemahlinnen hatte sich jemals so verhalten, nicht mal diejenigen, die ich mir ausgesucht und selber erzogen hatte. Sie waren immer begierig darauf, mir oder anderen zu gefallen.

„Sag es geradeheraus, Raelyn. Was möchtest du wissen?"

„Geradeheraus", wiederholte sie, ein Blitz aus Wut entzündete ihren umwerfenden, azurblauen Blick. „Wirst du mich dazu bringen, Jace zu ficken?"

Die Frage war wie ein weiterer Schlag ins Gesicht.

Würde ich ihr erlauben, Jace zu ficken? Nein, *sie dazu bringen*, hatte sie gesagt.

Beinahe hätte ich gelacht.

Zur Hölle würde ich ihm, oder irgendjemand anderem, eine so wertvolle Gelegenheit gewähren.

„Du gehörst mir, Raelyn."

Sie besaß die Dreistigkeit, mit den Augen zu rollen. „Ja, dessen bin ich mir bewusst. Ich gehöre dir zum teilen und das alles. Das mindeste, was du mir geben könntest, in eine ungefähre Vorstellung von dem, was mich erwartet, wenn Jace hier eintrifft. Oder irgendeiner der anderen, falls das einen Unterschied macht. Aber nein, du kannst es dir nicht einmal leisten, mir, dem einfachen Menschen, die Höflichkeit zu gewähren, mich wissen zu lassen, was du vor hast... Wie hattest du es formuliert? Oh, richtig, meine Jungfräulich als eine Spielkarte zu benutzen." Sie versuchte wieder, sich aus meinem Griff herauszuwinden und wurde wütend, als ich mich nicht bewegte. „*Schön.*"

Ich hatte seit Jahren keine menschliche Frau dieses Wort in *diesem* Ton so murren hören. Es war offensichtlich, dass Mikaels Einführung in die Welt der Filme auf sie abgefärbt hatte, innerhalb von nur einer Woche.

„Du möchtest wissen, wie ich plane, dir deine Unschuld zu nehmen?", fragte ich irritiert. „Und du bist sauer, weil ich es dir noch nicht gesagt habe?"

Sie starrte mich einfach nur weiter an.

„Ist dir in den Sinn gekommen, dass ich das einfach noch nicht entschieden habe?"

Mehr Stille.

„Hättest du gerne, dass ich sie dir jetzt nehme?" Ich drückte mich fester zwischen ihre Oberschenkel, erlaubte ihr so, meine sich verhärtende Erregung zu spüren. „Weil ich dich sehr gerne ficken würde, Raelyn, wenn es das ist, was du dir von mir wünscht."

Ihre Nasenlöcher flatterten. „Fick dich."

„Genau um das Thema geht es, ja." Ich ließ meine Nase über ihre roten Wangen gleiten. *Reizend.* Ich war gut genährt, aber ihr Blut versuchte, mich zu einem Biss zu verführen. „Würdest du mich weniger hassen, wenn ich dich ficke, Raelyn? Weil ich befürchte, dass du mich dann noch mehr hassen würdest. Vor allem, weil es dich zu einer Gemahlin machen würde, bei der alle Optionen verfügbar wären."

Ich knabberte an ihrem donnernden Puls, weidete mich an ihrem berauschenden Duft. Angst vermischte sich mit Lust und Zorn, kreierte ein Aroma, dem ich nur schwer widerstehen konnte. Meine Fangzähne flehten mich an, sie voll und ganz zu schmecken. Sie würde meine Begierden nicht so befriedigen, wie Mikaels Blut es tat, aber oh, wie sehr ich mich danach sehnte, sie gänzlich zu verschlingen.

„Alle Optionen verfügbar?", wiederholte sie, ihre Stimme senkte sich zu einem Flüstern.

„Mhm, ja." Ich kratzte mit meinen Fangzähnen über ihre sensible Haut. So leicht. So verlockend. „Sobald ich dich gefickt habe, kann jeder andere dich auch anfordern. Ist es das, was du willst, Raelyn?"

Weil ich das nicht wollte. Ich wollte sie beschützen und für mich behalten, solange ich konnte. Kein König oder Alpha wäre nur an ihrem Mund interessiert. Sie würden das Komplettpaket wollen, was tabu war, bis ich es mir selbst genommen hatte.

„Sie können nicht… bis…?" Sie schluckte, wurde still.

Ich zog mich zurück, um den Konflikt in ihrem Blick zu sehen. „Du dachtest, ich würde dich teilen, bevor ich dich hatte?", schnaubte ich. „Liebstes Lamm, das wird nie passieren."

Sie suchte den Blickkontakt mit mir. „Aber du hast es eine Spielkarte genannt."

„Weil es das ist." Ich ließ ihre Handgelenke los und stemmte mich auf beiden Seiten ihres Kopfes auf meine Ellbogen. „Eine, die ich gegen meine Gegner ausspielen kann. Nicht, indem ich ihnen deine Unschuld anbiete, sondern indem ich sie beschütze. Es sei denn, du hättest es lieber, wenn ich sie jetzt nehme?" Das Angebot lag immer noch auf dem Tisch und ich würde dem gerne entgegenkommen.

Es würde sie in Gefahr bringen.

Oder auch nicht.

Nur ein Idiot würde königliches Eigentum, das ihm ausgeliehen worden ist, töten.

Nein, mein Gegner war klüger als das. Er oder sie würden zuschlagen, wenn ich es am wenigsten erwartete.

Dennoch wollte ich nicht riskieren, dass Raelyn versehentlich verletzt wird.

Du willst sie nicht teilen, flüsterte meine dunklere Seite. *Sie gehört uns.*

Es war dieselbe Seite, die die Führung übernommen hatte, als ich einen Hauch von Schmerz zu meinem Biss hinzugefügt habe, als ich Mikael über den Rand der Bewusstlosigkeit gestoßen hatte. Eine subtile Bestrafung dafür, dass er sich *meiner* Frau hingegeben hatte.

Die ganze Woche mit ihr verbracht zu haben, hat mich verrückt werden lassen.

Ich musste meinen Durchblick auffrischen, brauchte eine Pause.

Oder vielleicht musste ich sie nur ficken, um sie aus meinen Gedanken zu vertreiben.

Bei der Aussicht darauf, verhärtete sich mein Schwanz und drückte sich gegen ihr zartes Fleisch. Es wäre so einfach, sie lag schon nackt und feucht unter mir.

„N-nein", sagte sie und schüttelte ihren Kopf. „Ich... ich möchte nicht geteilt werden."

Ihre Worte glitten in frostigen Wellen über mich hinweg, kühlten das Feuer in mir. „Du möchtest nicht geteilt werden?"

Sie schüttelte wieder den Kopf. „Ich... Nein. Das möchte ich wirklich nicht."

Ich habe ihr gerade erst gesagt, dass ich sie noch nicht teilen werden. Brauchte sie schon wieder eine Erinnerung? Oder war ich nicht deutlich genug? „Ich werde dich nicht teilen, bis ich dich nicht selber hatte, Raelyn."

Sie biss sich auf ihre Lippe. „A-aber ich will nicht…" Sie schien das, was sie sagen wollte, nochmal zu überdenken, was dazu führte, dass sich meine Stirn in Falten legte.

„Versuchst du zu sagen, dass du nie geteilt werden möchtest, Raelyn?"

Sie war für einen langen Augenblick still, hinter ihren Augen fand ein Kampf statt, als würde sie entscheiden, wie sie angemessen Antworten konnte. „J-ja."

Beinahe hätte ich gelacht. „Aber du bist meine Gemahlin und das ist dein Zweck. Zu ficken, wen auch immer ich dir auftrage zu ficken." Verstand sie nicht, wie ein Harem funktionierte?" „Sicher hat die Universität dir das erklärt."

Sie zitterte, ein Teil des Feuers in ihren Augen erstarb. So zerbrechlich und gebrochen und verletzt.

Das war der Blick, den Robyns Tiere hatten, nicht meine.

Was zum Teufel ist gerade passiert?

„Ja, mein Prinz", flüsterte Raelyn, ihr Blick verließ meinen.

Ihre Unterwerfung stach mir ins Herz und entfesselte einen

Strudel von Emotionen in mir. An erster Stelle stand extreme Enttäuschung.

„Ist es so einfach, dich zu brechen?", fragte ich. „Wie unfassbar bedauerlich." Ich hatte zumindest ein Aufflammen von Missbilligung in ihrem Blick erwartet, oder ein frustriertes Schnauben, keine völlige Akzeptanz. Ich drückte mich von ihr hoch und stand auf. „Zieh dich an, Raelyn."

Sie bewegte sich nicht.

Ich schüttelte den Kopf, konnte diesen Unsinn nicht länger ertragen. Wenn sie unter der Wahrheit ihrer Situation zerbrechen wollte, dann soll es so sein.

„Wenn du mich ficken willst, dann tu es." Die unverfälschte Wut in ihrer Stimme ließ mich mit der Hand am Türknauf innehalten. „Wenn du mich einem deiner königlichen Freunde geben willst, dann tu es. Aber frag mich nicht, was ich will, um mich dann fertig zu machen, wenn ich dir die Wahrheit sage."

Ich drehte mich neugierig um und fand Raelyn stehend vor, mit ihren Händen in die Hüften gestemmt, ihre Wangen rot durch die Strapazen.

„Du kannst mit meinem Körper machen, was auch immer du willst, aber meine Seele gehört mir, Kylan. Also verpiss dich."

Meine Augenbrauen hoben sich. Hatte sie diesen Satz in einem der Filme gelernt oder von dem losen Mundwerk eines Lykaners? Vielleicht hatte Mikael es vor ihr erwähnt.

So oder so sollte sie diese Worte nicht gegen einen König verwenden, schon gar nicht gegen mich.

Und schlimmer noch, ich hätte es niemals so sehr genießen sollen, es zu hören, wie ich es tat.

Ich trat nach vorne, drückte ihren Rücken gegen die Wand und legte meine Hand um ihren Hals, während sie mich in Grund und Boden starrte. „Und was, wenn ich deine Seele begehre, kleines Lamm?", fragte ich leise, mein Daumen streichelte ihren rasenden Puls. „Was, wenn ich sie verlange?"

„Du wirst sie nie haben."

Ich drückte zu, gerade genug, um ihr zu drohen. „Oh, aber ich besitze alles von dir, Liebling. Oder hast du diese Kleinigkeit vergessen?"

„Nein." Ihre Stimme zitterte durch eine Mischung aus Angst und Wut. „Ich besitze meine Seele, mein Herz und meinen Geist. Alles, was du hast, ist mein Körper, und ich weigere mich, dir noch irgendwas anderes zu geben. Es ist mein Recht, das zu entscheiden."

„Du hast keine Rechte."

„Nicht mehr." Ihr Blick verengte sich. „Aber die hatte ich mal."

Ich lächelte und es war fast schon traurig. „Nein, Liebes. Hattest du nie."

„Menschen hatten sie."

„In der Vergangenheit", stimmte ich zu, drückte meine Hüfte gegen ihre. „Wir leben in der Gegenwart, wo deine Freiheiten verloren sind und du zu mir gehörst. Du gehörst mir, Raelyn."

„Zum Ficken, zum Anfassen, zum Herumkommandieren." Ihre Pupillen zogen sich zusammen und offenbarten mehr von dieser hübschen, blauen Flamme. „Du kannst versuchen, meine Seele zu manipulieren so viel du willst, Kylan, aber ich werde dir nie nachgeben. Ich weigere mich."

„Wen versuchst du hier zu überzeugen, Schätzchen? Mich oder dich?" Weil es so klang, als ob sie diese aufmunternden Worte brauchte, nicht ich. „Weil ich noch nicht einmal angefangen habe, deinen Geist zu manipulieren."

Sie lachte höhnisch, ihr Mut war hell und greifbar, obwohl sie nackt mit dem Rücken zur Wand gefangen war. „Ich sage dir, dass ich nicht geteilt werden möchte, und du beeilst dich, mich daran zu erinnern, dass das mein Zweck ist. Du willst, dass ich in dem einen Moment demütig bin und stark im nächsten. Du hast mir gesagt, ich war nie für den Cup der Unsterblichkeit bestimmt, sagst, dass das alles nur ein grausames Spiel war, aber der Einzige hier, der spielt, bist du, Kylan. Und ich bin fertig damit, mitzuspielen."

Mein Griff lockerte sich, erschreckt von ihrer viel zu treffenden Beurteilung. Ich habe mit ihr gespielt, wie man es mit einem faszinierenden Haustier tun würde. Das war nie meine Absicht gewesen, aber bei ihrer so unverblümten Zusammenfassung konnte ich die Wahrheit in ihren Worten nicht leugnen.

Ich wollte eine Kriegerin, aber brauchte jemand Unterwürfiges. Zwei sehr unterschiedliche Zielvorgaben – beide korrekt.

Zum ersten Mal seit Jahrhunderten fiel mir keine Antwort ein. Die Frau hatte mich überlistet, was nur eine Sache übrig ließ, die ich sagen konnte. „Du hast Recht." Ich ließ von ihr ab und trat einen Schritt zurück. Eine Entschuldigung lag mir auf der Zunge, was mich noch mehr schockierte.

Ich entschuldige mich nie.

Niemals.

„Ich… was?"

„Du hast Recht", wiederholte ich. „Lass mich das nicht noch ein drittes Mal sagen." Ich konnte kaum glauben, dass ich es zwei Mal zugegeben hatte. Aber ich nahm an, das war das Mindeste, was ich tun konnte.

„Du hast mit mir gespielt."

„Das war es, was du gerade gesagt hast, oder nicht?"

„Und du hast es zugegeben."

Ich verschränkte meine Arme. „Das hier ist gerade wieder langweilig geworden."

Sie lachte, es klang fast hysterisch. „Wie konnte das hier mein Leben werden? Warum ist das hier mein Leben?" Sie fuhr mit ihren Fingern durch ihre Haare und lachte erneut, aber darin lag keine Freude. „War alles, was du über meine Jungfräulichkeit zu mir gesagt hast, auch eine Lüge? Ein Weg, mein Vertrauen zu gewinnen, nur um es wieder zu zerschmettern, wenn du mich an jemand anderen weiterreichst?"

Ein Knurren baute sich in meiner Brust auf. „Ganz und gar nicht." Meine Hände ballten sich zu Fäusten. „Niemand berührt dich außer mir."

Sie schaute mich zweifelnd an. „Okay, Kylan." Die abweisende Art, wie sie das sagte, setzte mein Blut in Flammen.

„Ich habe dich nie angelogen, Raelyn, und ich nehme diese Anschuldigung auch nicht auf die leichte Schulter."

Ihre Hände wanderten wieder auf ihre Hüften. „Nein, du versuchst nur, meinen Verstand zu brechen."

„Ich bevorzuge es, das ‚Lieferung von widersprüchlichen Prioritäten' zu nennen, was nicht mit Unehrlichkeit gleichgestellt werden kann." Ich machte wieder einen Schritt auf sie zu und sie wich nicht zurück. „Ich war ehrlicher zu dir als zu irgendeiner anderen Gemahlin."

„Das ist ja auch leicht, seit du sie alle getötet hast."

Ich machte mir nicht die Mühe, sie zu korrigieren. Sie kannte die Wahrheit. „Versuchst du mich zu provozieren, damit ich dich verletze, Raelyn? Weil ich dir nicht empfehlen würde, diesen Weg weiter zu gehen."

„Was könntest du denn jetzt noch tun?", konterte sie mit einem weiteren dieser humorlosen Lachen. Sie warf ihre Arme seitlich in die Luft. „Gib dein Schlimmstes, Kylan. Ich fordere dich heraus."

„Du forderst mich heraus?" Ich hob eine Braue. „Das ist eine gefährliche Aussage für jemanden, der glaubt, dass ich zu Massenmord fähig bin."

„Du bist ein Vampir, Kylan." Sie zeigte auf Mikaels leblose Gestalt auf der Couch. „Und du bist ganz offensichtlich fähig dazu, Leuten wehzutun."

„Ich kümmere mich seit einem Jahrzehnt um ihn. Versuch's nochmal."

„Du hast ihn beinahe leer getrunken, während du mich dazu gezwungen hast, ihm einen zu blasen, und hast dir nicht die Mühe gemacht, einem von uns deine Absichten zu erklären. Das ist zerstörerisch."

Also nochmal einen Schritt zurück. „Mikael wusste, was ich vor hatte, in der Sekunde, in der er mein Blut geschmeckt hat. Er hat nicht widersprochen, also bin ich fortgefahren."

Sie hob eine Braue. „Warum hat er dich dann zum Ende hin angefleht?"

Ich seufzte und fuhr mit meinen Fingern durch mein Haar. Warum erlaubte ich eigentlich diesen Unsinn? Es gab heute noch weitaus wichtigere Aufgaben für mich.

Zwei weitere Minuten, sagte ich zu mir selbst. *Das ist alles, was sie noch bekommt.*

Was hatte sie gefragt?

Richtig, sie wollte wissen, warum Mikael zu geklungen hatte, als würde ich ihn betrügen, bevor er das Bewusstsein verloren hat. „Ich habe die Befriedigung am Ende zurückgezogen, wodurch er etwas Schmerz gespürt hat."

„Und warum hast du das getan, wenn du ihn eigentlich nicht verletzen willst?", fragte sie.

„Weil es mir nicht gefallen hat, dich zwischen seinen Beinen zu sehen, Raelyn. Und ich habe es gehasst, wie sehr er es genossen hat." Die Worte waren draußen, bevor ich sie aufhalten konnte, was uns beide überraschte.

Warum zwang diese Frau mich ständig dazu, die Wahrheit zu sagen?

Ihre Lippen teilten sich, ihre Wangen erröteten. „Aber... aber du hast mich dazu gezwungen..."

Alles klar, die zwei Minuten waren um. „Was bedeutet, ich trage selbst die Schuld dafür, richtig?" Ich hatte angenommen, es wäre eine gute Einführung in das, was sie erwartete, aber der

Schuss ist nach hinten losgegangen. Mein besitzergreifender Drang, sie nur für mich selbst zu nehmen, ohne sie zu teilen, war viel zu stark, etwas, über das ich hinwegkommen musste, und zwar schnell.

Sobald ich sie gefickt habe, wäre es wieder gut.

Aber das konnte ich noch nicht. Nicht bis zu der Feier.

Solange ich nicht riskieren wollte, dass ein anderer König oder Alpha sie nimmt.

„Ich habe Arbeit zu erledigen", sagte ich und wandte mich von ihr ab. „Ich schicke jemanden, der Mikael in sein Schlafzimmer trägt. Geh heute früh ins Bett, Raelyn. Du musst dich ausruhen, bevor Jace morgen hier eintrifft."

Ich wartete nicht auf eine Antwort, schlug nur die Tür hinter mir zu und machte mich auf den Weg in mein Büro. Die verdammte Frau beschuldigte mich, Psychospielchen mit ihr zu spielen? Nun, es schien, als würde sie das Gleiche mit mir machen.

Aber ich würde gewinnen.

Das tat ich immer.

19

RAE

ICH WACHTE ALLEINE AUF, Kylans Seite vom Bett war noch genauso unberührt, wie als ich mich schlafen gelegt habe.

Er war letzte Nacht nicht zu mir gekommen.

Das sollte mir eigentlich gefallen, aber meine Lippen beugten sich nach unten, anstelle von oben.

Weil es mir nicht gefallen hat, dich zwischen seinen Beinen zu sehen.

Seine Worte hatten mich die ganze Nacht über begleitet, waren mir sogar bis in meine Träume gefolgt. Was bedeutete das? Er redete ständig davon, dass es mein Zweck war, zu dienen, dennoch sagte er, es gefiele ihm nicht, wenn ich das tat. Ein weiteres Psychospielchen? Kylan schien sie zu mögen, aber er hatte so ernst geklungen, als er diese Worte ausgesprochen hat.

Er behauptete, er wäre mir gegenüber ehrlich.

Wahrheit oder Lüge?

Ich wusste es nicht und hasste ihn dafür. Er lebte in Rätseln, forderte permanent das Eine, während er das genaue Gegenteil begehrte. Ich hatte letzte Nacht die Kontrolle verloren und ihm ein Teil meines Geistes offenbart.

Und er hatte sich nicht an mir gerächt.

An der Universität hätte mir mein Verhalten eine ernsthafte Strafe eingebracht. Ich war schon Zeuge davon geworden, wie Todesstrafen über solche verhängt wurden, die sich wesentlich besser verhalten hatten, als ich es letzte Nacht getan hatte, und dennoch war Kylan einfach nur fortgegangen.

Hatte er für heute etwas Schlimmeres geplant? Um an mir ein Exempel zu statuieren?

Ich setzte mich auf, war benebelt von zu viel Schlaf. Mir über Kylan und seine Absichten Gedanken zu machen, würde mir noch den Verstand rauben. An diesem Mann gab es nichts vorhersehbar. Nichts.

Ein leises Klopfen an der Tür ließ mich die Decken hochziehen, um meine nackten Brüste zu bedecken. Ich hatte nackt geschlafen, weil ich damit gerechnet hatte, dass Kylan sich noch zu mir gesellen würde. Was er natürlich nicht hatte.

Meine Stirn legte sich noch mehr in Falten, als Angelicas Kopf hinter der Tür auftauchte. Ihre dunklen Augen trafen meine und die Überraschung, sie wiederzusehen, hielt mich regungslos im Bett gefangen. „K-Kylan ist nicht hier", sagte ich, unsicher darüber, was sie wollte. Ich hatte sie seit dem Vorfall in seinem Anwesen nicht wiedergesehen.

Ihre Lippen zuckten. „Ich weiß. Er führt gerade ein Geschäftsgespräch und hat mich darum gebeten, mich um dich zu kümmern."

Ähm, und das bedeutet…? „Oh, ähm, okay", stotterte ich.

Sie kam mit einem Teller in der Hand hinein und schloss die Tür hinter sich.

„Eier mit Spinat", sagte sie und kam näher. „Ich habe viel davon gegessen, als ich aufgewachsen bin, also dachte ich, du vielleicht auch." Sie stellte das Essen auf den Nachttisch und zog ihre Lippen zur Seite. „Kylan hat mich gebeten, dir mit deiner Garderobe zu helfen. Jace und Darius werden in etwa einer Stunde erwartet."

Meine Lippen teilten sich. „Oh." Ich wusste nicht, was ich

sonst noch sagen sollte. Mikael war derjenige, der mich die ganze Woche begleitet hatte, aber natürlich könnte er das heute nicht. Nicht nach dem, was Kylan ihm angetan hatte.

„Ja, also, ähm, du isst das", sie zeigte auf den Teller, „und ich suche dir ein passendes Outfit." Sie ging fort und murmelte: „Weil es anscheinend mein neuer Job ist, Menschen zu füttern und anzuziehen."

„Ich kann das auch selbst machen", bot ich an. „Falls du nicht, ich meine…" Ich brach ab und biss mir auf die Lippe, als sie mich überrascht ansah. Richtig. Die kompletten Anstandsregeln gebrochen. Es war schon schlimm genug, dass ich Kylan durchgehend herausforderte. So mit anderen zu sprechen, selbst ihnen nur in die Augen zu schauen, brach so viele Protokolle.

Ich habe ganz offensichtlich Todessehnsucht.

Und noch schlimmer, ich hatte mich so vor Angelica verhalten, die gerade erst ein Vampir geworden ist und die Regeln *kannte*, wahrscheinlich besser als ich selbst.

„V-vergib mir", flüsterte ich und senkte meinen Blick.

Sie lachte, das Geräusch erschütterte meinen Magen.

Angelica konnte mich nicht töten, nicht ohne Kylans Zustimmung, aber sie konnte mich maßregeln. Vielleicht.

Ich runzelte die Stirn. *Niemand außer mir fasst dich an.* Meinte er das ernst? Bezog sich das ebenfalls auf Bestrafungen?

Bei dem Gedanken an Kylans Version einer Bestrafung lief mir ein Schauer über den Rücken. Abgesehen von ein paar verbalen Drohungen, hatte er mich noch nicht gezüchtigt. Und ich hatte es mehr als verdient, so wie ich ihn die ganze Zeit provozierte.

Aber genau das wollte er doch, eine Herausforderung im Schlafzimmer und einen folgsamen Hund in der Öffentlichkeit.

Technisch gesehen war ich immer noch im Schlafzimmer.

„Hast du die geringste Ahnung, wie lange ich schon keinem ungebrochenen Menschen mehr begegnet bin?", fragte

Angelica und fiel auf das Bett neben mich. „Scheiße, das ist Jahre her." Sie ließ sich verärgert nach hinten fallen. „Jeder verbeugt sich und weigert sich, mich anzuschauen, als ob ich irgendein gruseliges Monster wäre. Aber vor weniger als einem Jahrzehnt war ich noch ein Mensch."

Ich wartete, ob sie noch mehr sagen würde, aber Stille fiel zwischen uns, seltsam friedlich.

„Wie fühlt es sich an?", fragte ich leise. „Der Übergang von, naja, menschlicher Gestalt in einen Vampir?"

Sie rollte sich auf die Seite, ihre braunen Augen trafen meine. „Nicht annähernd so ruhmreich, wie man es erwartet. Sie fangen ganz unten an, mit minimalem Einkommen und den äußersten Notwendigkeiten, und zwingen sich, dir deinen Weg nach oben zu erarbeiten. Ich bin nur hier, weil Kylan es gefordert hat, das hat Judith ziemlich deutlich gemacht, als sie mich in sein Sicherheitsteam befördert hat. Seine Entscheidung wird mich noch etwas kosten, denke ich. Jeder will näher bei ihm sein, an seiner Macht, und ich bin die Jüngste und Wertloseste von allen."

„Wenn Kylan dich befördert hat, sieht er Potenzial in dir." Die Worte verließen meinen Mund, ohne dass ich darüber nachgedacht hatte. Sie klangen einfach richtig.

Angelica blieb für eine Weile still, ihre Lippen zogen sich zur Seite. „Ich hoffe, du hast Recht."

„Das hat sie", murmelte Kylan aus den Schatten, sein Körper schien sich vor uns zu materialisieren, als er in das Licht trat, das vom Fenster aus in den Raum geworfen wurde. „Warum isst du nicht, Raelyn?"

Mein Kiefer fiel bei seiner unerwarteten Erscheinung nach unten, meine Stimme versagte.

Angelica sprang vom Bett, mit einem Geräusch, als würde sie gewürgt werden, und fiel auf ihre Knie. „Vergebt mir, mein Prinz. Es ist meine Schuld, dass–"

„Ich bezweifle sehr, dass es deine Schuld ist", antwortete er. „Raelyn?"

Anstatt zu antworten, nahm ich den Teller und schaufelte einen riesigen Bissen in meinen Mund. Er hob eine Braue, seine Lippen zuckten zur Seite und er schüttelte seinen Kopf.

„Angelica, bitte such Raelyn ein angemessenes Kleid heraus. Jace' Flugzeug ist gerade gelandet, was bedeutet, dass er früh dran ist."

„Natürlich, mein Prinz." Sie erhob sich und ging auf direktem Weg in das angrenzende Badezimmer, ihr Kopf den ganzen Weg über gesenkt.

Ich aß eine weitere Gabel voll, als er näher kam. Mein Herz donnerte in meiner Brust. „Sollte ich sie bestrafen?", fragte er ruhig. „Dafür, dass sie mit dir geplaudert hat, anstatt meinen Befehlen zu folgen und dich zu füttern und anzuziehen?"

Mein Blick verengte sich und ich schluckte das halb zerkaute Essen in meinem Mund herunter. „Ich bin durchaus in der Lage, selber zu essen und mich anzuziehen, ohne einen Aufseher."

Er neigte seinen Kopf. „Ist es das, was du ihr gesagt hast?"

„Nein, ich habe sie gefragt, wie es ist, ein Vampir zu sein." Was gegen das Protokoll verstieß, aber es war die Wahrheit.

„Weil du selber einer werden willst?"

„Was wäre der Sinn, von etwas Unmöglichem zu träumen?", konterte ich und stellte den Teller zur Seite, den ich nur zur Hälfte aufgegessen hatte. Mein Appetit war nicht existent.

„Jeder hat Träume, Raelyn." Er klemmte eine Haarsträhne hinter mein Ohr und lehnte sich vor, um seine Lippen über meine streichen zu lassen. „Selbst umwerfende Haustiere."

„Träume gehören den Schwachen."

„Einst gehörten sie den Mutigen."

„Nun, wie du letzte Nacht deutlich gemacht hast, leben wir

in einer anderen Zeit, nicht wahr?"

„In der Tat, das tun wir." Er küsste mich erneut, länger. „Aber du erinnerst mich an die Zeiten, die mir besser gefallen haben, Raelyn." Er richtete sich auf und drehte sich um, als Angelica zurückkam.

„Ist das angemessen, mein Prinz?" Sie hielt ein tiefrotes Seidenkleid hoch, das kaum meine Brüste bedecken würde, aber immerhin fiel der Rock bis auf den Boden.

„Das ist es", antwortete er und streckte seine Hände nach dem Kleid aus. „Ich kann von hier an übernehmen. Bitte informiere Judith darüber, dass ich meine Meinung geändert habe und wir Jace hier anstatt im K-Hotel unterhalten werden."

Angelica wurde merklich blasser. „N-natürlich, Eure Hoheit." Sie verbeugte sich und zog sich schnell zurück, ließ mich alleine mit Kylan.

Er legte das Kleid auf das Bett und fing an, sein Hemd aufzuknöpfen. „Wir haben noch Zeit für ein schnelles Bad. Geh, mach das Wasser an und warte dort auf mich."

Ein Teil von mir wollte sich weigern, nur um ihn zu ärgern, aber der gefährliche Glanz in seinem Blick zwang mich aus dem Bett und ins Badezimmer.

Die Dusche wurde gerade erst warm, als Kylan hinter mir auftauchte, nackt.

Teleportation, realisierte ich. Nur die ältesten Vampire besaßen diese Fähigkeit. Sie konnten keine weiten Strecken zurücklegen, nur ein paar Kilometer oder so, aber es war, als würde er vor meinen Augen auftauchen und verschwinden.

Er küsste meine Schulter, seine Hände lagen auf meiner Hüfte und führten mich unter den Wasserstrahl. Das war das erste Mal, dass er seine Aussage darüber befolgte, mich jeden Abend bei sich in der Dusche haben zu wollen.

Ich wartete auf seinen Befehl, mich hinzuknien, um der markanten Erektion zu dienen, die an meinem Po ruhte, aber die Worte kamen nie. Er kämmte durch meine nassen Strähnen und verteilte die Feuchtigkeit regelmäßig.

Seine Lippen trafen auf meine Schläfe, als er sich vorbeugte, um nach dem Shampoo zu greifen. Er setzte seine Dienste fort, schäumte meinen Kopf ein, bevor er mich abspülte und alles mit einem Conditioner wiederholte.

„Umdrehen", sagte er leise, als er die Seife nahm.

Ich schluckte und tat wie befohlen, wandte mich seiner unsterblichen Schönheit zu.

Das hier war weit von einer Bestrafung entfernt.

Außer er wollte mich zu Tode erregen.

Jede Berührung seiner warmen Handflächen auf meiner Haut erregte meine Hormone, erzeugte ein Inferno in meinem Unterleib, das sich über meine Adern ausbreitete. Seine Berührung glitt über meinen Bauch, tiefer bis zu meinen Oberschenkeln und über meine Seiten, ließen alle die Stellen aus, an denen ich ihn am meisten begehrte.

Ein Stöhnen kämpfte sich seinen Weg durch meinen Hals, aber ich konnte es zwischen meinen Zähnen auffangen, klammerte mich so fest, dass etwas knackte.

Kylan kicherte, seine Hände liefen zu meinen Schultern und über meine Arme. „Deine Entschlossenheit ist bewundernswert, Raelyn. Aber ich werde gewinnen."

„Was gewinnen?", schaffte ich, durch meine Zähne zu pressen.

„Dich", antwortete er lediglich, die Seife glitt über mein Schlüsselbein und zwischen meine Brüste.

Ich hielt den Atem an, als er über meinen Bauchnabel und noch tiefer glitt, bis hin zur Oberseite meines Schamhügels. „D-du besitzt mich bereits."

„Das tue ich", stimmte er zu. „Aber laut deiner Aussage ist es nur dein Körper, den ich besitze und sonst nichts." Er glitt zwischen meine Beine, wodurch mein Herz komplett aussetzte. „Aber ich will mehr, Raelyn."

Es kostete mich ernsthafte Anstrengungen, mich auf seine Worte zu konzentrieren, und nicht auf seine hypnotisierende Berührung. Weil, Göttin, es fühlte sich unglaublich an. Eine einzige Nacht ohne ihn hatte ein überwältigendes Bedürfnis entfacht, eines, das nur Kylan befriedigen könnte.

„Ich möchte alles von dir besitzen", fügte er hinzu, seine seidenweiche Stimme war wie eine Liebkosung an meinem Ohr.

Ein Zittern lief über meine Haut, hinterließ trotz des heißen Wassers überall Gänsehaut. „Das wird nie passieren", brachte ich beim Ausatmen hervor.

„Dem widerspreche ich", flüsterte er, seine Lippen huschten über meine Wange, um sich über meinen Mund zu legen, als er mich gegen sich drückte. „Ich fange mit deinem Verstand an, nicht, indem ich Spielchen spiele, sondern indem ich dir die Wahrheit sage."

Ein weiteres Zittern erschütterte mein Wesen und verwandelte meine Nippel in scharfe Spitzen, die gegen seine viel zu heiße Brust drückten. „Die Wahrheit", wiederholte ich und versuchte mit all meiner Macht, mich auf die Unterhaltung zu konzentrieren und nicht auf seine Hand zwischen meinen Beinen. Die Seife hatte in seine andere Hand gewechselt, glitt über meine Seite.

So viele Sinneseindrücke.

So viel *Hitze*.

„Ja." Er zerrte an meiner Lippe, zog sie in seinen Mund. „Dreh dich um, Raelyn."

Meine Füße bewegten sich, bevor ich seinen Befehl überhaupt verarbeiten konnte.

„Leg deine Hände auf die Wand."

Das tat ich.

Er fuhr mit der Seife über meine Wirbelsäule. „Spreiz deine Beine."

Das war das Gegenteil von dem, was ich wollte. Mein Kern

verzehrte sich nach Reibung, etwas, das er mir genommen hatte, als er mich gezwungen hatte, mich umzudrehen. Aber ich folgte seinem Befehl, ließ meine Oberschenkel auseinander gleiten und erweiterte meinen Stand.

„Wunderschön." Er legte mir meine Haare über die Schulter, entblößte ihm meinen Rücken und fing an, mich mit langsam kreisenden Bewegungen zu massieren, der blumige Duft kitzelte in meiner Nase.

Niemand hatte das jemals mit mir gemacht. Ich fühlte mich beinahe geschätzt, angebetet, was bestimmt nicht seine Absicht sein konnte.

„Jetzt, um zur Wahrheit zu kommen." Er küsste meinen Nacken und nippte an meiner zarten Haut, was Funken in alle meine Nervenenden schießen ließ. „Jace kommt früher, weil ich ihn darum gebeten habe. Obwohl die Beweise dagegen sprechen, denke ich, dass er hinter den Anschlägen gegen mich steckt."

Ich blinzelte. *Was?* „Jace?" *Warum?*

„Sein Land grenzt an meins und sein neuer Herrscher wäre der nächste, der meine Region erben würde, was ihnen sowohl ein Motiv als auch eine Möglichkeit bietet." Kylans Handfläche glitt nach unten zwischen meine Backen und schickten einen Schock über meine Haut.

Er konnte doch nicht vorhaben–

Seine Fangzähne durchdrangen meinen Hals, schickten Euphorie durch meinen Blutkreislauf. Ich erzitterte gegen ihn, meine Beine drohten nachzugeben.

„Kylan", hauchte ich und wölbte mich gegen ihn. Die Seife verschwand, sein Arm legte sich um meine Taille, um mich zu halten, während seine andere Hand weiter auf meinem Po lag – prüfend, abwägend, testete er meine Grenzen aus.

Dort war ich noch nie berührt worden.

Bis jetzt.

Flammen tanzten über mein Fleisch bei dem verbotenen

Gefühl seiner Erkundungen. Die Universität hatte Kurse darin angeboten. Ich hatte sie gemieden, nicht wissend, warum irgendjemand diesen Akt gutheißen würde. Aber oh, vielleicht, nur vielleicht, lag ich falsch.

Ekstase sammelte sich zwischen meinen Beinen, Kylans Biss fesselte all meine Sinne. Und sein Finger, nein, seine Finger, taten meinem Innern verbotene Dinge an.

Meine Nägel kratzten über die Fliesen und meine Arme zitterten, als ich versuchte, meine Position zu halten.

Zu viele Empfindungen.

Das heiße Wasser, das über uns hinweg floss, verstärkte nur mein Elend und überschrieb mein Sein mit einer fremden Begeisterung, die mich bis in mein Innerstes erschütterte.

Nur mein Körper, schwor ich. *Nur das.*

Aber, *scheiße!*

Mein Kopf fiel nach vorne, als ich hart ausatmete. Er verstärkte den Genuss, riss mich in zwei, sein Eindringen überwältigte mein Wesen. Sein Griff um meine Taille war alles, was mich noch aufrecht hielt, meine Beine funktionierten nicht länger.

„Ich, oh…" ich brach mit einem Fauchen ab, sein darauf folgendes Kichern glitt über meine Sinne.

„Zu viel?", fragte er sanft, als mein Hals vor Lust pochte.

So fühlt es sich also an, gebissen zu werden.

Kein Wunder, dass Mikael es genossen hatte.

Meine Glieder vibrierten, meine Handflächen hielten kaum noch mein Gleichgewicht an der Wand. Er zerstörte mich. Langsam. Voll. Ganz.

Aber nicht meinen Verstand.

Sein Griff verlagerte sich, seine Handfläche glitt nach unten, um sich auf mein Geschlecht zu legen, während seine andere Hand weiter von hinten in mich eindrang.

„K-Kylan…" Ich wusste nicht, ob ich ihn anbettelt sollte, aufzuhören, oder weiterzumachen.

Er küsste meinen Puls, seine Zunge fuhr über die Wunde, die er offen gelassen hatte. Jeder Zug schickte ein weiteres Zittern durch meinen Körper, was sich in meinem Kern sammelte. Seine Finger kreisten auf meiner Klitoris, vertieften den Moment und ließen Sterne hinter meinen Augen tanzen.

So nah.

Aber nicht genug.

Ich *brauchte*... Oh, ich wusste es nicht einmal.

Sein Name fiel mir ein weiteres Mal über die Lippen, seine Zähne bewegten sich zu meinem Ohrläppchen, um daran zu knabbern „Ich kann es kaum erwarten, dich zu ficken, Raelyn. Überall hin. In deine Muschi, deinen Arsch." Seine Finger glitten bei diesen Worten in mich, schürten weiter an meiner inneren Flamme. „Ich werde alles von dir besitzen. Einschließlich deines Verstandes."

Ich schüttelte meinen Kopf und schluckte. „Nein."

„Doch." Ein weiterer Stoß, dieses Mal von vorne und von hinten. Ich stöhnte zustimmend, mein Herz schlug mir bis in die Ohren. Meine Muskeln spannten sich an, mein Unterleib verdrehte sich unter diesem vertrauten Schmerz, den nur Kylan lindern konnte. „Auch dein Herz, Prinzessin. Deinen Geist. Ich will alles."

„Nein", wiederholte ich, meine Nägel drohten an der Wand abzubrechen, als ich versuchte, sie in der harten Oberfläche zu vergraben. „Niemals."

Er liebkoste die sensible Stelle unter meinem Ohr. „Stehst du in Flammen, kleines Lamm? Fühlst du dich, als könntest du explodieren?"

Ich stöhnte, als er das Tempo erhöhte, als er meinen Orgasmus heraufbeschwor, ohne mir den letzten Schub zu geben, den Mein Körper brauchte. „J-ja", flüsterte ich. „Ich will nicht... ich kann nicht..." Es war fast soweit. So nah. So heftig. Und es verweigerte sich meiner Umarmung. Ein frustrierter Schrei baute sich in meinem Hals auf, mein

Körper bettelte darum, endlich diesen letzten Schritt gehen zu dürfen.

„Das ist dein Verstand, Raelyn", flüsterte er. „Er wartet auf meinen Befehl, er lehnt es ab, ohne meine Erlaubnis zu kommen." Wieder leckte er über meinen Hals, entzündete ein Lauffeuer über meinem Wesen, durchbohrte meine Seele.

„Kylan", winselte ich, nicht länger in der Lage, irgendetwas anderes, als den leidenschaftlichen Zauber zu spüren, der hartnäckige Muster unter meiner Haut webte, und mich so für immer als die seine zeichnete.

„Dein Verstand sehnt sich nach meiner Zustimmung. Bettle, Schätzchen, und ich lasse dich zerspringen." Die Worte waren wie ein dunkles Versprechen an meinem Ohr.

Ich zitterte, unfähig seine Macht zu leugnen. „Bitte." Mein Körper klammerte sich um ihn, flehte ihn an, es zu Ende zu bringen, mir die Befreiung zu gewähren, nach der ich mich so verzweifelt sehnte. „Bitte, Kylan."

Sein Vergnügen ergoss sich über mich, seine Finger fickten mich jetzt richtig. „Mehr."

„Was willst du?", fragte ich, Tränen traten mir in die Augen, von dem Wahnsinn, der in mir tobte. „Ich kann dir nicht alles von mir geben. Alles andere, aber nicht das."

„Siehst du es denn nicht?" Seine Lippen schmiegten sich an meinem Ohr. „Ich *besitze* dich doch schon, Raelyn."

„Nein." Ich schüttelte den Kopf, während die Tränen jetzt frei fielen. „Nein."

„Oh doch", murmelte er und drückte sich tiefer. „Komm für mich, Prinzessin." Er unterstrich seinen Befehl, indem er seine Fangzähne in meine Haut sinken ließ.

Ich schrie, als um mich herum die Welt unterging.

Alles zitterte.

Der Boden.

Die Luft.

Mein eigenes Wesen.

Zerschmettert.

Nicht mehr zu reparieren.

Er besitzt mich.

Die Worte hallten in meinen Gedanken nach, als sein Name meinen Mund, sowohl als Fluch und als auch als Gebet, verließ.

Es tat weh. War überwältigend. Zerstörend.

Und ich wollte, dass er das alles nochmal tat, mich wieder zu diesen vergessenen Orten brachte, die nur mit Kylan existierte. Nur in seinen Armen existierte, unter seiner Berührung, mit seiner *Erlaubnis.*

Scheiße, ich hasste ihn.

Ich war verrückt nach ihm.

Ich wollte ihn töten.

Ihn ficken.

Ihn schlagen.

Meine Beine gaben dem Ansturm aus Emotionen und Gefühlen nach, mein Körper war nicht fähig, diese göttliche Erfahrung zu verarbeiten. Kylan fing mich auf, hob mich mit der Leichtigkeit eines sehr viel stärkeren Wesens in seine Arme. Seine Lippen flüsterten etwas über meine Wangen, seine Zunge schmeckte meine Tränen.

Er hatte mich ausgelöscht.

Ich konnte nicht einmal mehr meine Augen öffnen.

„Ich bin süchtig danach, wie du meinen Namen sagst, wenn du in deiner Leidenschaft untergehst, Raelyn." Er hielt mich unter das Wasser, um die Seife abzuwaschen. Sie Wärme kitzelte meine zu empfindliche Haut und löste ein Zittern in meinem Unterleib aus.

Er küsste einen Pfad zu meinem Mund, seine Zunge glitt mit Leichtigkeit hinein und füllte meinen Mund mit seinem Blut. Ich würgte, war noch nicht bereit, aber er war erbarmungslos und zwang mich, zu schlucken oder es zu riskieren, seine Essenz einzuatmen.

Mein Inneres kribbelte, hieß den Energieschub und die heilende Wirkung willkommen, die sein Wesen in mir auslöste. Die berauschende Flüssigkeit hüllte mich in einen euphorischen Kokon, nach dem ich mich mehr sehnte, als ich sollte.

Kylan erzeugte eine Sucht, die nur er alleine befriedigen konnte. Ich wollte dagegen ankämpfen, konnte es aber nicht, nicht, wenn es mich so glückselig vervollständigte.

Meins, flüsterte eine fremde Stimme in meinen Gedanken. *Meine Welt. Mein Platz. Mein Zweck.*

Ich verweigerte dem verführerischen Gesang meinen Geist und weigerte mich, ihn mich führen zu lassen. Ich würde nicht… konnte nicht in Kylans Netz fallen.

Zu spät…

Nein.

Das Wasser wurde abgestellt und Kylan trat mit mir in seinen Armen aus der Dusche. Wann hatten wir aufgehört, uns zu küssen? War er überhaupt sauber?

Er wickelte mich in ein Handtuch ein und trotz des Nebels, der meinen Verstand trübte, schafften es meine Füße irgendwie fest auf dem Boden zu stehen.

Was hatte er mit mir gemacht?

Wer bin ich?

„Jace wird bald hier sein", sagte Kylan, seine Hände rieben durch die Baumwolle über meine Arme. Eine Erektion stand stolz zwischen uns, eine deutliche Erinnerung an den Mangel meiner Erwiderung.

Würde er mich jetzt auf meine Knie drücken?

Meine Beine begannen, sich zu beugen, wollten seinem Befehl vorweg handeln, aber sein Griff um meinen Bizeps hielt mich aufrecht.

„Später, Raelyn. Jace hat jetzt Vorrang. Du musst mir zuhören."

Ich blinzelte zu den Wassertropfen, die über seiner Brust

tanzten. *Männliche Perfektion.* Ich beugte mich vor, um die Linie mit meiner Zunge zu verfolgen, liebte seinen Geschmack. Eine seiner Hände wanderte in mein Haar, seine Finger verknoteten sich in meinen Strähnen.

Jetzt würde er mich nötigen—

„Raelyn." Er zerrte mich zurück, um meinen Blick zu treffen. „Du musst dich konzentrieren."

Ich lächelte nur. „Dann hättest du nicht mit mir duschen gehen sollen."

Er kicherte und schüttelte seinen Kopf. „Du bist betrunken von meinem Blut."

Ich zuckte mit den Schultern. Oder versuchte es zumindest. Meine Schultern schienen lediglich kurz zu zittern. „Okay."

Mit einem Schmunzeln wickelte er sich ein Handtuch um die Taille und hob mich hoch, um mich ins Schlafzimmer zu tragen. „Du brauchst mehr zu essen." Er ließ mich aufs Bett fallen und gab mir den halb aufgegessenen Teller. „Ich möchte, dass der leer ist, sobald ich fertig bin mit reden."

Ich rümpfte die Nase, aber zwang eine Gabel voll kalter Eier in meinen Mund und kaute.

„Braves, kleines Lamm." Er klopfte mir leicht auf den Kopf.

Ich verengte meinen Blick, was ihn nur dazu brachte, seine Lippen zu kräuseln. „Idiot", knurrte ich das Wort, an das ich mich aus einem der Filme erinnerte, den ich diese Woche gesehen hatte. Es schien ein angebrachter Spitzname für Kylan zu sein.

Sein Lachen erschreckte mich. Es war voller Leben und Humor und hatte nichts gemein mit seinem sonst so düsteren Gekicher. Sein Gesicht legte sich in Falten, die ich noch nie zuvor gesehen hatte, seine Freude war beinahe greifbar.

Er packte mich und küsste mich so doll, dass ich fast vergaß, zu atmen. Kylan ließ genauso plötzlich wieder von mir ab, sein Lächeln war immer noch an seinem Platz. „Vorsichtig, Liebling, oder ich werde dich für immer behalten."

Ich schnaubte. „Nicht sehr wahrscheinlich."

Seine Augenbrauen erhoben sich. „Entschuldigung?"

Oh, hatte ich das laut gesagt? Hmm. Ich aß einen weiteren Bissen von den Eiern und starrte ihn einfach an. Wir wussten beide, dass er mich nicht für immer behalten konnte, also warum darüber diskutieren?

Er setzte sich neben mich aufs Bett, seine Handfläche legte sich auf meine Wange.

„Die Wahrheit", murmelte er. „Ich vertraue Jace nicht und ich mache mir Sorgen, dass er versuchen wird, dir weh zu tun. Nicht direkt, aber indirekt, um eine Szene zu machen. Angenommen, er ist derjenige, der versucht, mir den Wahnsinn anzuhängen, meine ich. Also musst du den ganzen Abend an meiner Seite bleiben und du musst dich für mich benehmen."

Ich schluckte den letzten herunter und stellte ihn auf den Nachttisch neben mir.

„Denkst du wirklich, er ist derjenige, der deinen Harem getötet hat?" Weil es nicht zu dem Jace passte, den ich in der Schule studiert hatte, der Jace, der ein politisches Genie und fast so brillant wie Kylan war.

„Ich denke, er hat das beste Motiv."

„Was es zu offensichtlich macht."

Er neigte seinen Kopf zur Seite. „Was bedeutet?"

„Was bedeutet, für ihn wäre das zu offensichtlich", wiederholte ich. „Würdest du etwas so auffälliges tun?"

Er schnaubte. „Nein, aus mehreren Gründen nicht. Der oberste wäre, dass ich strategischer handle als das."

„Und Jace ist nicht strategisch?"

„Das ist er, was erklärt, warum es keine Beweise gibt und er perfekte Alibis hat. Genauso würde ich es machen."

„Abgesehen von dem offensichtlichen Teil", wies ich ihn

darauf hin.

Er öffnete seinen Mund, dann schloss er ihn wieder, in seinen dunklen Augen glühte Anerkennung. „Faszinierend", murmelte er. „Du bist die erste Person, die mutig genug ist, meiner Meinung zu widersprechen."

Ich runzelte die Stirn. „An Logik ist nichts mutig." Und es schien zu leicht zu sein, dass Jace der Schuldige war.

„Das ist es, wenn es im Widerspruch zu den Gedanken eines Königs steht. Du wärst überrascht, wie viele meiner Untertanen Angst davor haben, mit mir zu diskutieren."

„Ich diskutiere nicht." Oder zumindest das war nicht meine Absicht gewesen.

„Nein, du zwingst mich dazu, über eine jahrtausendealte Rivalität hinaus zu sehen und die Vernunft anzuerkennen." Er fuhr mit seinem Daumen über meine Unterlippe. „Dieses Treffen mit Jace könnte sich gerade als noch aufschlussreicher herausgestellt haben, als ich ursprünglich dachte. Dankeschön."

„Ich habe doch gar nichts gemacht."

„Im Gegenteil, kleines Lamm." Er küsste mich sanft, seine Zunge spielte mit meinen Lippen. „Du hast mehr getan, als dir klar ist." Er drückte mich zurück auf meinen Rücken und legte seine Hüfte zwischen meine Beine, nur die Handtücher trennten uns voneinander. „Jace wird in zwanzig Minuten hier sein. Zehn davon werde ich damit verbringen, dich zu küssen. Dann wirst du dich selbst fertig machen und ihn mit mir begrüßen."

„O-okay", flüsterte ich und schluckte.

„Ich werde dich nicht teilen, Raelyn", schwor er, sein Mund gegen meinen gedrückt. „Als König und sein Ältester ist das mein Geburtsrecht. Außerdem hast du bestimmt schon bemerkt, dass ich Regeln nicht besonders mag."

Ich nickte. „Ja."

„Gut. Jetzt öffne deinen Mund."

20

KYLAN

MEINE LIPPEN KRIBBELTEN. *Kribbelten* tatsächlich.

Ich widerstand dem Drang, sie anzufassen.

Durch Raelyn fühlte ich mich… jung. Lebendig. Seltsam friedlich.

Ich wollte gar nicht zu ihr gehen, aber nachdem ich von Angelicas Beförderung gehört hatte, konnte ich mich einfach nicht davon abhalten, vor ihnen zu erscheinen. Das war die Folge meines Abhörversuchs gewesen.

Raelyn hatte nach der Verwandlung in einen Vampir gefragt und, ein klarer Regelverstoß, Angelica hatte geantwortet. Beide von ihnen sollten bestraft werden, aber wie könnte ich sie disziplinieren, wenn meine Lippen deswegen ihnen gehoben hatten? Angelika mit den Neuigkeiten zu Judith zu schicken, dass ich meine Meinung bezüglich des Ortes unseres Treffens geändert hatte, war Bestrafung genug.

Mein Telefon vibrierte mit einer Nachricht von meinem Lieutenant, dem ich am meisten vertraute. *Jace ist da.*

Schick ihn rauf, antwortete ich, sehr wohl wissend, dass sie diesen Plan hasste. Natürlich hatte sie nichts gesagt. Niemand stellte mich je in Frage.

Außer Raelyn.

Ihr stand das rote Seidenkleid perfekt, ihre Brüste wurden kaum von dem tiefausgeschnittenen Stoff bedeckt. Ihre üppigen, roten Locken waren auf ihrem Kopf zu einem chaotischen Durcheinander hochgesteckt, das ich selber gemacht hatte. Das einzige Problem war mein Blut, das ihre Male heilte.

Das sollte ich richten.

Ich griff nach ihrer Hüfte und zog sie zu mir. Sie wankte auf ihren Pumps, ihre Hände legten sich Halt suchend auf meinen Bizeps.

„Ich liebe dieses Kleid." Die Schlitze gingen an beiden Seiten bis zum oberen Ende ihrer Oberschenkel und ihr Rücken war komplett entblößt. „Es dir später auszuziehen, wird eine große Freude sein."

Sie erzitterte, ihre blauen Augen hoben sich zu meinen. „Der Anzug steht dir gut."

Meine Augenbrauen schossen nach oben. „Hast du mir gerade ein Kompliment gemacht?"

Ihre Lippen zuckten. „Vielleicht."

Sie hatte mich überrascht. Schon wieder.

„Wer bist du?", staunte ich leise. Die Frau schockierte mich durchgehend, seit dem allerersten Moment und ihrem Biss in meine Zunge. Ich wickelte meine Hand um ihren Hals und überlegte, wo ich sie markieren sollte. Am Puls war es so simpel. Ich wollte etwas Intimeres, Skandalöseres.

„Rae", antwortete sie, der Trotz, der in ihrem Blick lag, ging mir direkt in die Brust. Es war mir nicht entgangen, dass Mikael sie die ganze Woche so genannt hatte.

„Raelyn", korrigierte ich sie

Ich gab ihr keine Zeit zu antworten, mein Drang sie zu beißen, war zu stark.

Meine Fangzähne trafen auf das Fleisch ihrer Brust, genau neben ihrem seidenen Kleid, drangen tief und schnell in sie ein, wodurch ihr der Atem stockte. Ihre Nägel gruben sich in mein Jackett, sie atmete scharf ein, als ich hart an ihr saugte und sicherstellte, dass meine Beanspruchung erhalten blieb, selbst mit meinem Blut, das durch ihre Adern floss. Es würde noch teilweise heilen, genug, damit sie aufhörte zu bluten, aber die Mahle würden bei der Vorstellung noch frisch sein. Vor allem, da der Aufzug die bevorstehende Ankunft von Jace ankündigte.

Ich ignorierte den Klang ihrer Schritte auf dem Marmor, nährte mich weiter, und Raelyns Stöhnen war wie Musik in meinen Ohren. Sie hatte sich schon wieder in mir verloren, war sich unseres Publikums nicht bewusst, und mir gefiel es zu sehr, als dass ich hätte aufhören können. Zumindest nicht sofort.

Ich gab ihr einen langen Moment Zeit, sich aus dem Nebel der Unendlichkeit wieder zurückzuziehen, bevor ich mich wieder vor ihr aufrichtete und auf sie hinab lächelte. „Sag deinen Namen", flüsterte ich.

„Rae", antwortete sie schläfrig.

Ich schüttelte meinen Kopf und lächelte. „Aufsässig bis zum Schluss, hmm?" Ich drehte mich um, um Jace und seinem neuen Herrscher zu begegnen. „Was machst du, wenn ein Haustier sich nicht benimmt, Jace?"

Raelyn erstarrte neben mir und bemerkte endlich unsere Gesellschaft, die angekommen war.

„Das kommt auf den Verstoß an", antwortete er kühl.

„Sie versagt darin, sich an den ihr gegebenen Namen zu erinnern." Ich hob eine Braue. „Was würdest du tun?"

„Ich würde sie den Namen wiederholen lassen, während ich ihren Mund ficke. Und ich würde nicht aufhören, bis ich mir sicher bin, dass sie sich erinnert."

Ich lächelte und wickelte meinen Arm um Raelyns Rücken. „Eine hübsche Idee… Raelyn?"

Sie Biss sich auf die Lippe, ihr Blick war auf den Boden

gerichtet. „Wie Ihr wünscht, mein Prinz." Sie sagte das leise, aber bestimmt. Ich hielt sie aufrecht, als sie anfangen wollte, sich hinzuknien und zog sie fest an meine Seite.

„Die Bestrafung spare ich mir für später auf", flüsterte ich gegen ihr Ohr. Ob ich mich ihr später hingeben würde oder nicht, würde vom restlichen Abend abhängen. „Ah, nun, willkommen, Jace. Darius." Ich hielt ihnen beiden meine Hand entgegen, schüttelte sie stark, während ich Raelyn an meiner Seite hielt. Beide sahen die frischen Mahle auf ihrer Brust, aber keiner machte eine Bemerkung dazu.

„Wir haben uns sehr über die Einladung gefreut", murmelte Jace und folgte den Formalitäten. „Darius, stell Juliet vor."

„Mit Vergnügen." Er führte die auffällige Brünette nach vorne, eine Hand auf ihrem unteren Rücken. „Das ist meine Blutjungfrau und *Erosita*, Juliet." Sie machte einen tiefen Knicks, ihr durchscheinendes Abendkleid offenbarte all ihre Vorzüge und zwei frische Paare von Bisswunden. Hatten Jace und Darius sie auf dem Weg hier hin geteilt?

Was auch immer zwischen ihnen ablief, hätte mich weit mehr interessieren sollen, als es das tatsächlich tat. Raelyn an meiner Seite zu haben, mit ihren erregten Schreien, die immer noch frisch in meinen Ohren klangen, dämpfte Juliets Reiz.

„Sie ist wunderschön", murmelte ich. „Ich sehe, weshalb du sie behalten hast, Darius." Sie verharrte immer noch in einer tiefen Verbeugung, wartete darauf, entlassen zu werden, ihr umfangreiches Training war offensichtlich. „Sie darf gerne aufstehen."

Darius legte seine Hand wieder auf ihren Rücken. Als sie gehorchte, lag ihr Fokus auf dem Boden, genau wie der von Raelyn.

„Hast du deine Gemahlinnen zu Hause gelassen?", fragte ich Jace, als ich bemerkte, dass sein Gefolge fehlte.

„Sie waren nicht notwendig." Eine ruhige Antwort. „Nicht,

wenn ich Zugang zu Juliets feineren Qualitäten habe. Du solltest sie schreien hören. Ein lieblicher Klang."

Ich nahm es mit einem Lächeln zur Kenntnis. Es schien eine clevere Ausrede zu sein, mich von seinem Harem fernzuhalten, was andeutete, dass er fürchtete, was ich ihnen antun könnte. Weil er glaubte, dass ich verrückt war oder weil er Vergeltung erwartete? Die Zeit würde es zeigen.

„Nun, das ist meine Raelyn." Ich liebkoste ihren Hals. „Sie schreit ebenfalls wunderschön. Soll ich es euch demonstrieren?" Bei dem Vorschlag eskalierte ihr Puls, ein Hauch von Aufregung lag dem verführerischen Rhythmus zugrunde.

„Das könnte mir später gefallen", murmelte Jace. „Juliet würde sich freuen, den Gefallen zu erwidern, nicht wahr, Darius?"

„Natürlich." Er schien beinahe kalt, seine Haltung war kalt, distanziert. Die Gerüchte besagten, er hatte sich nur eine *Erosita* genommen, um seinen Reichtum und seine Macht zu demonstrieren und hatte sie behalten, weil Jace ihre Vorteile genoss. Sein gelangweilter Ausdruck und die leichte Berührung an dem Rücken der Frau bestätigten diesen Verdacht. Keine äußeren Anzeichen von seinem Besitz, abgesehen von der Markierung an ihrem Hals, und sie schien sich ebenfalls nicht so sehr zu ihm hingezogen zu fühlen.

Aber das ist zu perfekt, flüsterten mir meine Instinkte. Genauso würde ich mich verhalten, wenn ich jemals einen Partner wählen sollte. Was niemals passieren würde. Nicht einmal mit…

Raelyn.

Ich blickte sie an, die Erkenntnis traf mich wie ein Schlag in den Bauch.

Sie war eine unberührte Jungfrau.

Nie gebissen.

Bis ich es getan hatte.

Ich hatte unbewusst die Zeremonie zwischen uns eingeleitet, indem wir unser Blut ausgetauscht haben.

Faszinierend. Kein Wunder, dass ich mich ihr so verbunden fühlte.

Nun, dieses Problem musste ich lösen, und zwar schnell.

Aber zuerst, unsere Gäste. Ich blickte zurück zu Jace und grinste. „Kann ich euch vor dem Essen für einen Drink interessieren?" Zelda brauchte vermutlich noch etwa eine Stunde, um alles vorzubereiten, da ich den Ort des Treffens in letzter Minute geändert hatte.

„Wein?", schlug mein königlicher Kollege vor, seine Lippen zogen sich an den Seiten nach oben.

Ich festigte meinen Griff auf Raelyn. „Mit einem Spritzer Blut oben drauf?"

„Als ob du meine Gedanken lesen könntest, Kylan." Er blickte zu Juliet, sein Hinweis deutlich. „Wo wir gerade von dekadenten Dingen sprechen, wo ist dein liebstes Haustier?"

„Ah, Mikael fühlt sich im Moment etwas ausgetrocknet." Ich führte sie in den Wohnbereich, während ich hinzufügte: „Er hatte gestern ein bisschen zu viel Spaß mit Raelyn."

Jace kicherte und ließ sich in einem riesigen Stuhl nieder. „Darauf wette ich." Er streckte eine Hand aus, die Juliet annahm, und half ihr in seinen Schoß. Darius nahm neben ihnen auf einem Sofa Platz.

Eine faszinierende Dynamik, die natürlich war, mir aber einstudiert erschien.

Sogar beschützend.

Weil sie befürchteten, ich könnte nach einem Biss fragen? Oder etwas anderem?

„Raelyn, würdest du Zelda bitten, uns mit Wein zu versorgen? Sag ihr, ein französischer Roter wäre nett, sie wird es verstehen." Ich hatte einen ganzen Schrank voll mit meinen Lieblingen, den sie immer gut bestückt hielt.

„Natürlich, mein Prinz." Sie machte einen wunderschönen

Knicks und machte sich mit einem Selbstvertrauen auf den Weg, das ich bewunderte. Ihr Kleid offenbarte ihre Kurven, ohne sie zur Schau zu stellen, wie das von Juliet.

„Es freut mich, dass du sie nicht getötet hast", bemerkte Jace, seine silber-blauen Augen lagen auf Raelyns Arsch. „Wäre eine Schande, ein so umwerfendes Talent zu verschwenden."

Ich begrüßte die Stichelei und die Anspielung auf meinen ehemaligen Harem. „Ja, sie ist ziemlich ungehorsam, ein großer Unterschied zu meinen vorherigen Gemahlinnen."

Er schmunzelte, gab nichts weiter preis. „Dann wirst du sie hoffentlich eine Weile bei dir behalten."

Meine Lippen kräuselten sich. „Du meinst, im Gegensatz zu dem, was meinem verstorbenen Harem angetan wurde?"

„Ja, einige würden das als Missbrauch von Ressourcen ansehen." Jace legte Juliets Haar über eine Schulter, während er sprach und küsste ihren Hals. Ihr Puls blieb bewundernswert ruhig, ihre Vertrautheit mit Jace war offensichtlich. „Ich bevorzuge es, meine Haustiere anderweitig zu verteilen, wenn ich ihnen überdrüssig geworden bin", fügte er hinzu, sein Fokus lag auf Juliet. „Aber jedem das seine."

Perfekt gespielt, wie immer.

Er tadelte mein Verhalten nicht, aber hatte es dennoch geschafft, seine Meinung kundzutun – Missfallen. War das alles ein Trick, weil er die Tode selbst inszeniert hat? Oder fühlte er wirklich so?

Offensichtlich, hätte Raelyn gesagt. *Also gut, kleines Lamm. Sehen wir, ob du Recht hast.*

Ich nahm am anderen Ende des Sofas Platz, auf dem Darius saß, und legte meinen Knöchel über mein Knie. „Gratulation zu deiner neuen Position."

„Dankeschön", antwortete er, Selbstvertrauen und Alter strahlten von ihm aus. „Das ist eine faszinierende Veränderung."

„Darauf wette ich." Ich beobachtete ihn sorgfältig. Darius war alt genug, um ein König zu sein, und die passende Blutlinie hatte er auch. Und sein Erzeuger, Cam, war einer der besten Schachspieler, den ich je kennengelernt habe. Was Darius zu einem harten Konkurrenten machen würde, auch ohne Jace an seiner Seite.

„Also, was hat dein Interesse geweckt, nach all der Zeit der politischen Bühne beizutreten?", fragte ich, ernsthaft neugierig.

Raelyn und Zelda kamen mit dem Wein zurück, aber Darius Fokus blieb auf mir. „Erstens hatte ich das Gefühl, dass es niemanden gab, der qualifizierter dazu gewesen wäre, in Jace' Region zu herrschen. Und zweitens, war ich es leid, von einem Vampir beherrscht zu werden, der halb so alt ist wie ich."

Eine angemessene Antwort, die ich respektieren konnte.

Ich nahm das Glas entgegen, das Raelyn mir anbot, und zog sie auf meinen Schoß, wodurch Zelda alleine Wein an die anderen verteilen musste. Sie beendete ihre Arbeit und ging ohne ein Wort, ihre Konzentration lag auf dem Abendessen.

„Aber warum jetzt?", fragte ich Darius. „Wegen des vorzeitigen Untergangs von Adrian Loughton?" Zerfleischt von einem Rudel außer Kontrolle geratener Lykaner, wenn meine Quellen richtig waren. Aber ich vermutete, dass die Lykaner eigentlich angeheuert wurden, so hätte ich es zumindest gemacht.

„Sein Ableben bot mir eine neue Gelegenheit." Er schnipste mit den Fingern und Juliet hob ihr Handgelenk. Kein Zittern. Keine Angst. Nur ein sanfter Hauch von Erregung.

Also, *das* war faszinierend.

Sie mochte ihn.

Und das leichte Zucken ihrer Lippen bestätigte es.

Eine *Erosita* konnte telepathisch mit ihrem Herren kommunizieren. Sprachen sie gerade miteinander? Darius küsste ihr Handgelenk, bevor er seine Fänge in ihrer delikaten

Haut versenkte. Sie zuckte nicht zusammen, nicht einmal, als er ein paar Tropfen ihrer süchtig machenden Essenz in sein Glas drückte. Jace schüttelte seinen Kopf, lehnte höflich, und dennoch seltsam, ab.

Welcher Vampir lehnte das Angebot einer Blutjungfrau ab? Vor allem, nachdem er es im Flur selber vorgeschlagen hatte.

Einer, der ein Geheimnis hütete.

Ich tat es Darius mit Raelyn nicht gleich, da ich sie vorhin schon genossen hatte.

Darius versiegelte Juliets Wunde und ihre Lippen zuckten erneut, ihre Erregung wurde stärker.

Oh, sie kommunizierten auf jeden Fall miteinander.

Ich traf Jace' durchdringenden Blick und bemerkte den Schutztrieb, der in diesen silbernen Tiefen lauerte. Von Darius, Juliet oder von beiden?

„Ich frage mich", sagte ich langsam, dachte über meine Wortwahl nach. „Wie weit werden dich deine neuen politischen Bestrebungen bringen, Darius?"

Er entspannte sich auf dem Sofa, ließ Juliet auf dem Schoß von Jace, wo sie sehr viel entspannter war, als ein Mensch es sein sollte. Sogar Raelyns Schultern waren angespannt und ihr Puls schlug verführerisch in meinen Ohren.

„Ich bin recht zufrieden mit meinem neuen Titel", antwortete er geschmeidig.

„Natürlich." Ich ließ meine Handfläche hoch und runter über Raelyns Arme gleiten, um die Gänsehaut zu glätten, die sich dort ausgebreitet hatte. „Aber was ist mit der Zukunft? Du stammst von königlichem Blut ab, von *Cams* Linie, was dich für eine eigene Region qualifizieren würde, sollte eine verfügbar werden. Das ist doch sicher eine Überlegung wert?"

Er kicherte, tauschte einen Blick mit Jace aus. „Nein. Weder hatte ich jemals, noch werde ich in Zukunft, den Wunsch nach einem eigenen Territorium haben."

Wahrheit oder Lüge?

Ich nippte an meinem Wein, während ich mit der anderen Hand weiter Raelyn streichelte, ihr Körper lehnte sich langsam gegen meinen. Sie musste erwartet haben, dass ich sie in mein Glas bluten lassen würde. Armes, kleines Lamm, immer am raten. Ich küsste sie sanft auf die Schulter. „Möchtest du einen Schluck, kleines Lamm?", fragte ich sie und hielt ihr den Wein entgegen.

Sie schaute mich mit ihren weit aufgerissenen blauen Augen an, bevor sie wieder ihren Blick senkte. „Nein, danke, mein Prinz."

Ihr Bruch mit dem Anstand ließ mich grinsen. „Welche Farbe haben Juliets Augen?", fragte ich mich laut, konzentrierte mich wieder auf Jace und Darius. „Ich meine, interessiert es dich überhaupt, wenn sie die ganze Zeit gesenkt sind?"

„Hättest du gerne, dass sie direkter ist?", fragte Darius mit hochgezogenen Augenbrauen.

Ich zuckte mit den Schultern. „Ich würde lieber ihr wunderschönes Gesicht bewundern und es nicht unter einem Schleier aus dunklen Haaren versteckt sehen." Mein Griff legte sich auf Raelyns Nacken und hoch zu ihrem Durcheinander von roten Strähnen, zog sie langsam nach oben. „Meine Gemahlin hat umwerfende blaue Augen, die sie immer versteckt. Würdet ihr sie lieber sehen?" Ich schaute zwischen unseren Gästen hin und her, wartete.

„Bietest du eine nähere Betrachtung an?", fragte Jace, sein erhitzter Blick wanderte zweideutig über Raelyn.

Ein irrationaler Drang zu knurren kitzelte meinen Hals. *Niemals.*

„Nicht heute Nacht", war stattdessen meine Antwort. Sie kam tiefer raus als geplant, meine Instinkte randalierten schon gegen den Gedanken, sie zu teilen.

Das ist neu.

Es ist der Bund…

Ich beobachtete Darius, Juliet und Jace, eine Idee formte und festigte sich, eine Antwort auf eine Frage, von der ich bis jetzt gar nicht wusste, dass ich sie gestellt hatte.

Aber ich musste sicher sein.

Ich nahm einen tiefen Schluck und dachte über meinen nächsten Schritt nach. Ja. Die Regeln. Ich ließ von Raelyn ab, um meinen Daumen über ihre Wange zu streichen, genoss das herrliche Rot, das unter ihrer Haut blühte. „Ich frage mich nur, warum wir solche wunderschönen Frauen zwingen, ihre besten Eigenschaften zu verstecken", murmelte ich und täuschte Neugierde in dieser trivialen Aussage vor.

„Anstand", war lediglich Darius Antwort.

„Ja", stimmte ich zu. „Zumindest Liliths Version davon."

Ich wartete und bekam genau die Überraschung, die ich in Jace' Gesicht erwartet hatte. Darius machte einen besseren Job dabei, sich zu kontrollieren, aber das Aufblitzen in seinen Pupillen bestätigte meinen Verdacht.

„Was? Erzählt mir nicht, dass ihr all ihre lächerlichen Regeln auch gutheißt?" *Weil ich weiß, dass ihr das nicht tut.* Ich seufzte und winkte es wie eine oberflächliche Bemerkung ab. „Nun, wenn ihr bevorzugt, dass sie sich verstecken, können sie sich verstecken, aber ich bin neugierig auf etwas."

Jace hatte seinen gelangweilten Ausdruck wieder aufgesetzt, seine Rolle in diesem Spiel war beinahe perfekt. Beinahe. „Bezüglich?"

Ich trank mein Glas aus und stellte es zur Seite, nahm mir die Zeit, den Moment auszukosten. Darius' Antworten waren zu perfekt und Jace' Körpersprache zu einstudiert.

Die perfekte Fassade.

Und wenn irgendjemand so eine Scharade durchschauen konnte, dann war das ich.

Ich hatte Jace schon seit Monaten im Verdacht, etwas zu planen, und angenommen, es beinhaltete einen Plan, mein Territorium zu übernehmen. Aber Raelyns Kommentar vorhin zwang mich, über die Rivalität hinweg zu sehen, die ich seit Jahrtausenden in aller Stille mit Jace genossen hatte.

Oh, er hütete ein Geheimnis, aber es hatte nichts mit mir sondern mit der Frau auf seinem Schoß zu tun.

Sie war zu ruhig.

Weil seine Berührungen weitgehend neutral blieben. Sie trug ein praktisch nicht existierendes Kleid und seine Hände blieben immer auf ihren Oberschenkeln.

Er küsste sie nicht.

Lehnte ihr Blut ab.

Und Darius blieb komplett ungezwungen, während seine *Erosita*, sein Partner, auf dem Schoß eines anderen Mannes saß.

Ich hatte die Zeremonie mit Raelyn kaum eingeleitet und fühlte bereits die Besessenheit, daher auch meine grausame Art gegenüber Mikael letzte Nacht. Allein der bloße Gedanke daran, sie jetzt mit einem dieser Männer zu teilen, ließ mein Blut kochen.

Nein.

Es gab absolut keine Möglichkeit, dass Darius es gutheißen konnte, dass Juliet grob von einem anderen Mann behandelt wurde, besonders einem König und höher gestellten, es sei denn, sie hatten eine Vereinbarung.

Ich wickelte meine Arme um Raelyn, zog sie näher, wollte sie aber auch unter Kontrolle haben, für den Fall, dass ich sie schnell wegbringen müsste.

„Ihr fragt euch vielleicht, warum ich euch beide heute Abend eingeladen habe", sagte ich.

„Du bist nicht derjenige, der sich in politische Plattitüden einmischt", antwortete Jace, sein scharfsinniger Blick verengte sich. „Also ja, das tue ich. Sind wir endlich an dem Punkt angekommen?"

Ah, da war der König, der mich zu sehr an mich selbst erinnerte. Er war aus gutem Grund mein Rivale. „Ich dachte, vielleicht seid ihr verantwortlich für die Tötung meines Harems, aber jetzt sehe ich, dass das eher nicht der Fall ist."

Sein Blick weitete sich kaum merklich, das einzige Anzeichen eines Schocks, den er zeigte. Darius hingegen war unheimlich still geworden, seine grünen Augen waren konzentriert, mit den räuberischen Sinnen eines Mannes, der eine Bedrohung witterte – nicht für sich, sondern für seine Frau.

Ich lächelte. „Ja, das ist es, was ich gedacht habe", fuhr ich fort. „Aber das ist ganz und gar nicht der Fall, nicht wahr?"

„Wenn ich dein Territorium wollen würde, Kylan, würde ich dich nicht mit einer Geisteskrankheit reinlegen", sagte Jace flach. „Wovon ich annehme, dass es das ist, wofür du mich verdächtigt hast."

Ja, mein Rivale, in der Tat. Und auch ein möglicher Verbündeter.

„Es war vor etwa einer Stunde, als Raelyn erwähnte, dass das zu offensichtlich wäre." Ich küsste ihre Schläfe, stolz auf ihre Instinkte.

Seine dunklen Augen schossen nach oben. „Du nimmst Ratschläge von deiner Gemahlin an?"

„Überrascht?" Ich neigte meinen Kopf und meine Lippen drohten zu zucken. „Das ist faszinierend, wenn man bedenkt, dass du ebenfalls irgendein Spiel mit Darius spielst. Ich meine, du tust tatsächlich nur so, als hättest du Freude an seiner *Erosita*, nicht?"

21

KYLAN

Stille.

Spannung verdickte die Luft, als Juliets Atmung endlich unruhiger wurde.

Ja. Ich hatte die Situation definitiv richtig gedeutet. „Du möchtest nicht, dass es jemand weiß, weil es als Schwäche gilt, einen Partner zu haben, den du nicht teilen möchtest."

Weder bestätigte Darius das, noch stritt er es ab, er wartete lediglich.

„Beweist mir das Gegenteil", ermutigte ich sie. „Zeig und eine kleine Show, Jace, mit Juliet." Ich gestikulierte in Richtung Tisch. „Es ist ja nicht so, als hätte ich dich noch nie eine Frau ficken sehen." Einst haben wir einige Frauen miteinander geteilt.

Jace' Kiefer spannte sich an. „Was willst du wirklich, Kylan?"

„Oh, ich habe mein Ziel für heute Abend schon erreicht, indem bestätigt wurde, dass du nicht derjenige bist, der mir den Wahnsinn der Unsterblichkeit anhängen will. Das macht wirklich Spaß."

„Also hast du deinen Harem nicht getötet." Er entließ Juliet von seinem Schoß und gab sie an Darius weiter, der froh war, sie in seine Arme schließen zu können. „Aber irgendjemand hat es geschafft, deine Verteidigung zu durchbrechen und es dir anzuhängen."

„In der Tat."

„Was erklärt, warum du in zwei Wochen eine Party schmeißt. Du willst den oder die Schuldigen finden, indem du deine neue Gemahlin als Köder benutzt. Immerhin werden sie daraus eine große Show machen wollen." Er stellte seinen kaum berührten Wein zur Seite. „Clever."

„Ja, naja, du bist – oder warst – an der Spitze meiner Liste der Verdächtigen."

„Ich fühle mich sowohl geschmeichelt als auch beleidigt."

Ja, ich würde ähnlich fühlen, wenn die Rollen vertauscht wären. „Könnten es Brandt oder Luka sein?"

Jace schnaubte. „Nein. Luka hat nicht den Wunsch, in der Nähe von Wasser zu sein, und Brandt ist grob, nicht strategisch. Wenn er dein Land wollte, würdest du es wissen."

Das waren auch meine Einschätzungen. „Irgendwelche Vermutungen?"

„Was mir spontan einfällt?" Jace kratzte sich im Nacken, sein Blick wanderte nach oben. „Naomis Hass dir Gegenüber ist kein Geheimnis und sie hätte sie Mittel, so etwas durchzuziehen."

„Ja, ich nehme an, sie wäre über meine Beseitigung recht froh." Aber sie würde dadurch auch nichts gewinnen. Mein Land war nicht mal in der Nähe von ihrem, was früher als Südafrika bekannt war. „Wenn ich alle in Betracht ziehe, mit denen ich eine persönliche Fehde habe, sind im Grunde alle verdächtig."

Jace schmunzelte. „Du hast eine Vorliebe dafür, die Lykaner zu verärgern."

„Vampire auch", wies ich ihn darauf hin. „Aber es muss über die bloße Rache für irgendeine Kleinigkeit hinausgehen.

Wer immer es ist, der jemanden in mein Haus geschickt hat, um mein Eigentum zu töten. Das erfordert ein gewisses Level an Fähigkeiten und Planung, das nicht viele besitzen."

„Außer es ist jemand, der gelangweilt ist und sich nach Abwechslung sehnt", sagte Darius, während er mit seinen Fingern durch Juliets Haare fuhr. Sie hatte sich gegen ihn gelehnt, ihren Kopf auf seiner Schulter, und ihre dunklen Augen lagen auf Raelyn. Es schien, als wäre der Anstand endlich zum Fenster raus geflogen.

Ich schob Raelyn neben mich, um es ihr bequemer zu machen, und legte meinen Arm um ihre Schultern. „Das wirft die Frage auf: Wer wäre sowohl mutig als auch dumm genug, mich herauszufordern?"

„Ein anderer König", vermutete Darius. „Jemand, der dich von der Leiter stoßen will."

„Das würde Jace an die Spitze stellen." Ich schaute ihn mit einer hochgezogenen Braue an. „Und wir haben gerade entschieden, dass du es nicht bist."

„Was bedeutet, ich wäre das nächste Ziel", folgerte er. „Hazel wäre danach dran, aber sie ist es nicht."

„Nein, ist sie nicht", stimmte ich zu. Das war nicht ihr Stil. Wenn Hazel etwas wollte, war sie stumpf und direkt. Sie war nie der Typ, der gerne Spielchen spielte.

„Was uns wieder zurück zu der Sache mit der Abwechslung bringt", murmelte Darius.

Das war ein Blickwinkel, den ich noch nicht in Betracht gezogen hatte. „Irgendwelche Ideen?"

„Robyn", sagte Jace und kicherte. „Die Schlampe spielt permanent irgendwelche Spielchen."

Ich lachte. „Sie weiß es besser, als mich zu verarschen."

Jace zuckte mit den Schultern. „Stimmt. Aber ich würde niemanden ausschließen."

„Abgesehen von dir", antwortete ich trocken.

„Wenn ich dein Territorium haben wollen würde, Kylan,

würde ich nicht versuchen dich in Verruf zu bringen. Ich würde dich töten." Eine ehrliche Aussage, keine Drohung. „Ich weiß es besser, als dich nach so etwas am Leben zu lassen."

Weil er wusste, dass ich ihn jagen und den Gefallen zehnfach erwidern würde. „Touché." Ich empfand dasselbe für ihn. „Nun, wie sollen wir fortfahren? Ich habe Schwäche gezeigt, indem ich zugegeben habe, meinen Harem nicht getötet zu haben, und du versteckst ganz offensichtlich selbst auch irgendeine Schwäche." Ich schaute deutlich zu Juliet.

Jace überlegte, in seinen silbernen Augen loderte Intelligenz. „Wir haben ein Jahrtausend oder so damit verbracht, gegeneinander zu arbeiten, obwohl wir einst sehr gut zusammengearbeitet haben."

Das war die Wahrheit. Unsere Rivalität hatte wegen eines Interessenkonflikts begonnen. Wir hatten immer den gleichen Luxus genossen und es war fast wie ein Schachspiel geworden, wer von uns am schnellsten das meiste erreichen konnte. Nichts davon spielte jetzt noch eine Rolle, nicht in dieser neuen Welt.

„Vermisst du es? Wie es früher war?" Ich fuhr mit meinem Daumen über Raelyns Schulter, dachte über meine eigene Frage nach. „Weil ich es tue. Ich vermisse die Herausforderung und den Mangel an Verantwortung für irgendjemand anderen außer mich selbst."

Ein Territorium von Vampiren zu leiten war eher eine Notwendigkeit, als eine Wahl gewesen. Sie verlangten Recht und Ordnung. Es war der einzige Weg, die Population zu kontrollieren, Blutlieferungen sicherzustellen und das Überleben der menschlichen Rasse zu sichern.

„Cam dachte immer, wir könnten anders neben den Menschen koexistieren", gab Darius zu.

„Ja, Lilith hat dem offensichtlich nicht zugestimmt." Weil sie den Ältesten unserer Art in einem öffentlichen Verfahren verurteilt hatte, das mit seinem Tod endete, außer dass ich nie gesehen hatte, wie dieses Urteil wirklich ausgeführt wurde.

„Glaubt ihr, dass Cam noch irgendwo lebt?" Es kam einem Verrat gleich, über die Vergangenheit zu spekulieren oder sie zu diskutieren, aber Lilith und ihre Armee von Verehrern machte mir keine Angst.

Jace' Pupillen weiteten sich. „Warum würdest du das vermuten?"

„Es ist etwas, worüber ich nachgedacht habe und dachte, ihr könntet es wissen. Wenn irgendjemand zu seiner Hinrichtung eingeladen worden wäre, dann seine letzten lebenden Verwandten, oder?" Darius als sein einziger Nachfahre und Jace als sein Cousin.

„Du denkst, er könnte am Leben sein?", fragte Darius.

„Hast du ihn sterben sehen?", konterte ich.

Er blieb lange still, bevor er sagte: „Nein."

„Na dann." Ich machte eine Handbewegung, die meinen Standpunkt untermauerte. „Wo ist er also und wer hat ihn?"

„Ich dachte, wir sind hier, um über dein Problem zu reden, dass du von jemandem reingelegt wirst", sagte Jace langsam. „Wie sind wir auf Cam gekommen?"

„Darius hat ihn erwähnt, als ich euch nach der alten Welt gefragt habe." Ich verengte meinen Blick. „Aber interessant, dass du das Thema vermeiden willst."

Mehr Stille fiel zwischen uns, die Spannung von vorhin kam wieder zurück.

Ah, also war mehr an diesem Geheimnis dran, etwas, das mit Cam zu tun hatte. „Wisst ihr, wo er ist?", fragte ich fasziniert.

Seine Nasenlöcher blähten sich auf, aber er blieb still.

„Dann wisst ihr es nicht, aber ihr wollt es wissen." Ich schaute zwischen ihm und Darius hin und her und bemerkte, wie Juliet meinem Blick auswich. Sogar sie war in die Machenschaften eingeweiht. „Oh, also das ist faszinierend. Du verheimlichst mir etwas, Jace."

„Wir sind keine Freunde, Kylan. Wir sind nicht einmal Verbündete."

„Aber das waren wir", erinnerte ich ihn.

„Vor einer langen Zeit."

Ich gestikulierte herum, zu Juliet, zu Raelyn, zu den bodentiefen Fenstern, von denen aus man Kylan City überblicken konnte. „Es ist eine neue Welt, Jace, erfüllt von Neuanfängen."

„Du hast mich heute Nacht hierher eingeladen, weil du dachtest, ich würde versuchen, dir dein Territorium zu stehlen", knurrte er.

„Wovon du bewiesen hast, dass es nicht der Fall ist, und mir stattdessen wertvolle, faszinierende Informationen gegeben hast." Ich schaute zu der Blutjungfrau, bevor ich wieder direkt Jace' Blick traf. „Wenn ich eure Scharade durchschauen kann, wie viele andere werden es tun?"

„Wie viele andere werden glauben, dass du verrückt geworden bist?", konterte er.

Ich schnaubte. „Einige und ich nehme die Anschuldigungen gerne entgegen. Ich bin mehr als fähig, mich zu behaupten."

„So wie ich."

„Aber zusammen wären wir furchterregend und niemand würde ein Bündnis zwischen uns erwarten."

Jace machte eine Pause, sein Kiefer straffte sich. Er wusste, dass ich Recht hatte. Unsere ständigen Rivalitäten, ließen uns auf unterschiedlichen Seiten des Spielfeldes erscheinen. Eine Zusammenarbeit wäre das Letzte, was jemand vermuten würde, etwas, das ich benutzen könnte, um mein aktuelles Problem zu lösen und etwas, das er zu seinem Vorteil nutzen könnte, welchem Plan er auch immer nachging.

„Was sind deine Bedingungen?", fragte er langsam.

„Fürs Erste würde ich mich über eure Unterstützung bei

meiner sozialen Zusammenkunft in zwei Wochen freuen. Jemand könnte etwas zu euch sagen, oder in der Nähe von euch, und annehmen, dass ihr die Information niemals an mich weitergeben würdet. Im Gegenzug kann ich meine Hilfe dabei anbieten, Darius', sagen wir mal, Warmherzigkeit zu verbergen?"

Darius hob eine Braue. „Und wie stellst du dir das vor?"

„Auf die gleiche Weise, wie Jace dir jetzt schon hilft. Du bleibst bis zu der Feier in meiner Stadt. Und wir lassen Gerüchte die Runde machen, *wie* du deine Zeit hier verbracht hast."

„Würde das nicht auf irgendeine Art von Partnerschaft hindeuten?"

Ich lächelte. „Nicht, wenn wir es richtig machen." Judith war ausgezeichnet darin, Informationen zu verbreiten. „Vielleicht habe ich Gefallen an deiner *Erosita* gefunden und einen vorübergehenden Tausch vorgeschlagen. Da ich dein Ältester bin, könntest du das kaum ablehnen."

„Und was wird tatsächlich geschehen?", presste er hervor, sein Griff um Juliet festigte sich besitzergreifend.

„Du und Juliet könnt hier bleiben und ich bringe Raelyn in mein Anwesen nördlich von hier." Das würde mir genug Zeit geben, diesen versehentlichen Bund mit Raelyn zu korrigieren, den ich erschaffen hatte, während es Darius und Juliet einen Moment der Zweisamkeit bot, unter einem düsteren Schleier. Zwei Fliegen mit einer Klappe. „Jeder wird denken, wir hätten ein Arrangement getroffen, über das ihr euch bei den Festivitäten negativ äußern könnt."

„Die Geschichte vom verärgerten Hausgast", übersetzte Jace. „Teilen ist ja schön, aber das Wenigste, was Kylan hätte tun können, ist Darius' Eigentum zu respektieren. Einige der Mahle waren ein bisschen tief, fast so, als hätte er sich selbst vergessen."

„Alle Anzeichen deuten auf unsterblichen Wahnsinn hin", fügte Darius hinzu. „Zusammen mit der Tatsache, dass er seinen Harem abgeschlachtet hat, gebe ich zu, ich bin besorgt."

„Zu Recht." Jace nahm wieder seinen Wein in die Hand, sein Blick traf meinen. „Er leidet mit Sicherheit unter Demenz."

Ich kicherte und schüttelte den Kopf. „Du bist fast so alt wie ich."

„Ja, aber mir steht das Alter sehr viel besser als dir."

Ich schnaubte. „Der Schlüssel ist, realistisch zu sein und nicht irgendwelchen Fantasien nachzujagen."

„Wir werden gut zurecht kommen", murmelte er und wirbelte den Inhalt in seinem Glas herum. „Werde ich auch hier bleiben? Weil das weniger glaubhaft wäre."

„Du hattest geschäftlich zu tun und hast mich zurückgelassen, um ein Auge auf Kylan zu haben, weil du befürchtest, dass sein neustes Verhalten die Grenzen zu deinem Land bedrohen könnte. Ich habe zugestimmt und Juliet bei den Verhandlungen benutzt, um mir eine Einladung zu verschaffen." Darius küsste ihren Hals, wodurch sich ihre Lippen kräuselten. „Die Feier ist die erste Möglichkeit, uns wieder auszutauschen, daher unsere Unterhaltung über Kylans Possen."

„Brillant", antwortete Jace. „Ich wusste, ich habe dich aus einem guten Grund befördert."

Darius schmunzelte. „Aus mehr als einem Grund."

Ihr einfacher Umgang miteinander offenbarte eine wahre Freundschaft, eine, von der ich wusste, dass sie existierte, die ich aber über hundert Jahre schon nicht mehr gesehen hatte. Alle Formalitäten, auf die Lilith in der Gesellschaft bestand, hatten alle Erscheinungen von Menschlichkeit beseitigt, sogar unter uns selbst. Alles ging um Recht und Ordnung, eine Region ohne Zwischenfälle zu regieren, den Protokollen zu folgen, und die Ältesten unserer Spezies zu respektieren.

Oben an der Spitze zu sein, bot mir Möglichkeiten, die

nur sehr wenige jemals sehen würden. Das war es, was Angelica gegenüber Raelyn erwähnt hatte. Ein Vampir zu sein war nicht annähernd so glamourös, wie wir es die Menschen glauben ließen. Die jüngsten Unsterblichen begannen ganz unten, es sei denn, ihr König oder Alpha bestimmte anderes.

„Wir werden das für dich tun", sagte Jace, zog meine Aufmerksamkeit wieder auf das Gespräch im hier und jetzt. „Wenn alles nach Plan läuft, sollten wir ein tiefer gehendes Bündnis diskutieren."

Ein Test.

Er wollte sehen, wie alles lief, bevor er entscheiden würde, mir zu vertrauen.

„Klingt fair." Weil ich ebenfalls sehen wollte, wie er und Darius sich anstellten. Ich hatte keinen Zweifel daran, dass sie nicht die Schuldigen waren, aber wir hatten heute Abend Geheimnisse geteilt, die leicht gegen den anderen verwendet werden könnten.

„Dann haben wir eine Abmachung." Er stand auf.

Ich tat es ihm gleich und streckte meine Hand aus. „Haben wir."

Zelda kam herein, ihr blonder Kopf gesenkt, als wir uns zu unserer vorübergehenden Partnerschaft die Hände schüttelten. „Das Abendessen ist bereit, mein Prinz", informierte sie mich, machte einen Knicks, und verschwand so schnell wieder, wie sie gekommen war.

„Abendessen", wiederholte ich. „Sollen wir dann?"

„Noch ein Gedanke, bevor wir gehen", murmelte Jace und ließ meine Hand los. „Ich kann mir vorstellen, dass du das bereits untersucht hast, aber da der Angriff in deinem Anwesen stattgefunden hat, solltest du nach Komplizen suchen, möglicherweise auch unter deinen Bediensteten."

„Du hast Recht. Ich habe sie bereits alle überprüft." Ich vertraute meinem Team bedingungslos und hielt sie zufrieden, um mir ihre Loyalität zu sichern. „Abgesehen davon habe ich meine Augen und Ohren überall."

„Ich hätte nichts anderes erwartet, da ich es genauso machen würde." Er nickte. „Nun, ich verhungere und ich glaube, Juliet ebenso, nicht wahr, Liebling?" Sein Blick glitzerte, als er auf sie herunter lächelte. „Du kannst frei sprechen."

„Ich habe Hunger, ja", gab sie leise zu.

Darius kicherte und küsste ihren Hals leidenschaftlich. „Sie lernt gerade die Freuden von richtigem Essen kennen."

Ich blickte zu einer fassungslosen Raelyn und hielt ihr meine Hand entgegen. „Raelyn wünscht sich immer noch Spinat und Brokkoli zu ihren Eiern beim Abendfrühstück. Komm, kleines Lamm. Vielleicht kann Juliet dir zeigen, wie man Nahrung angemessen genießt."

Raelyn rümpfte die Nase, als sie sich zu mir gesellte.

Ich hob ihr Kinn mit meinem Zeigefinger. „Du kannst jetzt aufhören, dich zu verstecken. Jace und Darius werden nicht beißen." Zumindest nicht Raelyn. „Komm raus und spiel. Ich vermisse dich."

Ihre eisigen, blauen Augen glitzerten zu mir hoch. „Ich saß die letzten dreißig Minuten neben dir."

Meine Lippen zuckten nach oben. „Als mein gefügiger Sklave, ja, und da bin ich ziemlich stolz drauf, aber ich will meine aufsässige Prinzessin."

„Ein weiteres Psychospielchen?"

„Nur die Wahrheit." Ich klopfte ihr sanft auf den Kopf. „Du weißt, was ich will."

„Das wird nie passieren."

„Es hat bereits begonnen." Ich küsste ihre Nase. „Und jetzt haben wir eine Woche zu Hause, um meinen Einfluss zu vertiefen."

Die Vorbereitungen für die Feier liefen bereits und erforderten mein Eingreifen nicht mehr. Alle Vampire, die an

Tremaynes früherer Position interessiert waren, hatten ihre Bewerbung eingereicht, und mein Treffen mit Jace war erledigt.

„Ich freue mich darauf, Zeit mit dir zu verbringen, Raelyn." *Und diesen Bund zwischen uns zu regeln.* Das war wichtiger, als ihre Jungfräulichkeit intakt zu lassen. Ich konnte mir keine emotionale Verbindung leisten. Jetzt nicht und auch nicht in Zukunft.

Sie starrte mich finster an. „Eine Woche wird nichts verändern."

„Im Gegenteil, Liebling, eine Woche zusammen wird alles verändern."

22

RAE

Das Essen war nicht so, wie ich es erwartet hatte. Es hatte sich in einen Rückblick zwischen den Vampiren verwandelt, erfüllt von Gelächter und Andeutungen, die ich nicht verstand. Juliet schien genauso verloren, wie ich es war, ihre dunklen Augen hatten meine während der Mahlzeit mehrere Male getroffen und ihre Augenbrauen sich gehoben.

Ich wünschte, wir hätten miteinander sprechen können, damit ich sie nach ihrer einzigartigen Beziehung mit Darius befragen könnte, aber Kylan war begierig darauf, zu gehen, sobald wir aufgegessen hatten.

Er fuhr, nutzte die Tunnel und umging das Sicherheitssystem der Stadt. Judith folgte uns mit Mikael und ein paar Leuten vom Personal, ihr Unmut darüber, dass wir unseren Aufenthaltsort wechselten war greifbar, durch den Blick, den sie Kylan geschenkt hatte, bevor wir losgefahren sind. Falls es ihn gestört hatte, hat er es sich nicht anmerken lassen.

Die verschneite Landschaft umhüllte die Welt außerhalb der Stadt und ließ mein Herz bei diesem malerischen Anblick rasen. Sie hatte sich hinter den Gebäuden versteckt, wo die

Straßen immer frisch geräumt waren und nur wenig von dem umwerfenden, winterlichen Pulver zurückblieb.

Kylan drückte meinen Oberschenkel, seine Berührung heiß durch den dünnen Seidenstoff meines Kleides. „Du willst schon wieder auf Entdeckung gehen, nicht wahr?"

„Es ist nur so wunderschön", flüsterte ich voller Ehrfurcht durch das Mondlicht, das die Schnee-bedeckten Bäume erhellte.

„Du magst das lieber als die Stadt." Keine Frage, sondern eine Aussage.

Trotzdem fühlte ich mich gezwungen, „Ja." zu sagen.

„Ich auch." Er fuhr ein paar Minuten lang schweigend weiter, das Summen seines Motors war das einzige Geräusch in der lautlosen Nacht. „Es ist noch viel Zeit bis zum Morgengrauen. Wie wär's, wenn wir eine Wanderung machen, wenn wir zurückkommen?"

Ich blinzelte. „Mit dir?" Die Frage kam mir über die Lippen, bevor ich sie wieder runterschlucken konnte, mein Schock auf seine Frage wurde durch das Quietschen in meiner Stimme deutlich.

Er kicherte. „Ja, mit mir, Raelyn."

Eine Wanderung. Mit Kylan. Ich hatte noch nie zuvor eine gemacht, schon gar nicht durch Schnee. Ich schaute auf mein Kleid, meine Lippen zuckten zur Seite. „Kann ich mich vorher noch umziehen?"

Sein Kichern wurde zu einem Lachen und er schüttelte den Kopf. „Du bist hinreißend."

„Das ist keine Antwort."

„Du hast Recht. Ist es nicht. So gerne ich auch dabei zusehen würde, wie du es versuchst, du kannst nicht in Pumps wandern gehen, kleines Lamm. Bei deinem letzten Versuch, konntest du selbst mit Stiefeln kaum durch den Schnee gehen."

Ich runzelte die Stirn. „Ich habe es aber geschafft."

„Ja, hast du." Seine Hand verschwand von meinem Bein,

als er von der Hauptstraße abbog. „Wir werden zu den Bäumen gehen, wo der Schnee nicht ganz so hoch ist. Die Bäume beschützen den Boden mehr oder weniger."

Sein Anwesen baute sich vor uns auf, umrahmt von den Bergen dahinter, und raubte mir den Atem. Das mochte ich definitiv lieber als die Stadt.

Das Außentor öffnete sich, als wir uns näherten, und gewährte uns Einlass. Kylan lenkte den Wagen gekonnt den Weg entlang und brachte uns zu dem Eingang des Herrenhauses, wo zwei seiner Bediensteten warteten, um uns die Türen zu öffnen. Er grüßte sie mit Namen und gab dem größeren von ihnen seine Schlüssel.

Die meisten von Kylans Angestellten waren Sterbliche unterschiedlichen Alters. Etwas, dass mir im Laufe der Woche immer öfter aufgefallen war. Judith war eine der wenigen in seiner Belegschaft mit vampirischer Abstammung.

Sie parkte hinter ihm und stieg aus, ohne auf Hilfe zu warten, Angelica, die auf dem Beifahrersitz saß, war aschfahl im Gesicht.

Das musste eine unangenehme Autofahrt gewesen sein.

„Raelyn und ich werden wandern gehen", informierte Kylan sie und nahm meine Hand. „Mach es dir bequem und genieß den Rest deines Abends, Judith."

„Denkst du, dass das weise ist, mein Prinz?", fragte sie und schaute sich um.

Seine Lippen zuckten. „Ich bin sehr wohl in der Lage auf mich selber aufzupassen und Raelyn zu beschützen, es sei denn, du möchtest mir etwas anderes zu verstehen geben."

Sie erstarrte, ihr Kiefer spannte sich an. „Natürlich nicht."

„Was versuchst du dann anzudeuten, Judith?" Sein Daumen strich über meinen Puls, sein Ausdruck erwartungsvoll.

„Das es nicht sicher sein könnte", gab sie zu. „Aber ich weiß, dass du selbst auf dich aufpassen kannst."

„Ja, das kann ich." Er drehte sich um und zog mich mit sich. „Gute Nacht, Judith."

Ihre Antwort, falls sie eine gegeben hatte, ging in den Elementen des Winters verloren, als Kylan mich in das Foyer, vorbei an noch mehr Bediensteten, zu der großen Treppe führte. „Also gut, kleines Lamm. Zeit, dich für das Wetter zu rüsten."

◃

ICH KONNTE NICHTS FÜHLEN.

Nicht den Boden unter meinen Stiefeln.

Nicht die Luft, die meine roten Strähnen teilte.

Nicht den Schnee auf meinen Handschuhen.

Und ich hasste es.

Ich schaute zu Kylan, der nur mit Jeans und einem Pullover bekleidet war, seine dunklen Strähnen wurden vom Wind gepeitscht und waren wunderschön. „Das ist lächerlich", murmelte ich unter dem Schal, den er um mein Gesicht gewickelt hatte.

Seine dunklen Augen glänzten fröhlich, als er mich betrachtete. „Ich finde, du siehst hinreißend aus."

Ich klopfte mit den übergroßen Handschuhen auf die dicke Jacke und schnaubte. Oder versuchte es zumindest. Es war durch die dicke Wollschicht, die mein Gesicht umhüllte, kaum zu hören.

Er nahm meine Hand und zog mich mit einem Kichern zu sich. „Entweder das oder das Risiko Frostbeulen zu bekommen."

„Stattdessen werde ich zu Tode schmelzen", knurrte ich. Wenigstens konnte ich meine Beine in den Jeans und Stiefeln noch bewegen.

„Bevor das passiert, ziehe ich dich aus", versprach er, eine düstere Note unterstrich seine Worte. „Komm schon, kleines Lamm. Zeit zum Erkunden."

„Ja, Meister", witzelte ich, was ihn zum Lachen brachte. Die kleinen Sticheleien hatte ich von Mikael gelernt, nachdem wir einen Film mit einer sehr sarkastischen Frau gesehen haben. Sie war meine Art von Mensch.

„Scheiße, ich bin verrückt nach dir." Er riss mich zu sich und küsste meine vom Schal bedeckte Nase. „Jetzt versuch mitzuhalten."

Er führte uns zu einem nahe gelegenen Waldweg, den die Baumkronen geschützt hatten, sodass der Schnee weiter verstreut und nicht so hoch war. Ich folgte ihm, meine Jacke blieb an den Ästen hängen, als wir weiter gingen und unser Pfad immer dunkler wurde.

Die Entfernung zwischen uns wurde immer größer, seine langen Schritte waren effizienter als meine kurzen, vorsichtigen. Ein weiterer Baum hielt mich am Arm fest und zog mich zurück. Ich bewegte mich, versuchte, mich herauszuwinden, machte es aber nur noch schlimmer.

„Zieh dich warm an", knurrte ich und wiederholte Kylans Wort von vorhin. „Es wird dich vor den Elementen beschützen." Anscheinend sah die Natur das anders.

Ich riss meinen Arm mit so viel Kraft von den klebrigen Nadeln zurück, dass meine Füße über den Boden schlitterten und ich stolpernd auf den Waldboden fiel.

„Beschützen, alles klar", schnaufte ich, mein Kopf und Rücken schmerzten durch den Aufprall.

Kylan erschien über mir, sein Gesicht lag in den Schatten der Nacht. „Nicht sehr anmutig, Raelyn."

Ich starrte ihn einfach nur an, unfähig zu antworten. Denn was sollte ich sagen? Er hatte recht. Der Baum hatte eindeutig gewonnen.

Er streckte eine Hand aus. Ich brauchte einen Moment, um

mich genug konzentrieren zu können, um nach ihr zu greifen, mein Verstand randalierte durch den erschütternden Fall. Ich schaffte es endlich, seine Hilfe anzunehmen, meine behandschuhten Hände griffen Halt suchend um seinen Bizeps.

„Kann ich die bitte ausziehen?", fragte ich genervt von dieser erzwungenen Ungeschicklichkeit.

Er schnipste mit einem Grinsen auf meinen Reißverschluss. „Nicht daran gewöhnt, so viele Klamotten zu tragen, hmm?"

„Ich bleibe immer an den Ästen hängen."

„Ist das deine Ausrede?" Er zog langsam den Metallverschluss runter und entblößte meinen Pullover darunter. „Weil ich denke, dass du nur möchtest, dass ich dich ausziehe." Er erreichte meinen Unterleib und die Jacke schwang auf. „Ich denke, dass du in meiner Anwesenheit lieber nackt bist."

Ein Schauer lief mir über den Rücken, nicht von dem Wetter, sondern von seinen Worten. „Es ist nur die Jacke", flüsterte ich.

„Mhm-hm." Er schob das fluffige Material von meinen Schultern und es fiel hinter mir auf den Boden. Kalte Luft wirbelte durch meinen Woll-Pullover, kühlte die Hitze, die darunter lag.

Ich seufzte erleichtert, meine Stirn fiel auf seine Schulter. „So viel besser." Ich hatte mich dadurch erstickt gefühlt, mein Oberkörper hatte gegen das zusätzliche Gewicht und die dicke Schicht protestiert. Meine Arme fühlten sich jetzt ebenfalls freier und leichter an. „Ich bin bereit."

„Oh, ich weiß, aber noch nicht jetzt." Er griff nach meinem Schal und ging davon. Der Halt der Wolle um meinen Hals zwang mich, ihm zu folgen. „Keine Ausreden mehr, kleines Lamm." Er riss erneut an dem Stoff, wodurch sich meine Augen weiteten.

Er hatte meinen Schal in eine Leine verwandelt.

Eine beschissene Leine.

Wie bei einem Hund.

Und er führte uns jetzt durch den Wald, wie es jemand mit seinem Haustier machen würde.

Ich versuchte, mich von ihm zu befreien, aber ein weiterer Ruck zwang mich nach vorne. „Kylan", knurrte ich.

„Ja, Haustier?"

„Das ist nicht witzig."

„Ganz im Gegenteil, ich amüsiere mich sehr gut." Ein weiterer Ruck. „Mehr Tempo, liebstes Lamm." Er sprang über einen Baumstamm, über den ich beinahe gefallen wäre, aber wie durch ein Wunder schaffte ich es, es ihm gleichzutun.

Er wurde langsamer, aber nicht viel, seine langen Beine waren sehr viel besser an diese Aktivität gewöhnt als meine. Ich versuchte, den mich strangulierenden Gegenstand von meinem Hals zu lösen, aber alles, was ich tat, schien den Knoten nur noch fester zu machen.

Warum hatte ich ihn mich anziehen lassen?

Ich ignorierte die Landschaft, nicht, dass ich in der Dunkelheit viel hätte sehen können, und konzentrierte mich darauf, nicht hinzufallen, während ich mit ihm mithielt.

Ein Lichtschimmer fiel mir ins Auge, ein paar Meter vor uns. Die plötzliche Helligkeit blendete mich und ich stolperte gegen seinen Rücken. Er kicherte. „Begierig, hmm?"

„Darauf, dich zu töten?", fragte ich. „Ja." Nicht, dass ich das jemals könnte.

„Oh, Liebes, das wäre tatsächlich ein lustiges Spiel. Vielleicht können wir irgendwann ausprobieren, zu fechten. Deine Noten in dem Sport waren ziemlich gut." Er ging weiter und ließ mir zwei Optionen: folgen oder mich selbst strangulieren.

Verdammter Vampir.

Er konnte im Dunkeln sehen, wodurch er sich frei bewegen konnte, während ich auf jeden Schritt aufpassen mussten, was angeleint schwierig war. Nicht, dass es ihn zu interessieren schien.

Ich warf einen der Handschuhe nach ihm, weil ich sonst nichts zum Werfen hatte. Er lachte, was ihm einen zweiten Handschuh gegen den Kopf einbrachte.

„Das wirst du später bereuen, kleines Lamm."

Ja, ja. Ich hatte Taschen. Ich würde klarkommen.

Das Licht vor uns wurde größer, verwandelte einen Teil meiner Wut in Neugier. Es schien heller zu sein als der Hof vor seinem Haus, als würde der Mond von einer stärkeren Quelle reflektiert werden.

Kylan ließ die letzten Bäume hinter sich und drehte sich um, blockierte meine Sicht auf das, was hinter ihm lag. Ich dachte, er wollte mich nur ärgern, als er einen Finger auf meine Lippen presste, sein Körper war angespannt, in Alarmbereitschaft.

Was? Fragte ich mich. *Was ist das?*

Sei möglichst still, antwortete er in meinem Kopf, wodurch ich fast hintenübergefallen wäre.

Seine Hand fand meine Hüfte und hielt mich aufrecht, während meine Augenbrauen nach oben schossen. *Wie bist du in meinem Kopf?* Vampire waren keine Telepathen. Es sei denn meine Bücher und Professoren haben vergessen, diesen Teil zu erwähnen.

Das ist nur vorübergehend, sagte er. *Beweg dich nicht.*

Warum?

Shh. Er entließ mich langsam und drehte sich um, seine breiten Schultern versteckten die Szene hinter ihm. „Du kennst mich", sprach er laut aus, seine Stimme tief und knurrig.

Meine Stirn legte sich in Falten. Erwartete er, dass ich darauf antwortete?

„Komm", fügte er hinzu, und streckte seinen Arm aus. „Du weißt, wer ich bin."

Ich starrte auf seinen Rücken, perplex. *Was–*

Shh.

Ich hätte ihn fast angeknurrt, aber ich erstarrte, als etwas *anderes* knurrte.

„Oh, so soll es heute Nacht laufen?" Er schnaubte. „Ein paar Wochen weg und du vergisst deinen Alpha."

Die Kreatur antwortete mit einem Zähnefletschen, was Gänsehaut über meine Arme laufen ließ. Ich griff nach Kylans Pullover. Er hielt den Schal nicht mehr fest, gab mir Freiheit, aber jetzt wollte ich noch doller an ihm befestigt sein.

„Sie ist harmlos und gehört zu mir", fauchte er. „Hör auf, die Zähne zu fletschen."

Ein Brummen war seine Antwort.

Stille fiel über den Wald, das Geräusch von rauschendem Wasser überwältigte meine Ohren. Was passierte hier? Hatte ein fehlgeleiteter Lykaner seinen Weg in Kylans Land gefunden? War das die Bedrohung? Das Monster, das auf der Lauer liegt?

Etwas stieß Kylan an, sein Bein prallte gegen meins. Ich blickte nach unten und sah, wie sich ein weißer Schweif um seinen Oberschenkel wickelte. Meine Nägel gruben sich in seinen Wollpullover, mein Herz klopfte wild.

Der Wolf brummelte erneut, was Kylan zum Kichern brachte. „Ja, ihre Angst ist berauschend, da stimme ich dir zu." Er hockte ich hin, ließ mich peinlich an seinem Pullover hängen und fast über ihn fallen. Helle, gelbe Augen trafen meine, brachten mich dazu, rückwärts in einen Baum zu stolpern. Der Wolf rieb seine gigantische, weiße Schnauze gegen Kylans Gesicht und leckte ihm über die Wange.

„Ein Lykaner", flüsterte ich.

Kylan schnaubte. „Nein, das ist ein richtiger Wolf. Der Alpha seines Rudels." Er gestikulierte mit seinem Kinn zur Szenerie dahinter – ein zugefrorener See, der sich in die Ferne ausbreitete und von Bergen umrahmt wurde. Am Rand des

Wassers waren mehrere Wölfe, alle standen alarmiert dort, ihre Augen lagen auf uns.

„W-wir sollten gehen."

„Unsinn." Er stand auf, streichelte den Kopf des Alphas. „Sie sind alte Freunde. Sie sind nur verwirrt, weil sie mich für mehrere Wochen nicht gesehen haben." Er kratzte den Wolf hinterm Ohr, was ihm noch einen Kuss auf die Hand einbrachte, bevor er zu seinem Rudel zurücktrottete, was sich sichtbar entspannte. Seine Lippen zuckten, als er mich sah, wie ich mit dem Rücken an einem Baum klebte. „Wenn du Angst zeigst, riechst du für sie, und auch für mich, wie eine Mahlzeit. Ich schlage vor, dass du sie ein bisschen reduzierst."

„Das sind Wölfe."

„Ja."

„Echte Wölfe."

„Ja." Er neigte seinen Kopf zur Seite. „Du hast Angst vor ihnen, aber nicht vor mir? Weil ich dir versichern kann, dass ich hier das größere Raubtier bin." Er pirschte sich an, wickelte seine Hand wieder um meinen Schal. „Und ich habe jede Absicht, dich zu verschlingen, kleines Lamm."

„Du hast Wölfe als Haustiere", flüsterte ich und schluckte.

„Ich würde sie nicht unbedingt Haustiere nennen", antwortete er und strich seine Knöchel über meine Wange. „Dieser Begriff impliziert ein gewisses Maß an Gehorsam und Unterwerfung, das ihnen fehlt. Sieh sie als wilde Freunde an, die meine animalische Seite verstehen."

Er kam näher, seine Hüfte heftete sich an meine.

„Das ist einer meiner Lieblingsorte, Raelyn", murmelte er, sein Mund nur wenige Zentimeter von meinem entfernt. „Ich komme her, wenn ich alleine sein will und nachdenken muss."

Ich runzelte die Stirn. Warum brachte er mich hier hin, wenn er alleine sein wollte? „Aber du bist nicht allein…"

„In der Tat, bin ich nicht." Er küsste mich sanft, sein Griff um meinen Schal wurde fester. „Ich wollte das als ein

Dankeschön mit dir teilen, weil du vorhin ehrlich zu mir warst und mich auf das Offensichtliche meiner Anschuldigung hingewiesen hast."

Ich stutzte. „Du dankst mir?"

Seine Lippen kräuselten sich. „Das tue ich, indem ich einen besonderen Ort mit dir teile. Hier draußen ist es magisch. Lass es mich dir zeigen."

„Ich…" Ich wusste nicht, was ich sagen sollte. Er belohnte mich dafür, dass ich das Offensichtliche hervorgehoben habe? Nein, dafür, dass ich mutig genug gewesen war, seine Einschätzung in Frage zu stellen. Dafür, dass ich aufsässig war. Dafür, dass ich ein Gehirn hatte und es auch benutzte. Dafür, *ich* zu sein.

Ich blinzelte.

Er mag mich.

Das tue ich, flüsterte er zurück, seine dunklen Augen glühten. *Komm, spiel mit mir, kleines Lamm. Es wird sich lohnen.*

„Wie machst du das?"

Belustigung huschte über sein Gesicht. „Das war keine Absicht, versprochen, und ich werde es reparieren, aber lass uns jetzt den Moment genießen, solange wir ihn noch haben. Bitte?"

Okay, jetzt hatte ich alles gesehen. „Du bettelst."

„Ich bevorzuge den Begriff *drängen.* Und außerdem ist das sehr viel angenehmer, als dich zu zwingen."

„Du besitzt mich."

„Das tue ich", stimmte er zu.

„Also brauchst du keine Erlaubnis, um irgendwas mit mir zu machen."

Er neigte seinen Kopf. „Stimmt, aber vielleicht wünsche ich sie mir."

„Warum?"

„Weil es sehr viel sexier ist, dich bereitwillig unter meiner Gnade zu haben, als deine Zustimmung einfordern zu müssen." Er knabberte an meiner Unterlippe. „Du bist schon hier draußen. Lass mich dir zeigen, wie schön es ist, und vielleicht lassen dich die Wölfe zurückkehren."

Ich blickte an ihm vorbei auf den weißen Fellhaufen am Ufer, alle faulenzten herum, ohne sich um irgendwas zu sorgen. Viel besser als das Knurren von vorhin.

Kylan küsste mich erneut, seine Zunge glitt für eine Geschmacksprobe in mich, viel zu kurz.

„Lass mich dich belohnen, Raelyn", murmelte er. „Ich verspreche, es wird dir gefallen."

Mein Blut erhitzte sich bei der unterschwelligen Bedeutung seiner Worte. Er hatte mehr im Sinn, als nur zu wandern und die Landschaft zu bewundern.

Ich habe jede Absicht, dich zu verschlingen, kleines Lamm, hatte er gesagt.

Oh…

„Ja", formte er mit seinem Mund, hörte immer noch meinen Gedanken zu. „Ich werde dich verschlingen, bis du mich anflehst, aufzuhören." *Und selbst dann werde ich weiter machen*, fügte er hinzu, seine Worte waren wie eine Liebkosung in meinen Gedanken.

Ich erschauderte, meine Oberschenkel spannten sich an.

Ihn in mir zu haben, wie er zu mir flüsterte, erhöhte sie Intimität und erweiterte die Empfindungen.

Er begehrte meinen Verstand.

Er hatte gewonnen.

Ich wartete darauf, dass Traurigkeit über mir hineinbrechen würde, um mich unter einen Schatten auf Depression zu ziehen, aber stattdessen war ich neugierig. Wenn Kylan in meine Gedanken eindringen konnte, dann besaß ich vielleicht die Fähigkeit, seine ebenfalls zu erreichen. Ich könnte den Spieß umdrehen und ihn mit seinen eigenen Waffen schlagen.

„Okay", sagte ich und wollte mehr erkunden. Um in

Kylans Gedanken zu sein, und seine wahren Träume und Ziele kennenzulernen? Das war eine unbezahlbare Gelegenheit.

Ich könnte ihn verstehen, den Mann hinter der majestätischen Maske, über seine Vorliebe für Spiele hinaussehen.

Ich würde endlich den echten Kylan kennen.

23

RAE

.

„WILLKOMMEN in meiner Version vom Paradies." Kylan führte mich den Weg entlang zum Rand des glitzernden Sees hinunter, der von schneebedeckten Bäumen und den Bergen umringt war.

Mein Atem stockte, als ich das Winterwunderland sah, von dem ich nie gedacht hätte, es zu sehen. „Es ist umwerfend", flüsterte ich und drehte mich, um alles in mir aufnehmen zu können.

Das Mondlicht verlieh der Luft einen hypnotischen Schein, während die Sterne wie gemalt am Himmel standen. So etwas hatte ich noch nie gesehen, nicht mal in meinen Lehrbüchern.

Etwas stieß gegen meinen Oberschenkel und ließ mich mitten im Schritt erstarren. Ich blickte nach unten und fand ein Paar gelber Augen, die zu mir hoch starrten.

„Kylan", formte ich lautlos mit den Lippen. *Kylan!*

Sein kichern sickerte durch meine Gedanken. „Nun, ich würde dir nicht raten, zu rennen, oder du erweckst ihren Beutetrieb." Kylan entspannte sich auf einem Baumstamm in der Nähe des Wassers, seine dunklen Augen funkelten in der Nacht.

Ein weiteres Stupsen.

Was will er?

„Gib ihm deine Hand", antwortete er. „Er wird meine Essenz an dir riechen und sich wieder verziehen."

Ich schluckte. *Meine Hand. Alles klar.* Ich streckte sie langsam der mit scharfen Zähnen gefüllten Schnauze entgegen und wartete. Der Wolf roch daran und schmiegte sich kräftig an ihr, bis meine Handfläche auf seinem Kopf landete.

Kylan kicherte. „Nun, jetzt will er, dass du ihn ordentlich kratzt."

„E-er will, dass ich ihn streichle?" Ich fuhr langsam durch sein Fell, überrascht davon, wie weich es war. Es fühlte sich… gut an. „Oh." Ich zog meine Nägel über seinen Kopf, bis hinunter zu seinem Nacken und wieder zurück und wiederholte die Handlung immer und immer wieder ehrfürchtig. „Er ist wunderschön."

„Ja, lass nur nicht seine Partnerin hören, dass du so redest." Kylan gestikulierte zu einem mageren Wolf, der mich mit scharfen Augen beobachtete. „Sie ist sehr besitzergreifend."

Der Wolf neben mir setzte sich hin und lehnte sich gegen meine Beine, sodass ich fast in den Schnee gefallen wäre. Ich fand mein Gleichgewicht wieder, während ich ihn stützte und meine Hand immer noch auf seinem Kopf lag.

„Aww, er mag dich", murmelte Kylan anerkennend. „Er markiert dich für die anderen und zeigt Vertrauen."

„Er kennt mich kaum."

„Wölfe, wie die meisten Raubtiere, vertrauen auf ihre Instinkte." Sein Blick wurde intensiver. „Und manchmal weiß man es einfach."

„Beurteilst du so die meisten Leute? Durch deinen ersten Eindruck?"

„Immer, aber ich beobachte sie fortlaufend weiter." Er betrachtete mich langsam und gründlich, die Entfernung vertiefte seine Iris zu einem geschmolzenen Schatten.

Ich zitterte, fühlte mich nackt, trotz den vielen Klamotten. „Und was siehst du, wenn du mich beobachtest?", fragte ich, meine Stimme wurde zum Ende hin zu einem rauen Flüstern, meine Finger versanken in dem Fell des Wolfes.

„Mmm." Kylan entspannte sich, seine Handflächen lagen auf dem Baumstumpf neben ihm, seine Beine ausgestreckt und an den Knöcheln überschlagen. „Einen kriegerischen Geist, den ich für meinen eigenen Gebrauch zähmen möchte, einen Körper, den ich mehr in meinem Bett begehre, als ich wahrscheinlich sollte, und einen Verstand, der mit einer Intelligenz gefüllt ist, von der ich gefürchtet habe, dass sie vor Jahrhunderten unter der menschlichen Rasse verloren gegangen ist."

„Das alles siehst du?", schaffte ich zu sagen, meine Kehle hatte sich plötzlich zugeschnürt.

„Das tue ich." Er lehnte sich nach vorne. „Und während du behauptest, keine Angst vor mir zu haben, tief im Innern weiß ich, dass du Angst vor dem hast, was ich dir antun könnte. Weiter noch, du fürchtest dich davor, dass es dir gefallen könnte." Seine Augen blickten tief in mein. „Ich garantiere, dass es dir nicht nur gefallen wird, Raelyn, du wirst es lieben."

Ich schluckte, meine Hand lag bewegungslos auf dem Wolf.

„Du bist wie geschaffen für mich, kleines Lamm." Die düsteren Worte schlitterten über meine Sinne und erhitzten mein Blut. „Ich werde dich besitzen – Verstand, Körper und Seele." Sein tödliches Versprechen durchstach mein Wesen, markierte mich als die seine, obwohl ich mich wehrte.

Ich werde dich auch besitzen. Der Gedanke wuchs ohne Erlaubnis in mir heran, kam von einem geheimen Ort tief aus mir heraus. Wenn ich mich zu der seinen machte, würde er auch der meine werden.

Er lächelte. *Du kannst es versuchen, Prinzessin.*

Ich folgte seiner Stichelei bis zur Quelle und durchbohrte seine Psyche – so eine natürliche Reaktion, eine Verteidigung davor, verspottet zu werden. Ich fand die Wahrheit hinter dem Nebel lauernd, die Erkenntnis, dass er vor mir niemals zuvor eine solche Verbindung mit jemandem angefangen hatte.

Meins, flüsterte das Raubtier vor mir. *Bring es zu Ende.*

Was passierte dann?

Ich machte einen Schritt auf ihn zu, sehnte mich nach mehr.

Nach der Verbindung.

Dem Bund.

Einer richtigen Einsicht in seinen Verstand.

Er war nicht gut für mich und würde mich zerstören, aber es schien, als könnte ich ihm das Gleiche antun. Ich spürte einen Hauch von Panik in ihm, ein Unbehagen, das sein Ausdruck und seine Worte ansonsten nicht zeigten. Er wollte mich nicht reinlassen, mir mehr zeigen, aber ein Teil von ihm forderte es.

Ich setzte mich auf ihn, mein Körper bewegte sich, als wäre er unter der Kontrolle einer Energie, die ich nicht zurückhalten konnte.

Mehr.

Er neigte seinen Kopf, seine dunklen Augen strahlten einen berauschenden Mix aus Not und Zuversicht aus. Aber ich fühlte auch den Zweifel, der in ihm lag, die Sorge, dass wir uns komplett verbinden könnten, was mir einen unbeschränkten Einblick in seine Seele geben würde.

Und im Gegenzug würde er meine haben.

Eine einvernehmliche Verbindung.

Ein Versprechen.

Meine Lippen berührten seine, die Sehnsucht, mehr zu lernen, verwarf jedwede Logik und Gedanken. Ich wollte in ihm sein, ihn *kennenlernen* auf die grundlegendste Art und Weise. Das hier war der Weg, dieses Ziel zu erreichen.

Ich wickelte meine Arme um seinen Hals, drückte ihn gegen mich, als ich ihn innig küsste und meine Zunge teilte seine Lippen, um seinen Mund zu erkunden. Er führte immer, gab unser Tempo vor, aber das hier gab er mir, erlaubte mir einen Augenblick des Lernens, wonach ich mich so sehr sehnte.

Er blieb völlig still, seine Muskeln verkrampften sich.

Meine Sekunden waren gezählt, bevor er wieder die Kontrolle übernehmen würde. Ich weigerte mich, sie zu verschwenden, und gab mich dem Gefühl hin, prägte mir jedes Detail ein, weidete mich an seiner Männlichkeit und Kraft, an der Art, wie sich seine Zunge auf meiner anfühlte.

Kylan, hauchte ich in seinen Verstand. *Gib mir mehr.*

Ich wollte nicht spielen. Ich wollte *ihn.* Alles von ihm

Er knurrte leise und tief, seine Finger verknoteten sich in meinen Haaren, während seine andere Hand das Ende meines Schals griff und scharf daran riss. Meine Nägel gruben sich als Reaktion auf die plötzliche Enge um meinen Hals in seinen Bizeps.

„Vorsichtig, kleines Lamm." Der Stoff zog sich noch fester und verschloss meine Atemwege. Er fuhr seine Zunge über meine Unterlippe, seine dunklen Augen waren auf meine gerichtet. „Ich gebe hier die Befehle, nicht umgekehrt."

„Ja, mein Prinz", formte ich mit den Lippen, unfähig, Sauerstoff in mir aufzunehmen.

Seine Pupillen weiteten sich. „Mmm, das mag ich, Raelyn. Du bist mir ausgeliefert und gehorchst immer noch." Er küsste mich sanft. „Das ist erregend." Ein weiterer Kuss. „Wie eine Sucht." Dieses Mal härter. „Belebend." Der Schal löste sich, aber der Halt in meinem Haar würde stärker, zwang mich, bei ihm zu bleiben, während er meinen Mund verschlang. Ich schmolz auf ihm dahin, mein Körper gehörte ganz ihm.

Ich will dich, flüsterte ich in meinen Gedanken.

Ich weiß. Der Stoff um meinen Hals wurde wieder enger, nahm mir die Fähigkeit zu atmen. „Bist du feucht für mich, Raelyn?"

Ein wimmern blieb mir im Hals stecken, konnte nicht

entkommen. Ich nickte und meine Oberschenkel klammerten sich um seine.

„Selbst in den Wäldern, umzingelt von Wölfen", flüsterte er gegen meine Lippen. „Scheiße, du bist perfekt." Er ließ von meinem Schal ab und seine Hand fiel auf meine Hüfte. „Und gehörst verdammt nochmal mir."

Kylan nahm meinen Mund ein, stahl mir meinen Atem und zwang mich, allein durch ihn zu überleben. Ich klammerte mich an seine Arme, hielt mich fest, während er mich verschlang. Mich fesselte. Mich besaß. Mich anbetete.

Er löste die Wolle von meinem Hals, seine andere Hand glitt über meinen Bauch und unter meinen Pullover, um sich auf meine nackte Brust zu legen. Ich wölbte mich gegen ihn, stöhnte gegen seine Zunge.

Mehr, bettelte ich.

Er kniff mich in meinen harten Nippel, seine Berührung war rau – ganz Kylan – genau was ich brauchte.

So fordernd heute Nacht. Seine mentale Stimme liebkoste meine Gedanken, erzeugte ein Zittern tief in mir. Er gefiel mir dort viel zu sehr. Etwas, worüber ich später nachdenken sollte. Jetzt gerade interessierten mich nur seine Hand, sein Mund und seine harte Erregung, die er auf den Hügel zwischen meinen Beinen presste.

„Kylan." Ich riss mir den Pullover über den Kopf, fühlte mich lebendig, ohne Scham, und trotz der kalten Luft war mir viel zu heiß.

„Scheiße, Raelyn", zischte er, sein Mund ging zu meinem Hals und von dort aus tiefer. Er legte seine Hände um meinen Arsch und zwang mich hoch auf die Knie, um ihm den Zugang zu meinen Brüsten zu erleichtern.

Ich liebte es, seinen Mund auf mir zu spüren, seine Zunge peitschte meine Haut und sein Atem erwärmte mein Wesen. Jede Liebkosung war wie ein Brandzeichen, jeder Kratzer seiner Zähne eine Erinnerung an seinen Besitz, sein Recht, seinen Anspruch.

Seine Berührung wanderte nach vorne zu meiner Jeans, sein geschickter Daumen öffnete sie gekonnt. Ich vergrub meine Finger in seinem Haar, hielt mich fest, wollte mehr, sehnte mich nach seinem Biss.

Er streifte meinen Hügel mit seinen Schneidezähnen, reizte mich, spielte und schickte eine Welle Gänsehaut nach der anderen über mein Fleisch, bevor er sich zurückzog. „Steh auf."

Ich schluckte. Meine Glieder zitterten, als ich gehorchte.

Meine Stiefel verschwanden.

Meine Hose.

Ich stand völlig nackt im Schnee und mir war kein bisschen kalt. Ich brannte nur noch mehr für ihn, als sein Blick einen heißen Pfad auf meinem Körper hinterließ. Er zog seinen Pullover aus, legte ihn auf den Boden neben meinen und stand auf. „Zieh mir die Jeans aus."

Ich leckte mir über die Lippen, meine Finger zitterten, als ich Knopf und Reißverschluss bearbeitete. Er griff nach meinen Handgelenken und legte meine Hände auf seine Hüfte.

„Hinknien, Raelyn." Sein Befehl lief mir wie ein Zittern die Wirbelsäule hinunter und sammelte sich zwischen meinen Beinen.

„Ja, mein Prinz." Ich senkte mich auf den Boden, sein Pullover schützte meine Schienbeine und Knie vor dem Schnee.

Er ließ mich los. „Bring den Job zu Ende."

Ich zerrte an seiner Jeans, befreite seinen geschwollen Schwanz und entblößte seine starken Oberschenkel. Sein Blick glitzerte gierig, seine Erregung sickerte durch seinen dicken Kopf und verführte meine Instinkte. Ich lehnte mich nach vorne, Lust trieb mich an, nahm ihn in meinen Mund und saugte den Lusttropfen von seiner Spitze.

Seine Finger fuhren durch meine Haare, hielten mich dort fest, während sein Stöhnen um uns herum über den See hallte. Ich zog seine Hose bis zu seinen Knöcheln hinunter und er trat sie mit seinen Schuhen von sein.

„Sieh mich an", forderte er, seine Stimme tief und bedrohlich.

Ich traf seinen Blick und er zwang mich, mehr von ihm zu nehmen, seine Krone traf auf die Rückseite meines Halses.

„Habe ich dir gesagt, dass du meinen Schwanz lutschen sollst?"

Ich versuchte meinen Kopf zu schütteln, konnte es aber nicht. *Nein.*

Nicht schummeln, Raelyn. Benutz deine Stimme.

„Nein", nuschelte ich, sein Schaft hinderte mich daran, deutlich zu sprechen.

„Versuch's nochmal."

Das tat ich, aber es kam wieder genauso undeutlich heraus.

Er schnaubte. „Jetzt muss ich dich disziplinieren."

Ich verengte meinen Blick und schluckte noch mehr von ihm. *Du kannst mich nicht für etwas bestrafen, das du genießt, Kylan.*

Seine Lippen zuckten. „Sogar auf den Knien noch aufsässig."

Ich lutschte härter an ihm, meine Nägel gruben sich in seine Oberschenkel.

„Scheiße", brummte er und seine Finger umklammerten meine Haare.

Ich wiederholte den Vorgang.

Er fauchte und schob mich von sich, auf das provisorische Bett auf Kleidung und Schnee.

Meine Oberschenkel fielen auseinander, als er sich zwischen ihnen niederließ, sein Mund schwebte über meiner Klitoris. „Du brauchst eine ernste Erinnerung daran, wer hier das Sagen hat, Liebling." Seine Zunge fuhr über meine bereits schmerzende Knospe, wodurch meine Hüfte sich gegen ihn wölbte. „Hmm, ich werde das hier sehr genießen."

„Ky…" Ein Schrei brach ab, sein Biss schockte mich bis zur Besinnungslosigkeit.

Ich konnte mich nicht bewegen. Konnte nicht denken. Konnte nur fühlen und es ertragen.

Und, oh meine Göttin, es gab einiges zu ertragen.

Eine Gefühlswelt außerhalb von allem, was ich je gefühlt hatte, erschütterte meinen Kern, riss mein Wesen in Zwei und zerschmetterte meine Fähigkeit zu atmen. Es schmerzte so gut. Meine Sicht wurde schwarz, dann weiß, die Sterne über mir drehten sich in einer Wolke aus Ekstase, die ich auf meiner Zunge spüren konnte. Er hatte meine Venen in Brand gesteckt, mein Blut eilte zu seinem Mund, während er meine Essenz mit purer Euphorie ersetzte.

Mein Hals schmerzte vom Singen, vom Schreien seines Namens.

Zeit gefror.

Taute auf.

Gefror erneut.

Meins. Seine Stimme hallte durch meinen Verstand, durchstach meine Seele.

Deins, stimmte ich zu, unfähig zu verstehen, mich zu erinnern, warum ich dem vorher nicht zustimmen wollte. Aber ich würde alles geben, um diese süße, glückselige Qual zu beenden, die meinen Körper zerstörte. *Es ist zu viel.*

Du wirst es aushalten, Raelyn. Sein Knurren ließ jeden Teil von mir vibrieren, seine Dominanz ergriff mich in jeder Hinsicht. Ich konnte ihn nicht bekämpfen, wollte es nicht einmal.

Ja, flüsterte ich. *Egal was.*

Alles, antwortete er und sein dunkler Verstand öffnete sich für meinen. So viele Geheimnisse, eingewickelt in ein kompliziertes Netz aus Gedanken, die sich über tausende von Jahren angesammelt hatten.

Antik, machtvoll, kompliziert.

Ich schob mich hinein, nur um von einer Wand aufgehalten zu werden.

„Kylan", hauchte ich, flehte, bettelte. Ich krümmte mich unter ihm, mein Orgasmus war endlos und ich gab auf. „Bitte."

Seine Finger waren *dort*, sein Rachen schluckte immer noch und mein Körper fiel in einen seltsam kalten Zustand.

Trank er mich leer?

Betäubte er mich?

Um uns herum fing Schnee an zu fallen, oder waren das die Sterne? Ich konnte es nicht erkennen.

Eine weitere Welle brach über mich hinein, schüttelte meine Glieder und ließ meinen Rücken unkontrolliert zucken. Kylans Hand auf meinem Bauch hielt mich unten, seine Berührung hielt mich buchstäblich fest, als meine Seele drohte davonzufliegen.

Ich kann nicht mehr…

Du kannst, antwortete er. *Du wirst.*

Ein Schluchzen entfuhr mir, zu gleichen Teilen bedürftig und verwüstet. *Du zerstörst mich.*

Ich besitze dich, stellte er klar.

Ich will dich auch besitzen. Und das tat ich. In jeder Art und Weise. Er konnte das alles nicht von mir nehmen, ohne im Gegenzug etwas von sich zu geben. *Bitte, Kylan. Ich flehe dich an.*

Er knurrte, entließ mich aus seinem Biss. „Dieser Bund wird mich noch umbringen."

Bund?

„Ja." Er leckte ein weiteres Mal über meine Klitoris, schickte eine Schockwelle aus Lust durch mich hindurch. Heilte er mich? Oh, scheiße, es ist mir egal. Ich wollte ihn einfach nur noch. Ihn so zu kennen, wie er mich kannte. Bei ihm sein.

„Ich brauche dich", flüsterte ich, meine Adern kühlten sich ohne seinen Biss ab, oder vielleicht wegen seines Bisses.

„Ich weiß", flüsterte er und kletterte über mich. „Ich bin hier, Raelyn."

Sein Mund nahm meinen ein, meine Erregung vermischt mit seinem Blut betörte meine Sinne. Ich erzitterte unter ihm, überwältigt und erschöpft und war schon wieder angenehm erregt.

Kylan hatte angedroht, mich zu zerstören.

Ich verstand jetzt, was er meinte.

Weil ich komplett verzaubert war, bereit alles zu tun, was er sich wünschte, nur für einen weiteren Biss von ihm.

Sein Schwanz stieß auf meine sengende Hitze. *Ja...* Nicht, dass er meine Zustimmung gebraucht hätte. Sie wurde bereits gegeben, angenommen und besessen.

„Sag mir, dass du mir gehörst." Flüsterten seine Lippen über meinen. „Sag mir, dass du es willst."

„Ich will dich", antwortete ich und wickelte meine Beine um seine Taille. Sie zitterten durch die Kälte, aber es war mir egal. „Ich gehöre dir, Kylan." *Und du gehörst mir.*

Er seufzte, seine Zunge glitt in mich, versorgte mich mit noch mehr von seiner Essenz. Jeder Schluck brannte auf die köstlichste Art und Weise.

Seine Hände griffen um meine Hüften und hielten mich an meinem Platz. „Du bist so verdammt feucht." Er klang fast verzweifelt, seine Stimme brach zum Ende hin ab. „Scheiße, Raelyn. Ich kann nicht. Ich sollte nicht, aber ich kann jetzt nicht aufhören."

„Was–"

Unerwarteter Schmerz schnitt mir die Worte ab, ließ meine Stimme verstummen. Ich griff nach seinen Armen, mein Körper erstarrte unter seinem.

Er ist in mir, realisierte ich. Und verdammt, es *tat weh.*

„Ich kann mich nicht an das letzte Mal erinnern, dass ich

jemanden so sehr wollte", flüsterte er, sein Mund strich über meinen. „Es muss aufhören."

Meine Stirn legte sich in Falten, seine Worte ergaben keinen Sinn. „Ich verstehe nicht…"

„Ahh…" Er küsste mich erneut, seine Zunge war zärtlich und schmeichelnd, sein Körper immer noch über meinem. „Konzentrier dich auf die Gefühle, Raelyn. Konzentrier dich auf mich. Mein Schwanz tief in dir, wie er dich dehnt, ausfüllt, dich besitzt."

Seine Worte wärmten mich auf eine mir fremde Art und Weise, entzündeten eine Flamme in meinem Unterleib. Er bewegte sich, was mich zusammenzucken ließ. Ich erwartete Schmerz, aber der kam nicht, nur ein winziger Schauer, der durch meine Beine fuhr. Er wiederholte die Handlung, dieses Mal mit mehr Kraft, und erschütterte meinen Körper.

Ich stöhnte, als das Feuer stärker wurde und mich von innen heraus erhitze.

Ein Stoß, gröber und schärfer, ließ meine Nägel über seinen Rücken kratzen, mein Kiefer drohte, sich um seine Zunge zu klammern.

„Mmm, das ist es", lobte er. „Halt dich an mir fest, Prinzessin. Genieße, fühle, schreie. Ich will, dass jeder, der dich hört, weiß, wer dich fickt und zu wem du gehörst."

Ich öffnete meinen Mund, um zu protestieren, um das gleiche zu fordern, aber meine Worte wurden durch ein scharfes einatmen abgeschnitten, als er wahrhaftig anfing, sich zu bewegen. Vorher war er nett gewesen, hatte mich an seine Bewegungen gewöhnt.

Jetzt war das Raubtier herausgekommen, um seinen Preis zu beanspruchen. Um mich zu dominieren. Um mich für jeden anderen Mann zu zerstören.

„Kylan", stöhnte ich, ein Inferno durchfuhr mich und verschlang mich von Kopf bis Fuß. Er hatte mich bereits zu unsagbaren Höhen der Glückseligkeit geführt. Es konnte nicht noch mehr geben. Eine weitere Dosis würde ich nicht überleben, geschweige denn eine größere.

Aber verdammt, er hörte nicht auf.

Sein Schwanz drang tief in mich ein, drückte auf einen euphorischen Teil von mir, der mein Wesen betäubte.

Ich war eine Sklavin seiner Dienste, verloren in seinem Willen.

„So verdammt gut", knurrte er, sein Mund an meinem als. „Du umarmst meinen Schwanz, besitzt mich mit deiner kleinen Fotze." Seine Zähne glitten in meine Haut, zwangen einen Freudenrausch in meinen Blutkreislauf, der mich wie durch eine Spirale über den Rand des Vergessens schickte.

Schon wieder.

Keine Warnung.

Keine Andeutung.

Nur ein Splittern.

Und mein Körper erlag ihm ohne ein Widerworte.

Er tat beinahe weh.

„Scheiße, Raelyn." Sein kehliger Fluch gegen meinen Hals klang fast schmerzerfüllt.

Energie knisterte zwischen uns, seine Schultern und Arme spannten sich an. Mein Name fiel ein weiteres Mal über seinen Lippen, die Beschwörung in seinem Ton war so qualvoll schön, dass es mir Tränen in die Augen trieb.

Sein Orgasmus strömte in mich, schickte mich mit ihm zu den Sternen, mein Geist verließ meinen Körper und zierte den Himmel über mir. Ich hatte so etwas noch nie gefühlt – diese Elektrizität, die zwischen uns hin- und herfloss, uns verband, und mich auf eine Existenzebene hob, von der ich nie gewusst hatte, dass sie mit Kylan an meiner Seite möglich war.

Diese Schönheit.

Diese Intensität.

Diese Qual.

...nicht der Weg...

...brich ihn...

Ich kann nicht mit ihr verbunden sein!

Nicht so.

Zu viel.

Ich muss es beenden.

Es gibt nur einen Weg...

Eine Vision brach über mir zusammen, in der Kylan mich abgab, um von einem anderen genommen zu werden. Gefickt. Getrunken. *Benutzt.*

Keine Wahl, seine Stimme trieb durch meine Gedanken.

Ich grub tiefer, versuchte es zu verstehen. Mehr Worte, zeremonielle Gesänge, *Erosita*, der Bund zwischen einem jungfräulichen Menschen und einem Vampir, die Verbindung unserer Geister, unserer Körper und unserer Seelen.

Kylan hatte mich durch eine uralte Zeremonie an sich gebunden, die für Partner bestimmt war.

Und er wollte sie brechen.

Noch mehr Visionen, seine Pläne, seine Verpflichtungen, alles schlug auf meine Brust ein, peitschte mein Herz und meine Selle.

Ein Fehler. Diese zwei Worte brannten. *Das wollte ich nicht tun.*

Mehr Gedanken – seine Gedanken – füllten meinen Kopf. Manche waren alt. Manche neu. Alle umwickelt von derselben Wahrheit.

Ich muss diese Besessenheit töten.

Sobald ich das getan habe, ist alles wieder gut.

Zurück zum Alltag.

Gut.

Ja.

Ich muss nur teilen...

Ich entzog ihm meinen Mund, war mir nicht einmal bewusst, dass wir uns küssten, und meine Augen füllten sich mit Tränen. „Du wirst mich einem anderen König geben?", fragte ich, meine Stimme heiser von all den Schreien, dem

Schmerz, den Freuden und der Verzückung, die wir gerade geteilt hatten und die ihm nichts anderes bedeutete, als ein Mittel zum Zweck zu sein.

Er starrte auf mich herab, eine Mischung aus Qual und Bestürzung lag in seinem Blick. „Raelyn…"

„Das war alles… Alles…" Ich konnte die richtigen Worte nicht finden, mein Herz zerbrach.

Ich hätte mich nicht in ihn verlieben sollen.

Ich hätte ihn nicht mal mögen sollen.

Meinen Verstand. Mein Herz. Meine Seele.

Wann hat er sie alle durchbrochen? Wie?

Meine Hände ballten sich zu Fäusten, meine Nägel gruben sich in meine Handflächen.

Scheiße, wie lächerlich war ich nur? Hatte Hoffnung Besitz von mir ergreifen lassen. Nur für einen Moment dachte ich, da könnte etwas Besonderes zwischen uns sein. Ein einzigartiger Bund. Eine Beziehung. Eine Verbindung. Irgendwas.

Er hatte es einen Fehler genannt.

Eine Besessenheit, die er niederreißen müsste.

Mein Herz.

Das ist es, was er zerstören würde.

Oh, wie falsch ich gelegen hatte. Es war nie mein Körper, den er zerschlagen wollte, sondern ein grundlegender Teil von mir. Mein Geist.

Uns auf so leidenschaftliche Weise zu verbinden, mir Einblicke in seinen Geist zu geben, die volle Kontrolle über meinen eigenen zu übernehmen. All das, um uns mit einem einfachen Befehl wieder voneinander zu trennen. Und einen anderen zu ficken.

„Aber du bist meine Gemahlin und das ist dein Zweck. Zu ficken, wen auch immer ich dir auftrage zu ficken."

Ein Schluchzer verließ meinen Hals, meine Seele welkte in meinem Innern dahin. „Es war alles nur ein Spiel", flüsterte ich. „Ein mentaler Trick, um meine Schutzmauer niederzureißen."

Er hatte sich nie um mich gekümmert.

Nur ein Vampir, der mit seinem neuen Spielzeug spielte.

Und er hatte nur etwas länger als eine Woche gebraucht, um mich zu brechen.

„Raelyn." Er umschloss mein Gesicht mit seinen Händen, aber ich schaute weg.

„Hör auf, Kylan", flehte ich. „Hör einfach auf." Es hatte keinen Zweck. Nicht mehr. „Du hast gewonnen." Die Worte waren kaum mehr als ein Flüstern, mein Kampf war verloren.

Er sagte, er würde mich besitzen.

Naiv, wie ich war, hatte ich geglaubt, *gehofft*, dass ich ihn auch besitzen könnte.

Ich war so ein Idiot.

In meiner Welt gab es keine Happy Ends.

Nur Schmerz und Leid.

Und Kylan hatte gerade die schlimmste Bestrafung von allen ausgeführt.

Ein seelenloses Leben, für immer an seiner Seite zu dienen.

Ich schloss meine Augen. „Lass mich einfach zum Sterben hier."

24

KYLAN

SPRACHLOS.

Raelyn hatte mich erstarren lassen, unbeweglich gemacht, unfähig zu begreifen, wie ein so schöner Moment so katastrophal zerbrechen konnte.

Ich hatte nicht erwartet, dass sie so einfach in meinen Verstand eindringen konnte, um die Wahrheit hinter meinen Absichten zu sehen. Aber die Frustration über unsere Situation hatte im Vordergrund meiner Gedanken gestanden.

Ich musste sie teilen, um den Bund zu brechen.

Aber ich wollte sie nicht teilen.

In mir wuchs neuer Respekt gegenüber Darius an, dafür, dass er Juliet Jace anvertraut hatte, weil selbst der Gedanke daran, dass jemand anderes Raelyn berührt, mich zum Mörder werden ließ. Es war eine Schwäche, die ich mir nicht erlauben durfte, eine, die nur entfernt werden konnte, indem ich sie jemand anderen ficken ließ.

Ein Knurren blieb mir in der Kehle stecken, die Qual von diesem Plan versengte mich im Innern.

Ich darf mich davon nicht fertigmachen lassen.

Ich war stärker als das.

Raelyn lag völlig still da, ihre Augen hatten einen leblosen Ausdruck angenommen, der meine Entschlossenheit beinahe zunichtemachte. Es würde ihr gut gehen. Das musste es. Meine Kämpferin würde zurückkommen. Sie brauchte nur etwas Raum für sich, um zu erkennen, dass das die Beste Lösung war. Ihre Gefühle waren genauso durcheinander wie meine und daran war der Bund schuld. Wir würden das schon wieder hinkriegen.

Ich zog mich von ihr zurück und bemerkte die Verfärbung in ihren Gliedern. Sex im Schnee war nicht die beste Idee mit einem Sterblichen, aber jetzt, da die Unsterblichkeit frisch durch ihre Adern floss, würde sie schnell heilen.

Eine Unsterblichkeit, die ich vorhabe, ihr wegzunehmen.

Weil es die einzige Lösung ist.

Ich fuhr mir mit den Fingern durch die Haare, genervt von meiner eigenen Unsicherheit. Entscheidungen waren einfach. Ich traf sie täglich, schnell und effizient. Diese Frau, Raelyn, hatte alles verändert.

Nein, der Bund hatte das.

Verdammte Zeremonie.

Warum hatte ich nicht bemerkt, was passierte? Ich habe meinen Gemahlinnen noch nie mein Blut gegeben. Nur Mikael und das auch nur, wenn er umfangreich heilen musste.

Ich rieb mein Kinn, während Raelyn bewegungslos auf dem Boden lag und eine Träne lief über ihre Wange.

Ich seufzte, hasste es, sie verletzen zu müssen. „Das war nicht meine Absicht. Es ist einfach passiert." Wahrscheinlich die schlechteste Ausrede in der Geschichte der Menschheit. Und warum versuchte ich, mich ihr gegenüber zu rechtfertigen? Sie war mir nicht ebenbürtig. Nur ein Mensch, eine *Gemahlin*, der ich mich ein wenig zu sehr hingegeben habe.

Ein paar Tage Abstand würden das schon regeln.

Ich würde sie heilen lassen und dann einen geeigneten

Kandidaten finden – mein Kiefer presste sich zusammen – um den Bund zu brechen. Es gab keine andere Möglichkeit.

„Wir müssen reingehen", sagte ich zu ihr und deutete auf den Horizont. Wir waren schon viel länger hier draußen, als ich ursprünglich geplant hatte.

Diese Frau war wie Gift für meine Routine und meinen gesunden Menschenverstand.

„Raelyn."

Keine Antwort. Nicht einmal ein Zucken.

So würde das jetzt also laufen.

Ich legte eine Hand in meinen Nacken. „Willst du, dass ich dich dazu zwinge, mir ins Haus zu folgen?"

Tu was immer du willst, antwortete sie, ihre geistige Stimme klang ernst. *Ich gehöre dir.*

Diese drei Worte stachen mir ins Herz. Vorhin hatte ich es genossen, sie zu hören, aber jetzt klangen sie stumpf und gebrochen, als würde sie das Unvermeidliche akzeptieren und nicht, als verspräche sie sich mir für die Ewigkeit.

Sie sah so zersprungen und misshandelt aus, wie sie da mit gespreizten Beinen lag, nackt auf einer Decke aus Kleidern, die Augen unkonzentriert und blind.

Ich hasste es, sie so zu sehen, hasste, dass *ich* das aus ihr gemacht hatte.

„Das ist der Bund", sagte ich ihr sanft. „Sobald er gebrochen ist, wirst du es verstehen." Wir wären wieder befreit aus diesem komplizierten Netz und wieder in der Lage, normal zu fühlen.

Sie sagte nichts, ihr Ausdruck war völlig leer von Emotionen, abgesehen von der einzelnen Träne, die auf ihrer Wange gefror. Wie eine verdreht, makabre Puppe. Für immer kaputt.

Nein. Sie würde sich wieder erholen. Sie musste.

Ich wickelte sie in die Klamotten ein und hob sie in meine Arme. Das Mindeste, das ich tun konnte war, sie zurück zum

Haus zu tragen. Ich ließ unsere Schuhe zurück, die könnte ich später noch holen, und ging durch den Wald zurück zur Hintertür. Wobei es schon eher ein laufen war. Wenn es Raelyn etwas ausmachte, zeigte sie es nicht, ihre Augen waren zugefallen, so, als wäre sie eingeschlafen.

Sie hatte diesen Zustand beibehalten, als ich unser Schlafzimmer betrat, ihre Atmung war langsam, als ich sie aufs Bett legte. „Brauchst du irgendwas?", fragte ich leise. „Wasser? Essen?"

Raelyn rollte sich zu einem Ball zusammen. Keine Antwort.

Ihr Schweigen brachte mich fast dazu, in ihren Verstand einzudringen, aber ich hielt mich zurück. Sie verdiente etwas Frieden, nach der Hölle, die ich versehentlich auf sie losgelassen hatte.

Oh man, aber ich konnte sie nicht so zurück lassen.

Wie war das so kompliziert geworden? Sie war als Ablenkung gedacht, als vorübergehende Unterhaltung in meiner sehr langen Existenz. Dennoch hatte sie es geschafft, so viel mehr zu bedeuten.

Ich strich eine feuchte Haarsträhne aus ihrem Gesicht, ihr leerer Blick lag auf den Glasfenstern.

Wir würden noch ein paar Tage hier bleiben und uns entspannen, bevor ich damit anfangen würde, jemanden zu finden, der das für uns korrigierte. Mikael konnte es nicht sein. Ich vertraute mir nicht genug, dass ich ihn dabei nicht umbringen würde. Nein, ich brauchte einen stärkeren Vampir. Jemanden, der sich verteidigen kann.

Meine Hand ballte sich zu einer Faust. *Oder ich könnte sie behalten.*

Nein.

Das war keine Option. Sie war ein Risiko, eine Schwäche, die ich mir nicht leisten konnte. Und es gäbe zu viele, die glücklich wären, sie gegen mich zu verwenden. Die

Gesellschaft hatte die Zeremonie als ein Tabu deklariert, aber in Wirklichkeit war das nur ein Produkt von Neid. *Erositas* waren selten und keiner der Könige hatte eine. Naja, außer Cam, aber er hatte seine getötet, bevor die Göttin ihn unter Arrest gestellt hat.

Ich rollte meinen Nacken und plötzlich traf mich die Erschöpfung wie ein Schlag ins Gesicht.

Das sollte nicht so schwierig sein.

Raelyn blinzelte, ihre seelenlosen Augen unkonzentriert. Sie brauchte Ruhe. Wir konnten am Abend weiter diskutieren. Ich entfernte die verstreuten Klamotten, die ich benutzt hatte, um sie darin einzuwickeln und deckte sie zu. Sie wehrte sich nicht gegen mich, aber geholfen hat sie auch nicht, ihre Glieder waren schwer.

„Raelyn", flüsterte ich gequält. „Es tut mir leid." Ich wusste nicht genau, wofür ich mich entschuldigte. Der unerwartete Bund, sie versehentlich in meinen Verstand gelassen zu haben, ihre Unschuld so grob auf dem Boden genommen zu haben, für einfach alles.

Ich schüttelte meinen Kopf.

„Versuch zu schlafen", sagte ich ihr, aber es schien nicht so, als würde sie zuhören.

Ich glitt neben ihr unter die Decke, sehnte mich danach, sie zu halten, aber ich wusste, dass sie jetzt ihre Ruhe brauchte.

Vielleicht würde sie am Abend wieder mehr sie selbst sein.

RAELYN WAR am Abend nicht wieder sie selbst.

Oder am nächsten Tag.

Sie bewegte sich kaum aus dem Bett. Zelda musste ihr Essen bringen. Etwas, das nur passierte, wenn ich es befahl. Und selbst dann aß Raelyn nur ein paar Bissen, bevor sie sich wieder hinlegte. Wenn ich versuchte, mit ihr zu sprechen, ignorierte sie mich.

Zuerst hatte es mich beunruhigt.

Jetzt war ich genervt.

Ich vermisste meine Kämpferin, was mich nur noch mehr ärgerte. Sie zu ficken hätte diese Besessenheit abtöten sollen, aber alles, wonach ich mich sehnte, war mehr. Alles wegen diesem verdammten Bund.

Jeder Vampir, den ich für die Aufgabe, uns zu helfen den Bund zu brechen, in Erwägung zog, wurde direkt wieder verworfen. Entweder mochte ich den Mann zu sehr, als dass ich sein Leben riskieren wollte, oder ich hasste ihn zu sehr, um ihm in die Nähe von etwas so Wertvollem zu lassen.

„Scheiße", knurrte ich und zog meine Finger durch mein Haar. Ich konnte mich nicht einmal auf die Arbeit konzentrieren, die ich erledigen musste. Nachrichten von Untertanen, die alle irgendwas wollten. Manche wollten Geld. Manche wünschten sich mehr Land. Andere hielten es für nötig, befördert zu werden.

Und dann war da noch der Stapel mit Bewerbungsschreiben für Tremaynes Position, den ich durchgehen musste.

Das war der Grund dafür, dass Könige Herrscher hatten. Normalerweise machten mir die Aufgaben nichts aus, ich mochte sie sogar, weil durch sie die Zeit schneller verging, aber ich konnte nicht aufhören, an einen bestimmten Rotschopf in meinem Schlafzimmer zu denken.

Ein Klopfen an der Tür ließ Hoffnung in meiner Brust blühen, nur um direkt wieder zerdrückt zu werden, als Angelica erschien.

„Mein Prinz", grüße sie und verbeugte sich leicht.

Richtig. Ich hatte sie herbestellt. „Ich habe eine Aufgabe für dich."

Sie trat mit neugierigem Ausdruck ein, ihre Hände hingen zu ihren Seiten hinunter. „Ja, mein Prinz?"

„Ich möchte, dass du Raelyn nach draußen begleitest. Versuch, sie dazu zu kriegen, sich ein bisschen zu bewegen." Die zwei schienen sich in Kylan City gut verstanden zu haben. Vielleicht würde Raelyn ihr Vertrauen oder die weibliche Gesellschaft gutheißen.

„N-natürlich", antwortete Angelica, ihr Ausdruck vermittelte Zweifel.

„Sie fühlt sich nicht gut, aber sie mag den Schnee sehr." Meine Lippen zuckten bei der Erinnerung an ihre Ehrfurcht vor den Fenstern am ersten Tag, ihren kleinen Ausflug auf den Balkon. „Stell bitte sicher, dass sie warm angezogen ist."

Angelica nickte, ihre Stirn war leicht gerunzelt. „Werde ich."

„Und versuch, sie dazu zu bringen, mehr zu essen, als nur Brokkoli und ungewürztes Hühnchen." Ich wollte ihr wirklich gerne Schokolade vorstellen, aber der Moment war noch nicht gekommen. „Oh, und danach schaut ihr vielleicht einen Film. Irgendwas mit Humor." Ich nannte ihr ein paar Titel aus meiner alten Filmesammlung.

„Äh, ja, das kriege ich schon hin", sagte sie langsam. Richtig. Da die Unsterblichkeit für sie noch so neu war, wäre sie noch nicht vertraut mit den alten Unterhaltungssystemen. Die einzigen Programme, die jetzt noch im Fernsehen liefen, waren die, die von Lilith genehmigt wurden, oder die wenigen, die von Lykanern gedreht wurden.

„Mikael kann dir eine Einweisung geben." Er war wach, aber hatte sich kaum erholt und scheinbar sprach er auch nicht mehr mit mir. Als ich ihn früher an diesem Abend gesehen habe, hatte er mich nur finster angeschaut und war wieder in sein Zimmer gegangen. Es schien, als würden alle Menschen in diesem Haus mich jetzt gerade hassen. Sogar Zelda hatte mir in der Küche ihre Haltung deutlich gemacht.

„Okay." Angelicas Ausdruck wäre belustigend gewesen, wenn er nicht so gepasst hätte. „Sonst noch etwas, Eure Hoheit?"

„Ja. Beschütze sie", forderte ich mit mehr Nachdruck, als vielleicht nötig gewesen wäre.

Sie schluckte. „Ich verstehe."

„Gut. Das ist alles."

„Dankeschön, mein Prinz." Sie verbeugte und entschuldigte sich.

Ich stieß den Atem aus, unsicher, ob es funktionieren würde, aber ich war hoffnungsvoll. Wenn das nicht der Fall wäre, müsste ich in Raelyns Bewusstsein treten, um nach einer Lösung zu suchen. Als ich ihr gesagt hatte, dass ich ihren Verstand wollte, meinte ich es nicht so. Ich wollte ihr Vertrauen und das hatte ich eindeutig missbraucht. Und wenn ich durch die dünne Barriere zwischen uns dringen würde, um in ihr zu lesen, würde ich noch mehr Schaden anrichten.

Ich presste meine Lippen zusammen. Warum dachte ich überhaupt darüber nach? Es hat mich nie interessiert, was andere von mir dachten. Wenn sie mir nicht vertraute, würde ich sie dazu zwingen. So ging ich vor. Und wenn sie sich weigerte, würde ich es irgendwie umgehen.

Trotzdem könnte ich die Kluft zwischen uns nicht überbrücken.

Es war, als würde meine Seele sich weigern, sie weiter zu verschrecken oder zu verletzen.

„Dieser verdammte Bund wird mich noch umbringen", knurrte ich. Ich hatte die Zeremonie nur vollendet, weil ich der erste sein wollte, der sie kostet, in dem vollen Bewusstsein, dass ich sie später teilen müsste.

Und jetzt konnte ich den Gedanken nicht mehr ertragen, dass ein anderer sie anfassen würde.

Ich stand auf.

Alles klar.

Zeit, meinen eigenen Rat anzunehmen und verdammt nochmal von hier zu verschwinden. Irgendwas zerschlagen. Mit den Wölfen ringen. Alles, um nicht mehr über mein Dilemma mit Raelyn nachdenken zu müssen.

Es machte mich verrückt.

Oder, vielleicht, hatte ich dieses Stadium in meinem Unsterblichen Leben schon vor langer Zeit erreicht.

Ich zog mein Jackett und mein Hemd aus.

Ein Lauf.

Ja.

Das war es, was ich brauchte.

Und ein guter Fick.

Mit Raelyn.

Ich schnaubte. Als ob das so bald wieder passieren würde. Ich war immer dafür, eine Frau zu verführen, aber diese Aufgabe schien mir gerade unmöglich.

Reiß dich zusammen, sagte ich zu mir selbst.

Über fünftausend Jahre alt und ein Mensch von zweiundzwanzig Jahren schafft es, mich total durcheinander zu bringen. Lächerlich.

Vielleicht werde ich wirklich verrückt.

25

RAE

Der Schnee auf dem Balkon war dicker heute Nacht. Ich hatte ihn die letzten zwei Tage beim Wachsen beobachten, die Berge in der Ferne waren mein einziger Trost.

Ich fühlte mich tot an, gegenüber der Welt da draußen. Betäubt.

Dumm, dafür, in eine vampirische Falle getappt zu sein.

Ich wartete auf das Unausweichliche, auf einen Mann nach Kylans Wahl, der kommen und unser Problem *reparieren* würde. Der Bund hätte nie kreiert werden sollen.

Sein Verstand war verschlossen geblieben, nicht, dass ich in diese Grausamkeit noch einmal vordringen wollte. Ich hatte genug für ein ganzes Leben gesehen.

Er hat mich nur gefickt, damit er der Erste sein konnte. Sein Ziel war es, mich so schnell wie möglich wieder loszuwerden und mich an jemand anderen weiterzugeben.

Ich hasste ihn.

Hasste mich selbst.

Hasste dieses Leben.

Aber am schlimmsten von allem war, dass ich mich nicht dazu motivieren konnte, irgendetwas dagegen zu tun. Ich fühlte mich verloren, alleine, hoffnungslos. Als ob ein schwarzer Strudel mich verschlungen hätte und sich weigerte, mich wieder gehen zu lassen.

Silas wäre so enttäuscht. Willow auch.

Wie geht es dir? fragte ich mich, mein Herz stotterte. *Wo bist du?*

War Silas noch am Leben?

Ging es Willow schlechter als mir?

Ich schauderte, kannte die Wahrheit. Natürlich war sie schlimmer dran. Kylan würde mich teilen, aber er allein besaß mich. Willow…

Ein Schluchzen blieb mir in der Kehle stecken, ein dunkler Teil von mir bevorzugte ihr Schicksal gegenüber dem meinen. Sex, damit konnte ich umgehen. Aber Kylan spielte mit mehr als nur meinem Körper.

Meine Augen verengten sich und Zorn sickerte an die Oberfläche, gefolgt von einer Welle aus Schweigen.

Was konnte ich tun? Ihn anschreien? Das würde ihn nur beeindrucken. Er wollte mich zerstören. Das hat er. Ende.

Ich drückte meine Hände auf mein Gesicht und ein Stöhnen entglitt meinen Lippen. Immer wieder gingen mir dieselben Gedanken und Eindrücke durch den Kopf und drängten mich tiefer an einen Ort, den ich hasste.

Ein dunkler Abgrund mit tintenschwarzen Klauen, die meine Seele Stück für Stück zerfetzten.

Meine Zukunft.

Mein Schicksal.

Meine neue Welt.

Aber hier wollte ich nicht existieren. Ich wollte leben, atmen, den Himmel sehen und fliegen. *Und wohin gehen?* Ich hätte fast gelacht. Der höhnische Ton klang zu sehr nach Kylan.

Ich hasse dich, knurrte ich ihn an.

Ein Schrei baute sich in meiner Brust auf, drängte, dass ich ihn entlassen würde, aber derjenige, den ich anschreien wollte, war nicht hier. Und er würde nur lachen.

Oh, aber nur die zwei Sekunden, in denen er durch meine Wut schockiert wäre, könnten den Spott wert sein.

Ich setzte mich auf.

Wo bist du? fragte ich.

Nichts.

Die Tür zwischen unseren Geistern war von der anderen Seite fest verschlossen.

Natürlich wollte er mich draußen halten. Er arbeitete wahrscheinlich an einer Liste von Leuten, die mich ficken sollten.

Ich ließ mich wieder zurückfallen, meine Augen blickten verärgert zur Decke. *Arschloch.*

Er hatte mich benutzt. Was von vornherein seine Absicht gewesen war, oder? Aber nur für einen Moment hatte ich gehofft…

Ich rollte mich auf die Seite, weigerte mich, diesen Gedanken weiter zu verfolgen. Es war gefährlich. Es tat weh. Es führte nur zu noch mehr Leid.

„Raelyn?", rief eine weibliche Stimme, gefolgt von einem Klopfen.

Meine Augen fielen automatisch zu, meine Sehnsucht danach, für immer alleine gelassen zu werden, überrannte das Bedürfnis, dem Vampir zu antworten. Warum sollte ich mir noch Sorgen um den Anstand machen? Ich bevorzugte den Tod über diese Falle.

Ich zuckte bei der düsteren Vorstellung zusammen. Das war nicht ganz richtig. Es gab Gründe, am Leben zu bleiben. Ich musste sie nur finden.

„Raelyn?" Angelica stand jetzt neben dem Bett. „Ich weiß, dass du wach bist. Ich soll dich nach draußen bringen."

Ich fing an zu lachen, aber es klang eher wie ein ersticktes, verirrtes Husten. Der Drang zu bellen traf mich hart, was noch mehr von diesen komischen Geräuschen über meine Lippen beförderte.

Nach draußen.

Wie ein Hund.

Verdammt, ich hasse dich, Kylan, sagte ich zu ihm.

Immer noch keine Antwort.

Natürlich nicht. Der Mistkerl konnte den Bund, den er mir aufgezwungen hatte, nicht einmal anerkennen. Er wollte ihn einfach nur wieder einreißen, jetzt, da er mich gefickt hatte. Kein Spaß mehr für ihn. Nur ein kaputtes Spielzeug, das man töten könnte. Nachdem er mich all seinen Freunden ausgeliehen hatte.

Das war schließlich mein Zweck, nicht wahr?

Ich schnaubte halbherzig, als eine Träne in meinem Auge kribbelte.

Göttin, ich war es leid, zu weinen. Dem Schmerz zu frönen. In diesem Bett zu liegen, das nach Kylan stank.

Vielleicht sollte ich nach draußen gehen. Einen Eiszapfen finden, der scharf genug war, um ihn in Kylan Schädel zu rammen, und ihm einen Besuch abstatten.

Oh, die Idee gefiel mir.

Ich müsste ihn erst finden, aber vielleicht wusste Angelica, wo er sich versteckte.

Oder ich könnte den Eiszapfen herbringen und auf ihn warten. Auf dem Balkon würde er kalt bleiben.

Ja.

Ein guter Plan.

Mord durch Eis.

Wie rührend, wenn man unser letztes Zwischenspiel im Schnee betrachtete.

Ich kicherte über die hysterische Idee, wusste, dass sie niemals funktionieren würde. Kylan hatte mich in den Wahnsinn getrieben. Es schien passend, jetzt, da er meinen Verstand besaß.

Angelica räusperte sich. „Ich weiß nicht, was zwischen dir und Kylan vorgefallen ist, aber er war sehr deutlich, was meine Begleitung von dir nach draußen angeht."

„Darauf wette ich", knurrte ich.

„Ich schlage vor, dass wir ihm beide gehorchen", fügte sie hinzu, in ihrem Ton lag ein Hauch einer Warnung. „Ich habe nicht vor, der Empfänger seiner Enttäuschung zu werden."

Ein Teil von mir wollte ihr sagen, dass sie weggehen sollte. Sie könnte Kylan herschicken, um mich zu bestrafen, für alles, was mir wichtig war. Die vernünftigere, praktischere Seite von mir wusste, dass er nicht nur mich wegen des Verhaltens disziplinieren würde, sondern auch Angelica. Und das verdiente sie nicht. Sie war bisher fast nett zu mir gewesen; selbst jetzt stand sie geduldig dort und wartete auf meine Zustimmung. Die meisten Vampire wären mittlerweile schon gewalttätig geworden.

Ich schluckte. „Gib mir zwanzig Minuten, bitte." Ich brauchte eine Dusche. Musste Klamotten raussuchen. Versuchen, meine Haare zu Bürsten. Gewöhnliche Sachen eben.

„Nur, wenn du versprichst, dich warm anzuziehen", antwortete sie. „Weil er das ebenfalls gefordert hat."

„Ja, er tut so, als würde er sich sorgen", knurrte ich und glitt nackt aus den Laken. Könnte mich genauso gut direkt daran gewöhnen, nackt zwischen Vampiren herzulaufen. Kylan hatte vermutlich eine Parade organisiert, die sich bald auf den Weg zu mir machen würde.

Weniger als zwanzig Minuten später hatte ich mein nasses Haar zu einem Dutt zusammengebunden, einen Pullover und eine Jeans sowie Stiefel angezogen. Angelica gab mir eine Mütze und einen Schal, die ich widerwillig umlegte, bevor ich ihr nach unten folgte.

Zelda lief uns über den Weg, ihre Überraschung, uns zusammen zu sehen, war deutlich zu sehen. Sie senkte umgehend ihren Blick und ging ohne ein Wort zu sagen weiter.

Angelicas Lippen zuckten, als sie den Kopf schüttelte. „Du hast mich letztens gefragt, wie es ist, ein Vampir zu sein. Naja, an dieses ganze unterwürfige Ding kann man sich nur schwer gewöhnen. Vor weniger als zehn Jahren war ich noch ein Mensch. Es entreißt mir die Menschlichkeit und stellt mich gleichzeitig als minderwertig für alle anderen dar. Ich bin in dieser Zwischenzone, wo niemand mit mir redet, außer sie brauchen irgendwas."

„Wie mich rauszubringen", sagte ich und ging durch die Tür, die sie offen hielt.

„Ganz genau." Sie folgte mir auf die hintere Terrasse, der Schnee war tief und unberührt. „Sie lassen dich denken, dass das Leben so viel großartiger ist und vielleicht wird es das tatsächlich, aber meiner Erfahrung nach war es das bis jetzt noch nicht." Sie trat den Schnee. „Der einzige Grund, warum ich nicht auf der Straße sitze, ist, weil Kylan mir eine anständige Anstellung angeboten hat. Die meisten Könige delegieren Positionszuweisungen für neue Vampire an die Herrscher oder Regenten ab."

Ich folgte ihr auf den Hof und dachte darüber nach. „Also… Hat er dich gemacht?" Niemand sprach jemals über die Aufgabe, jemand anderen in einen Unsterblichen zu verwandeln, diese Gespräche waren unter Menschen grundsätzlich verboten. Aber ich hatte bei Angelica sowieso schon alle Anstandsregeln gebrochen. Es schien lächerlich, sie jetzt einhalten zu wollen.

Ihre dunklen Augen blitzten auf und trafen meinen Blick, aber ihre Lippen zuckten. „Du bist weitaus mutiger, als ich es bin", murmelte sie. „Ich verstehe, warum er dich mag."

Ich runzelte die Stirn. „Wer?"

„Du weißt wer."

„Kylan?" Ich lachte laut los. „Ja, nein, er hat es ziemlich

deutlich gemacht, wie er für mich fühlt. Und *mögen* ist nicht das Wort, das ich benutzen würden, um das Gefühl zu beschreiben." Begehren vielleicht. Besessen sein genauso. Mögen? Nein.

„Nun, mit dir geht er anders um als mit allen anderen, mit denen ich ihn je gesehen habe", sagte sie leise. „Nicht, dass ich viel Zeit mit ihm verbracht hätte. Und nein, er hat mich nicht verwandelt. Kylan hat noch niemals jemanden verwandelt."

Meine Lippen teilten sich. „Noch nie?"

„Niemals", wiederholte sie. „Einen Menschen zu verwandeln, erschafft eine Verbindung zwischen Erzeuger und Nachkomme. Kylan würde das niemals erlauben. Er ist ein Einzelgänger, vertraut nur auf sich selbst und niemanden sonst. Das ist es, was ihn zu einem beeindruckenden Führer macht. Seine Loyalität geht nur so tief. Betrüge ihn und zahl den Preis. Zumindest sagen das alle über ihn."

Ihr Kommentar über ihn, dass er niemals eine Verbindung zu jemand anderem zuließ, hätte mich beinahe über meine eigenen Füße stolpern lassen.

Aber er hatte sich mit mir verbunden.

Zumindest vorübergehend.

War das der Grund dafür, dass er so dringlich die Verbindung zwischen uns trennen wollte? Weil er es sich nicht leisten konnte, dass ich ihm so nah war?

Das lieferte eine neue Perspektive.

Was hatte er letztens in der Nacht gesagt? Dass nichts davon seine Absicht war und es einfach passiert war?

Ich runzelte die Stirn. Meinte er das ernst?

Ich hatte angenommen, dass er das alles geplant hatte, mit seinen Kommentaren darüber, dass er mich komplett besitzen wollte. Aber was, wenn es ein Unfall gewesen war?

„Ja, also, das Leben als ein Vampir ist nicht so glamourös, wie du denkst", murrte sie, ihre Aufmerksamkeit richtete sich auf den Nachthimmel. „Es gibt keinen Ratgeber, und mein

Erzeuger ist nicht gerade ein großartiger Mentor. Also habe ich gelernt, auf meine Instinkte zu vertrauen, um zu überleben.

„Bisher scheint es gut für dich zu laufen."

Sie zuckte mit den Schultern. „Ja. Ich hatte Bedenken, dass Kylan mich töten würde, als ich ihm letzte Woche von Tremayne erzählt habe, aber ich hätte es nicht verhindern können, selbst, wenn ich es versucht hätte. Das ganze–" Etwas in ihrer Tasche fing an zu singen. Sie zog das schlanke Gerät heraus und starrte finster auf den Bildschirm. Es zeigte eine lange Nummer ohne einen Namen. „Wo wir gerade von Erzeugern sprechen", knurrte sie. „Da muss ich rangehen."

„Okay." Ich zwang mich zu einem Lächeln. „Ich warte einfach hier."

Sie nickte dankbar. „Danke", formte sie mit ihrem Mund, bevor sie ans Telefon ging. „Vilheim." Sie ging zurück zum Herrenhaus und überließ mich meinen Grübeleien und der klaren Nacht über mir.

Friedlich.

Wunderschön.

Einsam.

War das der Grund, warum Kylan es hier so genoss? Warum er den geheimen See in den Wäldern bevorzugte? *Bist du jetzt da?* Flüsterte ich, aber wusste, dass er mich nicht hören würde.

Ich schloss meine Augen, labte mich an der kühlen Brise.

Ich wünschte, du würdest mit mir reden, Kylan.

Er könnte mir wenigstens diesen Bund erklären und was es bedeutete. Oder vielleicht wollte ich das gar nicht wissen, da er sowieso vorhatte, ihn zu zerbrechen.

„Raelyn?" Mikaels Stimme schwebte über mich hinweg, ließ meine Lippen sich zu einem Lächeln verziehen, dass sich anfühlte, wie das erste seit vielen Jahren. Er schlenderte in einer Jeans und einem Pullover auf mich zu, sein Ausdruck etwas zurückhaltend, aber seine Augen schienen zu grinsen.

Ich warf meine Arme um seinen Nacken, mehr als erleichtert, ihn wiederzusehen.

„Es geht dir gut", flüsterte ich mit Tränen in den Augen. Ich wusste, dass es ihm gut gehen würde, aber ihn zu sehen, holte die Emotionen der letzten paar Tage wieder zurück an die Oberfläche. „Göttin, ich bin so froh, dass es dir gut geht."

Er klopfte mir auf den Rücken und gab mir ein schiefes Lächeln. „Du hast mich vermisst?"

„Du hast ja keine Ahnung. Kylan ist eine Menge Arbeit, wenn man alleine mit ihm klarkommen muss."

Er kicherte. „Erzähl mir davon."

Beinahe hätte ich seine rhetorische Aussage als Einladung angenommen. Ich wollte so dringend mit jemandem reden, aber meine Instinkte hielten mich zurück. Eine Art Warnung, dass Kylan es nicht gutheißen würde, und so sehr ich sie auch ignorieren wollte, ich konnte es nicht.

Also ließ ich stattdessen mit einem Lächeln von ihm ab. „Ich bin wirklich froh, dass es dir gut geht. Ich habe mir Sorgen gemacht."

Er küsste mich auf die Wange. „Ich mag dich, Rae."

Meine Wangen wurden heiß. „Ich mag dich auch, Mikael."

„Ich weiß." Er legte seinen Arm um meine Schultern und führte mich zu einem Spaziergang über den Hof. „Deshalb ist das hier so schwer."

„Was meinst du?"

„Leben." Er seufzte und blickte hinauf in die Nacht. „Du weißt, dass Kylan mich diesen Monat vor Elf Jahren gekauft hat? Es scheint schon ein ganzes Leben her zu sein. Er hat mir viel gegeben. Ich sollte dankbar sein, aber er ist so…"

„Sprunghaft?", schlug ich vor und erinnerte mich daran, wie ich ihn so genannt hatte.

„Ja, und er übertreibt." Er schüttelte seinen Kopf und seufzte. „Er lässt dich Dinge wollen, die er dir nie ganz gibt. Er macht dich süchtig nach ihm. Zwingt dich, ihn zu lieben, aber erwidert die Liebe nie."

Seine Worte waren wie Nägel in meinem Herzen. „Ich weiß", flüsterte ich.

„Er wird dich zerstören, Rae", flüsterte er. „Ich möchte nicht, dass er dich vernichtet."

Ich biss mir auf die Lippe. *Dafür ist es wohl zu spät.*

„Es ist wirklich meine einzige Möglichkeit", fuhr er sanft fort. „Das verstehst du, oder?"

Ich runzelte die Stirn. „Einzige Möglichkeit?"

„Ja." Er wandte sich zu mir, sein Blick war traurig. „Was wir tun, ist der einzige Weg, dich zu beschützen."

„Ich…" Ich schluckte. „Was redest du da?"

„Er will sagen, dass es ihm leid tut", eine weibliche Stimme von links. Zelda tauchte aus den angrenzenden Bäumen auf, ihre Schultern waren dünn, ihr Kopf erhoben. Ich hatte noch nie zuvor gesehen, dass sie so viel Selbstbewusstsein ausstrahlte.

Mikael ging zu ihr, wickelte seinen Arm um sie und küsste ihre Schläfe. „Ja, genauso ist es. Es tut mir leid."

Ich starrte ihn düster an. „Was…?" Ich ging zurück, dachte über alles nach, was er gesagt hatte. Darüber, dass Kylan süchtig macht, über seine Neigung, Menschen so zu manipulieren, dass sie sich um ihn sorgten, über Mikaels Wunsch, mich *vor* Kylan zu schützen.

Nein.

Er konnte nicht–

Zelda drehte eine Klinge zwischen ihren Fingern.

Meine Augen weiteten sich. „Du…" Ich konnte den Satz nicht beenden. Aber war Mikael nicht bei Kylan, als sein Harem starb? „Aber wie…?"

„Es ist kompliziert", murmelte er und kam einen Schritt auf mich zu, während ich zwei zurückging. „Du musst das als ein Geschenk ansehen, Rae. Er bringt dir nur Leid. Vertrau mir, wir wissen es."

„Das habe ich lieber, als getötet zu werden", fauchte ich, schockiert über die Unsinnigkeit ihres Vorhabens. „Habt ihr beide euren Verstand verloren?"

Er kicherte. „Vermutlich. Kylan hat meinen lange genug bearbeitet." Er klang so traurig, so zerbrochen davon. „Bitte kämpfe nicht, Rae. Ich kann es ganz schnell machen."

Meine Brauen schossen nach oben. „Schnell?" Er war komplett wahnsinnig. „Kylan wird dich töten, wenn er das rausfindet."

„Er wird zu beschäftigt mich anderen Dingen sein", sagte Zelda. „Wie zum Beispiel mit dem Verlust eines weiteren Haremmitglieds. Es ist das perfekte Timing. Direkt vor dem großen Event und nachdem er dich der Stadt präsentiert hat. Jeder erwartet, seine wertvolle Raelyn wiederzusehen. Aber wo ist die hin?" Zelda klopfte mit dem Messer auf ihr Kinn. „Oh, richtig. Kylan hat sie aus Spaß getötet, genau wie all die anderen. Und trotzdem hat er Tremayne dafür bestraft, genau das Gleiche getan zu haben. Sieht schlecht aus, nicht wahr?"

Ich blickte sie an und sah zum ersten Mal über das Wesen dieser sanftmütigen Köchin hinaus „Wer bist du?",

Ihre Lippen kräuselten sich. „Das hier ist so viel größer als du, Rae. Du bist nur ein Opfer dieser Umstände und der letzte Nagel in Kylans Sarg."

Das war überhaupt nicht die Antwort auf meine Frage, nur ein weiterer Beweis für ihren Wahnsinn.

Mikael stürzte sich auf mich und seine Hand ergriff meinen Bizeps, bevor ich weglaufen konnte. Sein Blick hielt meinem Stand, ein Hauch der Unentschlossenheit blinzelte auf mich hinab. „Es tut mir leid", flüsterte er, echter Schmerz lag in seinem Ausdruck. „Ich mag dich wirklich."

Beinahe hätte ich losgelacht, aber das Glitzern von Zeldas Klinge hatte meinen Kopf übernommen.

Sie werden mich töten.

Ich kämpfte und riss mich von ihm los, nur damit Zelda

mich von hinten fangen konnte. Sie hielt meine Arme geübt so fest, dass ich mich nicht mehr bewegen konnte.

Gefangen.

Meine Schultern schmerzten, als ich versuchte, mich zu bewegen – sie zu vertreiben – aber ich konnte es nicht.

Das kann doch nicht wirklich passieren.

Mein Herz schlug mir bis in die Ohren.

Warum hatte ich hier gestanden und mit ihnen geredet? Ich hätte weglaufen sollen. Aber Schock und Verwirrung hatten mich in ihre Falle gelockt.

„Wir können nicht länger warten", sagte Zelda, ihre Stimme klang weit weg, obwohl sie direkt hinter mir war. „Beweis dich, Mikael."

Er drückte seine Lippen zu einer feinen Linie zusammen, ein Schimmer von Ärger blitzte in seinen Augen auf. „Mitgefühl geht einen langen Weg, Zelda."

„Nicht, wenn wir einem Zeitplan folgen müssen. Er wird nicht mehr lange unsere Ablenkung sein."

Er? *Er wer?* Kylan? Nein. Das war nicht richtig.

„Schön." Mikael machte einen Schritt nach vorne, ließ meinen Puls durch die Decke gehen.

„Tu das nicht", flehte ich und versuchte weiter, Zeldas Griff zu entfliehen. „Bitte, tu das nicht."

Seine hellen Augen strahlten Trauer aus, aber auch Entschlossenheit loderte in seiner Iris. „Ich gewähre dir Frieden, Rae."

Oh Göttin, er glaubt das wirklich.

„Mikael…" Aber es gab keine Hoffnung mehr. Ich konnte es sehen, in der Art und Weise, wie er mich ansah. Er wird es tun. Mich töten und Kylan beschuldigen. Genauso, wie es jemand anderes – Zelda? – mit seinem Harem getan hatte.

Kylan! Ich schrie zu ihm, er musste mich hören. *Kylan, bitte!*

Aber die Tür zwischen uns blieb verschlossen.

Wenn er mich gehört hatte, ließ er es sich nicht anmerken.

Kylan… Ich brauche dich!

„Es tut mir leid", sagte Mikael wieder.

„Tu-" Mein Flehen endete mit einem Gurgeln und mein Hals brannte wie Feuer.

Eine Klinge.

Von Mikael?

„Lebewohl, Rae", flüsterte er und seine Hand sank, frisches Blut, *mein Blut*, tropfte von seiner Klinge.

Die Zeit fror ein, mein Verstand weigerte sich, das zu glauben, zu akzeptieren…

Er hat es getan.

Er hat es tatsächlich getan.

Warme Flüssigkeit strömte über meinen Hals, flutete meine Atemwege. Zu schnell. Zu viel.

Kylan, wimmerte ich. *Hilf mir…*

Nichts.

Zelda und Mikael haben dich betrogen, sagte ich ihm, er musste es wissen.

Ein raues Gurgeln erfüllte meine Ohren und erstickte meine Realität.

Kylan…

Keine Antwort.

Tränen füllten meine Augen. Er hatte unsere Verbindung so vollkommen blockiert, dass er mich überhaupt nicht hören konnte.

Weil es ihn nie interessiert hatte.

Er hatte mich weggeworfen.

Unseren Bund.

Ich hätte es h-härter versuchen sollen.

Ich hätte–

Meine Seite schrie vor Schmerz auf, etwas Scharfes grub sich in mich hinein, schwärzte meine Welt und spaltete sie in zwei Hälften.

Ich – ich kann nicht…

Kylan… Ich kann nicht atmen…

Ertrinke…

Ich blinzelte, meine Sicht verschwamm.

Der Schnee war kalt. Schwer.

Dieses Versagen. Meins. Seins.

Meine Seele schrie, griff durch den Bund, hängte sich an den Einzigen, der mich jetzt noch retten konnte. *Kylan, bitte…*

Die Wände waren zu dunkel.

So allein.

So kalt.

Verlassen.

Er kommt nicht zu mir.

Mein Herz stotterte.

Ich werde hier sterben…

Allein.

26

KYLAN

Ich drückte mich schneller und härter vom Boden ab, und begrüßte die intensive Erschöpfung, die sich über meine Gliedmaßen legte. Dieses Kribbeln hatte ich lange nicht mehr gefühlt. Es verschlang mich, ließ mich zittern, als ich zum Haus zurückkehrte.

Mein Mund war trocken, flehte nach Flüssigkeit – nach Blut.

Scheiße. Ich hatte mich nicht mehr so erschöpft gefühlt, seit... Ich erstarrte. Noch nie? Ich brauchte nur einmal im Monat Nahrung, um bei Kräften zu bleiben, aber aß fast jeden Tag, und erst vor ein paar Tagen hatte ich mich völlig übersättigt.

Ich öffnete den Kühlschrank, um nach einem Snack zu suchen, als mich ein Unbehagen überkam.

Warum bin ich so erledigt?

Es war ein anstrengender Lauf gewesen, aber nicht *derart* überwältigend. Ich trainierte oft genug, auch, wenn ich es nicht musste.

Ich ließ meinen Nacken kreisen, lockerte meine Muskeln,

aber meine Energie wurde mit jedem Atemzug geringer. Fast, als würden mir die Lebensgeister ausgesaugt werden.

Ein Krampf durchfuhr mich und zwang mich dazu, mich auf der Arbeitsplatte abzustützen.

Was zum Teufel ist das?

Ich schloss meine Augen, suchte in mir selbst nach einem Auslöser. Es traf mich wie der Blitz.

Raelyn.

Sie saugte mir meine Unsterblichkeit aus, absorbierte sie und verzehrte *mich.*

Ich knurrte und suchte nach ihrem Geist, wollte wissen, wie verdammt das überhaupt möglich war, und fand nichts. Kein Bewusstsein. Nur eine leere Blase.

Nicht existent.

„Raelyn!"

Ich drehte mich um, suchte nach einer Fährte und fand ihren Duft in der Luft schwebend. Ich sprintete die Treppen hinauf zu unserem Zimmer. Leer.

Ihr Blut war hier oben. Schwach, aber präsent.

Ich folgte dem Duft zu Mikaels Zimmer und hielt inne.

Falls sie sich entschieden hatte, den Bund selbst zu brechen und Trost bei ihm suchte…

Mein Fuß traf auf die Tür und ließ das Holz auffliegen und gegen die Wand knallen. Kein Anzeichen von ihr oder Mikael, aber da die Dusche lief, ging ich ins Badezimmer.

Zelda schreite auf und sprang hinter einen ziemlich nackten und nassen Mikael. Besorgnis lag in seinem Blick, gesprenkelt mit Schuld. „E-eure Hoheit?"

Raelyns Blut lag hier in der Luft, aber nur schwach. Hatte sie heute Mikael besucht? „Habt ihr Raelyn gesehen?"

Er schluckte und schüttelte schnell den Kopf. „N-nein. Wieso?"

Zelda blickte hinter ihm hervor, ihre blauen Augen weit

aufgerissen. „Ich habe gesehen, wie sie vor einer Weile mit Angelica nach draußen gegangen ist, mein Prinz."

Die Erinnerung ließ mich sprachlos zurück.

Irgendetwas war faul.

Ich konnte Raelyn überhaupt nicht spüren, abgesehen davon, dass sie mir die Kraft entsaugte. Mein Herz hämmerte, als ich darüber nachdachte, was das bedeuten könnte.

Innerhalb eines Wimpernschlages war ich draußen, ihr Blut war hier sehr viel stärker.

Warum war ich vorne reingegangen? Ich hätte sie hier draußen wahrgenommen, wenn ich nach meinem Lauf die Hintertür genommen hätte.

„Raelyn!", rief ich und ging langsam in die Richtung, wo ihr Geruch am stärksten war.

Angelica blickte vom Boden zu mir auf, blutüberströmt, Entsetzen in ihren dunklen Augen. „E-eure H-hoheit... ich... ich..."

Ich warf sie von Raelyn fort, ihr Schmerzensschrei klang weit entfernt in meinen Ohren.

„Raelyn", hauchte ich und fiel neben ihr auf meine Knie. Meine Hände schwebten über ihr, mein Verstand wusste nicht, wo er anfangen sollte. „Oh, Raelyn..." Sie wurde auseinander gerissen, die Kehle aufgeschnitten, ihre Brust mit Einstichen übersät, ihre eisblauen Augen glasig und blind.

Meine Kehle schnürte sich zu.

Ich hatte sie im Stich gelassen.

Sie war tot.

Wie?

Warum?

Wer?

Ich hob meinen Blick zu Angelicas zitterndem Körper in der Nähe der Baumreihe, verbeugt zu einem Bogen, den ich zerstören wollte.

„*Du*", knurrte ich, meine Instinkte schrien mich an, sie lebendig zu zerfetzen, so wie sie es mit Raelyn getan hatte.

„I-ich habe das nicht getan!", schrie sie und zitterte noch stärker. „Ich habe versucht sie zu h-heilen", fügte sie mit einem gebrochenen Schluchzen hinzu und hob ihr Handgelenk.

Ich pirschte mich an sie heran, griff nach ihrem Arm und bemerkte die frischen Bissspuren. Raelyns Duft lag über ihr. Ich drückte zu und ihr Schrei ließ vermuten, dass ich ihre Knochen gebrochen hatte, aber es war mir egal.

„Du bleibst hier", befahl ich, ging zurück zu Raelyn und schnitt mir mein eigenes Handgelenk auf, um es vor ihren Mund zu halten.

Eine lächerliche Idee.

Sie konnte verdammt nochmal nicht schlucken.

Sie war tot, verdammt!

Ich schrie vor Wut auf, die Qualen zerfraßen mich von innen heraus.

Zerbrochen…

Mein Herz schlug laut, meine Finger ballten sich auf ihrer Brust zu Fäusten, während mein Körper über ihr zusammenbrach.

Tot…

Hatte sie in ihren letzten Augenblicken nach mir gerufen?

Ich würde es niemals erfahren, weil ich sie abgeschottet hatte. Sie aus meinem Verstand ausgeschlossen habe. Die eine Verbindung, die sie hätte beschützen können… die sie hätte beschützen sollen.

Anstatt selbst zu ihr zu gehen, hatte ich sie an Angelica übergeben.

Ich bin ein Feigling.

Unwürdig.

Ich wusste, dass sie in Gefahr war, und habe sie allein gelassen, zu sicher über meine eigene Verteidigung, dass ich nicht erwartet habe, dass sie hier in Gefahr war.

Sie hatte Besseres verdient.

„Raelyn", flüsterte ich und legte meine Schläfe an ihre. „Es tut mir so leid."

Das Massaker meines Harems hatte geschmerzt, aber das hier…

Ich zitterte, meine Sicht verschwamm, mein Verstand rebellierte, meine Seele…

Meine Partnerin.

Manchmal weiß man es einfach, hatte ich ihr gesagt. *Ich wusste es, Raelyn.*

Meine Lungen zogen sich zusammen, mein Körper zitterte vor Erschöpfung.

Ihr Tod bringt mich um…

Wäre das so schlimm? Fragte ich mich. Ich hatte so lange gelebt, allein, nur überlebt, um was zu tun? Ein Reich zu verwalten? Die Freuden des Lebens genießen, die ich mir schon so oft gegönnt hatte?

Raelyn war seit sehr langer Zeit die erste aufregende Sache gewesen, die in mein Leben getreten ist.

Und jetzt ist sie weg.

Kein Herzschlag.

Keine Atmung.

Ihr immer noch warmer Körper völlig regungslos.

Ganz hatte sie der Tod noch nicht eingenommen.

Ich war so nah. Ich hätte in der Lage sein sollen, sie zu retten.

Ich habe versagt.

Und es tat verdammt noch mal weh.

Meine Brust wurde zerschmettert, zerstörte mich von innen nach außen. Die Zeremonie verband unsere Seelen, und ihre schrie. Sie zog mich mit sich, zerrte an meiner Essenz, als wolle sie sich wieder an die Oberfläche kämpfen.

Ich setzte mich auf, meine Augen suchten.

Keine Anzeichen einer Heilung.

Aber sie fühlt sich noch lebendig an.

Ihr Geist war leer, aber da. Ihre Seele immer noch mit meiner verbunden.

Wenn sie tot wäre, würde ich sie gar nicht mehr spüren.

Ich versuchte, mich an alles zu erinnern, was ich über die Zeremonie wusste. Die Geschichten, die Anforderungen – *sie ist an meine Unsterblichkeit gebunden.*

Deshalb hatte ich mich zu erschöpft gefühlt.

Meine Essenz heilte sie.

Ich hob sie in meine Arme und stand auf. Wie lang würde das dauern? Gab es etwas, das ich tun konnte, um es zu beschleunigen?

Darius würde das wissen.

Ich machte mich auf den Weg zum Haus, hielt aber wieder inne. Irgendjemand hier hatte mich betrogen. Dem Tatort nach zu urteilen wahrscheinlich Angelika, aber der Duft von Raelyns Blut im Haus war frisch gewesen…

Irgendetwas stimmt hier nicht.

Bis ich die Wahrheit kannte, konnte ich niemandem mehr vertrauen. Außer Judith. Ich hatte sie während meines Laufs gesehen, als sie selber in der Umgebung auf Patrouille war. Was nur bestätigte, dass der Täter bereits drinnen war.

Ich balancierte Raelyn mit einer Hand gegen meine nackte Brust und berührte mit der anderen Hand das Gerät in meiner Tasche, das mein Sicherheitsteam alarmierte. Es war eine Art Panikknopf, den Judith in mein Telefon eingebaut hatte. Sie wären in der Lage, meinen Stadtpunkt zu orten.

Judith erschien mit besorgtem Gesicht und bereits gezogener Waffe. Als sie mich sah, breitete sich Erleichterung in ihrem Ausdruck aus, aber bei dem Anblick von Raelyns verstümmeltem Körper legte sie die Stirn in Falten.

„Oh…" Sie presste eine Hand gegen ihren Mund, ihre Reaktion bestätigte, dass sie mit dieser Sauerei nichts zu tun hatte. Ich hatte einen Verräter in meiner Mitte, aber ich konnte immer noch in meinen Leuten lesen, und in ihren Augen lag wahrhaftiger Schock. „Kylan, mein Prinz, ich–"

„Du musst Angelica in Gewahrsam nehmen. Verwehre ihr Blut, aber keine anderen Strafen, bis ich zurück bin."

Judith blinzelte und bemerkte endlich den zusammengebrochenen Vampir im Schnee. Ich konnte sie nicht mal ansehen. Unabhängig davon, ob sie das Raelyn angetan hat oder nicht, sie hatte mich im Stich gelassen.

Und sie würde bestraft werden.

„Zurück?", fragte Judith mit leiser Stimme.

„Ich melde mich." Ich ließ mein Handy fallen, da ich nicht geortet werden wollte, und machte mich mit Raelyn auf den Weg zur Garage, bevor Judith eine Diskussion anfangen konnte.

Ich suchte die Schlüssel meines schnellsten Wagens, setzte Raelyn auf den Beifahrersitz und schaltete das GPS-System ab.

Wenn sich irgendjemand, einschließlich der Wachen in der Stadt, in diesem Zustand mit mir anlegen würde, würden sie sterben.

Ich navigierte uns schnell durch die Straßen, wusste durch fast zwei Jahrhunderte lange Erfahrung, wo die vereisten Stellen waren. Raelyn neben mir blieb zerbrochen, ohne ein Lebenszeichen, außer dem Zerren von ihrer Seele an der meinen. Dass ihre Glieder beweglich blieben, bestätigte meinen Verdacht ebenfalls, dass ihr Körper sich noch nicht dem letzten Stadium des Todes hingegeben hatte und ihre Seele in der Schwebe hing.

Es musste einen Weg geben, sie schneller zu heilen. Etwas, das ich noch nicht tat.

Himmel, der Schmerz, den sie gespürt haben musste, während ich sie ignoriert hatte…

Ich zuckte zusammen und griff nach ihrer Hand. „Ich werde dich nie wieder im Stich lassen", schwor ich ihr. *Niemals.*

Die Lichter der Stadt tauchten vor uns auf und verschmutzten den dunklen Himmel. Ich hatte diesen Anblick immer gehasst, bevorzugte viel mehr die Einsamkeit meines Hauses, aber heute Nacht sehnte ich mich nach diesen Gebäuden und einem bestimmten Vampir, der in ihnen lauerte.

Ich hoffe, dass du da bist, Darius.

Ich wusste nicht, wo ich sonst hingehen sollte, vor allem, wenn man unsere Abmachung bedachte, nach der es so aussehen sollte, als würde ich mit Juliet spielen. Ihr Bund war rein, echt – kreiert aus ihrer Liebe heraus. So viel war während des Abendessens neulich immer deutlicher geworden in den kleinen Dingen, die Darius für sie getan hatte. Sie lächelte oft und ihre dunklen Augen hatten jedes Mal vor Verehrung geglüht, wenn sie ihn angeschaut hat.

Raelyn und ich hatte das nicht. Ich hatte die Verbindung aus Versehen erschaffen und dann mit der Absicht vollendet, sie wieder zu zerbrechen, nur weil ich den Gedanken nicht ertragen konnte, dass jemand sie vor mir berührte.

So selbstsüchtig.

Und dennoch war das das Einzige, was sie am Leben hielt.

Mein Herz setzte einen Schlag aus und meine Atmung wurde schneller. Ich hatte ihr Leben gerettet, versehentlich. Wie könnte ich diesen Bund nach so etwas brechen? Ich… ich wollte nicht, dass sie stirbt. Niemals.

Die Erkenntnis ließ meinen Kiefer anspannen. Wie hatte sich diese Frau so voll und ganz in meinem Leben verankert? In meinem Verstand? In meinem Herzen? Ich war von Anfang an völlig von ihr besessen. Eine immanente Vertrautheit hatte mich am Bluttag vor ihr verweilen lassen, dann hatten mich ihre eisblauen Augen gefesselt. Und als sie mich gebissen hatte, musste ich sie einfach haben.

Ich hatte erwartet, dass diese Vernarrtheit schnell wieder

ersterben würde, aber sie war zu einer alles verzehrenden Besessenheit herangewachsen. Sie war in mir.

Und ich wollte, dass sie dort blieb.

Ich fuhr in die Tunnel, machte meine Scheinwerfer aus und meine Nachtsicht und Instinkte zeigten uns den Weg. Die Wachen fuhren hier unten nur selten Streife, sehr wenige in der Stadt wussten, wie man sie nutzen konnte. Meine Ingenieure hatten absichtlich ein Labyrinth konstruiert und mir die einzige richtige Karte davon gegeben. Die Tore schlossen sich regelmäßig und blockierten Pfade, aber ich besaß die Fernbedienung für sie alle. Nur ein einfacher Knopfdruck und der Untergrund wurde zu meinem Spielplatz.

Heute Nacht war er mehr denn je ein notwendiger Fluchtweg.

Ich beschleunigte, das Bedürfnis nach Antworten überwältigte mich.

Sie lebt, tröstete ich mich selbst. *Gerade noch so.*

Aber sie atmete nicht.

Mein Griff um das Lenkrad wurde fester, der Ausgang, nach dem ich gesucht hatte, erschien schnell vor uns. Die Straßen der Stadt warum mit Vampiren überfüllt, alle auf der Suche nach ihrem Mitternachtsessen.

Glücklicherweise gingen sie meistens auf dem Bürgersteig und fuhren nicht auf der Straße.

Minuten später hatte ich geparkt und Raelyn in meinen Armen.

Der Abdruck meines Daumens rief den Fahrstuhl zu uns, aber das oberste Stockwerk ließ zu lange auf sich warten.

Sie hatte immer noch keinen Herzschlag.

Komm schon, Raelyn. Wo ist meine Kämpferin?

Darius wartete oben auf uns, der Alarm des Fahrstuhls hatte ihn über eine bevorstehende Ankunft in Kenntnis gesetzt. Seine schwarze, locker sitzende Hose und das halb zugeknöpfte

Hemd ließen vermuten, dass er sich übereilt fertig gemacht hatte.

„Ich brauche dich", sagte ich anstatt eines Grußes und sein Blick fiel sofort auf die blutüberströmte Frau in meinen Armen.

Seine Augenbrauen erhoben sich. „Jesus Christus."

„Den Namen habe ich schon lange nicht mehr gehört", murmelte ich, ging an ihm vorbei und legte Raelyn auf die Couch. „Sie atmet nicht, aber ich kann sie *fühlen*." Ich begegnete seinem alarmierten Blick. „Wir haben die Zeremonie vollendet."

„Was sie unsterblich macht", folgerte er und seine Stirn legte sich in Falten. „Aber sie atmet nicht."

„Und hat keinen Herzschlag." Ich strich mit meinen Fingern durch ihr Haar. „Hilf mir. Was tue ich noch nicht, was sie braucht? Ich weiß, dass sie da ist, aber sie ist nicht... Sie heilt nicht."

Darius stieß seinen Atem aus und nickte. „Richtig." Er blickte zur Seite, als Juliet herein kam. Sie trug eine Jeans und einen Pullover, hatte zerzaustes Haar und rote Wangen. Sie hatten sich offensichtlich gerade amüsiert. Sie stellte sich an seine Seite und ihre großen Augen fielen auf Raelyns entstellten Körper.

„Wie offen ist eure Verbindung?", fragte er und legte einen Arm um seine *Erosita*.

„Jetzt gerade?" Ich suchte, war unsicher. „Das ist schwer zu sagen, ich kann sie überhaupt nicht hören."

„Aber du fühlst sie", murmelte er. „Kannst du dem Weg folgen, dich in ihren Verstand drücken?"

„Da ist nichts, außer einer leeren Blase." Ein Knurren unterstrich meine Worte, war ein Zeugnis meiner Frustration. Diese leere Blase war dort, weil ich sie aus meinen Gedanken ausgesperrt und ihre Schreie nicht gehört hatte.

Wie oft hast du nach mir gerufen, kleines Lamm?

Sie musste sich so hilflos und allein gefühlt haben.

Weil ich sie im Stich gelassen habe, sie weggetrieben habe, ihren Verstand abgeblockt habe.

„… Tiefer", sagte Darius. „Wenn Juliet ihr Bewusstsein verliert, kann ich sie immer noch spüren. Man muss sich nur ein bisschen in der Dunkelheit orientieren. Such nicht so sehr nach Gedanken, sondern nach Gefühlen."

„Du kannst mich spüren, wenn ich bewusstlos bin?", fragte Juliet leise.

„Ja", antwortete er, ohne näher darauf einzugehen.

Ich kniete mich neben Raelyn und legte meine Stirn auf ihre. *In Ordnung, kleines Lamm, wo versteckst du dich?*

Sie antwortete nicht – nicht, dass ich das erwartet hätte.

Über unsere Verbindung rutschte ich in ihren Verstand, aber das abwesende Bewusstsein ließ mir einen kalten Schauer über den Rücken laufen. „Ist es möglich, dass ihre Seele noch durchhält, aber ihr Körper zu verletzt ist, um sich zu erholen?", fragte ich, weil ich fürchtete, dass ihr Zugang zu meiner Unsterblichkeit sie an einem Ort gefangen hielt, dem sie nie entkommen konnte, einer Ewigkeit in der Hölle.

„Eine *Erosita* teilt die Unsterblichkeit mit ihrem Partner. Könntest du dich von den Verletzungen erholen, die sie erlitten hat?"

„Ja, zweifellos." Es brauchte viel, um einen Vampir zu töten, und noch mehr, wenn er so alt war wie ich.

„Dann wird sie das auch, aber vielleicht langsamer. Ich mache mir mehr Sorgen darüber, dass sie noch keine Anzeichen einer Heilung zeigt. Selbst ein Frischling hätte mittlerweile schon langsam angefangen zu heilen."

„Ich weiß", flüsterte ich und versuchte, meine Gedanken neu zu ordnen.

Was übersehe ich?

Die Zeremonie war vollendet. Ich fühlte, wie alles an seinen Platz fand, wie ihr Wesen mit meinem verschmolz und unsere

Geister zu einem wurden. Es hatte mich zu Tode erschreckt und mich dazu gebracht, ein undurchdringliches Schutzschild zwischen uns zu errichten.

Was, wenn das unsere Vereinigung beeinflusst hatte?

Nein.

Ich war jetzt vollständig in ihr, umgeben von ihrem leeren Wesen.

So allein.

Fade.

Traurig.

Ich erstarrte, hing mich an dieses letzte Gefühl und folgte ihm.

Dieser Schmerz.

Verlassen.

Der Verlust des Lebenswillen.

Tiefe, tiefe Trauer.

Er hat mich verlassen…

Diese vier Worte waren nur ein Hauchen in meinen Ohren, nicht greifbar, aber deutlich.

Raelyns Wahrnehmung des Verrats durchbohrte mein Herz, nicht nur, weil ich sie von mir abgeschottet hatte, sondern auch wegen ihrer Verzweiflung über das, was ich ihr angetan hatte. Ich konnte *fühlen*, wie sie litt, nur wegen dem, was ich ihr angetan hatte.

Und sie schwelgte in dieser Selbstzerstörung, anstatt zu kämpfen.

Weil sie keinen Sinn darin sah, es zu versuchen.

Ich hatte ihr keinen Grund gegeben, zu mir zurück zu kommen, keinen Grund, zu überleben. Wenn überhaupt, dann hatte ich ihre Hoffnung durch meine Gefühllosigkeit zunichte gemacht.

Meine Raelyn. Ich versuchte, ihre Seele zu umschmeicheln, ihrem Wesen Trost zu schenken, aber es war, als würde ich versuchen, einen Geist zu streicheln.

So gebrochen und verloren und niedergeschlagen.

Ihre Psyche weigerte sich, sie heilen zu lassen.

Das akzeptiere ich nicht, kleines Lamm, flüsterte ich ihr zu. *Du wirst zu mir zurückkommen.*

Sie reagierte und antwortete nicht, ihr Geist schwebte hilflos umher, nur wenig Entschlossenheit und Kampfgeist waren noch in ihr. Ich hatte alles weggejagt, ohne es zu wollen, weil ich der Bindung die Schuld für meine ungewöhnliche Fixierung gegeben hatte, aber es war immer sie gewesen, die mich angezogen hatte. Nicht ihr Blut oder ihr Körper, sondern ihre Seele.

Du gehörst mir, Liebling. Zeit spielte keine Rolle. Ich hatte sie in dem Moment beansprucht, in dem ich sie gesehen hatte. Ich hatte es nur noch nicht realisiert.

Ich legte meine Hände auf ihre Wangen und ließ meinen Verstand mit ihrem flirten. *Du kannst dich nicht vor mir verstecken. Ich werde dich finden, Raelyn.* Meine Feinde nannten mich nicht ohne Grund unerbittlich. Ich würde nicht aufgeben, wenn ich mich nach etwas sehnte, und jetzt gerade, wollte ich sie.

Wenn es meine Stärke war, die sie brauchte, würde ich sie ihr geben.

Meine Unsterblichkeit.

Meine Seele.

Mein Herz.

Nimm es, ermutigte ich sie. *Benutzt mich.*

Meine Finger legten sich um ihren Nacken, ich war fest entschlossen, ihr so viel zu geben, wie ich konnte. Sie würde das hier überleben. Sie würde aufwachen. Sie würde auf jede Art und Weise mir gehören. Was auch immer es kosten würde, ich würde es bezahlen.

Jetzt, Raelyn, forderte ich. *Du wirst wieder atmen und wenn es das Letzte ist, wozu ich dich zwinge.*

Sie war stur, aber ich war hartnäckig.

Ich brauchte sie, nicht nur, um zu wissen, wer ihr das

angetan hatte, sondern weil ich mich ohne sie leer fühlte. Wir waren noch nicht mal ansatzweise miteinander fertig. Vielleicht wären wir das nie.

Die Ewigkeit war eine lange Zeit, aber wenn ich sie mit irgendjemandem genießen könnte, dann mit Raelyn. Sie hatte das Feuer, das ich mir wünschte, besaß eine Intelligenz, die ich bewunderte, und die Leidenschaft zwischen uns ging tiefer als all meine bisherigen Erfahrungen zusammen. Deshalb hatte ich sie markiert, deshalb hatte ich ihr mein Blut gegeben. Ich hatte es einer anderen Gemahlin niemals erlaubt, nicht einmal in Betracht gezogen, mir so nah zu kommen. Ich habe für ihre einvernehmliche Befriedigung gesorgt und mehr nicht.

Ich hatte Raelyn mein Blut gegeben, weil ich es so wollte. Ich hatte sie gebissen, weil die Hitze des Gefechts es erfordert hat. Ich hatte mich während des Akts kaum von jemand anderem genährt, aber konnte mich nicht zurückhalten, von ihr zu kosten.

Sie war meine Sucht.

Meine neue Bestimmung.

Ein Grund, das Leben wieder zu genießen.

Atme, verdammt, knurrte ich. *Ich brauche dich bei mir.*

Raelyn war unverwüstlich. Sie würde das hier überleben. Ich weigerte mich, irgendein anderes Ergebnis in Betracht zu ziehen, und das sagte ich ihr immer und immer und immer wieder. Sie konnte mich ignorieren, soviel sie wollte, aber ich würde sie dazu zwingen, zu heilen.

Meine sämtlich Energie, mein Wesen, floss in sie, mein Alter, die Erfahrung, alles. Ich drückte es alles durch unseren Bund, hielt nichts zurück.

Wissen.

Macht.

Geschichte.

Meine tiefsten, dunkelsten Geheimnisse.

Freigelegt.

Für sie.

Für immer.

Weil ich unsere Verbindung jetzt nicht brechen konnte, nicht, nachdem ich ihr Zugang zu den tiefsten Tiefen meiner Seele gestatten hatte. Sie würde immer ein anderes Bewusstsein von mir erhalten, als alle anderen. Und ich würde das hier nie wieder wiederholen.

Ein dumpfer Schlag riss mich aus meinen Gedanken.

Nur ein kleines Flimmern.

Gefolgt von einem anderen, weit entfernten Schlag.

Ich wartete und mir stockte der Atem.

Sekunden vergingen.

Und dann ein dritter Schlag. Ein Vierter. Ein Fünfter.

Tränen füllten meine Augen und ich presste meine Stirn auf ihre.

Raelyn.

Das Singen ihres Pulses hatte sich nie schöner angehört. Sie hatte noch einen langen Weg vor ich, aber sie würde sich erholen. Und ich würde auf sie warten, bis sie endlich wieder ihre Augen öffnete.

27

KYLAN

„Wie geht's ihr?", fragte Darius, nachdem er an der Tür geklopft hatte, einen Kaffeebecher in der Hand.

Ich streichelte Raelyns Haar, ihr nackter Körper drückte sich unter den Decken gegen meinen. „Sie heilt noch von dem Blutverlust, aber sie erholt sich stetig."

Er stellte den Kaffee auf den Nachttisch neben mir. „Gut. Ihre Haut sieht auch schon gesünder aus."

Ja, ihr cremiger Teint war heute früh zurückgekehrt. Ich hatte sie nochmal gebadet und auch das letzte bisschen Blut von ihrem Körper gewaschen, damit sie sauber und bereit für ihre Wiedergeburt war. „Ihre Gedanken nehmen auch zu."

„Irgendwelche Hinweise darauf, wer ihr das angetan hat?"

„Noch nicht." Ich runzelte die Stirn und entschied mich, ehrlich zu sein. „Bis jetzt beziehen sich alles Gedanken darauf, wie sehr sie mich hasst." Was scheiße war. Sie das sagen zu hören, war eine Sache, aber die Wahrheit hinter dieser Aussage war etwas völlig anderes. „Ich war ihr gegenüber echt ein Arschloch."

Darius kicherte. „Nun, ich bin mir sicher, sie wird dir vergeben, wenn ihr klar wird, dass du ihr Leben gerettet hast."

Ich schnaubte. „Du kennst sie nicht so gut wie ich. Sie wird mir die Hölle heiß machen." Etwas, dass ich sehr viel mehr genießen würde, als ich sollte.

So etwas Ähnliches wie Verwunderung huschte über sein Gesicht, er öffnete seinen Mund und schloss ihn wieder.

„Sag es", ermutigte ich ihn.

Er schüttelte den Kopf. „Ist nicht so wichtig."

„Ich werde keine Vergeltung üben, Darius. Sag es einfach."

Er lehnte sich gegen die Wand, die Hände in den Taschen seiner schwarzen Hose und die Beine an den Knöcheln überkreuzt. „Sie hat dich verändert."

Meine Lippen zuckten. „Diese Welt – Liliths Schöpfung – hat dem Leben den kompletten Spaß genommen. Raelyn hat mir etwas gegeben, dass ich schon eine halbe Ewigkeit nicht mehr gefühlt habe. Eine Herausforderung."

„Also bist du kein Fan der Blutallianz", vermutete er.

„Ich kann einige Aspekte des Systems respektieren, aber insgesamt? Nein, mir gefällt diese neue Welt nicht." Sie war langweilig und viel zu strukturiert.

„Ich hätte angenommen, du wärst einer ihrer größten Unterstützer."

„Von wem? Lilith?" Ich schnaubte spöttisch. „Ich hasse die Schlampe. Dieser ganze Göttinnen-Scheiß ist nur ein verherrlichter Macht-Trip."

„Aber sie hat eine Menge Unterstützung."

„Leider hat sie das. Jetzt noch",

„Jetzt noch?", wiederholte er und hob eine Augenbraue.

„Wenn ich eine Sache in diesem Leben gelernt habe, dann ist es, dass Diktatoren nie lange an der Spitze bleiben. Lilith ist sehr gut darin, so zu tun, als ob sie sich kümmert, um alle ihre Könige und Alphas in Schach zu halten, indem sie ihre Egos pusht, wenn es nötig ist, aber letztendlich wird sie einen Fehler machen. Und nicht jeder betet sie an, ungeachtet der vorgehaltenen Fassade."

„Du denkst, jemand will sie stürzen?"

„Natürlich." Ich ließ meine Finger durch Raelyns Haar gleiten, aber hielt seinen Blick. „Sie werden ihre Karten noch eine ganze Weile lang nicht offenlegen, weil die besten Pläne Zeit brauchen, aber ich denke, wir werden bald einige Veränderungen in den Rängen sehen." Oder vielleicht hatten wir das bereits.

Ich studierte sorgfältig sein ausdrucksloses Gesicht, suchte nach Anzeichen, ob er etwas zu diesem Thema wusste.

Er blinzelte nicht.

Bewegte sich nicht.

Zuckte nicht einmal.

Entweder war Darius ein ausgezeichneter Schauspieler oder er wusste wirklich nichts. Mein Geld würde ich auf Ersteres setzen. Ein alter Vampir, der plötzlich Interesse an Politik hatte und sich eine Menschenfrau zur Partnerin nahm, die ihm offensichtlich wichtig war? Das waren zwei sehr interessante Lebensveränderungen auf einmal. Fast, als wäre es geplant gewesen.

Aber wer war ich, um zu spekulieren?

Ich lächelte. „Naja, was weiß ich schon? Ich bin ja nur der älteste, lebende König, angenommen, dass Cam wirklich tot ist."

Immer noch so stoisch wie eh und je.

„Du wirst ein fantastischer Politiker sein, Darius", murmelte ich. „Ich kann es kaum erwarten, zu sehen, wo deine Karriere dich hinführt."

Endlich grinste er. „Vielen Dank, Eure Hoheit." Er drückte sich mit selbstbewussten Schritten von der Wand ab und hielt im Türrahmen inne. „Du könntest versuchen, ihr Szenen vorzuschlagen."

Ich runzelte die Stirn. „Raelyn?"

„Ja. Biete ihr ein Bild an, sie, draußen mit Angelica, und warte ab, ob es dich zu dem führt, was wirklich passiert ist."

Seine grünen Augen trafen meine. „Sie hat ein schweres Trauma erlitten. Irgendwo in ihrem Verstand ist es noch frisch. Du musst es nur finden." Er ging ohne ein weiteres Wort und ließ mich mit meinen Gedanken alleine.

Lauerte die Wahrheit hinter ihrem Hass auf mich?

Dann schauen wir mal, kleines Lamm.

Ich umschmeichelte ihre Gedanken und zuckte zusammen, als ich auf eine Mauer aus Frustration traf, in der mein Name eingraviert war.

Alles nur ein Spiel. Ich habe nichts bedeutet, war nur eine vorübergehende Ablenkung, bis seine neuen Gemahlinnen eintrafen.

Ich kicherte. Oh, wenn das wahr wäre, hätte ich mittlerweile schon die Haremslager besucht, um zu sehen, wen ich haben wollte. Aber ich hatte noch nicht einmal ihre Akten studiert oder mir die Videos angesehen, die mir von den Ausbildern zugesandt worden waren.

Weil es mich nicht interessierte.

Ich wollte nur die Gemahlin neben mir.

Nicht, dass sie mir das jemals glauben würde.

Er hat mich benutzt. Hat mich an sich gebunden, um über meinen Verstand und mein Herz zu herrschen, und wie eine Idiotin habe ich ihn gelassen. Ich habe gehofft... Nein. Hör auf. Das ist lächerlich. Wo ist da der Sinn? Ich habe ihm nie etwas bedeutet.

Wenn dieser Bewusstseinsstrom in Echtzeit wäre, könnte ich sie korrigieren. Leider wiederholte ihr Geist nur ihre primären Gedanken, über die sie immer wieder nachgedacht hatte – die wichtigsten Punkte ihrer Psyche. Alles drehte sich um mich und darum, wie ich sie verraten hatte.

Ich seufzte und drückte mich durch die erste Wand, neugierig, was dahinter liegen würde.

Bilder einer blonden Frau und Silas flackerten in der Ferne auf. Ich folgte dem Strang zu der Erinnerung, sah sie lachen, aus Raelyns Sicht.

„Sein Gesicht", sagte die Frau, ihre Lippen waren zu einem Grinsen verzogen.

„Als ob Raelyns Auftritt besser gewesen wäre"; antwortete Silas und schüttelte den Kopf. „Göttin, ich dachte, alle wüssten, dass sie es nur vortäuscht."

Raelyns Kichern durchbohrte mein Herz – ein Laut, den sie in meiner Anwesenheit nie gemacht hatte. „Ich gebe alles dafür, den Kurs zu bestehen."

„Also wirst du den weiterführenden Kurs nicht belegen?", neckte Silas sie und zwinkerte.

„Liebe Göttin, nein. Die sexuellen Künste sind nichts für mich."

„Dann hoffe ich für dich, dass du nicht in einem Harem landest", sagte die Blonde. „Oder schlimmer, in den Zuchtlagern."

Aber da bist du hingegangen, flüsterte Raelyn, die Erinnerung verwandelte sich in Gedanken. *Scheiße, Willow, ich hoffe, es geht dir gut. Ich vermisse dich.*

Ich zog mich zurück, hatte den Namen erkannt. Sie hatte ihn nur ein oder zwei Mal erwähnt, etwas darüber, dass die Frau ihre Freundin war. Jetzt, da ich ihre Beziehung aus Raelyns Perspektive sah, glaubte ich das.

Wahre Freunde.

Alle von ihnen.

Und die Gesellschaft hatte sie auseinandergerissen.

Ich nahm mein Tablet, ignorierte den Kaffee, den Darius dort abgestellt hatte, und durchsuchte die Berichte nach einem Bild der Frau. Dass sie im Zuchtlager war und ihre Haare blond waren, machten es einfach, sie zu finden.

Noch am Leben.

Aber auf dem aktuellen Bild von ihr, sah es so aus, als ob sie sich wünschen würde, dass es nicht so wäre.

Ja, das war kein sehr vorteilhaftes Schicksal, vor allem für eine Frau.

Und was ist mit Silas... Ich durchsuchte die neuesten

Statistiken des Cups der Unsterblichkeit. Nur noch vier waren übrig, Silas war unter ihnen. Der Gewinner würde bald bekannt gegeben werden, mal angenommen, irgendwer von ihnen überlebt das Finale. Seinen saphirblauen Augen fehlte die Zuversicht, die ich am Bluttag gesehen hatte, seine muskulöse Statur war geschwächt, aber die Spannung in seinem Mund deutete auf seine Entschlossenheit hin.

Er war ein Kämpfer.

Genau wie Raelyn.

Ich ging zurück zu Willow und zoomte an ihr zerschrammtes Gesicht heran. Ihr nach unten gerichteter Blick machte es schwer, zu beurteilen, ob sie ebenfalls den starken Willen ihrer Freunde besaß, aber irgendwas sagte mir, dass sie genauso ein beeindruckender Mensch war.

Ein Thema, das ich irgendwann mit Raelyn besprechen musste. Nachdem wir unser aktuelles Problem gelöst hatten.

Ich wollte immer noch wissen, wer versucht hatte, meine Gemahlin zu töten. Nein, meine *Erosita*.

Der Begriff erwärmte mein Herz, die Erkenntnis, wer sie für mich war, fühlte sich richtiger an, als ich es mir je hätte vorstellen können.

Ich legte das Tablet zur Seite und rutschte zurück in ihren Kopf, vorbei an dem Sturm der sich wiederholenden Phrasen, wie schrecklich mein Charakter war, und suchte nach einem neuen Faden. Die Idee, die Darius erwähnt hatte, sickerte durch den Bund, aber anstatt sich an Angelica draußen zu erinnern, konzentrierte sich Raelyn auf den Himmel, ein Hauch von Verwunderung sickerte durch sie hindurch.

Meine Lippen kräuselten sich bei ihrer Freude.

Sie liebte es wirklich draußen, den Schnee, die Berge. Bei ihnen sang ihr Herz und strahlte eine Befriedigung aus, von der ich wünschte, ich alleine könnte sie ihr geben.

Und dann wuchs ihre Freude, als Mikaels Gesicht erschien.

Ich knurrte, leise und tief. Warum machte *er* sie glücklicher als ich? Weil ich sie eine Woche lang alleine gelassen habe, um sie zu trainieren?

Warte…

Erleichterung machte sich in ihrem Wesen breit.

„Göttin, ich bin so froh, dass es dir gut geht."

„Du hast mich vermisst?"

Ich runzelte über diese Unterhaltung die Stirn. Wann hatte sie stattgefunden? Mikael hatte behauptet, sie nicht gesehen zu haben, dennoch zeigte ihre Vorstellung, wie er sie draußen bis zu den Bäumen führte. Ohne Angelica.

War das ein Traum oder eine Erinnerung?

Sie gingen weiter, Verwirrung sickerte durch ihren Verstand und das Bild verschwamm an den Seiten.

Mach weiter, drängte ich sie und kniff die Augen zusammen.

Alles verdunkelte sich, als ob sie nicht an das denken wollte, was als nächstes kam. Es wurde schwarz, erhellte sich dann wieder und ihr Herz schlug, als Zelda auftauchte.

Verrat sickerte durch unseren Bund.

Kylan. Hilf mir…

Meine Hände zitterten, die Worte waren nicht aktuell, sondern wurden in ihrer Erinnerung ausgesprochen. Sie hatte nach mir gerufen, genau wie ich es vermutet hatte, und ihre Seele hatte geweint, als ich nicht geantwortet habe.

…als ich dich verraten habe.

In meiner Kehle bildete sich ein Kloß. Raelyn hatte… Sie hatte ihre letzten Sekunden damit verbracht, zu versuchen, mich vor der Wahrheit zu warnen. Nicht meinen Namen verflucht, sondern mich *gewarnt*.

„Oh, Liebling", flüsterte ich und zog sie näher. „Aber wer, Schätzchen? Wer hat mich betrogen?"

Ich folgte dem Faden der unfassbaren Traurigkeit zu einem Bild, dass mein Herz zum Stillstand brachte.

Eine Vision von Mikael, der ihr mit einer Klinge die Kehle durchschnitt.

„Lebewohl, Rae."

Ich erstarrte.

Mikael?

Nein. Nein, das war unmöglich.

Er…

Ich…

Die Vision blitzte erneut auf.

Und noch einmal.

Die Wiederholung in ihren Gedanken zerbrach mein Verständnis für die Realität.

Der Schwung der Klinge.

Raelyns Gurgeln.

Mikaels traurige Stimme.

Das alles braute sich in mir zusammen und riss mein Herz in zwei. Ich habe ihm vertraut. Ihn auf meine eigene Art und Weise geliebt. Mein bester Freund…

Das konnte nicht stimmen. *Warum?* fragte ich. Warum würde er so etwas tun?

„Du musst das als ein Geschenk ansehen, Rae. Er bringt dir nur Leid. Vertrau mir, wir wissen es." Seine Worte in ihrem Kopf waren so voller Trauer, voller Leid. Wegen mir? Weil ich ihn verletzt hatte? Wie? Ich habe alles getan, um mich um ihn zu kümmern. Habe ihn beschützt. Ich habe ihm Dinge gegeben, die nur wenige Menschen jemals erfahren dürfen.

Und er hatte mir die eine Sache genommen, die ich anbetete.

Das einzige Fleckchen Glück an meinem Horizont.

Alles, um was zu tun? Sie aus seiner eigenen Misere zu retten?

Ich war ein Arschloch, aber ich war nicht *so* grauenvoll. Da draußen gab es viele, die wesentlich schlimmer waren als ich, aber Mikael hatte ihre Arten von „Zuneigung" nie gespürt, weil ich ihn davor beschützt hatte.

Ich hielt Raelyn fester, mein Herz schlug im Takt mit ihrem. *Du denkst nicht, dass ich so grauenvoll bin, oder?* Fragte ich leise und hörte als Antwort wieder all ihre Vorwürfe. *Richtig, vermutlich tust du das doch.*

Ich seufzte, Mikaels Verrat brodelte zwischen uns und erhitzte mein Blut.

Ich hatte sie alle im Stich gelassen.

Sie.

Ihn.

Nicht mit Absicht, nur aus Gewohnheit.

Aber das rechtfertigte nicht, dass Mikael Raelyn das Leben nahm.

Meine Kehle schnürte sich zu und mein Herz hämmerte in meiner Brust. Wie war es dazu gekommen? Warum?

Mikael war bei mir, als mein Harem abgeschlachtet wurde. Er hatte echte Tränen vergossen, seine Trauer war greifbar gewesen. Ich hatte ihn auf die einzige Weise besänftigt, die ich kannte. Aber hatte er es die ganze Zeit gewusst? War er involviert? Wer hatte ihm geholfen?

Vertrau mir, wir wissen es, hatte er gesagt

Wer war „wir"?

Raelyns Verstand öffnete sich erneut, die Szene flimmerte vor und zurück, zeigte kleine Fetzen und Stücke. In Mikaels hellen Augen lag so viel Herzschmerz, man konnte sein Bedauern spüren.

„*Er lässt dich Dinge wollen, die er dir nie ganz gibt. Er macht dich süchtig. Zwingt dich, ihn zu lieben. Aber er erwidert die Liebe nie.*"

„*Ich weiß.*"

Mein Herz geriet bei den Worten ins Stocken, so frisch, so brutal. War es das, was er gedacht hatte? Dass ich sie zu diesen Gefühlen zwang, während ich mich weigerte, sie zu erwidern?

„Scheiße", flüsterte ich mit rauer Stimme.

Die Erinnerungen liefen in ungeordneter Reihenfolge weiter. Raelyns Schock vermischte sich mit meinem eigenen, ihre Angst wuchs, als…

„Zelda", sagte ich und mein Kiefer spannte sich an.

Ich hörte nicht mehr zu, das Messer in ihrer Hand nahm meine ganze Aufmerksamkeit ein.

Sie war ein Teil von dem ganzen, ihr Spott ließ Raelyn zusammenzucken. Mikael wirkte so entschlossen.

Und die Klinge schnitt noch einmal durch Raelyns Kehle.

Und noch einmal.

Und noch einmal.

„Scheiße!" Ich zog mich zurück, konnte es nicht mehr ertragen.

Ich konnte nicht…

Das hatte nicht…

Ich vergrub mein Gesicht in Raelyns Hals, mein Verstand raste, versuchte die widersprüchlichen Bedürfnisse zu verarbeiten.

Rache.

Bestrafung.

Bedauern.

Loyalität.

Raelyn wimmerte in ihren Gedanken, mein Name wiederholte sich immer und immer wieder, gefolgt von einer tiefen Traurigkeit, weil ich sie dort allein zum Sterben zurückgelassen hatte.

Verdammt, das schmerzte von allem am meisten – ihre Seelenqualen.

Sie dachte, es interessierte mich nicht.

Dass ich sie ihrem Schicksal überlassen hatte.

„Nein", flüsterte ich und schloss meine Arme um sie. „Nein."

Ich würde sie nicht noch einmal verlassen. Nicht jetzt. Niemals.

Mikael…

Ich fluchte gegen ihr Haar.

Er musste warten.

Alles musste warten.

Raelyn war das Wichtigste.

Ich bin hier, versprach ich ihr. *Ich werde dich nie wieder verlassen.*

Nicht einmal, um Vergeltung zu üben.

28

RAE

SEIFE. Ich rümpfte die Nase. *Minzig. Maskulin.*

Seltsam. Der Geruch war überall. Auf mir. In mir. Verschlang mich. Und mir war auch ganz heiß, mein klamme Haut wurde gegen etwas genauso Warmes gepresst – die Quelle der Hitze.

Kylan.

Ich blinzelte in die Dunkelheit des Raumes. Keine schneebedeckten Berge, nur dunkle Vorhänge, wie die im Penthouse.

Ich runzelte die Stirn. Hatte er mich hierhin gebracht, während ich geschlafen hatte? Ich blinzelte erneut. Wann hatte ich geschlafen? Ich konnte mich nicht erinnern, alles war so vernebelt, die letzte paar Tage waren wie unter einem Schleier.

Kylan hatte mich zurück in sein Haus gebracht. Wir waren wandern gegangen. Mein Herz stotterte, erinnerte sich, was dort passiert war – die darauf folgenden Tage voller Schmerz. Angelica, die mich dazu drängte, rauszugehen. Und–

Ich richtete mich auf und schnappte nach Luft, die Hand auf meinem Hals.

Mikael.

Zelda.

Kylan, der mich meinem Schicksal überlassen hatte.

Es traf mich so hart, dass ich nicht mehr atmen konnte, der Schmerz meines Todes war so scharf und lebendig. Sie haben mich immer weiter abgestochen. Immer und immer und immer wieder. Mein Körper starb, während meine Seele durchgehalten und alles gefühlt hatte.

Ich berührte meine Seite, meine Brüste, meinen Bauch.

Keine Spuren. Kein Blut. Nur weiche, warme Haut.

Wie?

Ich berührte wieder meine unversehrte Kehle, überzeugt davon, dass das irgendein Trick sein musste. Menschen heilen nicht auf magische Weise.

Bin ich nicht mehr sterblich?

„Nein, du gehörst mir", antwortete Kylan mit leiser Stimme, verhalten, und unterstrichen von einem düsteren Gefühl.

Ich drehte mich zu ihm und zuckte zusammen, als mein Kopf sich ebenfalls drehte. Meine beiden Handflächen wanderten zu meinen Schläfen, ein Schauder des Schmerzes hallte durch mein ganzes Wesen. „Au", hauchte ich, meine Stimme versagte.

„Hier." Er legte etwas zwischen meine Lippen – ein Strohhalm. „Trink das."

Fast hätte ich mich geweigert, aber ich brauchte die Flüssigkeit, mein Hals schmerzte ohne sie. Kaltes Wasser berührte meine Zunge, linderte das Brennen in meinem Mund und darunter. Es fühlte sich gut an. Erleichternd. Beruhigend. Meine Augen fielen zu, während ich weiter trank, meine Muskeln entspannten sich und alles was ich wollte, war mich wieder hinzulegen.

Kylan stellte das Glas zur Seite und zog mich in seine Arme, sodass mein Kopf auf seiner Schulter lag. Es fühlte sich richtig an – bequem – und so, so gut.

Ich gähnte, mein Körper fiel langsam–

„Raelyn", murmelte Kylan und rüttelte mich wieder wach.

Ich lag in seinen Armen.

Wie hatte ich ihm erlaubt, mich in diese Position zu bringen? Er hat mich verlassen, als ich ihn am meisten brauchte, mich von sich gedrückt, mich benutzt und zerbrochen, und–

„Dein Leben gerettet", fügte er sanft hinzu. „Nicht, dass das alles andere entschuldigen würde, aber deine Verbindung zu meiner Unsterblichkeit ist der Grund dafür, dass du noch am Leben bist." Er festigte seinen Halt und strich mit seinen Lippen über meine Schläfe. „Du wolltest aufgeben, aber ich habe dich nicht gelassen."

Was? Das Letzte, an das ich mich erinnerte, war, dass ich in meinen Gedanken nach ihm geschrien und keine Antwort erhalten hatte.

„Autsch", murrte er und zuckte zusammen. „Ja, das habe ich verdient."

Was verdient? fragte ich mich selbst.

„Die Erinnerung", antwortete er. „Und den Schmerz, der damit einhergeht.

Meine Lippen verzogen sich verwirrt. *Was meint er...?* Meine Gedanken schweiften ab, als ein Bild meines verstümmelten Körpers durch meinen Geist schwebte, verfolgt von einem Ansturm von Emotionen.

Verwirrung.

Zorn.

Verzweiflung.

Nicht meine eigenen, sondern die Gefühle von Kylan.

Es folgt eine Welle aus Worten, die mit seinen Erinnerungen verflochten waren.

Raelyn! Wo bist du? Was ist passiert?

Sie ist tot...

Ich werde denjenigen umbringen, der das getan hat, ihre Überreste zerschmettern und alles niederbrennen.

Ich habe sie im Stich gelassen.

Die Verbindung…

Sie kämpft dagegen an.

Wegen mir.

Scheiße, Raelyn, tu das nicht. Wag es ja nicht, loszulassen.

So ist es gut, kleines Lamm. Atme für mich. Ich gehe hier nicht weg, bevor du nicht wach bist. Vielleicht nicht mal dann.

Du hast mich jetzt am Hals, Prinzessin.

Ich brauche dich, um mir zu sagen, wer das getan hat. Wer steckt hinter all dem?

Der letzte Gedanke brachte mich dazu, mich von ihm wegstoßen, seine wahren Absichten kamen endlich zum Vorschein. „D-du…" Ich schluckte, mein Hals schmerzte immer noch, trotz des Wassers. Aber ich musste es sagen. „Du hast mich nur gerettet, um zu wissen–"

„Nein." Er drückte einen Finger auf meine Lippen, drückte mich runter auf das Bett, als er sich über mich stemmte. „Schau tiefer, Raelyn, und du wirst wissen, dass das nicht wahr ist."

Ich starrte in seine fast schwarzen Augen, die von dichten, dunklen Wimpern umhüllt waren. Er schaute nicht weg, sein Blick war offen und sein Verstand gehörte mir, um ihn zu erforschen. Noch mehr Worte stürzten auf mich ein, alle geschürt von Wut und Verwirrung, Anzeichen von Lust, Gemurmel der Hingabe, Bedauern, Trauer und völliger Verwüstung.

Mikaels Name war der lauteste unter ihnen.

Und eine dezente Wut, die auf Zelda wartete.

Kylan hatte meine Erinnerungen gesehen, sobald ich aufgewacht bin… *Nein…* Er hatte sie in meinen Albträumen gesehen, während ich geheilt bin.

„Du wusstest es schon", hauchte ich.

Er nickte. „Ja."

„Und trotzdem bist du hier geblieben?"

Er schloss mein Gesicht mit seinen Händen ein. „Ich habe versprochen, dich nicht noch einmal zu verlassen, Raelyn. Das meinte ich ernst."

Meine Lippen bewegten sich, aber es kamen keine Laute heraus. Er ist bei mir geblieben.

Ich griff wieder nach seinen Gedanken, brauchte mehr Erklärungen. Er blieb geduldig, gewährte mir vollen Zugang zu allem von ihm.

Die Zeremonie hatte mich zu seiner *Erosita* gemacht, wie Juliet es für Darius ist, und mir Zugang zu Kylans Unsterblichkeit gewährt.

Deshalb hatte ich überlebt, und wegen seinem mentalen Drängen darauf, dass ich die Hoffnung nicht aufgab.

Seine Erinnerungen überwältigten mich, sein Schmerz, als er dachte, ich wäre tot, seine Reaktion, als er erkannte, dass meine Seele noch immer blühte, er fuhr uns hierher und hatte mich fast eine Woche lang in seinem Penthouse umsorgt, während ich heilte.

Versprechungen.

Entscheidungen.

Er wollte die Bindung nie wirklich brechen, es hat ihn wütend gemacht, überhaupt darüber nachzudenken, aber er hatte auch nie beabsichtigt, sie einzugehen. Und jetzt weigerte er sich, sie zu zerstören. Und trotzdem blieb ein Hauch von Unsicherheit zurück, seine Sehnsucht, mich wählen zu lassen, und mir die Verbindung nicht aufzuzwingen.

„Sie kann nur gebrochen werden, indem ein anderer Vampir dich fickt", sagte er leise, natürlich war er sich den Gedanken in meinem Kopf bewusst. Was bedeutete, dass er es erlaubte und sich mir weiter offen auslieferte.

„An den Teil erinnere ich mich", knurrte ich, während ich mich sehr genau an seinen ursprünglichen Plan erinnerte.

Ein Sturm aus Besessenheit überwältigte mich und raubte mir den Atem. Er drückte auf meine Brust, zerbrach mein Inneres, setzte mein Blut in Brand und ließ mir Tränen in die Augen steigen.

Und dann war es verschwunden, von einer Sekunde auf die andere, und ließ mich außer Atem und etwas schwindelig zurück.

„Das ist nur ein Bruchteil von dem, was ich empfinde, wenn ich daran denke, dich zu teilen, Raelyn." Er schaute auf mich hinunter, sein dunkler Blick war intensiv. „Auch, wenn es am Anfang zunächst meine Absicht war, gibt es einen Grund, warum ich es nicht durchgezogen habe und mich jetzt weigere, das zu tun."

Ich starrte ihn an, geschockt von einem weiteren Stoß seiner begierigen Energie, die zwischen seinem Verstand und meinem kribbelte. „Wie machst du das?", schaffte ich zu fragen, meine Stimme war kratzig.

„Wir sind Partner. Ich kann alles mit dir teilen und umgekehrt, einschließlich sehr intensiver Emotionen."

„Und Gedanken."

„Ja, und Bildern." Er verfolgte meine Unterlippe mit seinem Daumen und senkte seinen Blick. „Ich kann deine Erinnerungen genauso sehen, wie du meine sehen kannst. Unsere Verbindung ist weit geöffnet, sodass wir auch in der Lage sind, uns gegenseitig Dinge zu schicken."

„Was uns dazu bringen kann, uns an bestimmte Dinge zu erinnern." *Wie das, was draußen passiert ist.*

„Ja", flüsterte er. „Ich habe mich dir draußen vorgestellt und du hast mir den Rest gezeigt."

Ich erzitterte und streichelte wieder über meinen Hals. „Es war schrecklich."

Kylan rollte sich zur Seite, zog mich mit sich, sodass wir uns ein Kissen teilten, unsere Blicke waren ineinander verschränkt. Er fuhr mit seinen Fingern durch mein Haar und strich es aus meinem Gesicht zurück.

„Ich hätte da sein sollen, hätte dir zuhören sollen. Stattdessen habe ich dich Angelica überlassen und angenommen, sie würde dich beschützen." Seine Irritation bei diesem letzten Teil summte durch unsere Verbindung und ließ mich meine Stirn runzeln.

„Du gibst ihr die Schuld."

„Teilweise, ja. Aber am meisten mir selbst."

„Aber du gibst auch ihr die Schuld." Ich konnte seine tödlichen Absichten für sie spüren, nur weil sie mich schutzlos zurückgelassen hatte. „Ihr Erzeuger hat sie angerufen. Deshalb ist sie weggegangen." Ich verstand die Verbindung zwischen Schöpfer und Nachkommenschaft nicht ganz, aber ich stellte mir vor, dass er dadurch zu einer Art Vorgesetztem für sie wurde.

„Vilheim hat sie angerufen", wiederholte Kylan, eine Falte bildete sich auf seiner Stirn. „Das war ein ungewöhnlich gutes Timing."

Sein Kommentar löste eine Erinnerung bei mir aus. Irgendwas mit einem Zeitplan…

„Nicht, wenn wir einem Zeitplan folgen müssen. Er wird nicht mehr lange unsere Ablenkung sein."

Zeldas Worte schwirrten durch meinen Kopf. Zu dem Zeitpunkt hatte ich nicht gewusst, wen sie meinte, aber was, wenn–

„Sie Vilheim meinte", beendete Kylan den Gedanken für mich. „Er ist der Grund, weshalb ich sie eingestellt habe. Vilheim hat mir Zelda empfohlen." Sein Körper spannte sich an, seine Erinnerung an ihre Unterhaltung sickerte durch unseren Bund. Er versteckte nichts, ließ mich alles aus seiner Perspektive sehen. „Das ist zwei Jahre her."

Er vermutete, dass Vilheim sie mit der Absicht eingesetzt hatte, Kylan in Verruf zu bringen. Ich hörte ihm zu, während er die Pläne, Bedenken und potenzielle Partnerschaften durchdachte.

Vilheim ist nicht erfahren genug, um diese Region zu erben.

Aber unter jemand anderem könnte er ein Herrscher werden.

Also, welcher adelige Vampir hatte ihm Macht versprochen, dafür, dass er mich zu Fall brachte?

Namen gingen ihm durch den Kopf, Motive wurden beurteilt und zugewiesen, bis er eine feste Liste von Verdächtigen hatte, die versuchen könnten, sein Land zu übernehmen. Genauso wie eine Liste von Königen und Alphas, die aus purer Langeweile heraus, über ihn herfallen könnten.

„Unsere Soiree nächste Woche sollte witzig werden", murmelte er und in seinen Gedanken nahm ein Plan Gestalt an.

So schnell und sorgfältig und von unbestreitbarer Intelligenz.

Ich starrte ihn ehrfürchtig an und liebte diese Seite von ihm. Die komplizierten Träumereien eines klugen Wesens mit jahrtausendelanger Erfahrung. Die von ihm nach außen hin wahrgenommene Grausamkeit war das Ergebnis einer verhängnisvollen Verschwörung. Kylan gedieh nicht durch Schmerzen. Er bestrafte andere, um eine Aussage zu machen, um alle in Zaum zu halten. Und er trug das Gewicht der Region alleine auf seinen Schultern, vertraute niemandem, der ihm helfen könnte.

Er ließ seine Handfläche über mein Haar und dann in meinen Nacken gleiten.

„Ich habe noch niemanden so viel von mir sehen lassen, Raelyn." Ein Hauch von Angst unterstrich seine Aussage.

„Du glaubst, anderen zu vertrauen ist eine Schwäche", flüsterte ich und hörte die Bestätigung in seinen Gedanken.

„Anderen die Möglichkeit zu geben, mir zu schaden, ist ein Fehler, ja."

„Aber es kann dich auch stärker machen." Ich legte meine

Hand auf seine Wange und hielt seinen Blick. „Ich habe nur überlebt, weil ich darauf vertraut habe, dass Silas und Willow mir den Rücken freihalten. Sie haben mir geholfen, wenn ich kurzsichtig war, und ich habe mich dafür revanchiert. Manchmal kann ein Verbündeter die nötigen Hebel in Bewegung setzen, damit du Erfolg hast."

„Es ist ein Unterschied, ob man einen Verbündeten hat, oder jemanden, dem man sich anvertraut", antwortete er. „Ich habe viele Verbündete–"

„Denen du nicht vertraust", warf ich ein. „Du hast nicht einmal Judith gesagt, wo wir sind." Den Gedanken hatte ich belauscht, als er über seine rachsüchtigen Pläne für die Feier nachgedacht hat. „Und sie hat alles getan, um sich das zu verdienen." Zumindest nach dem, was er mir gezeigt hatte. „Du drückst diejenigen von dir, die dir helfen könnten, und verlässt dich allein auf dich selbst, um zu überleben. Das ist eine stressige Lebensweise."

„Es ist noch stressiger, sich permanent darüber Sorgen zu machen, wer dich betrügen könnte", konterte er. „Die Leute sind grausam, Raelyn. Ich habe gelernt, dass die einzige Person, der ich vertrauen kann, ich selbst bin."

Er badete mich in seinen Erfahrungen, zeigte mir, wie andere ihm in seinem sehr langen Leben geschadet hatten. Alle kleineren Vorfälle, die zusammengenommen zu einer soliden Schlussfolgerung führten – er konnte sich nur auf sich selbst verlassen.

„Ja, dem stimme ich zu. Dich nur auf dich zu konzentrieren, garantiert dir immer das Ergebnis, dass am meisten in deinem Interesse liegt. Aber das bedeutet nicht, dass du nicht darauf vertrauen kannst, dass andere dir helfen, Kylan. Du hast eine Handvoll schlechter Erfahrungen all deine Lebensentscheidungen bestimmen lassen." Ich presste meine Handfläche auf sein Gesicht. „Mein ganzes Leben wurde durch Vampire und Lykaner bestimmt, die meisten von ihnen waren grausam. Sollte ich dir deshalb wegen ihrem Verhalten nicht trauen?"

„Du vertraust mir nicht", sagte er leise. „Ich kann deine Unentschlossenheit sehen, Raelyn. Du hast Angst, dass ich dir wehtun könnte."

„Ja, und ich kann mir vorstellen, dass das noch eine ganze Weile so bleibt", gab ich zu. „Aber das bedeutet nicht, dass ich nicht das Risiko auf mich nehme, um dir die Chance zu geben, mir das Gegenteil zu beweisen." Und ich meinte es so. Selbst nach allem, was ich wegen ihm durchmachen musste, wollte ich ihm immer noch vertrauen. Ein Teil davon rührte von meinem Zugang zu seinem Verstand her, der mir die Möglichkeit gab, seine Motive und Methoden zu verstehen, aber ein größerer Teil davon war der Glaube meiner Seele daran, dass Kylan mein Schicksal war.

Ich konnte es nicht mal annähernd begreifen, aber ich verließ mich auf meine Instinkte.

Was hatte ich zu verlieren?

Absolut gar nichts.

Ich wurde als eine Dienerin in dieses Leben geboren und Kylan bot mir die Möglichkeit auf mehr. Näher würde ich an Unsterblichkeit und ein tatsächliches Leben nicht herankommen.

„Das sind nicht gerade die besten Gründe, um dem hier zuzustimmen, kleines Lamm", sagte Kylan, in seiner Stimme lag ein Hauch von Traurigkeit. „Aber sie sind praktisch."

„Welche anderen Gründe könntest du mir geben?", fragte ich leise und studierte sein Gesicht.

Ja, er hatte die letzte Woche hier verbracht und mich gesund gepflegt, aber die Sache, die mich gerettet hat – unser Bund – war nie geplant. Und wenn ich alles richtig verstanden hatte, erforderte es meine Treue, um unsterblich zu bleiben, nicht seine. Was für eine Art von Beziehung war das? Eine einseitige, in der ich von seiner Lebensenergie profitieren würde, während ich für die Ewigkeit treu sein musste, und er tun und lasse konnte, was er wollte.

„Du willst ein Versprechen", murmelte er und folgte meinen Gedanken. Er streifte mit seinem Daumen über meine Braue und ließ seine Finger nach oben gleiten, wo sie durch meine Haare strichen. „Das habe ich noch nie jemandem gegeben, Raelyn."

Ich nickte, hatte das alles schon in seinen Gedanken gesehen. „Ich weiß."

„Ich habe mich auch noch nie auf diese Weise mit jemandem verbunden gefühlt", fügte er hinzu. „Ich kann dir nicht sagen, was du erwartet solltest, weil ich es nicht weiß." Er neigte seinen Kopf zur Seite, seine dunklen Augen schienen zu kochen. „Aber ich weiß, dass ich dich will."

„Im Moment."

„Ja, im Moment." Er strich seine Lippen über meine, die Bewegung war langsamer und zärtlicher als sonst. „Ich denke, wir brauchen beide Zeit, um das zu verstehen."

Die er mir durch die Unsterblichkeit gegeben hatte. „Ja."

„Und zuerst müssen wir uns mit denen befassen, die versuchen, mich zu stürzen."

„Wir?", wiederholte ich und hob meine Augenbrauen.

„Oh, ja." Er knabberte an meiner Unterlippe, bevor er sich zurückzog. „Ich habe eine Idee und die schließt dich mit ein."

„Ich höre."

Seine Lippen kräuselten sich. „Ja. Ja, das tust du."

29

KYLAN

„Lilith, wie wunderbar von dir, uns mit deiner Anwesenheit zu beehren." Ich grüßte den blonden Vampir mit einer oberflächlichen Umarmung, nachdem sie die große Treppe hinabgestiegen war. Ihr tiefrotes Gewand gab alles preis und verlieh ihr eher ein teuflisches Aussehen, als ein göttliches. Sehr, sehr passend.

„Kylan", murmelte sie und hauchte mir einen Kuss auf die Wange. „Du weißt, dass ich nie eine von deinen Partys verpasse, so selten, wie sie heutzutage sind."

„Ja, es ist eine Weile her", murmelte ich und hielt ihr meinen Ellbogen entgegen, um sie in die Haupthalle zu begleiten. „Es ist nur immer zu viel zu organisieren und ich weiß nie, wer erscheint und wer nicht." *Und dein spätes Ankommen bedeutet, dass die Show endlich anfangen kann*, dachte ich mit einem inneren Grinsen. *Startet den Countdown.*

„Nun, von dem, was ich gehört habe, wollten die meisten unserer Gesellschaft kommen."

Ich lächelte. „Es ist fast, als erwarten sie irgendeine Art von Unterhaltung."

Ihre Lippen zuckten verschlagen. „Ich glaube, das tun sie."

Die Gerüchte über Raelyns Tod hatten sich verbreitet, etwas, wobei Jace geholfen hat. Ebenso hatte er in einem beiläufigen Tonfall erwähnt, dass es an der Zeit sein könnte, dass jemand anderes vorübergehend die Führung der Kylan Region übernimmt.

Das war auch der Grund dafür, weshalb heute Abend fast alle Könige und Alphas da waren.

Jace' unbedachte Äußerungen hatten zu Spekulationen geführt, ob er mich heute Nacht herausfordern würde.

Genau, was wir geplant hatten.

All diese gelangweilten Unsterblichen wollten eine Show.

Ich werde ihnen eine geben, nur nicht ganz die, die sie erwarteten.

„Ich bin mir sicher, es wird ein aufschlussreicher Abend, Kylan." Lilith zwinkerte, als sie ging, um sich unter die anderen zu mischen, ihre Intrige war offensichtlich. Es gab einen Grund dafür, dass sie den höchsten Thron bestiegen hatte. Ihr Alter und ihre Erfahrung zeichneten sie als Königin auf dem Schachbrett aus. Strategie war ihre Version eines Vorspiels, und die Kunst hatte sie schon vor langer Zeit gemeistert.

Ich bewunderte sie genauso sehr, wie ich sie verachtete.

Du verursachst bei mir Herzklopfen, flüsterte Raelyn und brachte meine Lippen zum kräuseln.

Ich nahm eine Champagnerflöte von einem vorbeigehenden Diener, um meine Reaktion hinter dem Glas zu verstecken. *Warum? Weil ich deine religiösen Ansichten zerstöre, kleines Lamm?*

Du zerstörst eine Menge Dinge.

Ich nippte amüsiert an der blutgetränkten Flüssigkeit. *Gut. Erinner mich daran, dir irgendwann mal ein paar religiöse Schriften zu zeigen. Ich denke, einiges davon wird dir bekannt vorkommen, auch wenn es etwas altertümlich formuliert ist.*

Ihre Belustigung flatterte durch mich hindurch und lenkte

mich fast von meiner bevorstehenden Aufgabe ab, aber nur fast. *Bei dir ist alles gut, ja?*

Es geht mir immer noch genauso, wie vor fünf Minuten, als du das letzte Mal gefragt hast.

Willst du mich dafür verurteilen, dass ich mir Sorgen mache? Mikael und Zelda waren in dem gleichen Gebäude wie sie, wenngleich ihnen ihre Anwesenheit völlig unbewusst war. Die Einzigen, die wussten, dass Raelyn am Leben war, waren Judith, Darius, Juliet und Jace. *Judith ist immer noch bei dir, oder?*

Ihr geistiges Seufzen hätte mich beinahe wieder lächeln lassen. *Ja, Kylan.*

Sie wird besser—

Nirgendwo hingehen, beendete sie den Satz für mich. *Ja, wissen wir. Und ich werde dir sagen, wenn irgendwas nicht stimmt, wie ich es jetzt schon eintausend Mal versprochen habe.*

Meine Lippen zuckten bei ihrem mir vertrauten Feuer. *Hör auf, so aufsässig zu sein.*

Hör auf, so sprunghaft zu sein.

„Du scheinst bei guter Laune zu sein", säuselte eine vertraute Stimme. Robyn ließ ihre Nägel über meinen Bizeps gleiten. „Was bringt dich so zum Grinsen?"

„Ein Mann gibt niemals seine Geheimnisse frei, Schätzchen. Das weißt du doch." Ich küsste sie auf die Wange, was ein Knurren von Raelyn in meinem Kopf auslöste. *Beruhig dich, kleines Lamm. Robyn ist nicht mein Typ.*

Hättest du gerne, dass ich einen anderen Mann küsse?

Beinahe hätte ich die Flöte in meiner Hand zerbrochen. *Absolut nicht.*

Dann hör auf, andere Frauen zu küssen.

Das ist Teil meiner Scharade, Liebes.

Ihre Antwort war ein Schnauben, das offenbarte, was sie davon hielt.

Ihre Besessenheit ist eigentlich recht liebenswert, Raelyn.

Du wirst es nicht mehr so liebenswert finden, wenn ich dich wieder beiße. Sie schickte mir ein Bild, das zeigte, wo genau sie vorhatte, mich zu beißen, was mich laut loslachen ließ.

An diesem Punkt, Liebste, könnte mich selbst diese kleine Aufmerksamkeit kommen lassen. Es war fast zwei Wochen her, dass ich in ihr gewesen war, hauptsächlich, weil ich wollte, dass sie vollständig geheilt und für heute Nacht vorbereitet war. Und teilweise als Ergebnis von Raelyns Bedenken über unseren Bund.

„Kylan?", fauchte Robyn und lenkte meine Aufmerksamkeit wieder auf sie.

„Es tut mir leid, Darling. Hast du etwas gesagt?"

Ihre blauen Augen weiteten sich. „Was zum Teufel ist in dich gefahren?"

„Ich hatte einen sehr erleuchtenden Monat", antwortete ich. „Und ich bin nicht mehr ganz ich selbst."

Echte Besorgnis lag in ihrem Ausdruck. „Kylan–"

„Eigentlich", sagte ich laut und hatte mich entschieden, die Show anfangen zu lassen. „Jetzt, da alle da sind, würde ich gerne ein paar Worte sagen." Ich stellte mein Getränk auf einen Tisch in der Nähe und schlenderte in die Mitte des Raumes.

Bereit, Raelyn?

Es ist ja nicht so, als hätte ich jetzt noch eine Wahl, dachte sie zu mir zurück, ihre geistige Stimme schien amüsiert. *Sag einfach das Wort und ich bin da.*

Mein daraus resultierendes Lächeln ließ ein paar Gäste einen Schritt zurück machen. Offensichtlich dachten sie alle, ich wäre verrückt. Das würde lustig werden.

„Vielen Dank euch allen, dass ihr mir an diesem Abend in Kylan City Gesellschaft leistet. Ich weiß, es ist schon eine Weile her, seit ich als Gastgeber aufgetreten bin, und ich dachte einfach, dass es angesichts der jüngsten Ereignisse ein großartiger Zeitpunkt wäre, euch alle ein bisschen zu unterhalten."

Mehrere Vampire kicherten darüber, die Absichten waren klar. Sie alle waren heute Abend hier versammelt, weil sie eine gute Show erwarteten, und ich hatte gerade bestätigt, dass ich sie ihnen geben wollte.

„Wie ihr alle gehört habt, habe ich kürzlich aus Spaß meinen Harem massakriert und meine neuste Gemahlin wurde vom selben Schicksal getroffen. Um fair zu sein, sie war von Anfang an eine kleine aufsässige Frau, wie einige von euch beobachten konnten, nicht wahr?"

Im ganzen Raum ertönte ein zustimmendes Gemurmel, während Raelyn in meinem Kopf spottete. *Vielen Dank dafür.*

Gern geschehen.

Klugscheißer, knurrte sie, was mich ungemein unterhielt. Ich liebte diesen Klang. Er brachte mich dazu, ihn im Schlafzimmer aus ihr heraus kitzeln zu wollen, vor allem in Form meines Namens.

Hör auf, mich abzulenken, du kleines Biest. Ich habe hier eine Show vorzuführen.

Dann mach doch damit weiter.

Ich räusperte mich, um das Lachen zu verbergen, das drohte, aus mir herauszubrechen. Raelyn machte das hier fast schon zu einem Vergnügen – eine Emotion, die ich angesichts der anstehenden Aufgaben brauchen würde.

„Oh, bevor ich fortfahre, darf ich euch die Küche des heutigen Abends präsentieren?" Ich schnipste zwei Mal, um Cherise zu zeigen, dass es Zeit für die Präsentation war.

Die ehemalige Rezeptionsleiterin hatte sich bei der Organisation der Speisesäle des K-Hotels als sehr fähig erwiesen, sodass ich mich entschlossen hatte, ihr eine weitere Gelegenheit zu geben, mich zu beeindrucken – dieses Mal durch das Catering für die heutige Veranstaltung im Ballsaal des Hotels.

Maeve hatte ebenfalls bei der Organisation der Zimmer für alle Gäste geholfen und jeden angemessen begrüßt. Dem neuen Hotelmanager stand es bevor, sie als Mitarbeiter für sich zu gewinnen. Eine weitere Bekanntgabe für den heutigen Abend.

Menschen in unterschiedlich freizügigen Dessous kamen aus der Küche, die Hände voll mit Tabletts. Es war typisch für einen Gastgeber, Blut anzubieten. Ich bat Cherise, zu improvisieren, indem sie beliebte Hors d'oeuvres mit Blut versetzte, und die freizügigen Outfits waren eine extra Würze zur Unterhaltung.

Beifall strömte durch den Raum, als die Sterblichen bewundert und gestreichelt wurden. Die wenigen anwesenden Lykaner zogen die fleischigeren Vorspeisen vor, während sich die Vampire mehr auf die Opfergaben der Sterblichen als auf die Nahrungsoptionen konzentrierten.

Falls jemand wünschte, nach der Feier einen Menschen mit nach oben zu nehmen, könnte ich es ihnen nicht verwehren. Nicht, ohne Verdacht zu erregen. Ob es mir gefiel oder nicht, das war die Natur unserer Welt.

Zelda erschien in dem Mix, ihr Ausdruck war verwirrt und ihre Augen schossen suchend umher.

Ich hatte Cherise absichtlich gebeten, die Frau mit aufzustellen. Normalerweise versteckte sie sich in der Küche. Nicht heute Nacht.

Und schließlich Mikael. Für ihn hatte ich etwas sehr Spezielles gefordert.

Er schlenderte im Smoking hinaus, begleitet von zwei meiner Sicherheitskräfte – beides Dinge, die ihn als mir ebenbürtig kennzeichneten, nicht als meinen Diener.

Es war das erste Mal seit der Nacht von Raelyns Mord, dass ich ihn sah, und es kostete mich erhebliche Anstrengung, meine Lippen zu einem willkommenen Lächeln nach oben zu ziehen.

„Ah, meine liebste Blutjungfrau", murmelte ich, während sich Stille im Raum ausbreitete, der Schock darüber, wie ich ihn gekleidet hatte, war deutlich zu spüren, als alle ruhig wurden. „Ich habe ihn seit zwei Wochen nicht gesehen", informierte ich sie alle. „Nach dem, was mit meiner Gemahlin passiert ist, befürchtete ich, meinen liebsten Mikael könnte dasselbe Schicksal ereilen, und entschied, ihn zu seiner eigenen Sicherheit aus meiner Reichweite zu halten."

Ein schwaches Rot zeichnete sich auf seinen Wangen ab, als er mit gekräuselten Lippen zu mir kam. Er hatte meine Worte zu interpretiert, wie ich es wollte – als eine unterschwellige Entschuldigung dafür, ihn so lange allein gelassen zu haben. Ich wollte, dass er glaubte, dass ich ihn beschützen wollte, während alle anderen glaubten, ich wollte ihn vor meinem eigenen Irrsinn beschützen. Ihn als Ebenbürtigen zu kleiden, bewies nur noch mehr meinen nachlassenden Geisteszustand – zumindest für den normalen Beobachter.

Er blieb neben mir stehen, seine Haltung war unterwürfig, aber er strahlte immer noch einen Hauch Selbstvertrauen aus. Es tat mir physisch weh, nicht auf seine Nähe zu reagieren.

Er hatte mich betrogen. Mich hintergangen. Raelyn wehgetan.

Und doch besaß der Bastard die Dreistigkeit zu lächeln, als ob alles in der Welt in Ordnung wäre.

Ich hatte ihm alles gegeben.

Und ich würde ihn mit nichts zurücklassen.

Ich presste meine Hand auf seinen unteren Rücken, eine Geste der Unterstützung, die half, die wachsende Spannung in meinen Armen zu verbergen.

Fast da, sagte ich zu mir selbst, als der Drang nach Vergeltung mein Blut zum Kochen brachte.

De letzten Züge der Fleischparade ließen mehrere Leute in der Masse nach Luft schnappen, darunter auch Lilith selbst. Bis jetzt schien sie unbeeindruckt, aber endlich öffnete sich ihr Mund, als Angelica unter dem Gewicht mehrerer Silberketten hinein stolperte. Ihre abgemagerte Gestalt zitterte, ihre dunklen Augen wirkten verrückt, durch den Mangel an Blut.

Kylan... Raelyns Unbehagen kühlte meine Nerven. Ich hatte diesen Teil meines Plans zwar erwähnt, aber sie hatte bisher nicht ganz verstanden, was meine Absicht war.

Vertrau mir, Liebling, flüsterte ich. *Ich muss mich konzentrieren.*

Okay, antwortete sie und erwärmte mein Herz. Ich hatte erwartet, dass sie zögern würde, aber das tat sie nicht. Nicht einmal für eine Sekunde.

Danke. Ich umschmeichelte ihren Verstand mit meinem, eine intimer Version einer Umarmung.

Angelica blieb mit gebeugtem Kopf vor mir stehen. Der Größere von den beiden Wachen, die Mikael eskortiert hatten – Gavin – trat vor, gab ihr einen Schubs und zwang sie auf die Knie. Sie wimmerte, als sie landete, das Silber grub sich in ihre Haut. Im Gegensatz zu Lykanern waren Vampire immun gegen das Edelmetall, aber die Ketten waren dick und schwer, besonders für jemandem in einem so ausgezehrten Zustand.

„Hmm, einer fehlt noch." Für die Show tat ich so, als würde ich mich umschauen, dabei wusste ich genau, wo das Wiesel stand. „Oh!" Ich traf den Blick des Gauners und lächelte theatralisch. „Vilheim, diese gehört zu dir, richtig?"

„Ja, mein Prinz", antwortete er und hob eine Braue.

„Dann solltest du uns Gesellschaft leisten." Ich betonte die Einladung mit einer großen wellenartigen Bewegung meiner Hand und war mir völlig im Klaren darüber, wie verrückt ich auf alle wirkte. Aber es war entweder dieser Weg oder alle Beteiligten ohne Begründung töten, und das hier gefiel mir wesentlich besser. Vor allem, weil ich hoffte, dass so der wahre Strippenzieher ans Licht treten würde.

Nach einer ausführlichen Diskussion mit Darius und Jace, waren wir zu dem Entschluss gekommen, dass der Schuldige jemand sein musste, der sich nach ein bisschen chaotischem Spaß sehnte. Denn alle, die berechtigt wären, mein Territorium zu beanspruchen, waren entweder nicht daran interessiert zu expandieren oder viel zu weit entfernt, um wirklich Anspruch auf mein Land zu erheben. Und während ich genauso viele Feinde hatte wie der nächste König, würde der Beweis meines Irrsinns nur wenig Belohnungen einfahren und ihm meine Rache sichern.

Was bedeutete, dass ich es auf eine Handvoll Kandidaten einschränken konnte, und nur zwei von diesen Kandidaten hatten sich erbarmt, an dieser Veranstaltung teilzunehmen.

Robyn und Walter. Der alte Alpha war gerade dabei, abzutreten. Sein hohes Alter zwang ihn dazu. Er würde ein letztes Spektakel unter den ranghöheren Mitgliedern der Gesellschaft genießen, vor allem, wenn ich ihm ein Vermächtnis hinterlassen würde, das er genießen konnte.

Natürlich bedeutete das nicht, dass ich Robyn weniger verdächtigte. Sie konnte es ebenso gut sein, vor allem, wenn man bedenkt, wie gerne sie andere verarschte.

„Vilheim", grüßte ich, als er mit gelangweiltem Ausdruck neben uns zum Stehen kam. „Jetzt können wir anfangen." Ich nahm die stille Menge in mir auf, zufrieden, dass sie mehr an mir interessiert zu sein schienen, als an den halbnackten Menschen, die im ganzen Raum zur Schau gestellt wurden. Perfekt. „Was würdet ihr alle davon halten, einen Vampirgericht beizuwohnen?"

„Das kommt darauf an, was man ihr vorwirft", antwortete Lilith, ihre Gesicht war bedacht ausdruckslos.

„Mord." Dieses einzelne Wort löste Gemurmel aus und sorgte für verwirrte Blicke. „Richtig, vielleicht sollte ich das erklären. Es wurden bestimmte Gerüchte bezüglich meines geistigen Zustands verbreitet, die ich auch gar nicht in Frage stellen will, aber die Annahmen, die meinen Harem betreffen, würde ich gerne ansprechen. Seht ihr, ich habe nämlich keinen von ihnen getötet."

Die Stimmen wurden lauter, mehrere verlauteten ihren Unglauben und das Gekicher von anderen erfüllte die Luft.

„Oh, komm schon, Kylan. Wir wissen alle, dass du eine Vorliebe für Blut hast", sagte Robyn, ihre Stimme war erfüllt von humorvoller Überraschung.

„Zweifellos", stimmte ich zu. „Aber nicht für rücksichtslosen Mord. Ich war nicht zu Hause, als mein Harem getötet wurde, und Raelyns Mord fand statt, als ich draußen war, um zu laufen. Ich habe Angelica gefunden, wie sie sich über die Leiche beugte und von dem Blut meiner Gemahlin überströmt war. Deshalb habe ich sie weggesperrt und zwei Wochen lang hungern lassen. Heute Nacht stelle ich sie wegen dem Mord an meinem Eigentum vor Gericht."

Ein Chor aus Unglauben und offenkundiger Verärgerung wurde laut. Mehrere sagten, sie könnten nicht glauben, dass ich verrückt genug wäre, jemand anderem die Schuld daran zu geben. Andere behaupteten, die Bestrafung eines Vampirs für den Mord an einem Sterblichen wäre lächerlich. Und wieder andere seufzten, dass ich jetzt offiziell meinen Verstand verloren hatte. Offensichtlich.

„Genug." Lilith hob eine Hand, beruhigte die Menge, in ihren scharfen, grünen Augen spiegelte sich ihr Wissen. „In Ordnung, Kylan. Ich bin interessiert. Fahr fort."

Ich lächelte. Sie hatte dem Prozess nicht nur wegen Angelicas Sünden zugestimmt, sondern auch wegen meinen. Wenn das hier in die falsche Richtung lief, würde sie den Vorfall nutzen, um mich als psychisch labil zu brandmarken. Das würde ich an ihrer Stelle auch tun.

„Dankeschön, Lilith." Ich neigte meinen Kopf in gegenseitigem Einverständnis und entließ Mikael, um mit den Händen auf dem Rücken um den in Ketten liegenden Vampir herumzulaufen. Sie erschien so gebrochen und fragil, dass ich mich beinahe schlecht fühlte, aber dann erinnerte ich mich daran, wie sie Raelyn verlassen hatte. „Du weißt, für welchen Mord ich dich anklage, Angelica. Worauf plädierst du?"

„Ich h-habe es n-nicht getan", flüsterte sie und schüttelte ihren Kopf. „D-das habe i-ich nicht."

„Das ist faszinierend, wenn man bedenkt, dass ich dich blutverschmiert am Tatort vorgefunden habe. Erklär mir, was passiert ist."

„Ich... Ich h-habe mir V-Vilheim gesprochen." Sie machte eine Pause und zitterte heftig. „I-ich habe sie so gefunden. Ich habe sie gefunden, n-nachdem ich aufgelegt hatte."

Meine Augenbrauen hoben sich in gespielter Überraschung, mein Blick wanderte zu Vilheim. „Sie benutzt sich als ein Alibi. Kannst du das glauben?"

Er lachte, seine Vorstellung war einwandfrei. „Das ist lächerlich. Warum sollte ich sie anrufen?"

„D-das hast du!" Sie hob ihren Kopf, in ihrem Blick lag ein Feuer, in dem Verzweiflung und Zorn loderte. „D-du hast mich angerufen!"

Er trat einen Schritt vor, aber ich hielt ihn mit einer Hand auf der Schulter zurück. „Shh, lass sie ausreden", regte ich an. „Wenn überhaupt, dann amüsiert es mich."

Er richtete sein Jackett, trat wieder zurück und nickte. „Ja. Schön. Aber ich will die Ehre haben, sie zu töten."

„Natürlich", antwortete ich. „Die Ehre gehört ganz dir." Ich ging vor Angelica in die Hocke und begegnete ihrem wütenden Blick. Die Meisten in ihrer Lage würden schluchzen, aber sie schien bereit zu sein, einen Mord zu begehen. „Was hat er gesagt, als er dich angerufen hat?"

„Er hat mich gefragt, was ich für Euch machen soll", knurrte sie. „Er wollte wissen, was mit Rae ist." Bei diesen letzten Worten versagte ihr beinahe die Stimme. „Ich h-hätte sie nicht alleine lassen sollen. Aber ich h-habe sie nicht getötet. Ich schwöre es."

Vilheim schnaubte. „Das war nicht sehr unterhaltsam. Wieso sollte ich mich für eine Gemahlin interessiere?"

Ich stand auf und richtete meine Krawatte. „Ja, in der Tat, warum?"

Bist du bereit, Raelyn? fragte ich, während ich einen nachdenklichen Gesichtsausdruck vortäuschte.

Ja. In ihrer sofortigen Antwort brannte ein Feuer. Sie wollte Angelica rächen, obwohl sie die Frau kaum kannte. Ich bewunderte ihre Beharrlichkeit und den Sinn für Loyalität, auch wenn ich ihn in Frage stellte. *Sie wurde schon genug bestraft, Kylan.*

Wurde sie das? Gab ich zurück und schaute auf die abgemagerte Frau hinunter. Ich habe ihr eine Aufgabe gegeben und sie hat versagt.

Aber sie ist nicht diejenige, die mich angegriffen hat.

Du wärst nicht angegriffen worden, wenn sie ihren Job gemacht hätte, hob ich hervor.

Sie seufzte in meinen Gedanken. *Sie hat genug gelitten.* Eine Wand aus Schuld traf mich, Raelyn entfesselte ihren inneren Kampf, als sie sah, wie Angelica für etwas diszipliniert wurde, das ihrer Meinung nach unkontrollierbar war. *Bitte, Kylan.*

Mein Befehl stand über allem anderen in diesem Gebiet, etwas, das Angelica hätte wissen sollen, bevor sie diesen Anruf entgegengenommen hat. Aber Raelyns Unbehagen zu lindern, bedeutete für mich mehr, als an Angelica ein Exempel zu statuieren.

Also gut, kleines Lamm. Es ist Zeit.

„Ich habe das Gefühl, als würden wir einen weiteren Zeugen benötigen", sagte ich in den Raum und schaute mich um. „Jemand, der vielleicht den Wert von Angelicas Aussage über das, was passiert ist, beurteilen kann." Ich zog ein Gerät aus meiner Tasche und drückte einen Knopf. „Judith, wir sind bereit für dich."

„Natürlich, mein Prinz", antwortete sie über die Freisprecheinrichtung und spielte ihre Rolle wie verlangt.

Mikael wurde merklich angespannter, aber Vilheim blieb unberührt. Ich konnte es kaum erwarten, zu sehen, wie seine Schale zerspringen würde.

Hektik und Spekulationen schwirrten durch die Luft, die Mehrheit der Gäste war ruhig und interessiert, während einige wenige meinen Geisteszustand im Flüsterton in Frage stellten. Durch den Raum hindurch traf Jace meinen Blick. Sein eisiges Starren gab nichts Preis, aber ich wusste, dass er es guthieß. Das hier war genau so, wie er es machen würde.

Pumps klackerten über die Fliesen und ließen mehrere Blicke zu dem Eingang des großen Ballsaals wandern.

Meine Lippen fingen an, sich nach oben zu ziehen. Ich war bereit, meine große Überraschung willkommen zu heißen.

Sie erschien am oberen Ende der Treppe, ihre rostbraunen Strähnen hoch auf dem Kopf drapiert, um die zarte Kontur ihrer Kehle freizulegen. Das rote Kleid, das ich für sie ausgesucht hatte, lief bis auf den Boden und war suggestiv an ihren Oberschenkel eingeschnitten, während sich der opake Stoff an jedem Zentimeter ihrer Haut festhielt, ohne sie zu entblößen.

Umwerfend, dachte ich und lächelte breit. „Darf ich euch meine *Erosita* Raelyn vorstellen."

30

RAE

Chaotische Gespräche und Geflüster, die Unglauben ausdrückten, flogen mir entgegen, als ich die Treppe hinabstieg, meine Beine zitterten und ich musste ich anstrengen, zuversichtlich zu bleiben. Judith ging hinter mir, ihre Anwesenheit half mir, diesen Moment zu überstehen.

Ich konnte ihre Blicke auf mir fühlen.

Den Hunger.

Den Schock.

Die allgemeine Letalität, die im Raum lauerte.

Lykaner und Vampire, die meisten mit hohem Status, wartete alle darauf, dass ich mich als ihre Starzeugin zu ihnen gesellte.

Einfach atmen, kleines Lamm, flüsterte Kylan, sein Geist umarmte meinen. *Ich warte unten auf dich.*

Ich konnte ihn nicht sehen, meine Augen waren abgewandt, was die Unterwürfigkeit meiner Rolle erforderte. Zu wissen, dass er da war, half mir, mich schneller zu bewegen, meine Pumps klackerten über die Marmorstufen und mein Kleid wehte mit jedem Schritt.

„Hallo, kleines Lamm", begrüßte mich Kylan, seine Hand

legte sich um meinen Nacken, um mich zu küssen, als ich unten angekommen war. „Du siehst köstlich aus."

„Dankeschön, mein Prinz." Ich flüsterte die Worte gegen seine Lippen, mein Herz schlug mir in den Ohren.

Ich habe dich, Liebes, versprach er. *Vertrau mir.*

Wärme floss durch meine Gedanken und durch mein Blut. *Ich weiß.*

Er trat einen Schritt zurück und breitete seine Arme aus. „Jetzt lasst uns sehen, ob wir ein paar ordentliche Antworten bekommen."

Ein bisschen der Hitze floh aus meinem Körper, als Kylan mich näher zu Mikael führte. Gavin stand schützend hinter ihm, während er Mikaels Bizeps festhielt. Andere würden denken, er wollte die Blutjungfrau beschützen, und vielleicht hatte Kylan ihm das sogar gesagt. Aber ich kannte die Wahrheit, genau wie Mikael. Seine hellen Augen begegneten meinen, Grauen vermischt mit Trauer strahlten von ihm aus.

Weil er sich schlecht fühlte, wegen dem, was er mir angetan hat?

Oder weil ihm seine Situation leid tat?

Wenn es ihm leid täte, was er dir angetan hat, dann würde wenigstens ein bisschen Erleichterung von ihm ausgehen. Ich spüre keine. Die letzten drei Worte waren nur noch ein Knurren in meinem Kopf, Kylans Missfallen richtete die Härchen auf meinen Armen auf. Er hatte erwartet – gehofft – Mikael würde einen Hauch von Zustimmung fühlen, darüber, dass ich am Leben war, aber sein Puls klingelte hauptsächlich aus Angst. Was für Kylan der Beweis war, dass Mikael sich nur um sich selbst sorgte.

Tiefe Traurigkeit kroch durch unsere Verbindung, Kylan war verzweifelt darüber, seine Blutjungfrau im Stich gelassen zu haben.

Aber das hast du nicht, sagte ich ihm bestimmt. *Du hast Mikael besser behandelt, als jeder andere es jemals hätte oder würde.*

Ja, allerdings hat er sich immer mehr von mir gewünscht. Etwas, das ich ihm nicht geben konnte. Er eröffnete mir eine Reihe von Gedanken, zeigte mir, was er meinte.

Mikael kümmerte sich durch kleine Gesten um Kylan, brachte ihm sein Abendfrühstück und Kaffee, servierte ihm Wein. Tat, worum auch immer er gebeten wurde, auch wenn es ihm offensichtlich wehtat.

Er sagte nie nein.

Er gehorchte immer.

Und er hörte nie auf, Kylan so anzusehen, als ob er der einzige Sinn seines Lebens wäre. Seine Sehnsucht war in jedem Blick zu sehen, sein Körper beugte sich jedem Willen, der ihm auferlegt wurde, und sein Herz war immer da, um alles zu ertragen.

Liebe, realisierte ich. *Er wollte deine Liebe.*

„Also gut, wo waren wir?", fragte er laut, anstatt mir zu antworten.

Als ich Mikaels gebrochenen Ausdruck sah, brauchte ich keine Bestätigung mehr. Seine Trauer rührte daher, dass er wusste, dass er Kylan im Stich gelassen hatte und ihn nie wieder haben würde. Dass er die Liebe seines Lebens für immer verloren hatte. Und jeder würde das nach dem heutigen Abend wissen.

„Oh, richtig, Angelica sagte, sie musste einen Anruf entgegennehmen und hat Raelyn deshalb alleine gelassen. Ich bin neugierig darauf, die Seite meiner *Erosita* von dieser Geschichte von zu hören, immerhin hat sie sie mit durchlebt." Er wandte sich zu mir, seine Finger hoben mein Kinn, um seinen Blick zu treffen. „Sprich." Ein Hauch von Übermut folgte dem Wort durch den Bund, seine Art zu versuchen, unsere dunkle Situation aufzuhellen, indem er mich an unsere erste gemeinsame Zeit erinnerte.

Ich verengte meinen Blick. *Ich bin kein Hund, Kylan.*

Ja, dessen bin ich mir durchaus bewusst, Haustier. „Jetzt, Raelyn."

„Angelica und ich waren draußen, als ihr Telefon klingelte.

Sie sagte, es sei Vilheim, ihr Erzeuger, und sie müsse den Anruf annehmen. Kurz danach fand mich Mikael." Ich machte eine Pause und schaute ihn von der Seite aus an, in seinen hellen Augen standen Tränen. Mein Herz stotterte, als Unsicherheit mich erfüllte.

Was wirst du ihm antun?

„Was ist als nächstes passiert, Raelyn?", fragte Kylan. *Es tut mir leid, Liebes, aber du musst das für mich sagen.*

Aber was wirst du ihm antun? fragte ich, mein Fokus lag immer noch auf Mikael, der neben uns zerbrach. Er wusste, was kommen würde. Er kannte sein Schicksal. Die Aussicht auf Rache hätte mich begeistern sollen, aber alles, was ich fühlte, war ungeheure Traurigkeit für unsere Situation. Er hatte so viel unternommen, um Kylan für sich zu behalten, alles auf Kosten seines eigenen Lebens.

Ich weiß noch nicht, was ich tun werde, gab Kylan leise zu. *Aber du musst die Geschichte zu Ende erzählen.*

Das Unbehagen und die Erwartungen der Menge kamen immer näher, ihre Spannung auf das, was ich zu sagen hatte, überwältigte mich. Ich schluckte, zitterte und schloss meine Augen, unfähig, den Anblick von Mikaels Tränen noch länger zu ertragen.

Ich atmete tief ein und beruhigte mich. „Mikael ging ein Stück mit mir, sagte, er würde mich mögen und entschuldigte sich, aber ich verstand nicht, weswegen. Dann erschien Zelda mit einem Messer, sagte etwas davon, dass mein Tod der letzte Nagel in Eurem Sarg wäre, und dass Mikael sich beweisen sollte, indem er mich tötete. Also schnitt er mir die Kehle durch, bevor er weiter auf mich einstach."

Ich zuckte zusammen, als ich mich an die scharfe Klinge erinnerte und daran, wie mein Brustkorb durchstochen wurde, und ich in meinem eigenen Blut ertrank–

Plötzlich legte Kylan seine Hand um meinen Nacken und drückte sanft. Meine Augen flogen auf, um seinem hitzigen

Blick zu begegnen, sein Ausdruck riss mich auf der Stelle wieder zurück in die Gegenwart.

„Klingt, als könnten deine Menschen eine Lektion in Disziplin vertragen", bemerkte eine Frau aus der Menge.

Kylans Aufmerksam richtete sich langsam auf die Frau – Robyn, wurde mir klar – und sein Blick verengte sich. „Willst du damit andeuten, dass Sterbliche intelligent genug sind, so einen Plan selbst zu schmieden?"

„Naja, mir ist nicht aufgefallen, dass hierbei irgendein Vampir erwähnt wurde, also ja."

Seine Lippen kräuselten sich, als er meinen Nacken losließ und mich an seine Seite zog, damit ich ihr gegenüberstand. „Interessant, dass du das erwähnst. Siehst du, durch die Erinnerung, die ich aus dem Kopf meiner *Erosita* bekommen habe, kann ich bestätigen, dass Angelica tatsächlich einen Anruf von Vilheim bekommen hat, weil ich seine Nummer auf dem Telefon in Raelyns Kopf sehe. Hinzu kommt ein Satz von Zelda, die etwas über einen Zeitplan sagte, und dass er sie nicht mehr lange hinhalten könnte."

Er schnipste mit den Fingern zu seiner Linken, wo Judith mit einer tränenüberströmten Zelda im Arm auftauchte. Ich hatte nicht einmal bemerkt, wie sie gefangen genommen wurde, aber sie jetzt zu sehen, erhitzte mein Blut, das sich nach Vergeltung sehnte.

Mein Blick verengte sich. *Du.*

„Ich werde dich töten, Zelda", sagte Kylan flach. „Die Frage zu diesem Zeitpunkt ist nur noch, ob es ein schneller oder ein langer, qualvoller Tod wird. Möchtest du etwas zu Raelyns Worten sagen?"

Sie wurde bleich und schaute mit einem flehenden Blick an meiner Schulter vorbei.

Kylan folgte dem Blick und drehte sich um. Ein dunkelhaariger Vampir mit aschfahlen Gesicht starrte zu uns zurück, sein Ausdruck war nicht lesbar.

„Oh, richtig", sagte Kylan. „Ja, für die, die es nicht wussten, Vilheim war früher Zeldas Besitzer, aber er hat sie mir geschenkt, nachdem ich eines von ihren Desserts gelobt hatte." Er drehte sich wieder, um sie anzusehen. „Ich fange an zu glauben, dass das kein Zufall war, Zelda. Ich schlage dir vor, dass du anfängst zu reden, weil er dir nicht helfen kann, und vertrau mir, es kitzelt mir in den Fingern, jemanden dafür zu bestrafen, was meinem Eigentum angetan wurde."

Seine Wortwahl stach in meinem Herzen, bis ich die Absicht dahinter erkannte. Kylan konnte es nicht riskieren, dass jemand wusste, dass ich ihm tatsächlich etwas bedeutete. Er musste stark und unfehlbar erscheinen, nicht geschwächt durch seine Emotionen.

„Ich… ich…" Sie fing an zu schluchzen, ihre Beine gaben nach und schickten sie zu Boden.

„Vilheim hat ihr gesagt, dass sie es tun soll", sagte Mikael ruhig. Sein Herz lag in seinen Augen, als er nur Kylan ansah. „Ich habe herausgefunden, dass sie ihn hereingelassen hat, um die Mädchen, den Harem, zu zerstören, während wir unterwegs waren. Als–"

„Du hast es herausgefunden?", wiederholte Kylan.

„Ja. Ich habe einen blutigen Pullover in ihrem Zimmer gefunden und als ich sie danach gefragt habe, ist sie zusammengebrochen und hat mir erzählt, was passiert ist. Ich wollte es sagen, aber sie hat Vilheim angerufen. Und…" Mikael brach ab und fing an zu zucken, sein Ausdruck brach wieder komplett zusammen. „E-er sagte, wenn ich ihnen helfe, Euch zu entehren, würde er sicherstellen, dass ich mit ins Exil komme. Rae war meine Aufgabe." Seine blaugrünen Augen trafen meine. Reue strahlte von ihnen aus, bevor er sich wieder auf Kylan konzentrierte. „Es tut mir–"

„Lass es", knurrte Kylan, Schmerz splitterte durch unseren Bund. Er konnte es nicht ertragen, das zu hören, nicht jetzt, während er seine emotionale Zerbrechlichkeit verstecken musste. „Gibt es noch etwas anderes, was du sagen möchtest, Vilheim?" Langsam drehte er sich zu dem kleineren Mann, wobei er von mir abließ. Während Kylans Äußeres Ruhe ausstrahlte, brannte sein Zorn zwischen uns. Er wollte töten.

„Möchtest du, dass ich für dich spreche?", drängte Kylan und hob seine Augenbrauen. „Weil, wenn ich schätzen müsste, würde ich sagen, du wolltest meinen geistigen Zustand in Verruf bringen, damit jemand anderes meine Region übernimmt, und dir mehr Macht zuspricht. Ich meine, wir wissen beide, dass dein Alter nicht einmal annähernd geeignet wäre, um selbst eine Region zu erben, was bedeutet, dass ein neuer Führer die einzige Option ist. Und da drängt sich mir die Frage auf: An welchen König hast du dabei gedacht?"

„Das ist eine heftige Anschuldigung", sagte die Göttin und stellte sich neben Kylan. „Allerdings bin ich jetzt ebenso neugierig, Vilheim. Und wie du weißt, wird Verschwörung gegen einen König, ganz zu schweigen von *deinem* König, mit dem sofortigen Tod bestraft. Ich bin mir sicher, Kylan wird diese Strafe so lange wie möglich hinauszögern wollen." Sie hob eine blonde Braue und schaute ihn an.

„Unbedingt", bestätigte Kylan.

Sie nickte. „Wie ich dachte. Vilheim, ich empfehle dir, schnell zu reden, bevor Kylan dir zum Spaß die Zunge rausschneidet."

Ein schreckliches Bild formte sich in meinem Kopf, die Wünsche von Kylan. Seine Hand griff nach meiner, bevor ich zusammenzucken konnte, und seine Berührung beruhigte mich.

„Er ist wahnsinnig", sagte Vilheim. „Bestimmt seht ihr das."

Die Augenbrauen der Göttin hoben sich. „Vor dreißig Minuten hätte ich das vielleicht in Erwägung gezogen, aber nach allem, was ich heute Abend gesehen habe? Es ist für mich offensichtlich, dass Kylan durchaus lebendig und wohlauf ist."

Sie legte eine manikürte Hand auf Kylans Arm und wendete sich ihm zu. „Ich meine, eine Gemahlin in eine *Erosita* zu verwandeln, nur um den Übeltäter zu fassen? Das ist brillant."

Bei dieser Andeutung gefror mein Blut. Das konnte nicht—

„Es hat wunderbar funktioniert, wie du siehst", murmelte er, was mein Innerstes kribbeln ließ.

Nein. Er hat die Verbindung aus Versehen eingeleitet, nicht, um mich als einen Köder zu missbrauchen.

Kylan, sag mir, dass das nicht der Grund ist, weshalb du es getan hast.

Er ignorierte mich, seine Augen und sein Fokus lagen voll und ganz auf der Göttin.

Sie schüttelte ihren Kopf. „Wirklich, Kylan, manchmal denke ich, du spielst dieses Spiel besser als ich."

Er schenkte ihr ein nachsichtiges Lächeln. „Oh, komm schon, Liebling, du wirst immer die Königen auf dem Schachbrett sein."

Sie errötete und ihre Lippen kräuselten sich. „Ich hatte vergessen, wie witzig du sein kannst. Ich muss öfter zu Besuch kommen."

„Musst du", stimmte er zu. „Aber zuerst, Vilheim?"

Mein Herz schlug mir bis in die Ohren und rauschte durch meinen Blutkreislauf. *Bitte sag—*

Ich muss mich konzentrieren, Raelyn, antwortete er, seine mentale Stimme war schnell und deutlich.

Ich schluckte. *Natürlich.*

Sobald das hier vorbei war, könnten wir reden. Dann würde er bestätigen, dass er diesen Bund zwischen uns nicht nur erzwungen hat, damit ich heute Nacht noch am Leben war. Er hatte mir seinen Verstand geöffnet. Ich hätte es gesehen, oder nicht?

Es sei denn, er wusste, wie er es verstecken konnte.

Ich runzelte die Stirn. Konnte er mir bestimmte Sachen vorenthalten? Nein. Er gewährte mir uneingeschränkten

Zugang zu seinen Gedanken, seinem Wesen, und ich konnte dort immer noch eintreten, nur schien es jetzt bewölkter zu sein, als versuche er tatsächlich, etwas vor mir zu verstecken.

Die Wahrheit hinter unserer Verbindung?

„Ich habe nichts zu sagen." Vilheim schien unbeeindruckt von der Bedrohung durch die beiden ältesten, noch lebenden Vampire, die vor ihm standen.

„Nichts?" wiederholte Kylan. „Nun, das ist interessant, weil wir beide wissen, dass du dir diesen Plan nicht alleine ausgedacht hast. Dafür bist du nicht intelligent genug, was auch der Grund ist, weshalb ich dich nie befördert habe. Also stellt sich mir die Frage, wer dich dazu motiviert hat." Er tippte sich auf sein Kinn und blickte sich suchend im Saal um.

Die Göttin beobachtete ihn grüblerisch, so wie man einen Kontrahenten anschauen würde.

Ihre hellgrünen Augen zuckten und richteten sich auf mich, was mich erstarren ließ. Oh… ich hätte nicht einmal zuschauen dürfen. Aber jetzt konnte ich mich nicht mehr bewegen, mein Verstand war eingefroren. Sie neigte ihren Kopf zur Seite, Neugierde erhellte ihre Gesichtszüge, als ob sie seit Jahren keinen Menschen mehr gesehen hätte.

So uralt.

So kalt.

So… überhaupt keine Göttin.

Der Instinkt traf mich so plötzlich, dass ich beinahe hintenüber gefallen wäre. Ich hatte mich seit meinem ersten Atemzug vor diesem Wesen gefürchtet, aber jetzt blickte ich hinter die Fassade.

Sie war nur ein weiterer Vampir. Zugegeben, ein unglaublich alter, wie Kylan, aber an ihr war nichts Himmlisches oder Gott-ähnliches.

„Robyn", rief Kylan. „Du weißt, wie sehr ich es liebe, dich in Action zu sehen, Liebste. Würde es dir etwas ausmachen, mir dabei zu helfen, Vilheim zu brechen?"

Die Göttin – *nein, Lilith* – richtete ihren Fokus langsam in die Menge.

„Oh, Schätzchen, ich denke, du bist darin sehr viel talentierter als ich", antwortete die blonde Königin. „Und ich bevorzuge es durchaus, dich bei der Arbeit zu beobachten."

„Unsinn." Er ließ meine Hand los und streckte ihr seinen Arm entgegen, sein Lächeln war so verführerisch, dass mir das Herz stehen blieb. Der Mann war zu schön und dieser Blick machte es nur noch schlimmer. „Bitte. Komm zu uns. Ich bestehe darauf." In seinem Tonfall lag eine Schärfe, der sich niemand widersetzen würde, nicht einmal ich.

Robyn stellte ihren Drink zur Seite und bahnte sich ihren Weg durch die Menge. „Nun, dazu kann ich wohl nicht nein sagen."

„Ausgezeichnet. Also, ich dachte daran, anstatt ihm die Zunge herauszuschneiden, könnten wir ihn ausbluten lassen und sein Blut zum Spaß an die Menschen hier verfüttern." Kylan schaute zu Lilith. „So etwas Erniedrigendes sollte einen alten Vampir wie Vilheim dazu zwingen, sich uns zu öffnen, nicht wahr?"

„Und so wertvolles Blut an Sterbliche verschwenden?" Sie klang regelrecht angewidert. „Ja, absolut. Aber danach werden wir die Menschen töten müssen, das ist jawohl klar."

„Natürlich." Kylan machte eine überschwängliche Handbewegung. „Ich nehme an, das wird die After-Show-Party."

Lilith nickte. „Dann ja, bitte, fahr fort."

Mehrere Leute aus der Menge traten zurück, als Kylan sein Jackett auszog. Er übergab es mir, ohne ein Wort zu sagen, und fing an, sich die Ärmel des Hemdes hochzukrempeln. „Fang schon mal an, Schätzchen. Ich geselle mich in einer Minute zu dir."

Robyn strich ihre Handflächen über ihr Kleid und stellte sich vor Vilheim. Sein Blick verengte sich sichtbar, der erste

Riss in seiner Fassade. Sie ließ ihre Nägel über sein Jackett fahren, schickte die Knöpfe zu Boden, und riss ihm danach grob den Stoff von den Schultern. Er öffnete seinen Mund und sie brachte ihn mit einer so harten Ohrfeige zum Schweigen, dass Blut aus seiner Lippe trat.

Kylan, warnte ich.

Ich sehe es. Aber er tat so, als hätte er es nicht, und hielt seinen Blick auf seinen Ärmeln.

Vilheim wollte wieder etwas sagen, wurde aber nur noch härter getroffen, als Robyns Nägel ihm die Haut vom Gesicht rissen.

Ich zuckte bei der Brutalität zusammen, geschockt davon, dass eine Hand so viel Schaden anrichten konnte. Dass alle ein paar Schritte Abstand genommen hatten, ergab plötzlich einen Sinn, besonders, als Robyn ihre voll Kraft ausließ – auf seinem Gesicht.

Lilith legte eine Hand auf Kylans Bizeps, ihre Haltung war angespannt. Sie nickte einmal, eine Art Austausch fand zwischen ihnen statt.

Vilheim fing an, sich zu wehren und hob seine Arme vor sein Gesicht, als er auf die verrückte Frau einschlug.

Es war zu schnell für meine sterblichen Augen, ihre Bewegungen flink, und aus dem Mund des Mannes kamen Worte in einer fremden Sprache.

Ich verstand nichts davon. Die Szene fand in einem Tempo statt, das mein Gehirn nicht verarbeiten konnte.

Luft rauschte um mich herum, mein Kopf drehte sich, als ich mit etwas Hartem kollidierte. Als Folge darauf wirbelte ich umher und meine Lippen öffneten sich, um zu schreien, aber sie wurden von Kylans Lippen zum Schweigen gebracht. Kurz. Lang genug, um mich wieder zu fassen, und dann starrte ich auf Kylans Rücken.

Was ist gerade passiert?

Ich atmete ruckartig, mein Herz raste in meiner Brust. Ich

hielt mich an Kylan fest, brauchte Stabilität, als er tief knurrte. „Hast du gerade meine *Erosita* angegriffen, Robyn?", fragte er.

„Was?" Sie klang etwas außer Atem, aber ich konnte sie nicht sehen. „Nein, natürlich nicht. Sie ist mir eindeutig in die Quere gekommen. Das habt ihr alle gesehen."

„Nein, was ich gesehen habe, war, dass du dich auf das Eigentum eines anderes Königs gestürzt hast", antwortete Lilith mit kühler Stimme. „Es scheint mir auch so, als würdest du versuchen, Vilheim völlig auseinanderzureißen."

„S-sie ist es", lallte der Mann. „S-sie h-hat mich beauftragt."

Schockiertes Flüstern durchbrach die Stille des Raumes und schickte mir einen Schauer über den Rücken. Und jetzt?

Ich schaute mich um und fand Zelda auf dem Boden kniend, mit ihrer Verbeugung sah es so aus, als würde sie beten. Mikael stand neben ihr, begleitet von zwei von Judiths Wachen, während sie auf die zitternde Zelda aufpasste.

Kylan zog mich langsam wieder an seine Seite, sein Jackett lag ausgestreckt auf dem Boden und war blutverschmiert. Ich hatte es im Eifer des Gefechts fallen lassen, nicht, dass es ihn allzu sehr zu stören schien.

„Warum, Robyn?", fragte er. „Warum das ganze inszenieren?"

Die Blondine richtete sich auf, ihre Lippen waren blutig, das Kleid ruiniert. Und sie lächelte. Der Anblick war so unfassbar wahnhaft, dass ich mich fragte, ob sie nicht wirklich verrückt geworden war.

„Oh, komm schon, Kylan. Das war doch nicht so eine große Sache. Alles, was ich getan habe, war Vilheim zu sagen, dass Jace dein Gebiet erben und ihn zum Herrscher befördern würde – unter meiner Empfehlung natürlich. Und wirklich, er hat von dem Rest das meiste erledigt. Das Einzige, was ich noch tun musste, war in dein Flugzeug zu kommen und diese E-Mails zu verschicken, was einfach war, nachdem deine kleine

Bluthure involviert war." Sie winkte theatralisch zu Mikael, der zusammenzuckte, als sie ihn berührte.

„Du hast versucht, einen König zu diskreditieren, weil dir langweilig war?", fragte Lilith ungläubig.

„Warum nicht?" Robyn zuckte mit den Schultern. „Ehrlich gesagt, war es gar nicht so unterhaltsam."

„Nicht so unterhaltsam", wiederholte Kylan. „Du hast meinen Harem abgeschlachtet, Robyn, und hättest beinahe meine *Erosita* getötet."

Sie zuckte mit den Schultern. „Menschen sind ersetzbar. Das weißt du besser, als jeder andere hier. Sei nicht böse, Liebster. Das war alles nur zum Spaß und du hast mich erwischt. Was soll's?"

„Sei nicht böse", wiederholte er, als würde er probieren, wie die Worte schmeckten. „Du hast versucht, mich wie einen Wahnsinnigen dastehen zu lassen, und erwartest, dass das für mich okay ist? Lilith, ich denke, Robyn ist diejenige, die unter Alterswahnsinn leidet."

„Es scheint so", stimmte sie nachdenklich zu. „Ich kann dich nicht ungestraft davonkommen lassen, Robyn."

„Natürlich." Sie zuckte mit den Schultern. „Tu dein Schlimmstes."

Ihre Gleichgültigkeit schickte eine Welle aus Zorn durch meine Eingeweide. Die Frau interessierte es nicht mal, dass sie erwischt worden war, und fürchtete sich nicht vor einer Strafe.

Weil Könige nur selten getötet wurden. Der letzte, der die Todesstrafe bekommen hatte, war Cam, weil er die Göttin selbst in Frage gestellt hat, und nach dem, was Kylan angedeutet hat, könnte Cam sogar tatsächlich noch am Leben sein.

Also war es kein Wunder, dass Robyn keine Angst hatte.

Sie wusste, dass sie ihr nicht dauerhaft schaden würden.

Lilith klatschte in die Hände. „Robyn, du wirst hiermit für eine Dekade von allen Veranstaltungen – einschließlich des

Bluttags – exkommuniziert. Damit bist du zu keinem Zeitpunkt dazu berechtigt, neue Menschen zu kaufen oder anderweitig zu erwerben, bis dein Ausschluss vollständig abgelaufen ist."

Das Gesicht der blonden Königin wurde bleich. „Eine Dekade?"

„Hmm, ja, das erscheint mir ein bisschen kurz." Lilith wendete sich an Kylan. „Wie lange hat es gedauert, bis deine *Erosita* sich von ihren Verletzungen erholt hat?"

„Sieben Tage", antwortete Kylan matt.

„Ja, eine viel bessere Zahl. Die Zeit deiner Exkommunizierung wird sieben Jahrzehnte betragen, Robyn. Darf ich dir empfehlen, deinen aktuellen Harem und die Bediensteten in der Zwischenzeit anständig zu behandeln? Es wird eine Weile dauern, bis du die Möglichkeit haben wirst, sie zu ersetzen, und die meisten von ihnen werden bis dahin an Altersschwäche sterben."

Robyn sprudelte vor Wut. Ihre Lippen formten geräuschlose Worte der Unzufriedenheit.

„Würdest du eine längere Strafe bevorzugen?", fragte Lilith und hob eine Braue.

„Ich… nein, nein, meine Königin." Robyn verbeugte sich, ihre Beine zitterten unter ihr. „Ich… ich akzeptiere. Natürlich akzeptiere ich."

„Ausgezeichnet. Dann schlage ich vor, dass du jetzt gehst, da das hier eine soziale Veranstaltung ist und du hier nicht länger willkommen bist."

Robyn erstarrte, ihr Körper schien während ihrer Verbeugung eingefroren zu sein.

„Jetzt", fauchte Lilith.

„Ja, natürlich." Robyn errichtete ihre Wirbelsäule, ihre blauen Augen füllten sich mit gemischten Emotionen – Schock, Schmerz, Wut. Sie warf Kylan einen Blick zu, zu schnell, als dass ich ihn hätte deuten können, und verschwand, indem sie langsam durch den Saal schritt.

„Nun, das war ein interessanter Abend", sagte Lilith und wendete sich an Kylan, in ihrer Hand eine mit Diamanten besetzte Klinge. „Soll ich ihm die Ehre erweisen oder würdest du es gerne selber tun?"

„Oh, wenn du gestattest." Er hielt ihr seine Handfläche entgegen. „Bitte."

„Er gehört zu dir und hat dein Eigentum beschädigt." Sie gab ihm das Messer und drehte sich, um sich der Menge zuzuwenden. „Vilheim wurde wegen der Verschwörung gegen seinen König verurteilt. Während, ja, Robyn mit ihm spielte, hätte er zu Kylan gehen sollen, um diese Aktivität zu melden, anstatt sich ihr anzuschließen."

Sie machte eine Pause, als ob sie auf Fragen warten würde.

Niemand gab Worte oder andere Laute von sich.

„Gibt es hier jemanden, der dagegen ist, dass Vilheim, Vampir der Kylan Region, die erforderliche Strafe für dieses Verbrechen erhält?"

Stille.

„Da ich keine Einwände höre, kannst du fortfahren, Kylan."

„Dankeschön." Er verließ meine Seite und näherte sich Vilheim, der auf dem Boden kniend von zwei namenlosen Vampiren festgehalten wurde.

„Arschloch", knurrte er.

„Ist das dein letztes Wort?", fragte Kylan. „Weil ich davon nicht wirklich beeindruckt bin."

Vilheim sang etwas in einer fremden Sprache, das Kylan kichern und mit deinem Kopf schütteln ließ. „Du warst nie würdig, Vilheim. Und du wirst es auch niemals sein." Er stieß die Klinge in die Brust des Mannes, schnell und effizient, es folgte ein Zischen.

Sofortiger Tod, realisierte ich schockiert.

Ich hatte noch nie einen Vampir sterben sehen. Hatte nicht einmal gewusst, wie sie sterben konnten. Und hier stand Kylan und hat einen Mann in einem Raum voll seiner Brüder und Lykaner getötet.

Sein Körper zerfiel zu Asche, die über den Boden wehte. Kylan benutzte Mikaels Jackett, um die Klinge sauber zu machen, bevor er sie Lilith zurückgab.

War sie die einzige mit dieser Waffe?

War sie mit einer besonderen Substanz versetzt oder war sie extra für diesen Zweck geschmiedet worden?

„Ausgezeichnet." Sie versteckte die Waffe irgendwo in ihrem Kleid, mit einem Wimpernschlag war das Metall verschwunden. „Ich nehme an, jetzt wirst du dich um dein Menschenproblem kümmern, ja?"

„Nun, eine Sache gibt es, die wir noch nicht gelöst haben."

Sie hob eine Braue. „Ach ja?"

„Ja. Ich habe offiziell ein Mitglied weniger in meiner Region – eine Folge, die nicht auf mich, sondern einen anderen König zurückzuführen ist. Und in Anbetracht der Kopfschmerzen, die mir der Verlust meines Harems und die falschen Anschuldigungen gegen meinen Charakter verursacht haben, denke ich, ich habe das Recht auf eine neue Ressource."

Ich verstand nicht wirklich, was er damit meinte, aber das Geflüster im Raum ließ vermuten, dass alle anderen es taten.

„Ich verstehe", murmelte Lilith und kniff die Augen zusammen. „Wir haben aus einem guten Grund Regeln und ich bin nicht sicher, ob dieser Vorfall die Berechtigung gibt, diese zu brechen, Kylan."

„Ein Leben für ein Leben", sagte jemand aus dem Publikum. „Es scheint gerechtfertigt in diesem Szenario. Vilheim ist tot. Kylan braucht einen neuen Rekruten, um das Gleichgewicht in seinem Territorium aufrecht zu erhalten. Gerade Zahlen und so weiter."

Lilith blickte in die Richtung des Sprechers. „Unterstützt du seine Anforderung, Jace?"

„Das tue ich. Ich stimme zu, dass es nur fair wäre, in Anbetracht dessen, was er die letzten paar Monate durchmachen musste." Jace trat mit seiner Champagnerflöte voller Blut hervor, seine Hand in die Tasche gesteckt – ein Bild von Nonchalance. „Ich mag nicht viel für diesen Mann übrig haben, aber ich bin dazu geneigt, ihm in diesem Punkt zuzustimmen."

Mehr Geflüster wurde laut und füllte den Raum mit Lärm und Spekulationen.

„Er hat Recht." Das tiefe Knurren in der Stimme ließ vermuten, dass die Worte von einem Lykaner stammten.

„Walter?" Lilith schien erstaunt. „Du stimmst ebenfalls zu?"

„Das tue ich. Ich würde das Gleiche fordern, wenn ich an seiner Stelle wäre."

„Ich auch", sagte ein anderer.

Mehrere andere meldeten sich zu Wort, alle stimmten den Bedingungen zu, und fuhren fort, bis das Geplapper ein Level erreichte, das Lilith nicht länger ertragen konnte.

„Genug", sagte sie und ihr Befehl ließ den Saal verstummen.

Kylan stand vor ihr, sein Gesichtsausdruck war leer und sein Verstand noch leerer. Ich hatte keine Ahnung, was er dachte, weil er mich wieder blockierte. Nicht komplett, aber genug, dass ich von seinen Plänen nichts mitbekam.

Ich war so überwältigt von meiner Umgebung und dem Chaos gewesen, dass ich es gar nicht bemerkt hatte. Mein Herz schmerzte unterschwellig, weil er mich von sich drückte, aber ich musste daran glauben, dass er es tat, um sich besser konzentrieren zu können. Er war wahrscheinlich zu sehr von meinen Sorgen und meiner Verwirrung überschwemmt worden, um sich konzentrieren zu können.

Ja, das musste es sein.

Lilith seufzte. „Der Cup der Unsterblichkeit ist schon bald,

Kylan. Ich kann dir keinen weiteren Rekruten geben, weil wir sie schon auf zwei reduziert haben, aber in Anbetracht der Unterstützung, die dir hier zugesprochen wurde, könnte ich dir für nächstes Jahr eine Sonderfreigabe geben."

Mein Herz blieb stehen. *Schon runter auf zwei? War Silas einer von ihnen?*

„Tatsächlich denke ich schon an einen bestimmten Menschen", sagte Kylan glatt und riss mich aus meinen Gedanken.

„Tust du?", Fragte Lilith und hob eine Braue. „Darf ich fragen, an welchen?"

Er lächelte. „Ja." Er hielt mir eine Hand entgegen. „Raelyn."

31

RAE

KYLANS HAND SCHWEBTE vor meinen Augen.

Hatte er gerade vorgeschlagen…?

Nein.

Das habe ich falsch verstanden.

Es war nicht möglich, dass er–

„Deine *Erosita?*", fragte Lilith und klang dabei noch schockierter, als ich mich fühlte. „Nein, auf gar keinen Fall."

„Warum nicht?", konterte er und ließ seine Hand wieder fallen. „Sie war eine der besten zwölf Kandidaten und wurde für den Cup der Unsterblichkeit auserwählt. Ihre Testergebnisse sind phänomenal. Sie ist umwerfend, intelligent und hat ihren Teil in meinem Spiel perfekt ausgeführt, um meine Betrüger zu fassen. Ich kann mir keinen geeigneteren Kandidaten für die Unsterblichkeit vorstellen."

„Sie ist aufsässig", sagte Lilith und schaute zu mir. „Selbst jetzt starrt sie mich direkt an."

„Weil sie nicht geboren wurde, um ein Mensch zu sein, sondern ein Vampir. Mein Vampir."

Die Gespräche wurden wieder lauter, mehrere von ihnen

äußerten ihre Zustimmung, während mir mein Herz aus der Brust zu springen drohte.

Kylan, hauchte ich.

Aber er blieb verschlossen, seine Aufmerksamkeit lag einzig und allein auf Lilith.

„Darius", murmelte Jace, sein Fokus war auf den Drink in seiner Hand gerichtet, dessen Inhalt er umher schwenkte. „Du hast dich in den letzten ein oder zwei Wochen doch recht vertraut mit Kylan gemacht, nicht wahr?"

Der angesprochene Vampir schmunzelte. „Das habe ich. Kylan hat nicht versäumt, zu erwähnen, dass ihre oralen Fähigkeiten im Schlafzimmer eine solide Zehn sind, falls irgendjemand hier neugierig sein sollte."

„Also gut genug, um unseren Rängen beizutreten?", fragte Jace.

Darius zuckte mit den Schultern. „Sie könnte an den Ecken noch ein wenig geschliffen werden, aber ich kann mir gut vorstellen, dass Kylan dieser Aufgabe gewachsen ist. Er hat wahre Wunder an Juliet verbracht."

Alles Lügen. Wir haben die letzte Woche damit verbracht, uns zu entspannen. Die Beziehung von Darius zu Juliet war anders, als alles, was ich je gesehen hatte, seine Zuneigung ihr gegenüber war klar und deutlich. Und Kylan hatte sie nicht angerührt, er war viel zu beschäftigt, den heutigen Abend vorzubereiten und sicherzustellen, dass ich mich wohl fühlte.

Aber diesen Teil des Plans haben wir nie besprochen.

Mehrere andere äußerten ihre Zustimmung, einer von ihnen sagte sogar, man solle Kylan geben, was er will, weil er es verdient hatte.

Lilith nahm mich wieder in Augenschein, das Ziehen in ihrer Lippe zeigte, dass sie mich fehlerhaft fand.

Sie würde dem niemals zustimmen.

Und ich wusste nicht einmal, ob ich wollte, dass sie das tat. Nicht mehr.

Würde ein Vampir zu werden nicht bedeuten, dass ich meinen Bund mit Kylan aufgeben musste?

Es traf mich hart, als ich erkannte, warum er das tat.

Du gibst mir einen Ausweg. Das Geschenk der Unsterblichkeit, ohne für immer an ihn gebunden zu sein. *Kylan…*

„Sie steht unter meiner Verantwortung und ich verspreche, beim nächsten Bluttag wirst du beeindruckt sein."

Sie riss ihren Blick von mir und hob ihren Augenbrauen. „Du schlägst vor, es selbst zu machen?"

„In der Tat, ja."

„Dein erster Nachkomme", sagte sie und klang verblüfft. „Ich hätte nie gedacht, dass ich den Tag noch erlebe, Kylan, vor allem nicht, dass du es an jemanden so unwürdigen verschwendest."

„Du vergisst, dass ich durch den Bund in das Innere ihres Verstandes sehen kann. Vertrau mir, wenn ich sage, dass es niemanden gibt, der diese Ehre mehr verdient als Raelyn." Die Aufrichtigkeit in seiner Bemerkung sang durch unsere Verbindung, sein Stolz auf mich zerschmetterte die vorübergehende Barriere, die er zuvor aufgebaut hatte.

Er bot mir nicht nur einen Ausweg, sondern gab uns auch die Möglichkeit, zusammen zu sein, weil wir es wollten, nicht weil wir es mussten.

Weil meine Unsterblichkeit nicht mehr an ihn gebunden sein würde.

Was bedeutete, dass er sich bemühen musste, um mein Interesse aufrecht zu erhalten.

Und das wollte er.

Wie hatte er das vor mir verstecken können? Als ich jetzt in seinen Verstand blickte, konnte ich sehen, dass das immer Teil seines Plans war – als Ausgleich für seinen Verlust mein unsterbliches Leben zu fordern.

Ich wusste nicht, was ich sagen sollte.

Alles, was ich tun konnte, war ihn anzustarren.

„Also gut", murmelte Lilith. „Wenn das deine Anforderung ist, sieh sie als bewilligt an."

„Dankeschön." Er verneigte seinen Kopf.

„Aber ich erwarte eine beträchtliche Verbesserung, wenn ich sie das nächste Mal sehe."

„Natürlich", antwortete er. „Raelyn zu disziplinieren ist einer meiner liebsten Zeitvertreibe." Seine Belustigung überrollte mich, aber ich war immer noch zu schockiert, um zu antworten, oder auch nur im Geiste mit den Augen zu rollen.

Er will mich verwandeln.

Und mein Erzeuger werden.

„Jetzt bleibt nur noch die Frage, was ich mit dem Rest von euch mache", sagte er und wandte sich zuerst Angelica zu. Er hockte sich hin, um die Ketten von ihrem nackten Körper zu entfernen. „Du brauchst dringend etwas Blut."

Ihre leeren Augen blickten zu ihm auf. „Ihr wusstest es", knurrte sie.

„Das habe ich, aber du hast mich trotzdem enttäuscht, Angelica. Du solltest Raelyn beschützen und du hast sie verlassen." Er riss noch mehr Ketten von ihr ab, und seine Stärke zeigte sich bei jedem Zug, mit dem er sie von den Fesseln befreite. „Wenn ich dir sage, dass du etwas tun sollst, hat das Priorität vor allem anderen. Hast du das verstanden?"

Sie schluckte, ihr Körper zitterte, als er letzte Metall entfernte, indem er mit bloßen Händen die Kette von ihren Knöcheln riss. „J-ja, Eure Hoheit."

„Gut. Dann sehe ich deine Bestrafung als abgeschlossen an." Er blickte zu Mikael hoch, sein Ausdruck grausam. „Kann ich dir etwas zu trinken anbieten, Angelica?"

Mikaels Lippen teilten sich und seine Augen füllten sich wieder mit Tränen. Er trug das Antlitz eines gebrochenen Mannes, eines zurückgewiesenen und zerstörten Liebhabers.

Mein Herz schmerzte wegen ihm.

Selbst nach allem, was er mir angetan hatte, konnte ich nicht anders, als den Atem anzuhalten.

Alles, was er je gewollte hatte, war Kylan.

Und er würde ihn niemals haben.

„Knie dich hin", forderte Kylan.

Mikael fiel zu Boden und ließ seinen Kopf hängen. Er würde nicht einmal betteln. Er wusste es.

Ein Schmerz schoss durch mich hindurch, die Quelle davon war Kylan. Sein Kampf verletzte mich noch mehr, sein Geist wusste nicht, was zu tun war. Ihn schnell töten, den Schmerz in die Länge zu ziehen, ihn für die anderen im Saal zu schlachten… ihn am Leben zu lassen.

„Gib ihr dein Handgelenk." Seiner Stimme konnte man nichts entnehmen, aber innerlich brachte ihn die Tat um.

Du musst ihn nicht töten, flüsterte ich. *Nicht, um mich zu rächen.*

Was sollte ich sonst mit ihm machen? fragte er sanft. *Ihn wegsperren, bis er stirbt?*

Kannst du ihn jemandem geben?

Er verdient das schlimmste Schicksal, Raelyn.

Ich weiß, aber er hat es getan, weil er dich liebt.

Mikael wimmerte, als Angelica seine Vene durchstach, ihr ausgehungerter Mund saugte und zog nach der Substanz, die der Körper des jungen Vampirs zum Überleben brauchte. Sie war halb verhungert und fand sich gegenüber einer Blutjungfrau wieder. Seine Essenz machte auch die ältesten Vampire süchtig. Gegen sie hatte er keine Chance. Sie würde ihn verschlingen, es sei denn, Kylan stoppte sie, und Mikael wusste das.

Kylan stand auf, ignorierte die Szene trotz seines schmerzenden Herzens, und konzentrierte sich mit einem sadistischen Grinsen auf Zelda. „Cherise", rief er.

„Eure Hoheit", antwortete sie und lief mit Hoffnung im Blick auf ihn zu. „Deine Verbesserung hat mir sehr zugesagt. Wer werden die Möglichkeiten einer Beförderung später diskutieren, aber jetzt musst du zuerst etwas für mich erledigen." Er zeigte auf Zelda. „Sie ist eine ehemalige Köchin. Vielleicht kann sie dir helfen, etwas zu kreieren, dass sich gut mit ihrem Blut macht."

Bei der Vorstellung drehte sich mein Magen um. *Kylan…*

Sie verdient Schlimmeres. Sei dankbar, dass ich nicht derjenige bin, der sie tötet.

„Natürlich, mein Prinz", antwortete Cherise, ihre Lippen kräuselten sich. „Es würde mich freuen, das für Euch zu erledigen."

„Dankeschön. Stell sicher, dass sie völlig ausblutet. Sie ist für mich nicht länger von Nutzen und sie ist in dieser Region nicht mehr arbeitsfähig."

„Ich verstehe." Cherise verbeugte sich und griff Zelda bei den Haaren. „Komm mit, ehemalige Köchin."

Er schaute zu Judith und seinem Sicherheitsteam, bevor er sich schließlich wieder dem blässer werdenden Mikael zuwendete. In seinem Verstand tobte ein Krieg zwischen richtig und falsch, es zu Ende bringen oder Vergebung erlauben.

Er kümmerte sich wirklich um Mikael.

Ich konnte in seine Seele blicken. Es war keine Liebe, aber eine tiefe Freundschaft, die sich das letzte Jahrzehnt über gefestigt hatte.

Sein geistiger Seufzer war schwer und müde. „Genug, Angelica", sagte er und zog sie von Mikael weg. Sie kämpfte nur für eine Sekunde, dann merkte sie, wer sie weggezerrt hatte und kroch ein Stück zurück, bevor sie sich den blutigen Mund abwischte. „Judith, bring Mikael bitte in mein Quartier. Ich werde das selbst zu Ende bringen."

„Ich bereite ihn für dich vor, mein Prinz." Sie trat vor und hob ihn mit Leichtigkeit hoch.

Kylan nickte und schaute in die Runde. „Nun, ich hoffe, ich habe euch allen einen ereignisreichen Abend beschert."

Ein paar Vampire und Lykaner kicherten als Antwort, von Lilith gab es ein Kopfschütteln. „In deiner Gesellschaft wird es nie langweilig, Kylan."

„Das ist das einzig wahre Leben." Er lächelte sie an, aber innen drin brach sein Herz, von der Aufgabe, die ihm bevorstand, und es tat mir weh, seinen Schmerz so klar zu hören. „Amüsiert euch alle gut. Esst. Trinkt. Seid fröhlich. Und genießt natürlich meine Gastfreundschaft. Es könnte fürs Erste die letzte Feier sein, die ich schmeiße." Er hob seine Hände und machte eine theatralische Verbeugung. „Ich muss ein paar Dinge erledigen, einschließlich einer *Erosita*, die ich ein letztes Mal ficken werde, also überlasse ich euch euch selbst."

Lilith hob ihr Glas, genauso wie Jace und Darius.

Kylan nahm meine Hand und zog mich hinter sich her. Seine Schritte waren langsam, als er sich von den Gästen verabschiedete, die unseren Weg kreuzten. Als wir endlich die Treppe hinaufgegangen warn und den Fahrstuhl betreten hatten, stieß er einen langen Atem aus und fuhr sich mit den Fingern durch die Haare.

„Gib mir nur eine Minute, bevor du irgendwas sagst", sagte er und drückte den Knopf, der uns in die Rezeption bringen würde.

Anstatt zu antworten oder ihn darauf hinzuweisen, dass ich immer noch nicht wusste, was ich sagen sollte, wickelte ich meine Arme um ihn.

Zuerst bewegte er sich nicht. Überraschung sickerte durch unseren Bund. Dann erwiderte er die Umarmung, sein Gesicht fiel auf meinen Hals und vergrub sich in meiner Haut.

Ich bin hier, flüsterte ich. *Du bist nicht allein.*

Er schauderte und umarmte mich fester. *Wie war mein Leben vor dir?*

Langweilig? schlug ich vor. *Selbstgefällig? Einfacher?*

Er kicherte in meinen Gedanken. *Langweilig klingt richtig.* Er küsste meinen Puls und entließ mich, als die Türen sich öffneten. Maeve wartete auf uns in der Lobby und übergab Kylan seine Schlüssel. „Ausgezeichnet. Danke. Ich habe noch eine letzte Aufgabe für dich, falls es dir nichts ausmacht."

„Natürlich, mein Prinz."

„Informiere jeden, dass ich dich und Cherise befördere, um Tremaynes alte Position einzunehmen. Eine von euch kann hier im K-Hotel bleiben, während die andere den Tremayne Tower übernehmen kann, aber bitte gebt ihm einen neuen Namen. Ich werde die Immobilie in Lilith City verwalten. Und teilt die anderen Immobilien ruhig unter euch auf."

Ihr fiel die Kinnlade herunter. „A-aber, Eure Hoheit–"

„Ihr habt euch nicht beworben, ich weiß. Aber ich habe es satt, alte Vampire zu befördern, damit sie eine Machtposition haben, die sie nicht respektieren. Es macht viel mehr Sinn, jemanden einzustellen, der das Geschäft wirklich versteht und zu schätzten weiß, was du und Cherise offensichtlich tut. Ihr brauchtet nur eine kleine Erinnerung, das ist alles."

Die Augen der Frau füllten sich mit Tränen und ihre Lippen kräuselten sich zu einem atemberaubenden Lächeln. „Ich weiß nicht, was ich sagen soll."

„Fang damit an, zu sagen, dass du mich nicht enttäuschen wirst, und dann sehen wir weiter."

„Ich werde Euch nicht enttäuschen", versprach sie, ihre Freude war greifbar. „Dankeschön, Eure Hoheit. Dankeschön."

Er nickte und seine Hand legte sich auf meinen Rücken. „Stell sicher, dass alle anderen Bescheid wissen, einschließlich Cherise, und lasst mich wissen, wer von euch wohin geht."

„Natürlich. Ja." Sie machte tatsächlich einen kleinen Hüpfer. „Vergebt mir, ich bin–"

„Aufgeregt, ich weiß. Genieß deinen Abend, Maeve. Du hast es verdient." Er drückte mich mit schnellen Schritten vorwärts, vorbei an mehreren Menschen im Eingangsbereich, die sich allesamt verbeugten.

Nachdem wir uns ins Auto gesetzt hatten, wendete ich mich zu ihm. „Das war sehr freundlich von dir."

Er bog auf die Straße ab. „Das war zweckmäßig, Raelyn."

„Es war nett", korrigierte ich. „Du bist nicht ansatzweise so furchtbar und grausam, wie du jeden glauben lässt, dass du es bist."

Er schnaubte. „Lass das bloß niemanden sonst hören."

„Keine Sorge." Ich klopfte leicht auf seinen Oberschenkel und lehnte mich in meinem Sitz zurück. „Das wird unser kleines Geheimnis sein."

Er blickte mich von der Seite aus an. „Ich denke, wir werden viele davon teilen, Raelyn."

KYLAN

„BIST DU SICHER, dass es das ist, was du tun willst?", fragte Jace, sein Ausdruck gab nichts frei. Er hatte die Feier mit Darius und Juliet früh verlassen und mich auf meinem Anwesen getroffen, genau wie ich ihn gebeten hatte.

Ich nickte. „Ja, ich bin sicher." Es gab keine andere Alternative.

„Er verdient deine Freundlichkeit nicht", sagte Darius, der in dem Türrahmen meines Büros lehnte.

„Ist es wirklich freundlich?", fragte ich, als ich das letzte Dokument unterschrieb.

Er zuckte mit den Schultern. „Für einige wäre es das."

Vielleicht. Ich hob die Akte auf und sah die beiden an. „Ich kann ihn nicht töten", gab ich zu. „Obwohl ich weiß, dass ich es sollte…"

„Du sorgst dich", brachte Jace es zu Ende. „Unsere Art ist besessen davon, es eine Schwäche zu nennen, aber das ist es nicht. Es ist das, was uns mit der Menschlichkeit verbindet, was uns nicht verrückt werden lässt."

„Ich nehme an, so kann man es auch sehen", murmelte ich

und übergab die Akte an Jace. „Bitte sorg dafür, dass er gut versorgt wird."

Der König mir gegenüber nickte. „Luka wird dafür Sorge tragen, dass er den Rest seiner Tage unberührt leben kann."

„Im Territorium der Lykaner", sagte ich, immer noch verwirrt über diesen Vorschlag der Unterbringung.

„Vielleicht solltest du ihnen mal einen Besuch abstatten", murmelte Jace geheimnisvoll. „Du könntest dort etwas Interessantes finden."

„Warum habe ich das Gefühl, dass ich hier gerade in etwas eingeweiht werde?", fragte ich misstrauisch.

„Weil du es wirst", antwortete Jace und hielt mir seine Hand entgegen. „Du bist nicht alleine mit deinem Verdacht, Kylan."

Ich drückte meine Hand in seine. „Bezüglich?"

„Allem." Wir schüttelten sie einmal, dann ließ er wieder los. „Ich werde mich bald mit weiteren Details melden. Bis dahin, kümmere ich mich um dein Blutjungfrauenproblem, so, wie du es wolltest."

„Unverletzt", wiederholte ich.

„Ich habe dir bereits mein Wort gegeben. Es wird ihm gut gehen. Er wird sich höchstens etwas einsam fühlen." Jace machte sich auf den Weg zur Tür, hielt aber inne. „Wirst du Raelyn wirklich verwandeln?"

„Wenn es das ist, was sie will, dann ja."

„Ist es das, was du willst?", fragte er, als er über die Türschwelle trat. „Sei ehrlich mit ihr, Kylan. Ich habe gehört, das ist der Grundstein für eine Beziehung."

Darius schnaubte. „Als ob er Ahnung von Frauen hätte."

„Er scheint sehr vertraut mit ihnen zu sein." Normalerweise umgab Jace sich mit ihnen, immer interessiert. Aber bei seinen letzten Reisen war er immer alleine gewesen. Komisch für ihn.

„Nicht, wenn es um die Gefühle im Herzen geht", antwortete Darius und folgte seinem Vorgesetzten. „Viel Glück mit Raelyn. Folge deinen Instinkten. Du könntest dein Herz finden."

Er verschwand, während ich ihm hinterher starrte.

Was für ein grauenvoller Ratschlag. Mein Instinkt, wenn es um Raelyn ging, wäre sie in ein Zimmer einzusperren, damit sie nie wieder von jemanden gesehen werden konnte.

Und genau dort hatte ich sie auch gelassen – damit sie sich duschen und nach den Vorfällen des heutigen Abends entspannen konnte.

Ich drückte Senden und schickte eine E-Mail an meine Untertanen, in denen ich Tremayne Ersatz bestätigte, und schaltete mein Tablet aus.

Das hier war die Nacht, die niemals endete, und sie würde noch weitergehen, wenn Raelyn mein Angebot annehmen würde.

Sie saß in einem Handtuch eingewickelt auf dem Bett und wartete auf mich, wobei ihr feuchtes Haar über ihre entblößte Haut fiel. Ihre blauen Augen trafen meine und Emotionen wirbelten in ihren Tiefen. „Ich habe gehört, was du mit Mikael gemacht hast."

Ich blieb vor ihr stehen, war plötzlich besorgt, dass sie es nicht für gut befinden würde. „Er konnte nicht hier bleiben."

„Ich weiß."

„Und ich konnte ihn nicht töten." Auch, wenn er es verdient hatte. Ich konnte mich einfach nicht dazu bringen, sein Leben nach elf gemeinsamen Jahren zu beenden. Er hatte mich geliebt, was seine eigene Schuld war, aber irgendwie auch meine. Ihn in ein Leben voller Einsamkeit zu schicken, schien mir Bestrafung genug.

Raelyns Lippen verzogen sich zu einem traurigen Lächeln. „Du hast das Richtige getan, Kylan. So hart es auch war, ich verstehe es."

„Also bist du nicht sauer auf mich?"

Sie schnaubte, kletterte auf ihre Knie, damit ihre Augen auf der gleichen Höhe wie meine waren, und griff nach meinen Schultern. „Ich kann dir wohl kaum vorwerfen, dass du Mitgefühl gezeigt hast." Ihre Lippen strichen über meine, ihr Kuss war die beste Belohnung. Wir waren in der letzten Woche kaum intim gewesen, weil sie heilen musste, was das komplette Gegenteil von dem war, wonach mein Körper sich sehnte, aber ihrer hatte es gefordert.

Ich verfolgte den Saum ihres Mundes mit meiner Zunge, bat um Einlass und drückte mich hinein. Sie begrüßte mein Eindringen mit einem Stöhnen und ihre Arme legten sich um meinen Hals. Ich schloss ihren Arsch mit meinen Handflächen ein und zog sie gegen mich, brauchte mehr.

Es war eine verdammt lange Nacht gewesen.

Ich musste mich selber für einen Moment verlieren, den Gefühlen das Steuer überlassen und Raelyn einfach nur genießen. Ihre hypnotischen Berührungen. Ihren zitrusartigen Duft. Die Liebkosung ihres Geistes gegen meinen. Das Gefühl ihrer nackten Haut. Ihren Geschmack.

„Scheiße", flüsterte ich und konnte mich nicht davon abhalten, mehr von ihr zu nehmen. Ich vertiefte unseren Kuss und nahm sie so, wie ich es brauchte, erfasste jeden Zentimeter ihres Mundes mit meiner Zunge. So verdammt süchtig machend. So umwerfend. So *meins*.

Ich ließ meine Finger durch ihre feuchten Strähnen gleiten, hielt sie bei mir, als ob sie sich plötzlich auflösen könnte. Sobald ich sie verwandelt hatte, könnte sie das. Aber ich wollte, dass sie diese Möglichkeit hatte, dass sie mir in jeder Hinsicht ebenbürtig war, abgesehen vom Alter, sonst würde diese Beziehung immer einseitig bleiben. Ich wollte, dass sie mich wählte.

Mein Herz hämmerte in meiner Brust.

Nur noch ein Mal.

Als die meine.

Das war alles, was ich brauchte. Dann konnte ich sie freilassen, wenn sie sich dafür entschied.

Aber heute Nacht würde ich sie vollständig haben.

„Raelyn", flüsterte ich. „Ich brauche—"

„Ja", antwortete sie, hatte es bereits in meinen Gedanken gesehen. „Eintausend Mal ja, Kylan. Nimm mich. Behalt mich. *Fick* mich."

Ich erschauderte gegen sie, mein Schwanz war bereits hart.

Sie knöpfte meine Hose auf, ohne zu fragen – ihre Berührung allwissend, ihre Fähigkeiten beeindruckend. Ich ließ das Handtuch zu Boden fallen. Meine Lippen fielen auf ihren Hals und wanderten nach unten zu ihren umwerfenden Brüsten. Reif und wunderschön, mit frechen, kleinen Nippeln. Ich zog sie in meinen Mund. Sie wölbte mir einem Stöhnen ihren Rücken auf, während sie meinen Reißverschluss öffnete.

Ich wechselte zu ihrer anderen rosigen Knospe, leckte und knabberte.

„Du bist perfekt, Raelyn", lobte ich. „Alles an dir ist einfach so verdammt perfekt." Ich meinte das, was ich vorhin zu Lilith gesagt hatte, ernst. Ich konnte mir keinen qualifizierteren Kandidaten für die Unsterblichkeit vorstellen.

Sie drückte den Stoff über meine Hüfte nach unten und machte mit meinem Hemd weiter. Bei dem dritten Knopf verlor sie die Geduld und riss den Rest einfach herunter. Ich schüttelte die Überreste ab, sodass ich oberkörperfrei vor ihr stand.

„Hose. Aus." Sie waren auf Höhe meiner Oberschenkel hängen geblieben.

Ich schmunzelte. „Gibst du mir Befehle?"

„Ja, das tue ich."

Ich kicherte, aber gehorchte ihr. „Leg dich aufs Bett, Prinzessin. Beine gespreizt. Ich will sehen, wie feucht du für mich bist."

Sie stöhnte und ihre Muskeln verkrampften sich. Das süße

Aroma ihrer Erregung hieß mich willkommen, mein Körper ächzte danach, sich zu ihrem zu gesellen.

Niemand hatte mich jemals so fühlen lassen – so vollständig. Als ob ich mich für immer in ihren Armen verlieren könnte.

Ich wollte nicht, dass es endete.

Wollte mich niemals wiedersehen müssen.

Meine Kleidung verschwand, während sie sich selbst in Position brachte, so wie ich es mir wünschte. Ihre Scheide glänzte wartend. Ich küsste ihre feuchten Lippen, musste sie schmecken. Meine Zunge glitt in sie und sie umhüllten meine Geschmacksknospen mit ihrem einzigartigen Aroma.

„Scheiße, Raelyn. Du hast die hübscheste Scheide überhaupt." Ich knabberte an ihrer Klitoris und spielte mit den weichen, roten Kurven auf ihrem Hügel. Auf meine Bitte hin, hatte sie aufgehört, sich zu rasieren, war aber weiterhin gut gepflegt. Ich küsste sie überall, betete sie an, genoss jeden Zentimeter und prägte mir jede Intimität ein.

„Kylan", stöhnte sie, ihre Finger zogen an meinem Haar. „Ich brauche mehr."

„Oh, ich ebenfalls", flüsterte ich. „Ich ebenfalls."

Eine Nacht.

Ein Monat.

Ein Jahr.

Ein Jahrzehnt.

Eine Ewigkeit.

Nichts würde jemals genug sein.

Ich gab auf, es verstehen so wollen. Hörte auf, dagegen anzukämpfen. Und hieß es einfach willkommen.

Scheiß drauf, ich hatte nicht die Energie, weiter gegen diese Gefühle anzukämpfen. Es ging nie um den Bund, es ging um Raelyn.

Sie war es von Anfang an.

Das Feuer.

Ihr Geist.

Ihr Herz.

Ich küsste einen Pfad über ihren Körper, liebte jeden Zentimeter und ignorierte den Drang meines Schwanzes, sie umzudrehen und von hinten zu ficken.

Das musste anders sein. Besonders. *Echt.*

Ich wollte mit ihr schlafen, sanft und zärtlich. Etwas, das ich noch mit keinem anderen gemacht hatte, da ich nie einen Sinn darin gesehen hatte, aber mit Raelyn... Sie verdiente es und noch so viel mehr. Und ich wollte es zusammen mit ihr erfahren. Um sie so zu ehren, wie es sonst nicht möglich wäre, sie zu verehren und zu lieben.

„Raelyn", hauchte ich gegen ihre Lippen, meine Hüften lagen auf ihren. „Du hast mich unwiderruflich verändert." Ich glitt in sie hinein, mein Schwanz pochte darauf, sie hart zu nehmen, während mein Herz mich zwang, es langsam angehen zu lassen.

Sie drückte sich nach oben, gegen mich, zwang mich tiefer. „Du hast mich für jeden anderen zerstört", flüsterte sie. „Du hast jeden Teil von mir genommen und ihn zu deinem gemacht."

„Ah, aber Raelyn, das habe ich nicht." nach all den Sticheleien, bei denen ich anderes behauptet hatte, war es niemals ihr Verstand oder ihr Herz oder ihre Seele gewesen, die ich erobert hatte. „Du bist diejenige, die mich besitzt, Liebling. Jeder Teil von mir existiert in dir und niemandem sonst."

Ich küsste sie sanft, wiegte mich in ihr ach so langsam und genoss das Gefühl von ihr, wie sich ihre Wände um meinen Schaft schlossen, wie sie jedes Mal stöhnte, wenn ich einen Stoß beendete.

„Kylan." Ihre eisblauen Augen funkelten, ihre Wangen wurden rot. „Wird es wehtun?"

„Das Verwandeln?", fragte ich, meine Lippen strichen über

ihre. „Nein, Liebste."

Meine Wiedergeburt war schon so lange her, aber ich zeigte ihr die Teile, an die ich mich erinnerte. Ein tiefer Schlaf, das Aufwachen mit neuen Gefühlen und dem ersten Durst.

„Werden wir unsere Verbindung verlieren?", hauchte sie, ihr Körper wölbte sich unter meinem, als sie nach der Befriedigung suchte, die sie sich ersehnte.

Ich küsste ihren Kiefer, ihren Hals, knabberte einen Pfad zu ihrem Ohr, und sagte ihr die Wahrheit. „Ich weiß nicht, was passieren wird." Mein Erzeuger ist kurz nach meiner Wiedergeburt gestorben. „Wir werden immer noch verbunden sein, aber anders."

„Werde ich immer noch die deine sein, Kylan?", fragte sie leise, als ihre Nägel sich in meine Schultern gruben. „Sag mir, dass ich immer noch deine sein werde."

„Eine Forderung?", neckte ich, während ich ihren Puls liebkoste und stieß meinen Schwanz tief in sie hinein. Sie stöhnte und ihre Scheide klammerte sich um mich. „Mmm, mach damit weiter und vielleicht behalte ich dich für immer."

„Kylan", knurrte sie und kratzte über meinen Rücken, um mich so auf die wohl beste Art zu markieren.

„Nochmal."

„Sag mir, dass du bei mir bleiben wirst", entgegnete sie, ihre Beine klammerten sich um meine Taille. „Sag mir, dass ich dir gehören werde."

Ich drückte mich in sie, hart und schnell, und lächelte, als sie meinen Namen schrie. „Ich liebe diesen Klang." Ich küsste sie, als ich den Vorgang wiederholte. Ihre Glieder zitterten, ihr Orgasmus baute sich auf. Es würde nicht mehr lange dauern.

Ich schwang meine Hüften so, wie ich wusste, dass es ihr gefallen würde, ihr daraus resultierender Schrei bestätigte es.

Mein Name verließ ihre Lippen, zusammen mit einem Fluch. Ihr Verstand rebellierte, aber ihr Körper bettelte nach mehr. Sie wollte fast so dringend eine Antwort, wie sie kommen wollte.

„Du machst meinen Schwanz ganz feucht", flüsterte ich. „Nimmst jeden Zentimeter von mir ein mit deiner hübschen Fotze." Ich griff nach ihrer Hüfte, hielt sie fest, um noch tiefer zu gehen und machte sie verrückt. Ihre Fersen vergruben sich in meinem Rücken, ihre Haut vibrierte durch ihrer Not. „Schrei meinen Namen, Raelyn. Ich will, dass jeder hört, dass du mir gehörst."

Die Worte gaben ihr den letzten Stoß, ihr Mund befolgte meinen Befehl.

Mit jeder Silbe, die sie immer und immer wieder wiederholte, fühlte ich, wie ihr Besitz von mir sich festigte und wuchs und mich von innen heraus verzehrte.

Sie mochte die meine sein, aber ich gehörte ganz eindeutig ebenso ihr.

In jeder Hinsicht.

Mein Höhepunkt traf sie und überflutete sie mit einer Wirkung, die ich bis in meine Seele spürte. Es tat fast weh, so intensiv, so vollständig, so verdammt unglaublich. Sie melkte mich trocken, zog auch den letzten Tropfen aus mir heraus, als ich über ihr erzitterte.

Ich hatte mich in meinem ganzen Leben noch nie so leer gefühlt, so übersättigt und so wohl gefühlt.

Liebe.

Hingebung.

Energie.

All diese Dinge flogen frei umher, umhüllten uns in diesem intimen Moment, der nur für Partner bestimmt war. Mein Herz gehörte ihr. Mein Geist. Mein Verstand. Ich hielt nichts zurück, erlaubte ihr das ganze Gewicht von dem zu spüren, was ich besaß und gab es ihr, um darauf aufzupassen.

„Jetzt", flüsterte sie und verschmolz mit mir. „Ich möchte es jetzt tun."

„Die Verwandlung?"

„Ja. Mach mich zu deiner Gleichgestellten, deiner richtigen Partnerin. Bitte, Kylan. Das ist es, was ich will, was ich *brauche*." Ihre Gedanken bestätigten, dass sie ihre Entscheidung getroffen hatte. Aber nicht, weil sie sich Freiheit wünschte oder irgendwie vor mir fliehen wollte.

Raelyn wünschte sich die Unsterblichkeit, um für immer als meine Partnerin bei mir zu sein.

Ich konnte mir nicht vorstellen, dass es irgendeine Frau mehr verdiente.

Sie wollte das hier wahrhaftig, hatte sie schon immer.

Und ich wollte es für sie.

Es war das eine Geschenk, dass ich ihr geben konnte – der einzige Weg, sie für das zu entlohnen, was sie mir gegeben hatte.

Meine Raelyn.

Mein Herz.

Meine Partnerin.

Ich küsste einen Pfad zu ihrem Hals, meine Fangzähne verzerrten sich bereits schmerzhaft nach einer letzten Mahlzeit. Es würde nicht mehr das Gleiche sein, wenn sie verwandelt war; es würde besser sein. Ich sank tief in sie ein und trank, ihre Essenz legte sich über meinen Hals, als sie unter mir stöhnte und nochmal kam.

Scheiße, es fühlte sich gut um meinen Schwanz an, der immer noch in ihr wartete.

„Kylan", sang sie, ihre Nägel bohrten sich in meine Haut. „Oh, Kylan."

Stöhne weiter meinen Namen und ich sehe mich dazu gezwungen, aufzuhören und dich nochmal zu ficken.

Sie stöhnte, ihre geistige Stimme brachte durch den Ansturm von Lust, den ich in ihrem Blutkreislauf entfachte, nichts Zusammenhängendes zustande.

Ich trank weiter, überwachte ihren Herzschlag, wartete auf

den richtigen Moment.

Durch ihre Verbindung zu meiner Unsterblichkeit dauerte es länger, ihre Seele zog bereits an meiner, während sie sich unter mir wand.

Aber irgendwann schwand ihre Kraft.

Ihre Schreie wurden zu einem Stöhnen.

Wimmern.

Raelyns Haut wurde kalt, ihr Herz langsamer.

Ich zog mich von ihr zurück und sah, dass sie noch teilweise bei Bewusstsein war, ihre Augen wurden matt. Das war der entscheidende Moment, in dem die Seele anfing, sich von dem sterblichen Körper zu lösen und mit dem Tod tanzte.

Ich biss in mein Handgelenk und legte es über ihren Mund, zwang die Essenz meines Lebens über ihre Zunge.

Zunächst reagierte sie nicht, ihr schlafwandelnder Verstand war zu benebelt, um zu verstehen, was notwendig war. Aber ihr Körper begann die Macht zu übernehmen, ihre Instinkte kamen an die Oberfläche, als sie sich an die belebende Flüssigkeit klammerte und sie in sich zog.

Sekunden wurden zu Minuten, mein Körper war beinahe leer. Ich entzog ihr mein Handgelenk, Raelyns enttäuschter Schrei ließ mich düster kichern. „Du bekommst später noch mehr, Baby. Aber jetzt..." Ich küsste sie sanft und hasste, was ich als nächstes tun musste.

Das war der Teil, der ein bisschen wehtun konnte.

Vorübergehend.

Ich bedeckte ihren Mund komplett und hielt ihr die Nase zu.

Manche bevorzugten eine Kugel. Andere Strangulation. Gelegentlich brach ein Genick.

Aber ich konnte nichts davon machen, nicht mit ihr.

Ich schloss meine Augen, mein Körper zitterte unter der Anstrengung, sie ersticken zu müssen. Ihr Herz vollständig zum Stillstand zu bringen.

Es ist okay, flüsterte sie.

Ist es nicht, antwortete ich. *Aber das wird es.*

Ich vertraue dir.

Diese drei Worte ließen mir Tränen in die Augen steigen, weil sie das tat. Sie tat es wirklich. Und ich vertraute ihr ebenfalls. Etwas, von dem ich nicht dachte, dass es möglich wäre, aber mit ihr war es das.

Sie strich mit ihrer Hand über meinen Rücken, eine letzte Zuneigung, bevor sie sie zur Seite fallen ließ. Eine Träne löste sich aus meinem Auge, als sie anfing zu krampfen, denn obwohl ihr Verstand es akzeptierte, kämpfte ihr Körper dagegen an.

Panik stieg in ihr auf, das letzte Stadium vor ihrem Tod, wo Vernunft nicht länger existierte.

Und dann war sie ruhig.

Ihr Herzschlag wurde langsamer.

Noch langsamer.

Stille.

Ich hielt noch einen letzten Moment inne, bevor ich von ihr abließ und meine Stirn gegen ihre drückte. „Süße Träume, Raelyn."

RAE

DUNKELHEIT VERSCHLANG MICH, machte mich blind. Gefangen. Allein.

War das hier ein Traum?

Ein Albtraum?

Realität?

Ich drückte gegen die harte Oberfläche unter mir, neben mir und über mir. Sie gab nicht nach.

Kylan? Ich konnte ihn in der Nähe fühlen, seine Gedanken waren erfreut. *Kylan, was passiert hier?*

Das kannst du doch besser, Prinzessin. Es sei denn, du bist immer noch ein kleines Lamm?

Seine Stichelei ließ meine Lippen nach unten zucken. *Wovon redest du?*

Ein Schlurfen ließ mich nach links schauen, das Geräusch war ganz nah. Füße, die über Schnee liefen. Kylans Schritte. Seine Hose dehnte sich, als er sich hinhockte, was mir ein perfektes Bild davon lieferte, wo ich ihn finden konnte, aber nicht wie.

Was ist das?

Ein Sarg. Drück ihn auf.

Er bewegt sich nicht.

„Weil du es kaum probiert hast. Versuch's nochmal", ermutigte er mich laut, seine Stimme war ganz nah.

Ich legte meine Handflächen auf das Holz über mir und gab ihm einen Ruck. Die Tür ging knarrend auf und enthüllte das Mondlicht. Ein weiterer Stoß öffnete den Sarg vollständig, sodass Schnee und Dreck hineinfiel.

Ich sprang heraus und meine nackten Füße trafen mit viel größerer Leichtigkeit auf die kalte Erde, als ich erwartet hätte.

Kylans Augenbrauen sprangen nach oben, sein Ausdruck war überrascht. „Nun, das war beeindruckend für einen Neuling." Er stand auf, in seinen Armen trug er Kleidung und Schuhe. „So sehr es mich schmerzt, das zu sagen, würdest du gerne etwas anziehen?"

Ich wirbelte herum, die Bewegung von Pfoten machte mich auf unser Publikum aufmerksam.

Wölfe.

Sechs von ihnen.

Alle lungerten an dem gefrorenen See herum und beobachteten uns.

„Warum bin ich draußen?", fragte ich und beäugte das funkelnde Eis, das von den Bäumen hing. Im Wind lag ein eisiger Biss. Und wow, wie der Mond glitzerte.

Das war fabelhaft.

Ich kniete mich hin und ließ meine Finger über das kristallisierte Wasser auf dem Boden gleiten. *Schnee*, staunte ich, als würde ich ihn wieder zum ersten Mal sehen. *Wow...*

Kylans Belustigung wärmte meine kühle Haut, seine Freude, mir zuzusehen, wie ich auf meine neuen Sinne reagierte, war spürbar.

Warte... "Ich kann dich immer noch hören", sagte ich und stand wieder auf. Meine Füße nahmen die Kälte kaum wahr. „Und dich fühlen."

„Ja", murmelte er und kam auf mich zu. „Mir war nicht

bewusst, dass es diese Fähigkeit zwischen Erzeugern und Nachkommen gibt, aber ich nehme an, es hat mit unseren verbundenen Seelen zu tun. Ich konnte dich während deiner Wiedergeburt spüren, als würde sie mir widerfahren."

Ich versuchte, mich daran zu erinnern, wie es sich angefühlt hat, aber mein Verstand war ganz verschwommen. „Es ist alles so... undeutlich." Er hat mich gebissen. Mich erstickt, vielleicht. Sein Blut in meinem Mund. Ich schüttelte meinen Kopf, die ganze Erfahrung war trüb. „Ich kann mich nicht wirklich erinnern."

„Das ist typisch. Du wirst auch feststellen, dass die Aspekte deines sterblichen Lebens auch verblassen werden, weil du jetzt offiziell in dein unsterbliches Leben übergegangen bist." Er gab mir eine Hose und einen Pullover, die ich anzog, dann Socken und Stiefel. Ich zog mich nur aus Gewohnheit an, nicht, weil ich es wegen des kalten Wetters für nötig hielt.

„Aber warum bin ich draußen?", fragte ich wieder – der Teil verwirrte mich immer noch.

„Die letzte Stufe des Prozesses ist es, Eins mit der Erde zu werden." Er setzte mir eine Mütze auf und küsste meine Nase. „Ich dachte, du würdest es mögen, hier aufzuwachen, und hier hatte ich sowieso schon eine ausgehobene Grube."

Ich hob meine Brauen. „Wieso?"

Er zuckte mit den Schultern. „Jeder Vampir hat einen Ort zum Verstecken, Raelyn. Jetzt kannst du diesen hier mit mir teilen, weil niemand weiß, dass er existiert." Er schloss die Kiste und ich sah, dass der Deckel mit Gras bedeckt war. Dann schob er Schnee über die Stelle, um sie mit der Landschaft verschmelzen zu lassen.

Ich erkannte den Baumstamm dahinter, meine Lippen teilten sich. „Hier haben wir das erste Mal..."

„Ja." Seine Lippen zuckten. „Meiner Meinung nach umso passender für deine Auferstehungsstätte."

Ich lächelte und schüttelte den Kopf. „Du bist so vielschichtig, Kylan."

„Bin ich das?" Er kam zu mir, griff nach meinen Hüften und zog mich zu sich. „Du musst am Verhungern sein, Liebste."

Ich runzelte die Stirn. „Eigentlich fühle ich mich gar nicht hungrig."

„Wirklich? Die meisten Frischlinge wachen halb verhungert auf." Er strich seine Lippen über meine. „Lass uns zurück zum Haus gehen. Vielleicht wird der Geruch von Blut deinen Appetit anregen."

Ich rümpfte die Nase, die Vorstellung einen Menschen zu beißen, gefiel mir nicht. Aber natürlich, so würde ich mich jetzt ernähren. Ich hatte bis jetzt noch nicht wirklich über diese Tatsache nachgedacht.

„Okay", antwortete ich, eine weitere Erkenntnis sickerte durch mich hindurch und schickte Adrenalin in mein Blut. „Lass uns ein Wettrennen machen."

Er kicherte. „Raelyn, du bist ein Baby-Vampir. Lass uns einen Schritt nach dem anderen machen."

Meine Augenbrauen hoben sich. „Willst du damit sagen, dass du nicht mithalten kannst?"

„Ich bin über fünftausend Jahre alt. Du weißt, dass ich es kann."

„Dann solltest du nichts gegen ein Rennen haben." Ich trat einen Schritt zurück, fühlte mich energiegeladener als, naja, jemals zuvor. „Es sei denn, du hast Angst."

„Die einzige Angst, die ich habe, ist die, dass du dich selbst verletzt, Prinzessin. Du bist unsterblich, nicht unzerbrechlich. Zumindest noch nicht."

„Ich fühle mich recht beständig." Sogar stark. Und schnell. Ein Teil von mir wollte los sprinten, nur um zu sehen, was ich tun konnte. Ich hatte mich noch nie so lebendig gefühlt, so frei, so frohlockend.

„Die meisten Vampire wachen schwach auf und brauchen Blut." Er neigte seinen Kopf, sein Blick war neugierig. „Ich spüre keinen Hunger in dir."

„Weil ich nicht hungrig bin." Überhaupt nicht. Ich wollte einfach nur laufen, die Elemente auf meiner Haut spüren, fliegen.

„Also gut, Schätzchen. Ich trete gegen dich an, nur um zu sehen, ob es deinen Appetit anregt und weil ich deinen Eifer spüre." Er knabberte an meiner Unterlippe und biss hart genug zu, um mich zum Bluten zu bringen, und leckte über die Wunde. „Immer noch köstlich."

Ich verengte meinen Blick. „Das kann ich bei dir jetzt auch machen."

„Du kannst es versuchen", neckte er. „Wenn du mich fängst, lasse ich dich vielleicht." Er ließ mich los. „Ich gebe dir sogar einen Vorsprung." Er gestikulierte in Richtung des Weges. „Du kennst den Weg."

Ein purer, großspuriger Mann schaute mich an, seine Augenbrauen waren herausfordernd hochgezogen.

„Kann ich dich beißen, wo ich will, wenn ich gewinne?"

Er schmunzelte, sein Ausdruck war zuversichtlich. „Sicher, Prinzessin. Und wenn du verlierst, beiße ich dich, wo ich will."

Ich erzitterte, mir gefiel der Gedanke daran. „Okay."

„Los."

Ich hauchte ihm einen Kuss zu und fing an zu laufen, meine Beine trugen mich mit Leichtigkeit über den Schnee – so gar nicht wie das erste Mal, als ich das versucht habe.

Du musst noch wesentlich schneller werden als das. Sein Hohn strahlte durch mich hindurch und drängte mich dazu, mich noch mehr anzustrengen. *Denk daran, Liebes. Du bist kein Mensch mehr.*

Er öffnete mir seinen Verstand, presste Erinnerungen und Wissen durch unseren Bund. Es setzte mein Blut in Brand, erregte meine Nerven und mein Wesen.

So viel Macht. Stärke. Wendigkeit

Und all diese Eigenschaften besaß ich jetzt.

Sein Blut war mein Blut.

Seine Seele mit meiner verheiratet.

Unsere Herzen schlugen wie Eins.

Ich schloss meine Augen, als ich mich bewegte. Meine Sinne übernahmen, mein Körper bewegte sich allein durch die Erinnerungen der Muskeln den Pfad hinunter – die Erinnerungen *seiner* Muskeln.

Es war berauschend.

Atemberaubend.

Wunderschön.

Meine Hand legte sich auf die Hintertür, nur Sekunden, bevor Kylan auftauchte. Sein Ausdruck war voller Erstaunen.

„Du hast dich teleportiert", hauchte er und schaute mich von oben bis unten an. „Du hast dich tatsächlich teleportiert, verdammt."

Ich starrte verwirrt zu ihm hoch. „Ähm, ja." Ich nahm an, dass ich das hatte. Es fühlte sich unglaublich an, als würde ich über die Erde fliegen, ohne dass meine Füße den Boden berührten. „Lass es uns nochmal tun."

Er griff mich bei den Schultern, bevor ich wieder loslaufen konnte, seine Augen hielten meine. „Raelyn, nur die ältesten Vampire können sich teleportieren. Es hat bei mir fast zweitausend Jahre gedauert, bis ich diese Fähigkeit erlernt habe."

Meine Lippen teilten sich. „Was?"

„Ganz genau." Er schöpfte mein Maß voll aus, ging in seinen Gedanken eine Vielzahl von Szenarien auf einmal durch. Ich folgte ihnen allen, nahm jedes Detail in mir auf, ohne zu blinzeln. „Unser Bund scheint dir meine Fähigkeiten übertragen zu haben", fasste er laut zusammen. „Ich habe noch nie von so etwas gehört, aber es ist das Einzige, was Sinn macht."

„Niemand zuvor hat jemals seine *Erosita* verwandelt?"

„Nicht, dass ich wüsste, nein." Er legte seine Hände auf meine Wangen. „Du bist einzigartig, Raelyn."

„Rae", korrigierte ich ihn und lächelte. „Jetzt, da ich ein Vampir bin, kann ich mir meinen Namen aussuchen."

Sein Blick schimmerte, Dunkelheit braute sich in ihm zusammen. Besessenheit, Anbetung, Herrschaft, alles strömte aus ihm heraus und hüllte mich in eine geistige Decke, die ganz aus Kylan bestand. „Du wirst für immer meine Raelyn sein, aber wenn du möchtest, dass andere dich Rae nennen, ist das deine Wahl."

Ich stellte mich auf die Zehenspitzen, um meine Lippen auf seine drücken zu können. „Ich werde immer deine Raelyn sein", stimmte ich zu. „Aber für jeden anderen werde ich Rae sein." Es fühlte sich intim an, ihm die alleinige Verwendung des Namens − den er mir gegeben hatte − zu gewähren, während sich alle anderen auf die gekürzte Version umstellen würden. „Ich gehöre dir, Kylan. Solange, wie du mich haben willst."

„Vorsichtig, Liebling", flüsterte er gegen meinen Mund. „Weil ich dich für immer behalten werde, wenn du es mir erlaubst."

„Ich hoffe, dass du das tust." Und ich meinte es auch so. „Aber nur, wenn ich dich auch behalten darf."

„Oh, Raelyn, wann wirst du es endlich verstehen?" Er drückte mich gegen die Tür, sein Mund nahm meinen in einem beherrschenden Kuss ein, der mir den Atem raubte. „Du besitzt mich bereits, Liebste. Für immer. Vollständig."

Ich erzitterte gegen ihn, seine Worte versengten mein Wesen.

„Du bist in mir, Raelyn. Du warst dort, von dem Moment an, an dem ich dich das erste Mal gesehen habe, dieser erste, aufsässige Biss hat mein Schicksal besiegelt." Seine beiden Hände lagen auf meinem Gesicht und hielten mich bei ihm, seine Hüften drückten meine gegen die harte Oberfläche hinter mir. „Meine Seele hat dich gewählt, meine Partnerin, und mein Blut hat sich mit deinem vereint. Ich werde mir nie eine andere wünschen, nicht, wenn es das gefährdet, was wir teilen, nicht, wenn ich dich jede Nacht in meinem Bett habe. Wo wäre da der Sinn?"

Die Aufrichtigkeit in seiner Stimme kämpfte mit den Worten in seinem Kopf, den Versprechen, die ungesagt blieben, den Emotionen, die er nur für uns reserviert hatte. Er hatte mir meine Unsterblichkeit geschenkt, um mir Freiheit zu gewähren, die Möglichkeit zu wählen, weil er wollte, dass ich als Partner an seiner Seite war, nicht als ein Diener. Das war sein größtes Geheimnis von allen, das eine, das er der Welt gegenüber nie zugeben würde. Ich wusste es und das war alles, was zählte.

Kylan hatte sich nie ein Lamm gewünscht.

Er sehnte sich nach einer Kämpferin.

Nach mir.

Und er hatte alles in seiner Macht Stehende getan, um sich meiner Liebe als würdig zu erweisen. So, wie mir Unsterblichkeit zu gewähren, obwohl er wusste, dass es mir die Möglichkeit gab, zu flüchten.

Nicht, dass ich das tun würde.

„Du bist auch in mir", flüsterte ich. „Ich will das – dich – Kylan."

Er küsste mich, seine Lippen beteten meine an, seine Zunge war eine vertraute Präsenz in meinem Mund. Ich wollte nicht, dass es endete, und das musste es auch nicht.

Wir würden gemeinsam gegen die neue Welt kämpfen.

Ich an seiner Seite.

Als Gleichgestellte.

Seine Partnerin.

„Für die Ewigkeit", schwor er.

„Ja." Ich wickelte meine Beine um seine Taille und er hob mich in die Luft. „Mach mich wieder zu der deinen, Kylan."

„Oh, Raelyn." Er knabberte an meiner Lippe, seine Nase berührte meine. „Das ist ein Befehl, dem ich mich gerne beuge."

Freude erwärmte meine Brust. „Gut. Du kannst damit rechnen, dass er sich oft wiederholen wird."

„Nur, wenn du meinen im Gegenzug auch annimmst." Er trug mich rein, direkt in unser Zimmer. „Ich will, dass diese Klamotten verschwinden und du dich aufs Bett legst. Jetzt."

„Immer noch so dominant wie eh und je."

„Dieser Teil wird sich niemals verändern." Er knabberte an meiner Unterlippe. „Jetzt gehorche, bevor ich anfange, dich selber deiner Kleider zu entledigen."

„Du schuldest mir noch einen Biss", erinnerte ich ihn, als meine Füße den Boden wiederfanden.

„Das tue ich. Du kannst mich beißen, wenn du nackt bist."

Ich lächelte. „Du bestimmst immer noch die Regeln." Nicht, dass ich es mir anders wünschen würde.

„Immer, kleines Lamm."

„Ich bin kein Lamm mehr."

Er riss mir die Mütze vom Kopf, fuhr mit seinen Fingern durch mein Haar und riss mich zu sich. „Nein, Schatz, bist du nicht. Du bist meine Raelyn."

„Dann bist du mein Kylan."

„Bis dass der Tod uns scheidet", stichelte er. „Oder wie der Schwur noch geht."

„Was bedeutet, dass du für eine sehr lange Zeit an mich gebunden bist." Ich fing an, meine Hose aufzuknöpfen, während er mich vor sich hielt. „Ich sollte dich warnen: Ich bin recht aufsässig."

„Ach ja?"

„Ja." Ich legte meine Hände auf seine Seiten, ließ meine Jeans lose an meiner Taille hängen.

„Beweis es."

Ich erhob mich und drückte meinen Mund auf seinen, während ich seinem Blick stand hielt. Und fing seine Unterlippe zwischen meinen Zähnen ein.

Und biss zu.

Hart.

Beanspruchte ihn.

Mein Partner.

Mein königlicher Vampir.

Mein Kylan.

Epilog

RAE

Einen Monat Späte….

KYLAN HATTE eine Überraschung für mich, etwas, dass er in seinem Verstand gut versteckt hielt, hinter einer sorgfältig errichteten Mauer. Er weigerte sich, mir irgendwelche Einzelheiten mitzuteilen, außer, dass bei der Veranstaltung heute Abend alles enthüllt werden würde.

Ein Monat Training und ich war immer noch nicht bereit dafür.

Ich wollte ständig meinen Blick senken.

Mich verstecken.

In einer Ecke stehen.

Unsichtbar sein.

Aber an Kylans Seite war keine dieser Sachen eine Option. Er stellte mich jedem als Rae vor, seinem neuen Nachkommen und seiner Liebhaberin, und alle begrüßten mich mit uneingeschränkter Neugierde in ihren Blicken.

Kylan hatte sich dieses Jahr geweigert, einen Harem zu nehmen, behauptete, dieses Jahr bräuchte er keine neuen Mitglieder. Das schürte nur das Interesse von allen.

Ein König ohne Harem, lediglich mit einer Vampirpartnerin.

Sehr wenige in seiner Position führten so ein Leben, der

Alpha des Majestic Clans war einer von ihnen. Ich hatte Luka und seine Partnerin Mira früher an diesem Abend kennengelernt. Wir waren bei einer Art Bindungszeremonie der Lykaner. Der Alpha des Clementer Clans, Walter, trat offiziell zurück und übergab sein Erbe an seinen Sohn, Edon.

„Darf ich euch meinen neuen Abkömmling vorstellen, Rae", sagte Kylan, um mich diesem neuen Alpha vorzustellen. Niko vom Ernester Clan. Zwei Frauen begleiteten ihn, eine erkannte ich als seine Gefährtin, die andere Frau mit dunklen Augen und dunklem Haar sah ihm sehr ähnlich.

„Wundervoll, dich kennenzulernen, Rae", murmelte Niko, nahm meine Hand und küsste sie ein bisschen zu verführerisch.

Ist das nicht seine Gefährtin? fragte ich.

Cora, ja. Er ist nicht dafür bekannt, sehr treu zu sein.

Offensichtlich. Ich zwang mich zu einem Lächeln, während ich ihm vorsichtig meine Hand entzog und mich bei Kylan einhakte. „Freut mich ebenfalls, dich kennenzulernen."

„Meine Gefährtin, Cora, und unsere Tochter, Luna", sagte er und gestikulierte zu den Frauen hinter ihm.

Luna wurde Edon versprochen, murmelte Kylan.

Sie sieht aus, als wäre sie darüber nicht sehr begeistert.

Eine Alpha Frau, die einem Alpha Mann versprochen wurde? Nein. Es ist die Hölle, aber sie hat keine Wahl. „Ich nehme an, ihr freut auch auf die Festivitäten an diesem Abend", sagte Kylan laut.

„Ja, sehr sogar. Die Clementer haben sich bereit erklärt, Luna heute Abend mitzunehmen, um sie mit ihren Bräuchen bekannt zu machen."

Luna zuckte bei den beiläufigen Worten ihres Vaters zusammen und zog die Mundwinkel noch weiter nach unten.

Aber sie ist ein Lykaner. Hat sie nicht irgendwelche Rechte?

Oh, Schätzchen, es gibt noch so viel, was du über dieser Welt lernen musst. „Wann findet die tatsächliche Paarungszeremonie statt?", fragte er und heuchelte so Interesse vor.

„Am nächsten Vollmond." Niko klang stolz. Seine Tochter

erschien so, als müsste sie gleich brechen. Cora griff nach Lunas Hand und drückte sie – ob als Verwarnung oder Unterstützung, konnte ich nicht erkennen. Die Frau, die seine Gefährtin war, trug einen unleserlichen Ausdruck.

„Vielleicht nehmen wir auch teil", murmelte Kylan. „Ich stelle Rae alle Aspekte der Gesellschaft vor. Sie könnte dieses spezielle Ritual recht faszinierend finden."

Nikos Lippen kräuselten sich, seine dunklen Augen ertranken in Lust. „Ja, es kann sehr erregend sein."

Das klingt wie etwas, das ich lieber meiden würde, bemerkte ich trocken.

Du wirst deine Meinung in etwa fünf Minuten ändern. „Wo wir gerade von Erregung sprechen, ich brauche etwas Richtiges zu trinken. Walter hat einen Speisesaal erwähnt?"

„Ja, in den Hauptquartieren, glaube ich." Niko gestikulierte zu der überdimensionalen Hütte neben uns, in der die meisten Gäste untergebracht waren.

Das Anwesen des Clementer Clans war sehr anders, als unser Zuhause. Auch von Bäumen umgeben, aber viel wärmer, und alle Häuser hatten eher einen waldigen Charakter und standen im Kontrast zu der sauberen, scharfen Architektur von Kylan City.

„Ah, ja, dankeschön." Kylan schüttelte Nikos Hand. „Ich bin mir sicher, wir werden uns sehr bald wiedersehen."

Ich hoffe es nicht, dachte ich, während ich sagte: „Es war schön, euch alle kennenzulernen."

Luna warf mir einen zynischen Blick zu, während ihre Mutter lediglich einmal emotionslos nickte. Niko hingegen schien sehr erfreut, mich kennengelernt zu haben. Ein bisschen zu erfreut.

Dieses Mal behielt er seine Hände bei sich, hauptsächlich, weil Kylan mich aus seiner Reichweite führte, als wir uns verabschiedeten.

Ja, also, ich mag ihn nicht.

Nein, das kann ich mir gut vorstellen, antwortete Kylan. *Ich glaube, er hätte dich für seinen Harem gewählt, wenn er die Chance gehabt hätte.*

Ich würgte in meinen Gedanken, was Kylan zum Kichern brachte. *Ich erinnere mich an eine Zeit, als du so auch von mir gedacht hast.*

Nein, ich fand immer, dass du attraktiv bist, auch wenn ich dich gehasst habe.

Er küsste meine Schläfe, als er die Tür öffnete und mich hineinführte. „Hasst du mich jetzt, Raelyn?"

„Nur manchmal."

Er kicherte und führte mich durch den Eingang. „Naja, vielleicht wird das hier dich dazu bringen, mich etwas mehr zu mögen."

Ich schaute mich um, sah nichts. „Was?"

„Du wirst es schon sehen." Er entließ mich und trat einen Schritt zurück. „Ich komme gleich zurück. Lauf nicht weg."

Ich runzelte die Stirn, als er verschwand und die Tür leise hinter sich schloss. *Was machst du?*

Das ist eine Überraschung. Genieß es.

Eine weitere Überprüfung des kleinen Schlafzimmers gab nichts preis. *Kylan?*

Keine Antwort.

Die Vorhänge in der Ecke wehten, als jemand von außen die Glastüren aufschob. Das konnte nicht Teil von Kylans Plan sein. Ich ging zur Tür, die Hand auf der Klinke, um zu gehen, als eine vertraute Stimme meinen Namen hauchte.

Ich wirbelte herum und traf ein Paar dunkelblauer Augen, von denen ich nicht erwartet hatte, sie je wiederzusehen. „Silas."

Er lächelte und ging mit offenen Armen auf mich zu. Ich sprang ihm entgegen, umarmte ihn mit voller Kraft, seine breiten Schultern waren meinen Vampirkräften durchaus gewachsen.

„Du lebst", flüsterte ich, obwohl ich das bereits wusste. Kylan hatte mir erzählt, dass Silas den Cup gewonnen hat, aber ihn hier zu sehen, machte es wesentlich realer.

Er vergrub sein Gesicht in meinem Haar und atmete tief ein. „Gott, du riechst nach Vampir", kicherte er. „Und Kylan."

Ich lachte. „Ähm, ja, irgendwie hat er—"

„Dich verwandelt", beendete er den Satz für mich. „Ja, das habe ich gehört, jeder hat es gehört, und dich habe euch auch schon draußen gesehen, aber ich konnte nicht zu euch."

Ich zog mich zurück, um sein Gesicht zu studieren. „Was? Warum?"

„Oh, Rae, weißt du es wirklich nicht?" Er kicherte und ließ von mir ab, um sich durch seine rauen Haare zu fahren. „Hierarchie, Süße. Du bist in den Armen eines Königs, während ich noch ein Neuling unter den Lykanern bin. Sie behandeln mich wie ein Baby. Mit einem Alpha zu reden, ganz zu schweigen von einem König, ja, ich habe schon genug Glück, überhaupt einen Job bei dieser Feier bekommen zu haben. Der Clementer Clan hat mich in den Sicherheitsdienst gesteckt."

„Du darfst nicht mit mir reden?", fragte ich verblüfft.

„Das ist nicht üblich, nein", sagte Kylan, als er den Raum betrat.

Silas trat einen Schritt zurück und senkte seinen Blick. „Eure Hoheit."

„Silas", murmelte Kylan, seine Hand legte sich auf meinen Rücken.

„Ich entschuldige mich für die Unterbrechung. Das war alles meine Schuld. Rae hat nichts Falsches getan."

Kylan blieb einen Moment lang still, währen ich zwischen den beiden hin und her starrte, geschockt von Silas' Unterwürfigkeit und seinen Worten.

Wenn Sterblichen die Unsterblichkeit geschenkt wurde, bekamen sie Rechte.

Aber Silas erschien hier nicht anders als ein Mensch und nicht wie ein brandneuer Lykaner.

Und ich wusste, dass Silas nicht unterwürfig war, konnte sehen, wie er seine Fäuste ballte, selbst jetzt, während er einem anderen Mann ausgeliefert war.

„Du bist ein guter Freund von ihr", sagte Kylan endlich. „Weshalb ich wusste, dass du sie aufsuchen würdest, wenn ich sie alleine lasse."

Mein Geschenk, realisierte ich.

Ja, war seine kurze Antwort. „Es macht mir nichts aus, wenn ihr zwei Kontakt habt. Aber seid diskret."

Silas hob zögernd seinen Blick, seine Stirn gerunzelt. „Ihr gebt uns die Erlaubnis, Kontakt zu halten?"

„Du bist Raelyns Freund. Ich akzeptiere das." Er drückte seine Lippen gegen meine Schläfe. „Was nicht bedeutet, dass Walter oder Edon das auch tun werden, aber ich war noch nie sehr vertraut mit den Regeln. Frag einfach einen meiner Untertanen." Er zwinkerte mir zu, um zu gehen. „Fünf weitere Minuten, Liebes. Dann müssen wir wieder nach draußen."

Er schloss die Tür hinter sich, gab uns einmal mehr Privatsphäre.

Silas starrte Kylan mit offenem Mund hinterher, was mich kichern ließ. „Du siehst du schockiert aus", neckte ich ihn.

„Das ist Kylan?", fragte er und gestikulierte wild. „Der furchtbare, sadistische König, über den wir in der Universität gelesen haben?"

„Er hat einen ziemlich üblen Ruf, ja, aber er ist nicht so schlimm. Manchmal mag ich ihn." Ich wusste, dass er mich hören konnte, und spürte seine Belustigung in meinem Geist. „Aber genug über mich, was ist mit dir? Ein Lykaner, hmm?"

Er verzog das Gesicht. „Ja, Walter durfte zuerst wählen, weil er in den Ruhestand geht. Tatsächlich ist sein Sohn derjenige, der mich verwandelt hat, sehr zum Leidwesen von Edon."

„Er wollte dich nicht verwandeln?"

Er schnaubte. „Nein. Ich bin sein erster und angesichts dieser Erfahrung wahrscheinlich auch sein letzter. Das ist alles Teil der Alpha-Prüfung. Seine Krönung wird beim nächsten Vollmond beendet sein."

„Ich dachte, heute Nacht wäre die Krönung."

„Oh, nein, heute Nacht ist nur die Einführungszeremonie." Er legte seine Hand in seinen Nacken und seufzte. „Das wird ein blutiger Monat werden."

„Weswegen?"

Er schüttelte nur mit dem Kopf. „Viel davon gehört zu den Clanritualen, alles geheim und sowas."

„Aber dir wird es gut gehen, oder?", drängte ich.

„Pff, wie lange kennst du mich jetzt, Rae?" Er knuffte mich in die Schulter. „Ich bin ein Kämpfer, genau wie du."

Ich lächelte, jetzt ein bisschen sicherer. „Ja, sind wir."

„Und Willow auch, irgendwo", sagte er leise.

Mein Herz brach ein kleines Bisschen. „Ja, sie überlebt auch." *Hoffe ich.*

„Naja, ich gehe besser zurück, bevor jemandem auffällt, dass ich fehle. Aber ich bin froh, dass es dir gut geht, Rae."

„Ich ebenso, Silas." Ich umarmte ihn noch einmal, fest, und beobachtete, wie er mit einem nach hinten gerichteten Winken durch die Schiebetüren verschwand.

Kylan kam wieder zu mir, seine Arme legten sich von hinten um mich. „Willst du ihn nächsten Monat wiedersehen?"

„Bei der Vollmond-Zeremonie?", schätzte ich.

Er nickte gegen meine Schulter.

„Ja."

„Ich denke schon." Ich küsste seinen Hals.

„Sollen wir zu der Feier zurückkehren oder einen frühen Abgang machen?"

Er drehte mich, um ihn anzusehen. Mein Blut erhitzte sich

und ich griff nach seinem sündigen Smoking. „Ich wäre für einen frühen Abgang."

„Eine Frau, die mein Herz kennt", murmelte er und küsste mich sanft.

„Nein, das besitze ich bereits", erinnerte ich ihn. „Das, was ich will, ist dein Schwanz."

„Raelyn", knurrte er. „Was mache ich nur mit deinem unartigen Mund?"

Ich schenkte ihm meinen unschuldigsten Blick. „Ihn bestrafen?"

„Ich werde mehr als das tun." Ein weiterer Kuss, dieses Mal härter. „Immer so aufsässig."

„Du liebst es."

„Nein, ich liebe dich", flüsterte er.

Ich lächelte. „Ich liebe dich auch."

Die Geschichte geht weiter mit Majestätischer Biss.

MAJESTÄTISCHER BISS

Es gab eine Zeit, in der die Menschheit über die Welt herrschte, während Lykaner und Vampire im Verborgenen lebte.
Das ist nicht länger der Fall.

Luna

Eine arrangierte Hochzeit? Scheiß. Drauf.
Ich bin ein Alpha. Ich wähle meine Zukunft. Nicht die Gesellschaft. Nicht mein Vater. Und ganz bestimmt nicht *er*.

Silas

Ich habe nicht überlebt, nur um als Lykaner der untersten Klasse abgestempelt zu werden. Ich bin mächtiger, als ihnen bewusst ist. Entschlossener. Intelligenter. Und ihrer weitaus würdiger als jeder andere.

Edon

Pflicht – ein Wort, das ich verabscheue.

Ich bin der zukünftige Alpha des Clementer Clans. Es gibt Regeln. Es gibt Verantwortung. Es kann keine Liebe geben, und schon gar keinen freien Willen.

Aber das Herz will, was das Herz will, und jetzt gerade sehne ich mich nach allen beiden.

Willkommen im Clementer Clan.
Gib acht. Wir beißen.

DIE BLUTALLIANZ

WAS ALS NÄCHSTES KOMMT

Liebe Leser,

Vielen Dank, dass ihr Königlicher Biss gelesen habt! Ich hoffe, ihr habt Kylan und Rae so sehr genossen wie ich, als ich sie geschrieben haben. Im Laufe der Serie werdet ihr noch mehr von ihnen sehen. Vertraut mir.

Als nächstes kommt Majestätischer Biss. Ich freue mich wirklich darauf, mit den Lykanern zu spielen und mehr über Silas zu erfahren. Ja, er ist der Held. Und Luna wird seine Heldin. Aber was ist mit Edon? Entscheidungen, Entscheidungen… Vielleicht bringe ich ihn auch mit ein. ;)

Vielen Dank nochmal fürs Lesen!

Cheers xx
Lexi

USA Today Bestsellerautorin Lexi C. Foss ist eine
Schriftstellerin, verloren in der Welt der Computer. Sie lebt in
Atlanta, Georgia mit ihrem Mann und ihren haarigen
Gesellen. Wenn sie nicht gerade schreibt, ist sie mit Sicherheit
auf Reisen. Viele der Orte, die sie schon besucht hat, lassen
sich in ihren Büchern wiederfinden, einschließlich der
mystischen Welt von Hydria, die auf der griechischen Insel
Hydra basiert.

Würden Sie gern über Neuerscheinungen informiert werden?
Dann tragen Sie sich für ihren Newsletter ein: www.
lexicfoss.com/newsletter

Besuchen Sie Lexi im Netz!
www.lexicfoss.com
E-Mail: lexicfoss@gmail.com

www.ingramcontent.com/pod-product-compliance
Lightning Source LLC
Chambersburg PA
CBHW051512250626
47156CB00001B/60